U0866460

漫娱图书

名　家　经　典　系　列

Written by 裟椤双树
Illustrated by 鹿菏

浮珑

浮生物语（前传）

【典藏版】

长江出版社
漫娱图书

浮珑·前言

旧版的《浮珑》没有前言，只有后记，时隔八年，这次的新版我给它一个前言。

在整个“浮生物语”系列里，它虽然是作为番外性质存在的，但实际上“浮珑”这一篇故事真的是整个系列里最“前”的故事。

属于老板娘的永久的开场白——“我是一只树妖，生于漫天飞雪的十二月，浮珑山巅”就在这一篇里。

一说到“浮珑”，我总是要提一件往事的。

肯定还有人不知道，这一篇故事的前半部分诞生在更遥远的，我还没有成为一个真正的作家的年代。那时候它作为一个独立的中篇故事发在网上，属于自娱自乐的性质，可惜当时在网上并没有写完。往后几年，我完成了全篇，被杂志编辑看中，我很高兴。但审稿后编辑告诉我，因为版面原因，这个将近五万字的中篇需要删减一半才能上刊，编辑说要是我下不去手，她来删。我想了想，跟她说算了，还是撤稿吧。也许旁人觉得不可理解，对于我这样的当时在纸媒行业籍籍无名的小作者而言，能上刊是天大的喜事，怎么还撤稿了呢。没错，那会儿还穷，放弃上刊等同于放弃一笔算是丰厚的稿酬。我也肉疼啊，毕竟老板娘那么喜欢金子。可是我不后悔，也不觉得自己莽撞，我只认一个道理，我写的每个故事在我心里有我所认同与坚持的“完整”，我可以修改枝节，但绝对不能从根源上去砍手砍脚，把它变成另一个我不认识的样子。所以我可以不上刊，哪怕从此这个故事无人问津。

撤稿之后，这篇树妖与孽龙的故事也确实在我的硬盘里孤独地蹲了好几年，直到《小说绘》创刊，瘦子管我要个中篇稿子，我随意地把这篇给了他，说你能用就用，不能用还我。

他当然是没有还我的。

再之后的故事你们都知道了，这篇前传反响不错，所以，由此延伸出一个新的系列——“浮生物语”。

至此，老板娘的生意一做便是整十年，从浮珑山巅懵懂的小树妖，到历尽繁华看透世情的裟椤；敖炽敖大爷从叛逆不羁的孽龙到为人夫为人父，能玩扫地机也能一肩担大义，不停里的妖怪来来去去，故事起起伏伏，仿佛真的没有停止过。

我偶尔也会想，如果当年我不是那么坚持，现在的我以及我的写作之路又会是什么样子。

不过生活没有那么多如果跟也许，我当年也并不确定自己所坚持的东西是否有意义，但我觉得无论前路如何，不违背本心的选择起码会让自己少一些遗憾吧。

今年，《浮生物语 · 五下》出版上市后，整个系列宣告正式完结。

时光如白驹过隙，天下也无不散之筵席，故事总有说完的时候。

有始有终，是我追求的目标。

“浮生”系列对我而言意义非凡，因为它，我的生活开始转到我所期待的方向，我与它互相成就，互不辜负。

在写作这件事上，我历来是个相当独立的人，我看重创作的自主与自由性，也正是这份“自由”，在这么多年间给我提供了最大的乐趣。我笔下这个虚构的浮生世界，是我个人对于善恶的认定，也体现着我对真实世界的期待与不期待，每个人物的设定与故事情节的走向，都有我自己坚持的东西，不为任何外力所改变所影响。所以故事完成之后，能被多少人喜欢，我历来都是随缘，能有志同道合者固然很棒，没有也不失落，毕竟人各有爱，不可强求。

一句话，我是个在写作上很“固执”的人，不喜欢的东西，我不写。

所以老板娘两口子，还有在他们的生命里遇到的那些有故事的妖怪们，都是我“亲生”的，不然我绝难做到花十年时间在同一件事上。

喜欢，是我做一切事的最大动力。从小学作业本上笑掉大牙的所谓的故事，到现在整整齐齐摆放在书架上的我的每一本作品，都证明了这句话。

我不知道我在写作这条路上会走多久，但是只要这个世界上还有让我爱的东西存在，我就愿意写下去。

别的就不多说了，这一篇“浮珑”，是整个浮生系列的序章，如果你是第一次看到这本书，那么欢迎你，一不小心踩进了一个到处都是妖怪，但并不阴暗消极，甚至可能还会小小地安慰到你的，这么一个世界。

我是这个系列的“亲妈”，裟椤双树，感谢相遇。

裟椤双树

2021.9 成都

我一直认为，

在老板娘开店之前的故事，

严格来说并不从属于“浮生”系列，

反而是“浮生”这个系列，

是从“浮珑”这里衍生出来的。

—裟椤双树—

目录

缘起

YUANQI

从前有座山，

山上有棵树，

树里有只妖……

我就是这只妖。

此刻，脚下是这座山峰的最高处，只要再往前多迈一步，便会坠入之下的云海间，如果你会飞，一定会很开心，因为这里的云海历来多姿，时淡时浓，必能提供最好最美的景致。可如果你不会飞，那只能抱歉地说，山脚下的深涧中，又要多出一具枯骨。

这就是浮珑山，遗世孤立，俯瞰尘世，用千万年的沉寂与低调，成全千万年的神秘与旖旎。

奇花异草，珍禽异兽，从不是山里的稀缺之物，它们散发出的香味、掠过天空时的身姿、斑斓的颜色，在四季呈现出不同的美与灵动，这座山上，连一颗露水都包藏了一个小世界。纵然天天看同样的风景，一个人就算看上一辈子，大概也不会乏味。

可惜，我却不行。我曾在这里，看四季轮回，看冬雪夏雨，春花秋月，看了千百年甚至更久，没有厌烦已是莫大的幸事。

按理说，我应该怨恨这座山，憎恶限制了我全部自由的山巅。

曾经，我的确如此。

可是，也印证了那句话，你有多恨一个人，便有多爱一个人。一座山，也是如此。

我的故事，关于“不停”，关于老板娘跟那一帮来来去去的妖怪们，我想已经不需赘述，你们中的大多数，一定自认为已经非常了解爱钱爱金子、经常坏脾气、偶尔天然呆的老板娘了吧，毕竟，你们见证了这个家伙三年来的历程，从不停甜品店，到不停旅店，到不停流动商贩，风风雨雨，嬉笑怒骂的一千多个日夜，就是你们看到的全部。

对于这一点，我是十分欣慰的。因为你们陪我经过了我一生中最重要的三个阶段。

但，你们是否见过一个以性命为打发无聊的工具、以鸟兽为充饥的食物，迷惘而绝望地走过许多日出日落的、顽劣的小妖？

一定是没有的。

甚至，现在连我自己都很少见到她了。

因为，“她”就是我，从浮珑山上醒过来的小树妖。

在这座山上，我遇到了一生之中最重要的一个人，没有他，或许我至今还是一棵孤立山巅的树。

而这个人为我带来的朋友，那个一头湖蓝头发的男人，纵然缺点无数，惹人厌烦，却成了我一生的挚友，插科打诨是他，两肋插刀是他。

从这座山上第一次走下去时，我也遭遇了人生中第一场灾难，还第一次动手打了人。不对，那个家伙不是人，是一条龙，来自东海的孽龙，为了自己的恶趣味，毁掉了一座城池。也从那一巴掌开始，注定我们这两个以互殴为起点的家伙，这辈子都无法再分开。

我的一切故事，都自浮珑山而起，所以，我选在今天回来。

“站进来一点！你是来缅怀过去还是来跳崖的?！”

我的胳膊被一只大手拽住，被强行拉到离悬崖几米之外的地方。

从一来到浮珑山开始，敖炽的脸色就没好看过，他说他最不想来的地方就是这里，因为这座山上埋葬了他老婆也就是我的初恋，而我的初恋对象却不是他……

朋友们，我知道你们跟我是一样的想法，想把他拉过来拿拖鞋揍一顿吧？

“我今天来，可不光是为了缅怀过去的。”我甩开他的胳膊，狠狠瞪了他一眼。

“那你硬把我们拖来是为了啥？”九厥从山巅一侧的大石头后面钻出来，手里捏着一把淡红色的小果子，边走边说，“前任月老的事才过去几天？你们没被折腾够么？眼见着就要当妈了，不在家里乖乖待产，这大冬天的还往山上跑！”

他说得倒是没错，那个麻烦的前任月老可是让我们摊上了大事儿！一帮人费尽力气，走过万般曲折坎坷，才算了结了这件麻烦事儿。也正因为这件事，才让我更加明白了时间的宝贵，我们任何人都无法保证明天会怎样，也许明天我依然能坐在“不停”的院子里与你们谈笑风生，敖炽依然跟扫地机过不去，九厥依然沉迷于酿酒以及谈起他总挂在嘴上的终身大事。

但是，也许，明天的我们都不复存在，想说的话还来不及说，想做的事还来不及做。

这种感觉，在我即将成为母亲的时候，越发强烈。

我摸了摸我的肚子，现在是一年里的最后一个月了，也许我跟人类妈妈有本质的区别，所以关于分娩这件事，我并没有任何生理上的征兆，但我有感觉。

这一年来，腹中的小家伙陪我走过千山万水，我们从未说上一句话，但就是有一种斩不断扯不开的东西，让我们互有灵犀。身为一个妖怪的孩子，也许并不愿意像普通婴儿那样，折腾着母亲才肯来到世间。也许，还未出世的他或者她，已然太了解他们的母亲，知道她能走到现在并不容易，所以，希望自己的到来是轻松与欢喜的。

我觉得，我能了解这个还在腹中的小家伙的思想。而最近几日，更是强烈地感觉，那个崭新的生命迫不及待地要出来见见这个世界了。

所以，我必须赶在成为一个母亲之前，回到我的家，我的浮珑山，并带着我一生里最重要的两个人。

我想给我的未知小朋友，准备一份真诚的诞生礼物，而这份礼物，必须由我们三个人亲手完成。

“浮珑山冬天的果子，味道是最好的。”我笑看着九厥手里的野果，“不过你就放下摘果子酿酒的念头吧，我让你来，不是干这个的。”

“那你究竟想让我们干吗？”敖炽跟九厥异口同声地问。

也就在这时，天空微微飘起了小雪，把整片山水都点染得灵动又安谧。

我走到山巅中间的一块空地上，在寻常人眼里，这只是一块空地，而在我们几人眼中，这里挺立着一棵枝繁叶茂、苍翠如画的树——我的真身。

“我们的命运，是从这座山开始的。”我让敖炽把背包取下来，“眼见着我们的下一代就要出世了，身为长辈，我们应该为这个来之不易的孩子准备一份珍贵的礼物。”

敖炽瞪大了眼睛，看我从背包里取出三个超薄笔记本，大叫：“难怪这么重！你居然让我背三部破电脑上山？”

“谁说是破电脑，这可是最新上市的能待机一周的超超超超极本！”我白了他一眼，把其中两部分别塞到他跟九厥手中。

九厥大惑不解：“你给我这个干啥？”

我朝他们神秘一笑：“给我们家未知准备礼物呀！”

“难道你要我们一人送一个笔记本给未知？”敖炽张大了嘴巴，十分诧异并且嫌弃地看着我，噼里啪啦道，“你脑子进水啦？送三个笔记本给孩子你不怕辐射超标啊？那么小的孩子玩什么笔记本！还送三个！一个拿来用另两个拿来砸么？你不如送个扫地机实在！”

看吧，这个家伙果然还是直线思维的简单生物。

我直接拿手捂上了他的嘴，说：“我们要送给未知的，是我们珍贵的过去。”

两个男人同时愣了愣：“我们的过去？”

我点头，转身看向这座冬季的浮珑山，说:“从浮珑山开始，把我们的过去，写下来，送给从未参与过、但应该知道一切的未知小朋友。”

九厥看看手里的笔记本：“所以，你是要我们把各自最难忘的一段过去写下来？”

“就是这个意思。”我冲他眨眼一笑，从衣兜里摸出三个奶瓶形状的 U 盘，“写完之后，分别放到这里，作为给未知的诞生礼物。咱们谁都不看对方的故事，只留给未知。看，多么有意义呀！”我一脸得意，然后补充道：“看看谁敲字敲得最快，最后写完的那个，要负责替我还卡账！这仨笔记本都是刷卡买的哈！”

“你太无耻了吧?!”敖炽暴跳道，“大冷的天把我们抓到山上来敲字，爷我又不是作家，写什么稿子！”

“你确实不是作家。”我捏了捏他的下巴，笑，“但你是孩子他亲爹！还有你！”我转头看向一脸苦相的九厥，说：“你是孩子他干爹！别想跑！”

九厥哭丧着脸道：“我找人代笔成不成？”

“诚意！”我怒道，“我要的是诚意！”

“可天好冷啊。”

“对啊，夫人，你看都下雪了。不如赶紧回去烫火锅？”

“你们又不是人！怕个屁的冷啊！以为亲爹干爹都是那么好当的吗？给我滚回来敲字！”我狠狠瞪着那两个想开溜的身影，“不写就离婚，不写就绝交，你们以后别想跟我的孩子玩儿！”

两个家伙灰溜溜地转了回来。

“我也要写的。”我看着在落雪中依然翠绿挺拔的真身，笑，“回忆，并不是一件痛苦的事。”

“好嘛，写就写，可为啥非要逼我们在这山巅上写呢！”

“就为这里是浮珑山。”

“我能去弄一壶热酒过来，然后再开写么？”

“不能！写完再喝！过来坐下，一人一边！”

好吧，就是这样，浮珑山巅在此刻呈现出了万年难得一见的奇景，飞旋的雪片下，一棵青枝碧叶的大树变成一把天然的大伞，树下，“不停”的老板娘、东海的孽龙、天界的酿酒仙官，背靠树干，各坐一方，捧着一个超超超超级本，“哒哒哒”地敲起字来。

遥远的回忆，从他们飞舞的指尖跳出来，成为这个冬季，最隐匿、却最动听的乐章……

浮珑

FULONG

裟椤篇

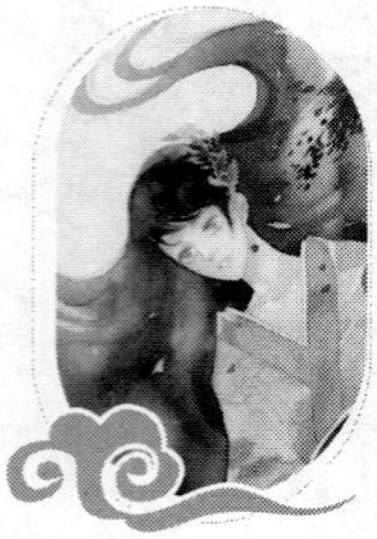

亲爱的未知：

如果你知道妈妈从前是一个会冷眼旁观他人的死亡，并制造死亡的妖怪，请不要惊奇，也不要害怕。因为每个人生命的开端，通常都是没有方向的，成长之前，我们不懂得对错，执着于爱恨，并不惜以伤害他人或者伤害自己的方式，去做一件叫作“强求”的事情。

也许，将来你也会遇到这么一个让你爱恨两难的人，也许你也会伤痕累累，也许你会觉得全世界都抛弃了你。如果真有这样一天，请坐下来，仔细看看妈妈的故事，并且跟自己说，疼痛是成长必经的路，最要紧的，是怎么从疼痛里站起来，继续走。一切都如同妈妈那杯浮生茶，不尝苦，何有甘。

嗯，可能故事会有点长，你不准一目十行哈！必须给我一字一句地看！不然打屁股！

Chapter.0

“奶奶，怎么爹还是不醒呀？”

“他生病了。”

“可爹已经吃了药了啊！”

“那些药，救不了命了。”

“那什么才能救他的命呢？”

“恐怕，只有神才能把他带回来。”

“神在哪里？”

“在又远又高的浮珑山上。”

“那我们去浮珑山！”

黑漆漆的村落里，跛脚的老妇被年幼的孙儿搀扶着，一步步走向远方。

挽在老妇手中的竹篮里，静静地放着一卷五色的锦线。

他们走得很慢，但每一步都坚定，并且充满了希望。

听说，浮珑山上的神有七彩灵光，能在夜里照亮半壁山川，只要将锦线挂在神的身上，一切愿望都能得到满足。

在这个纷乱的世间，他们已经没有依靠，没有退路，唯一能争取的，只有神的庇佑。

一天。

两天。

一个月。

两个月。

一年都过去了，村口却再没有出现婆孙俩的身影。

十年过去了，他们依然没有回来。

没有人知道他们的下落，谁会去关注两个生活得如此卑微的人？

连神都不会……

这个宇宙中，真有神的存在吗？

Chapter.1 神树

我是一只妖怪，生于漫天飞雪的十二月，浮珑山巅。

哪一年已经不记得，七百年前？一千年前？或许更早。

在我未得成人形的时候，每至隆冬盛夏两季，总有形色各异年岁参差的人类，怀着各自的心思，或独来独往，或携家带口，前赴后继昼夜不分地攀上与天相接的浮珑山。

虔诚的汗水，尽入我眼；坠崖的尖叫，尽入我耳。

站立山巅，俯瞰着匍匐在脚下的幸运儿，我心安理得地接受着他们的朝拜，任由他们哆嗦着双手，把一条条五色锦线挂在我的身上。

愿望有多少，锦线就有多少。

这些人，视我为神，执拗地以为我可以给予一切他们所渴望的庇佑。千百年来，他们不在乎这是一座没有路的山峰，无视山脚深谷下的累累白骨，不顾峭壁上遍布毒荆，甘心以自己的性命，彰显无限的虔诚——对我的虔诚。

但是，我不是神，实现不了他们任何愿望。

身上的七色光晕，不过是为了在黑夜里吸引无知的飞鸟小兽供我果腹而已，却被以讹传讹地认作福泽人间的佛光神迹。

天大的误会，真是罪过。

不过，不是我的罪，是人类的一厢情愿与偏听偏信罢了。

所以，我懒得澄清。身为一个妖怪，却被当作神一样地崇拜，这种感觉我并不排斥，还有点喜欢。另外，观赏完全不同的脸孔，听着千奇百怪的祈愿，比起终日面对不能说话不能动的岩石花草，活生生的人类更有利于打发我无聊的时间。

是的，我很无聊，我的生活很孤独。浮珑山巅就是我全部的世界，除了这里，我哪里也不能去，数百年如一日地看着同一片风景，日出日落，风起风止，花开花落，没有哪一天是特别的。

每当目送着心满意足的人类离开时，我总幻想着自己有朝一日也能跟他们一样，迈着轻快的步子离开。

山下的世界，是我一直以来的渴望。

然而，我不能离开这里，寸步都不可能。

因为，我是一只树妖。

我的生命在坚硬的土石下盘根错节，日复一日年复一年地扩张茁壮，长势异常地好。

心里很清楚，离开了土，树只会有一个下场。

要活着，就不能有自由。

这就是身为树妖的宿命，有点荒唐，有点残忍。

不过，我已经逐渐习惯了这种纹丝不动的日子。比起那些默默无名隐没在不起眼角落里的同类，我兴许能说得上是幸运了。因为，我背负着“神”的光环，拜它所赐，我总算还能拥有一些虚伪的快乐，一些不切实际的幻想。

值得庆幸，是吧?

其实，要改变这种宿命也不是没有办法，只要修成人形，就可以脱离真身自由行动。这办法我很早很早以前就知道。但是，对我而言，这“办法”等同于幻想。以我的肤浅修为，恐怕撑不到成人的那天便化作一抔沙土，形神俱消了。有生命的东西就不会有永远，妖精也一样，千年也罢，万年也好，总有消亡的一天。跟人类从生到死的道理一样，唯一的区别就是一个短、一个长而已。

没有不死的人，也没有不死的妖怪。

一只树妖，却渴望自由。

静如止水的颓废日子，幻想与绝望并存。

然而，当我抱定在浮珑山终老至死的无奈想法时，我自欺也欺人的生活，没有任何预兆地终结于一个炎炎夏日的夜晚……

Chapter.2 月夜

他刚刚从崖下救回了一对失足的母子，大难不死的人坐在山边，惊魂未定。然，他们没有对救命恩人说半个谢字，不是害怕到忘记，而是不知道要对谁说。

他故意隐了身形，凡人看不到。

可是，我能，一清二楚。

靠在我身上，他沐着清亮的月光，耐心地等待着这一批朝拜者离开。

除了那些人与猎物，再没有谁如此接近过我，我不欣赏人在乞求时的卑微，以及猎物在被捕时的恐慌。但是，我喜欢他。喜欢他过人不逼人的灵气，冰凉深邃，却有柔软的温暖……

“从今往后，不得如此。”

人，终于尽数散去，他对我说了第一句话，淡定从容，不笑不怒。

我虽活得孤绝，却不愚钝，隐晦的责备与警告令我不快。

七色光华从我的身体里层层而出，映得半壁山头流光溢彩。风动我动，婆娑曼妙，摇曳生姿，引人注目之势犹胜从前。

我故意的。

一只不知名的白色鸟儿没有任何防备地落进了我的陷阱，站在美丽剔透的枝叶间婉转鸣唱。

无声无息，我移动着万千枝叶中的一枝，接近着今天的猎物。

鸟儿只顾为自己动人的歌声陶醉，嗅不到半点死亡的味道。

轻轻一扬，迅速套住了脆弱的脖子，只要再用点力气，这小东西就会永远告别它引以为傲的歌喉。

猎物扑腾着翅膀，几片白色的羽毛轻飘飘乱纷纷地散落在枝丫间。

其实，我现在并不饥饿，只想告诉面前的人，若不是无知地贪恋我的魅力，他们不会丢掉性命。我从不曾逼过谁，人类也好，鸟兽也罢，一切一切，都是他们心甘情愿，怎能怨我?

但是，我无声的反驳被他制止了。

一滴透明的水珠从他指间弹出，不偏不倚地击中了我攫住鸟儿性命的“手”。

酸麻微疼的感觉，传遍身上每一条叶脉。

由不得我说不，我松了“手”。

“扑啦啦”逃向天际的鸟儿，成了第一个有幸活着离开的猎物。

“顽劣的小妖。”他收回望向鸟儿去处的目光，缓步走到我面前，夜风撩动他月白色的袍子，垂在腰间的缎带随风而舞，拂过我的“脸”，竟然痒痒的。

“冤魂不息，一状告到冥府，拿你是迟早的事。”

拨开一缕被吹到眼前的漆黑长发，他“提醒”我。

拿我？他真以为我孤陋寡闻吗?!

这么多年来，我听过的哭诉不计其数。我深知，天下间，比葬身浮珑山的“冤魂”冤枉一百倍的枉死鬼何其多，冥府能管得了多少?!

我需要食物，也需要人类的崇拜。

没有食物，腹空；没有崇拜，心空。

像他这样自由来去的逍遥神仙，怎能体会一只树妖的心思。

是的，他是个神仙，身不染尘，高高在上。

从他一靠近，我就洞悉了他独一无二的身份。

因为他是神仙，所以，时刻展露对苍生的悲悯之心是他天经地义的责任。可是，“苍生”里从来就不包括妖精，这是上界正道千万年来定下的规矩。

我为刚才对他的“喜欢”而后悔，盘算着他接下来会以怎样的态度对待一只“顽劣”的树妖，毁了我肤浅的道行，还是，立即就地正法？

毕竟，只要他愿意，不费吹灰之力就能给我灭顶之灾，还能平添一个为民除妖的美名。

今天，遇到他，我会有何后果？

“我在此，由不得你胡来。”

淡淡一句话，凉透我心。

果真被我料中，妖怪没有资格反驳神仙，一旦触怒对方，赔上的只有自己的性命。

浮珑山巅的“神树”，即将不复存在。

片刻时间，从杀人变成被杀，角色转换如此迅速，超出了我全部的想象。从人类那里听来的“杀人偿命”“恶有恶报”之类的词句，一个个幸灾乐祸地跳到我心里。

虽然不满意我的生活，可是，我依然留恋我的生命，能看能听能呼吸，好过无知无觉的黑暗死寂。

我没有“顽劣”到可以对死亡嗤之以鼻，所以，我真心实意地害怕着，夹杂着对他的怨恨。

“别让我死得太难受，慈悲的神仙。”

是气话，也是实话，是对他说的第一句话，也是最后一句。

我恐惧，但是绝不低头哀求。

他的眼里有笑意，深不可测。

清澈灵动的水波从他修长的指间旋绕而出，粼粼光点，闪烁其中。一圈一圈，层层叠叠，优雅缓慢地汇入他的掌心，开成了一朵无色的莲花。

山腰处，一片荷塘，翠红相间，正是盛放之季。可是，没有一朵堪与他手中的媲美。

人映花，花映人。

尽管处在这般绝境，我还是要承认，这是我此生所见最美丽的一道风景。

神仙就是神仙，即便是毙命的武器，也要尽善尽美。

无怪人类崇拜他们，也无怪那么多人梦想成为他们的一员。

“去。”

他摊开手来，嘴唇微微一动。

世上最美丽的那朵莲花，旋转着，朝我飞来。

他总算动手了。

我知躲不过，索性横下心来，直视着已然盘旋在我头顶的“花朵”，等待生命的终结。

听不懂的咒语从他口中传至我耳内，反反复复，乱我心神。

莲花，忽然停止了转动，散出数道薄而透明的白光后，笔直地坠下，坠进了我的身体。

第一次有了“冷”的感觉。

不由我控制的力量从土中的根基不断扩散到我全身，一阵强过一阵，似要将我的元神从真身里剥离一般。

此时无风，可每一条枝、每一片叶都在抖动，沙沙作响。

眼前仿佛被隔了一层水，越来越模糊。

这就是妖怪临死前的样子么？

应该是吧。还好，并不如我想象那般痛苦。

一地月光，花草怪石，还有，站在面前微笑的白衣神仙，是我在这世界上看到的最后光景。

混沌之中，不辨生死。

只觉做了个梦，梦到自己修成了人形，又笑又跳，兴奋地奔跑在硌脚的土地上……

Chapter.3 人形

什么东西，硌得我全身很不舒服！

嗳？！不对。

树妖怎会有被“硌”的感觉？！

飘到九天云外的意识重新聚拢到了一起，一点一点催促着我睁开了眼睛——

打从有记忆开始，我从来不曾以如此亲近的角度看过脚下的土地。

泛黄的砂土，托着大大小小的黑褐石头，挡在眼前；我的每一寸肌肤，真实地感受着从土地里传来的粗糙与温热。

好奇特的感觉，从未体会过的。

可是，片刻的疑惑与兴奋瞬时便被无比的讶异所替代。

撑起身体，我坐了起来。

压在手掌下的几块石子硌得我生疼。

赶紧收回手来，轻轻地揉着。

啊?!

手?!

当意识到眼前的不是我细长柔美的树枝，而是两只活生生的人类的手时，我方寸大乱。

再低头，白净的肌肤，丰满的乳房，修长的四肢，女人专属的婀娜曲线在我身体的每一处延伸；微卷而浓密的墨绿长发，披散着，凌乱地拖曳在地上。

天哪，我修成人形了?

不可能！一定是临死时产生的幻觉！

猛然站起身来，我手足无措地打量着四周，试图找个理由让自己相信所看到的一切只是虚幻的景象。

月色如水，山风阵阵，一切如故。

依然是自己再熟悉不过的浮珑山，并无半分异样。

“此山颇有灵气，我有意在此长留修行。”

身后的声音淡定如昔，对我，不啻惊雷。

回头，却被一片淡绿蒙了眼睛—— 一件好看的绿纱衣从天而降，温柔地包裹住我赤裸的身体。

“赐你人形，一来不忍再见冤魂徒生，二来不想你不得善终。从此之后，你就跟在我身边做个侍女吧。”他的微笑，由始至终，一成不变。

他就在我面前，不到一步的距离，额前的头发被他的气息轻轻拂动。

错愕中，我仰脸看着高过我一头的他，哑巴一样张开口，却说不出半个字。

“你的真身，凡人再也无法看到，浮珑山上再不会有庇佑苍生的神树。往后，每一年的今天，你都要回到你的真身里去，十二个时辰方能离开。切记！”转过脸，他看着我的“真身”—— 一棵已经没有任何特别之处的树，慎重地告诫。

我信了，我并非身在幻境。

“你……是谁？”终于问出了一句话，以全新的身份。

“你有名字吗？”他不回答，反问我。

名字？我摇头。这个东西我从不需要。

“没有？”他双眉微蹙，似在沉思。

很快，他舒展眉头，看定我：“以后就叫你裟椤吧。”

裟椤……裟椤……

我在心里重复着这两个字，为什么要叫这个名字？听来真觉得奇怪。

不过，我喜欢。

他圆了我的梦想，还给了我名字。

一夜之间，我竟收获了如此大的奇迹。

“你是谁？”在我还能压下心头狂喜的时候，我又问了一次。

“天帝座前，四方水君，子淼。”

四方水君？是个怎样的神仙？普通小仙还是位高权重？可惜，我对天界之事知之甚少。他如此简单明了的回答，给我平添了不少疑问。

“呵呵，别发愣了。随我来吧，以后同我一道修行，争取早日在天界长生录注上名号得成正果，别枉费了一身灵气。”他如长者般和蔼地摸了摸我的头，起步往山巅的另一端走去。

修行？长生录？

我不能完全领会他的意思，只明白一点——他是对我好的。

于是，我小心翼翼地抬起了脚，迈出了我梦寐以求的第一步，带着满心的欢欣与憧憬，随他而去。

从今而后，浮珑山上少了一棵惑人的妖树，多了一个货真价实的神仙，还有一个跟在他身边懵懵懂懂的小侍女。

寂静短暂的夏夜，不可参透的命数，已在悄悄变化……

Chapter.4 无色

“一、二、三……十九、二十……三十。”

我蹲在岩洞外头，认真地数着岩壁上整齐的划痕。

划痕之下，一株尺来高的植物，一枝七叶，碧绿通透，惬意地生长在嶙峋怪石之间。顶上，两片通体透明的花瓣在风中微微颤动。它原属于一朵同样透明的六瓣花，可其他四个同伴已经先它而去，凋落无影。

他说，这花叫“无色”，一年一开，花期一日，之后每六十天少一个花瓣，循环往复，以前从薄命岩上百花仙子处讨来的小玩意儿。

那夜，他将花种亲手播下，嘱我花开之时，莫忘了回真身里头去，万万耽误不得。

原来，此花为我而种。

我没来由地高兴，从此对“无色”尤为偏爱，每天都会采来日月相交之时才有的灵露，细细浇灌。

也因为有了“无色”，我对时间有了准确的概念。每到花开之期，我就在崖壁上划下一横，月月年年，不觉间，上头已经有了整整三十道。

我站起身，整了整压皱的衣衫，抱起包在荷叶里的野果，小小地叹了一口气。

平生第一次感慨时间过得太快，三十年时间，我过得有滋有味。

快乐的日子，谁不想它走得慢一点呢？

至于他，我名义上的主人，大部分的时间留在浮珑山上，其间只离开过三次。前两次，我至今也不确定他去做什么，只看到他回来时一脸倦容。

我没有问，只是猜。

每次他离开，都是大雨滂沱、山洪肆虐的日子。我躲在岩洞里，穿过密实的雨水，目送他远去。朝夕相处的日子，我慢慢知道了“四方水君”就是天界里的水神，掌司天下所有江河湖海。选择这样的日子离开，想必是职责所在。

但是，这第三次离开却是个例外。

那时，正是刚刚入秋，满山都是金绿绕叠的风景，阳光不温不火，山风不轻不重，天跟地都是爽朗而干净的。

他没有驾云，只牵了我的手，一步一步走下了浮珑山。

山路难行是我早就知道的，更何况我只是一个刚刚学会用脚行走的树妖。途中，走得磕磕碰碰不说，有几次还差点摔下山崖。但是，我还是很高兴，而且是极其高兴。因为，可望而不可求的奢望已经成了正在实现的愿望，我已经嗅到了来自另外一个世界的美妙气息，心里狂喜重重，迫不及待。

下山，花去了一整天的时间。

顾不得清去一身尘土，我欢天喜地地跟着他来到了附近的一座小城。

奇特的建筑，喧嚣的市集，往来的人潮，猛然展开在我眼前，冲击着我几近退化的视觉。

我惊叹，原来人类的世界如此五光十色。

挣开他的手，我兴奋地穿梭在路旁各个小摊与店铺，摸摸这个，碰碰那个，头钗珠花、水果蔬菜、衣衫布匹，还有那些我叫不出名字也从没见过的小玩意儿，在人类眼中再稀松平常不过的东西，于我，胜过任何稀世珍宝。

逛过热闹的市集，我的“游兴”丝毫不减，继续撒着欢儿地满城乱窜。

拿着糖葫芦追追打打的小毛孩子，挎着菜篮满载而归的老太太，摇着折扇翩翩而过的年轻男子，任何一个进入我眼帘的人物我都不放过。我喜欢他们，跟当初的朝拜者完全不同的概念。擦肩而过，他们也许只当我是一个活蹦乱跳的小姑娘，跟他们没有任何区别的人类。

我快乐得几乎要飞起来，跟这个活色生香的世界融为一体感觉实在太好。

半开的木门前，坐着一个清秀的女子，尖尖手指捏着一枚亮闪闪的小东西在一块锦缎上头娴熟地穿来穿去，两只蝴蝶在缎子上活灵活现。

从她身边经过的一刹，手指轻轻一点，两只活生生的斑斓彩蝶从她手间旋舞而起，扇动着美丽的翅膀飞向天空。

女子掩住樱桃小口，花容失色。

我也掩住口，偷笑着跑开了。他教我的小法术，被我用在了善意的恶作剧上。

这个从不曾踏足的世界，带给我的只有欢乐，没有恐惧。因为我知道，他一直在我身后，不管我跑得有多快，他与我始终只有一步距离。

当大半个城池都留下了我的足印之后，天边只剩下了一抹淡红。

他叫住了我，带我走进了城外一处挂着牌匾的小楼里。

楼里，全是清一色的桌子椅子，摆得整整齐齐。不少人围坐在内，面前杯碗交叠。

他说，这里是吃饭的地方。

拣了靠窗的位置坐下，很快就有香气四溢的食物送了上来。

叫上来的，都是素食，他说修行之人，不可沾荤腥。

这个是八宝粥，这个是糯米软糕，这个是千层百花酥。

指着这些我从没看过从没听过的东西，他一样一样地给我介绍。末了还说，都说天界的琼浆仙果是极品，可是，最最可口的，始终还是人间的食物。

他说的，我都相信。

嘴唇微微一动，半碗热乎乎的八宝粥直接被我吸入了口中。

好甜哪，又糯又滑，真是美味之极。

口中之食尚未完全咽下，我又急不可耐用同样的方法将剩下的半碗粥送进口里。

吃得太急，不仅呛了自己，也吓跑了邻桌所有看到我吃相的客人。

他忍住笑，一边轻拍着咳个不停的我，一边把一个带着柄的小东西和两根尺来长的细木棍放到我面前，说人类都是用这些个东西来辅助进食的，而我惯有的“吸食”食物的习惯，会吓到他们的。

原来是这样，我舔了舔嘴角的余甜，明白了。

一顿饭下来，我不但尝到了比曾经的鸟兽好吃百倍的食物，还学会了用被称为“筷子”的棍子吃饭。

短短一天，我实在收获太多。

恋恋不舍地回到浮珑山之后，有好长一段时间我都做同一个梦，梦到我又去到好多不一样的地方，山水房舍，处处别致。梦里，也有他，依然微笑着陪在我身边，永远不会超过一步的距离。

“裟椤。”

岩洞里传来他的声音。

我一惊，这才从许久前的回忆中清醒过来。赶紧带着采来的野果走了进去。

岩洞里终年都是清凉沁心的，哪怕冬天也一样，温度从来不曾有太大的起伏，曾经干涩光秃的岩壁，如今总浮着一层若有若无的水汽，抬眼看去，好些地方长出了大片大片的青苔，湿漉漉，绿茵茵。

伸出手指沾了一点青苔上的小小水珠，好奇地放进嘴里，闭着眼咂了砸，不禁咧嘴一笑——水珠是甜的。

有人说过，没有水，就没有生命。

他的到来，滋润了这里的一切。

我像是发现了天大的好事一般，转身蹦蹦跳跳地朝左边唯一的一间岩室而去。

Chapter.5 友人

一铺石台，两方石桌，几张石凳，就是岩室里的全部陈设。

“呵呵，小树妖的动作越来越慢了。一盘棋都快下完了你才回来。”

刚踏了一只脚进去，马上就听到了那个总是让我气恼的声音。

石桌上，摆着光滑的棋盘，上头黑白分明。他手执一枚白子，却不急于落下，回头看看我，又看看正与之对弈的男子，摇摇头，笑而不语。

刚才的好心情被那个人戏谑的口吻折去了大半，我沉着脸，慢吞吞地走到他二人身旁。摊开手中的荷叶，把一整包野果朝那个讨厌鬼怀里一塞，硬邦邦地说：“拿去！看你吃得了多少！”

“哈哈，脾气见长啊！”他朗声大笑，丝毫不介意我的粗鲁行为，旋即又转回头对他说道，“子淼，你教女无方哦。”

“呵呵，你还是注意一下你的棋子儿吧。”他狡黠地瞟了对方一眼，稳稳地落下了手中的棋子。

“咦？啊！这个……能让我悔一步么？”马上就有人双眼一瞪，拱手相求。

他坚决地摇摇头：“两坛百年云冻，下次记得给我带来。”

“嗯……一坛行不行？”

“不行。”

坐在他对面讨价还价的男子，其实是他的朋友，应该还是很好的朋友。

因为这么些年来，只有他一人会三不五时地过来拜访，每次都停留一天半日。其间，二人总是煮酒对弈，谈笑风生，亲密之态溢于言表。

我并不清楚这家伙是什么来历，只知道他有一个比我的名字还要奇怪的名字——九厥。还有，他的身上，总是带着一股异香，一股只有陈年醇酿才有的酒香。我曾问他是不是天界里专管酿酒的神仙，因为他身上除了酒气，还有仙气。而他却很不严肃地拍拍我的头跟哄孩子一样地应付我，说什么他与我是本家。

一只树妖，怎么可能与他这样的人成了本家?

这不是敷衍是什么?!

总之，如果这个九厥不是总拿对待幼稚小儿一样的态度对待我，我对他的印象不会那么差。初见他时，我曾一度为他那一头少见的湖蓝色长发而着迷，惊讶这世界上竟然有人生成这般动人模样。

子淼，九厥，坐在我面前的两个仙家男子，不相伯仲地好看。然，在我眼里，始终是前者更显出色。

“裟椤，去把灯拨亮些。”他一粒一粒捡着盘上的棋子，嘴角挂着胜利者的浅浅微笑。

“小树妖，拨到最亮哦，我们老了，眼睛不好使啦。”九厥故作老迈地咳嗽两声。

“我有名字，我叫裟椤！”

我愤愤地瞪了他一眼，讨厌他明明知道我的名字却老是“小树妖小树妖”叫个不停。

在我心里，“树妖”是过去，“裟椤”是现在。

我爱“现在”远胜“过去”。

噘着嘴走到另一方石桌前，弯下腰小心地拨弄着那盏状若半开莲花的油灯。这灯是他亲手做的，用山涧里的一块小青石细细雕琢而成，里头的灯芯还有灯油，都是取自山上一种没有名字的紫色野花，燃烧时总带着一点清甜的香。

跳跃的灯火越来越亮，整个石室比先前光亮了许多。

我抬起头，有些出神地看着被灯光投在石壁上剪影一样的轮廓，他的轮廓。

“过来坐下吧。”他冲我招招手，指了指他身旁的石凳。

“哦……”我回过神来，赶忙收起自己的目光，抚着微微发烫的脸孔，走过去挨着他坐了下来。

他收拾着棋盘，光滑的棋子一一落进藤编的棋盒，叮叮作响。

“你的事怎么样了？”他头也不抬地问。

九厥一愣：“我？”

“是啊。”最后一粒白子落进了棋盒，他盖上盒盖，“找到他们了吗？”

“呵呵，谈何容易。”九厥苦笑，左手一挥，不知从哪里变出两壶酒来，放到棋盘上，“新酿的，尝尝。”

拿过一壶，放到嘴边，未饮便已嗅到熏人欲醉的芬芳。

我吸着鼻子，情不自禁地舔了舔嘴巴。

“裟椤！”他轻轻抓住我的手腕，阻止了我即将倒酒入口的行为，“你修行尚浅，不可沾酒。”

“哦。”我失望地应了一声，恋恋不舍地把酒壶放回了原位。

“哈哈，小树妖，嘴馋了吧？你得再过百来年才能有幸品尝我的手艺哦！”九厥伸过手刮了一下我的鼻子，一脸坏笑。

“好了九厥，别再逗裟椤了。”大概见我被气得脸红脖子粗，他终于开口为我解围，随即又笑道，“不过，光是闻这味道，就知道你的本事又精进不少。”

“那是自然！”九厥毫不谦虚地接受他的称赞，可是片刻的得意之后，他拿起另一壶酒，怔怔地看着，一抹不易觉察的落寞从他的眸子里一闪而逝，“可惜，酒在知音无……”

他一笑，提起酒壶作碰杯状：“我勉为其难地作一次知音吧。放心，你终会找到你要找的人。”

“哈哈，承你贵言。我想我肯定能找到他们。”九厥瞬间恢复了常态，顺势将手里的酒壶往前一推。

一声清脆的响动之后，二人各自将手中琼浆一饮而尽。

九厥满意地打了个酒嗝，意犹未尽地擦擦嘴，问：“麓山幽泉归你管吧？”

“不错。”他放下酒壶，点头。

“那就好！”九厥高兴地一拍手，“把泉底那块万年冰敲一块下来送给我吧，我有大用处。”

他眉头一皱：“你要那个做什么？”

“酿酒啊，前些日子我灵机一动想出了一个新方法。可惜我进不了幽泉，只能找你帮忙啦。”九厥有些兴奋地比画着。

“好吧，待我哪日路过该处，就帮你取那万年冰。”他不忍扫他的兴，点头应允。

“果然是我的知音啊！不过要尽快！我有些迫不及待了。”九厥高兴地拍了拍他的肩膀，随即又突然想起了什么似的，话题一转，“哦，对了，我今天路过玳洲城的时候，发现那里暴雨连绵，百姓苦不堪言。还有城郊那片湖泊，妖气冲天，不知道是不是有妖怪作祟。你是不是该出面看看？”

“你怎么不早说?!”

“下棋下得太专注，忘了。”

“……”

他们说的话，我大多不明白，但是我喜欢听他们的声音，哪怕是你来我往唇枪舌剑，也是清脆如流水，动人心弦。

我不时看看他，不时看看九厥，认真捕捉着他们脸上每一个独特的表情，从少数能听懂的只言片语里揣测着他们的一切。

淡淡的酒香一直在鼻子里回旋不去，竟有了点晕晕的感觉，眼皮也越来越重。

终于，我坚持不住，趴在石桌上沉沉睡去。

翌日清晨。几缕细细的阳光从头顶上的岩缝里透进来，刚刚洒在我的身上。

我缓缓睁开眼，却赫然发现我的睡姿大有问题——明明是趴在桌上，却不知怎么地滑到了地下，整个人全依靠在他身上，很舒服地用他的大腿作了枕头，还有我的两只手，到现在还紧紧地抱住他的小腿。

我就这样香香地睡了一夜?!

腾一下跳了起来，红了脸，有些手足无措。

“呵呵，昨夜睡得可好？”他笑吟吟地看着我，“没想到那家伙的新酒如此厉害，一点酒香就让你不省人事。”

“你就这样坐了一夜？”我盯着他袍子上被我压出的条条褶皱，怯怯地问。

“啊，你睡得那么香，不想弄醒你。”他轻松地捶了捶自己的腿，站起身，看了看外头，正色说道，“时间不早了，我们要马上动身。”

“动身？去哪里？”我心下一惊，准确地说，应该是惊喜。

“玳洲城。”

说罢，他照例拉了我的手，快步出了岩洞。

Chapter.6 水怪

呼啸而过的风，吹散了我的头发。

我紧紧抓住他的胳膊，闭紧了眼不敢往下看。

以云代步的滋味，并非我想象中的那么安逸。

脚下那团白气，看来是又厚又软，可踩在上头才知是空无一物，带着这种不踏实的虚无感飞驰于万里高空，我怎不心惊胆跳?!

“呵呵，不要害怕，慢慢就习惯了。”他觉察到我的紧张，拍拍我的手宽慰道，“还好九厥一早便离开了，否则看到你现在的样子，又少不了一番取笑。”

后面的那句话倒是提醒了我，我睁开眼，只敢仰头不敢低头，理直却不气壮地反驳：“他敢说他第一次驾云的时候一点都不害怕吗？恐怕连我都不如呢！哼，只会取笑别人不会检讨自己的无聊家伙。”

他忍不住笑出声来：“好了好了，看来以后你们最好少碰面，免得扰我清修。”

气呼呼地住了口，心想昨夜我酒醉之后，不知这家伙又说了多少风凉话。

这么一气，开先的恐慌竟被抵消了大半。

“还要多久才到玳洲城呢？”我鼓起勇气低头看了看脚下，云雾缭绕重峦叠嶂，宽大绵长的河流缩成了一指不到的细绳子，统统以极快的速度向后退去。我一阵眩晕，赶紧收回自己的目光。

他看向远处，眉头微微一皱：“马上就到。”

那么快?!

我的嘀咕声尚未落下，一股不明来路的猛烈飓风悍然而至。

席卷其中的砂土毫不留情地击在我的脸上，撞进我的眼里。

惊叫一声，我本能地松开一直抓住他的手，去捂住发疼的眼睛，完全没有意识到这样做会给自己带来怎样的危险。

一个趔趄，整个身体不由自主地向后仰去——若非他及时揽住了我的腰，恐怕我登时就从云上被吹入万丈深渊，尸骨无存。

他一手护着我，一手捏诀，双目微闭，口中念念有词。

刹那间，肆虐的狂风被驱散得无影无踪，仿若从来没有出现过。

惊魂未定的我这才发现此刻身处的天空比方才暗淡了许多，云朵灰黑掺杂，深深浅浅，沉重得很，似乎一碰就会从天上落下去。

他睁开眼，看了看面前的景象，对我说：“乌云下头，就是玳洲城。”

话音刚落，他按下了云头。

只觉身子一坠，不消片刻，我们已经稳当地站在了一片湿软的泥地上，四周一片稀疏的树林。

还未及喘上一口气，马上就感觉有东西“稀里哗啦”地砸在自己的头上，一抬眼，啊，好大的雨啊！

可是，为什么自己没有被淋湿呢？

我看到豆大的雨点在我们头上飞溅开去，却始终碰不到我们分毫。

是他施的法术么？

“走吧。”

他拉了我，转身朝林子前面的城池走去。

这个地方不知被大雨侵袭了多久，本该鲜艳醒目的红色城门已经没有了本来的模样，颜色深得如泼了墨一般，难看至极；浑浊的雨水沿着城墙上条条的砖缝“哗哗”地往下淌，汇集到墙根，形成了一条浅浅的河流，顺着低洼的地势一直流到我们脚下。

他不说话，细致而警惕地打量着四周。

虽然有好些问题想问他，可这会儿我不想打扰他，只安静地跟在他身后，随时听他的吩咐。

掐指一算，沉思片刻，他喃喃自语：“果然是妖孽作祟。”

这里真的有妖怪?!

那么多年来，除了极少数偶尔路过浮珑山的兽精蝶妖，我没有见过其他任何“本家”。玳洲城里的妖怪，会是个什么样子？

我很好奇。

“进城之后，切记不要乱跑，老实跟在我身边。”入玳洲城之前，他以手指点了点我的头，很严肃地警告我。

“嗯，知道了。”我吐了吐舌头，猜想定是上回的活蹦乱跳满城乱窜让他印象深刻。

“进去吧。”

他左手轻轻一动，被风吹得半掩的城门缓缓打开，发出一阵沉闷又厚重的声音，迎接两位不速之客。

城里的情况糟糕得超出我的想象。

水，到处都是水。

除了天上的倾盆大雨，还有地上蜿蜒成河的积水，深深浅浅，污浊不堪。两旁的楼宇房舍，竟没有几处是完好无损的，有的没了房顶，有的坍了半边墙壁，还有的根本就只剩一片残垣断瓦，孤零零地立在暴雨冷风之中。

如此惨淡光景，都是因为这场雨水所致？

越往前走，积水越深，流动得越迅速。

尽管他的法术把所有肮脏的积水隔绝在我们身外半步之距，但我还是看到最深处的积水已经到了没过我腰肢的高度。不时有一些乱七八糟的器皿衣衫从身边漂过，偶尔还有被淹死的家畜的尸体，发出难闻的恶臭。

“这座城……被大雨毁成了这个样子？”我转头问他。

这样的情景让我不舒服，我想起那个秋日去到的小城，那么漂亮，那么生意盎然。同样是供人居住的城池，为什么两者的境遇能相差到这种地步？！

这座玳洲城，到处都是……死亡的味道。

很少见到他皱眉皱这么长时间，从进城到现在，一直都没有舒开过。

“仅仅一场狂风暴雨，还不足以把整座城池毁到这般地步……”他看着眼前残缺不全一片混乱的街道，摇了摇头。

“那为什么……”

我的问题刚刚出口，便被他打断。

“嘘！”他将手指覆在唇上，示意我安静。

“救命啊……谁来……救救我们啊……”狐疑间，不知来处的呼救声传入我耳里。

声音不大，听来已经精疲力竭，里头好像还夹杂着“哇哇”的哭声。

他警觉地循声望去，旋即加快步子走向左前方一座已经濒临彻底坍塌的院落。

待我们赶到院落前时，我不由吃了一惊。

一个年逾半百的老妇不知何故瘫坐在水里，只有肩部以上露在外头，倒塌的瓦砾砖块遍布四周，一根粗重的房梁被两旁的残墙一挡，刚好压在她头上不过半尺的地方。

“哇……哇……哇……”

褐色的木盆里装了一个啼哭不止的婴孩，晃悠悠地漂在水上，老妇人双手死死拽住盆沿，生怕它被水冲走。

可是，水流越来越大，溅起的水浪冲到老妇人脸上，呛得她咳嗽不止，抓住木盆的手也越来越松。

情况很危险。

我挣脱他的手正要上前把那老妇拉起来，却被他制止了。

“我来。”

他伸出手指往水中一点，轻喝一句：“开！”

余音未消，我们眼前登时出现了一条半丈见宽的道路。方才还汹涌弥漫的水流像受了令的小兵一般，乖乖分到了两旁，再不敢造次。

水退之后，我才发现有一块粗大的类似门框一样的木头刚刚好压在老妇人的腿上，难怪她站不起动不了。

他快步上前，一边嘱咐我把木盆里的孩子抱起来，一边蹲下身把那木条从老妇人腿上挪开，再把她从摇摇欲坠的房梁下移了出来。

死里逃生的老妇惊恐不已，在确定了自己跟孩子确实安然无恙之后，她才忙不迭地向我们叩头："多谢壮士搭救！多谢恩公搭救！不不，多谢神仙搭救！多谢神仙搭救！"

老妇语无伦次，我知道了她只是把我们当成了拥有异术的普通人。尽管所有凡人都喜欢整天把神仙两个字挂在嘴边，可是一旦真的有神仙出现在面前，又有几人相信呢？

"这位大娘不必言谢。"他把老妇小心搀扶起来，问，"玳洲城的连绵暴雨是从何日开始的？"

老妇千恩万谢地从我手中接过啼哭不止的婴孩后，苦着脸回答："我们玳洲城一贯风调雨顺，这回不知道是老天爷不开眼还是招了什么妖魔鬼怪，从上个月初八开始，城里天降暴雨，城外狂风大作。才不过十天时间，整座城几乎被毁个精光，造孽啊！"

"城里其他人呢？"我忍不住插嘴。想方才一路行来，除了这一老一少，我们没有看到任何人。

"腿脚好的，年轻的，拖家带口，能走的都走喽。还有好多人平白丢了性命，淹死的，砸死的……咳……"老妇摇头叹气，继而又号啕大哭，"我那可怜的儿子跟儿媳哟……不知道现在怎么样了……遭灾之前他们去了城外采药，到现在都没有音讯，就留下我老太婆一个人，还要照看小孙子……我怕他们回来找不到我，一直不敢离开家……今天多亏神仙相救，否则老太婆早见阎罗王去了……呜呜呜……"

"可恶……"他的喉咙里发出含混不清的词句。

仅仅两个字，我知道他生气了。

老妇止住哭声，抹了抹眼睛又道："我听别人说，城外有妖怪。还有人说看到那只妖怪在半夜的时候飞到城里来作怪，好多房舍就是被它撞塌的。也不知是真是假，要是真有妖怪，求神仙一定要把它降服，这天杀的，害死多少人啊。"

他不作声，随手从身边一株折断的大树上摘下一片树叶，吹口气放在地上。

墨绿的叶子打着旋儿，转眼便变作一叶小舟。

"这只小船能把你们祖孙俩安全送出玳洲城。"他上前把目瞪口呆的老妇搀到舟上坐稳，"等到雨停之后，你们再回城来。"

老妇说不出话来，只拼命地点头。

"噢，对了。"送祖孙俩离开之前，他问道，"城郊某处是否有个湖泊？"

"是是，就在东门外头不到一里的地方，名叫断湖。"老妇指着前方道。

他点点头，伸手往船帮上一推："你们一路小心！"

仿佛有东西牵引一般，小船避开沿途所有可能阻碍它前行的障碍物，又稳又快地朝城外驶去。

我抬头看看天，从四面八方汇集而来的乌云已经在顶上连成了一片，更加肆无忌惮地朝城池里泼下瓢泼大雨。

"我们去断湖。"

不等我有所回应，他稳稳拉住我的手，往空中一带，我的身体立即轻飘飘地离了地，连带我的心，也惊颤颤地提到了嗓子眼。

我实在是不适应腾云驾雾，起码现在还不行。

"别害怕，这回不必驾云。"

他说这话的时候，我们两人已在离地不到三尺的地方以极快的速度朝前飞行了。所过之处，水流竟纷纷自行断开，极恭谨地为我们让出一条畅通大道。

我偷偷松了一口气，这样的高度我能接受。

他带来的无形保护圈隔断了所有逆风飞行所带来的强大气流，令我可以稳稳当当睁大眼睛跟在他身后体会飞翔的感觉，再不必担心被大风吹翻下去。

原来，不用脚来行动是这么有趣，像阵烟一样，被看不见的力量牵着吹着，不劳自己出半分力，就可万般轻松地朝目的地进发，真是惬意无比。

不否认，直到现在，在看过了玳洲城里的种种之后，我游山玩水的心态依然没有减少分毫，我仍旧新奇又有乐趣地看待身旁的一切，哪怕这是一座已经没有生气的"死"城。

我把投向四周的目光收回，放在他身上。

一片长及腰下的黑发在我眼前微微摇动，封住了所有能看见他脸庞的角度。

为什么他刚才会生气？我暗自忖度着。

同他在一起的时间不算短，其间我也曾犯下不少让他头痛的错误，但不管我的过失有多严重，他脸上宽和的笑容总是多过任何一种表情。久而久之，我认为他就是一个永远不会生气的神仙，仁厚到可以无条件地包容一切。

但是，来到玳洲城以后的他，却让我有一点点意外。

还没等我猜出半点端倪，我们已经飞出了北城门。

越往北，雨水越猛。

Chapter.7 断湖

等到我们停在面前这一大片湖泊前时，雨水已经密实到妨碍我们的视线。

站在离湖岸数尺的地方，他凝神地打量着四周模糊不清的景色，目光如炬，似能洞穿一切玄机。

身旁无事可做的我，也学着他的样子睁大眼睛朝四处猛看。

可惜，除了交织在一起的灰黑白绿，我没能看到任何值得怀疑的东西。

“袈椤，”他唤了我一声，“站到我身后去。”

“哦。”

他严肃的神态令我立即从他身边一步跨到了背后，然后又不安分地伸出半个脑袋小心地问：“嗯……出什么事了么？”

他反手把我的脑袋摁了回去：“不可离开我身后半步！”

好像很严重的样子。

我不敢再多言，规规矩矩地藏在了他身后。

长长的，我从来没听过的咒语从他口中而出，低沉而紧凑。

随之而来的，是一股比刀锋还凌厉的气流，从两侧擦过，未沾我身，但轻易就能感受到它的锐利。

他的双臂朝两旁伸直，气流的来源，正是他平摊开来的手掌。

我悄悄抬眼一看，张大了嘴，不由惊叹——

原本四散降落的雨水竟被纠集在了一起，像被拧成股的麻绳一样，飞快扭动着，从天空中一左一右准确地落入他掌中。

天上的云朵似乎也受了影响，纷纷聚集到我们上方，转动着，状如漩涡；一直不曾停息的飓风，来自天地四方，大有愈演愈烈之势。

所谓风起云涌，大概就是指现在这个状况吧，委实壮观。

我看得呆了，竟忘记了要怎样闭上自己的嘴巴。

这样的景象持续了约莫小半个时辰。

当他手中那两条“雨绳”从“绳”变成了“线”，又从“线”变成无之后，浓重的乌云不知何时踪影全无，晦暗已久的天色渐渐有了亮度。

雨停了。

刹那间，世界风平浪静。

他轻轻吐出一口气，收回了手掌。

“可以出来了吗？”我伸出头问他。

“呵呵。”他回眸一笑，“可以了。”

得了允许，我立即从他身后跳了出来。

刚才太过紧张，整个身体都不由自主地绷紧了，到现在，才感四肢酸胀不已。

朝前走了几步，我伸伸手，踢踢腿，活动着身子。

没有了雨水的干扰，再加上敞亮的光线，我终于看清了面前这片名为断湖的水域。

湖面极之宽广，比浮珑山的荷塘不知大了几千几万倍，碧绿幽深的湖水充盈其中，纹丝不动，平滑如镜，安静得教人会误以为这是一湖冻结多年的绿色寒冰。

奇怪！

我揉了揉自己的眼睛。

连浮珑山上的小荷塘都会漾起一圈一圈的波纹，为何这里的水却是不动的？

想不通，我也懒得想。

走回他面前，我问：“你把雨水都变没了？”

“不是变。”他笑着摇头，“只是收回本不该出现的东西罢了。”

对啊，我顿时恍然大悟。

他是天界的水神，但凡跟水有关的东西，理当归他掌控。

“那表示玳洲城已经彻底安全了？”我又问。

雨住风停，带来灾祸的罪魁祸首已经被降服，这倒霉的城池自然是脱离苦海了。

“治标不治本。”

抛下这句话，他弯下腰去，从地上取了一小块湿泥摊在手心，紧接着又从我头上拔了一根头发，嵌进湿泥之中。

“来，对着它吹口气。”他把这团泥巴伸到了我面前。

我挠着头，莫名其妙。不过还是照他的吩咐，对着这块黑乎乎的玩意儿使劲吹了口气。

刚一合上嘴，我便发现这不起眼的泥土起了奇妙的变化——一株小小的树苗破“土”而出，不紧不慢，精神十足。个子虽小，却是枝繁叶茂。嫩绿的叶片上还闪着点点光芒，凑近一看，原来是几滴晶莹的露水。

“这个……这个是什么？？”我万分小心地以指甲尖拨弄着这个幼小的“同类”，惊奇不已。

他没有回答，捧着这小东西走到了湖边，念念有词，而后将其往空中一抛，喝道：“去！”

我立即跟上去一看究竟。

只见这玩意儿在半空中画着圈儿，很快化作了一团椭圆形的光斑，泛着莹莹绿光，越升越高。每高一尺，光斑就往外延展一丈，直到完全变作一个能笼住整个湖泊的巨大光环。

眨眼间，又见此光环从空中疾速坠下，毫厘不差地扣在了整个湖岸上，激起一排直冲九天的耀眼光柱，天衣无缝地将断湖包围其中。

蔚为壮丽的景象持续了半炷香的时间，那些光柱渐渐消失，在它们消失的位置，无数棵高大茂繁的树木拔地而起，挽手相连密不可分，强悍而有力地驻守在湖畔。

我目不转睛地盯着这场平生从未得见的奇景，生怕漏掉其中任何一幕，兴奋地想尖叫。他是怎么做到的？竟然用地上一抔泥土和我的一根头发，这样不起眼的东西制造出这般叹为观止的景象。

“怎么……长出那么多树？”我捂住自己怦怦乱跳的心口，看着平静如常的他。

“城池被淹，除了暴雨，其余祸水大多来自这旧堤已毁的断湖。我今以树为堤，可保它百年之内不再泛滥。”他走上前，仰头看了看面前新生的参天大树，又回头对笑道，“你居功至伟，没有你的真气，我无法在这么短的时间里‘种’出如此多茁壮的守湖之树。裟椤，以后我治水之时，断断少不得你在旁协助。”

他是在夸奖我?!

我又惊又喜。惊的是这么些年来，他第一次如此直白地夸我；喜的是他最后说的那句话，照他的意思，以后他都会把我带在身边，不会再把我孤单单地留在浮珑山上?!

他用力拍了面前的树干三掌，似在试探它够不够稳固，然后才回到我身边，说：“我们回去吧。”

“嗯！”

我敢担保，我此刻的笑容灿烂过任何一天的盛夏艳阳。

他依然牵了我的手，默不作声地领着我往回走。

其间，他回过两次头，看着离我们越来越远的断湖。

而我，只顾着回味他对我的夸赞，根本没有留意到隐匿在他眼中的未曾消退的警惕。

Chapter.8 孽龙

咕嘟咕嘟……咕嘟咕嘟……

在我们走出不到五十步的时候，清楚无比的怪异响声从身后传来，与此同时，脚下一直稳若磐石的土地，也开始产生明显的异动。

我本能地回过头，立即就被断湖里的异象吓了一跳——

此时的断湖让我想到了烧着开水的热锅，静如止水的湖面早被大大小小翻腾不停的水泡打破，“嘶嘶”地往外冒着白气，看上去触目惊心。

“怎么了？”我惊慌地抓住了他的衣袖。

“真正的罪魁祸首。”他把我拨到了身后，面不改色地注视着湖面。

“真正的罪魁……”

我话未说完，就听轰隆一声巨响，湖中心猛然炸裂开来，被冲开的湖水溅起一人高。

混沌之中，一个硕大的黑色影子从湖中奔腾而出，伴着我从未听过的可怖咆哮，直飞天际。所过之处，电闪雷鸣，得来不易的好天气转眼又是风云变色。

拽着他衣襟的手已经开始冒汗，虽然我不是神仙，但是仍然可以感到隐藏在突变风景下的，是危险。

心里虽害怕，可想“见世面”的好奇心还是与对未知危险的担心打了个平手。我从他身后探出小半个脑瓜，只敢靠一只眼睛来观察事态的发展。我要看看，今天究竟还要遇到多少个让我震撼的场面。

而接下来的事实是，我很快就被“震撼”了，几乎被震得晕过去。

湖面上的天空，已经不能说是阴沉了，根本就是漆黑一片，下面，越来越大的龙卷风在湖面上肆虐而舞，卷起的湖水狠狠地砸向四周，连看似稳如泰山的围湖之树也在它们爆发出的惊人力量下摇晃不止，茂盛的枝叶啪啪作响，似有无数双看不见的黑手想在此时毫不留情地折断这些新生的生灵。

我真心实意地担心起来，这些树木不仅是我的同类，更是我的化身——它们的身体里，有我的一口真气。

“我们的树好像撑不住了！”几片树叶从我们头上飘过，我用力拽他的衣角，焦急万分，“我们”二字冲口而出。

而他却头也不回地说：“我种下的树，哪有那么容易被毁掉，放心。”

“哦！”我愣了愣，然后拍拍胸口，轻轻呼了口气。深知他从不说谎，所以对他的话我历来是坚信到底，从不怀疑。

而我也看到，虽然情势相当恶劣，可是除了刚才掉下的几片落叶之外，所有的树木并无任何被损坏的迹象，粗壮的树干在愈加狂暴的龙卷风中纷纷展露了出人意表的柔韧，任外力将自己压得多弯多低，它们总是能一次又一次地直起身体，寸步不移。

我对它们的担心果真是多余的。

但是，即便如此，我高高悬空的心也只放下了一半——那头刚刚从湖里冲出来的大玩意儿怎么飞上天就没了踪影？是躲到云后头去了吗？还是早就已经逃之夭夭了呢？

我当然希望是最后一个可能，尽管只是晃眼一瞥，根本就没看到任何细节，那个东西仍然让我产生了不可名状的惧怕。

风势依然没有减弱，而盘踞湖上的比墨还深的云层在渐渐扩大，很快将我们两人也笼入其下。

他尚未采取任何行动，只是偶尔抬起头，看似随意地打量天空上的异象。

也许是紧张所带来的错觉，我总感到在天上不断扩张的黑暗想一口吞掉我们，心下顿时止不住地压抑起来。

这样的情形还要持续多久？到底是什么东西在作怪？我们几时才能离开？

脑子里一串问题还没来得及变成讲出口的语言，一个惊天动地的炸雷就在头上劈开。

“小心！”

他低喝一声，一把抓住已被吓掉两魂六魄的我往左后方纵去。

几乎是同一时刻，一个通红的火球从天而降，不偏不倚地落在我们刚才站立的地方，灼目的金光伴着一声巨响，原本还算平整的地面立时被轰开了一个大洞，泥水和着残余的火星四散开去。已经身在半空中，自以为身在安全距离之外的我，居然还是被几块飞开的泥土砸中了脚背。

“啊呀！”我惊叫连连，忙不迭地甩着腿，这些不起眼的小土块，竟是滚烫无比，我的脚背顿时红了一片，热辣辣地疼。

几块小小泥土尚且伤人至此，若直接被那个火球击中，岂不是真的是尸骨无存了？！

我心有余悸。

近在咫尺的对面，紧接着又是几道银白的电光闪过，镶着红蓝色两种颜色的边儿，妖异又显眼。

“两个不知好歹的蠢人，竟敢在我的地盘放肆。”

沉厚而阴郁的男人声音在风雷交加的空中震荡，带着空旷的回音，从四面八方灌入我的耳里，完全分不清来向。

“呵呵，出来吧，躲在云后头害羞么？”

他镇定自若，嘴角挂着揶揄的笑容。

我没有看到他张嘴，声音是从他身体里直接传出来的，平缓且洪亮，毫不逊色地荡漾在已经看不到分界线的天地之间。

“嗷！”一声悚人的大吼，地动山摇。

云后面的东西，肯定被激怒了。

我的耳朵被震得嗡嗡作响。

一只长着细密鳞片的巨大爪子，从黑云中赫然伸出，上头尖锐无比的指甲微微弯曲，森森的寒光凌厉无比，锋利到大有撕裂眼前一切的势头。

当我惊诧的目光尚未从这只爪子上移开时，一直严密覆盖住爪子主人的层层黑云却先我一步移向了两旁，仿若两扇被同时拉开的大门。

我傻傻地眨了眨眼睛，不知道要怎么形容出现在云后的，那个从湖里冲出来的，长着骇人爪子的……怪物。

不光是爪子，它全身上下都长满了鳞片，深紫色的，每一片都泛着幽幽的光，异常齐整；躯体的形状，颇像那些个在浮珑山上爬来爬去的大蛇小蛇，细长蜿蜒，柔软灵活，只是它的尺寸委实庞大了太多，即便是我见过的最长最大的蛇，放到它面前，充其量不过是条小小蚯蚓罢了；还有它的爪子，那四只强健无匹的利爪，也是蛇类不可能拥有的。

我的目光顺着它的躯干往上移动……

天哪，那是怎样的一个头颅啊?!

长长的嘴，半张着，能看到里面同样尖利的牙齿与猩红的舌头，微微突起的鼻孔呼呼地朝外喷着气，一对比鳞片颜色更深的眸子在细长的眼眶里缓缓转动，光秃秃的头顶上还栽着两支奇形怪状的犄角。

“好丑的大家伙！”我脱口而出，因为我的审美观告诉我，浮珑山上长得最难看的黑甲虫都比它漂亮。这东西到底是什么物种？刚才出言不逊骂我们是蠢人的一定是它吧，那个要命的火球也是拜它所赐吧，一个恶心的怪物，竟如此嚣张。

刚一说完，它的头便突然朝我这边转来，眼珠也不再转动，眼眶微微合上，形成了两条紫色的线。

我想怪物大概是听到我的话了，不太妙，于是赶紧躲到了他的身后，万一怪物一生气，又朝我扔个火球就麻烦了，我是树，可经不起烧的。

“东海龙族，善水善火。你既会闹水，又能吐火，看来跟东海那边脱不了关系。”他双手横抱胸前，一字一句地对着那怪物说道。

“哼哼。”怪物脸上没有半点表情，只听到它闷闷地笑，“看来是个懂行的。不过，我劝你还是少管我的事。刚才不过是给你们一点小小的警告，即刻带着你身边的傻丫头滚出玳洲城，我留你们一条性命！”

怪物极端不礼貌的态度并没有触怒他半分，我倒是被他的一句傻丫头气得要死，这么多年，从来没有谁用傻来形容我，就连那个最讨厌的九厥，都亲口夸过我聪明。这只半路杀出的丑陋怪物，凭什么来侮辱我？！

我正要发作，他却以眼神阻止了我。

“既生为龙，不留在海域助龙王治海施雨造福于民，反而跑来凡界兴风作浪害人性命，你实在罪大恶极！”他平和的神态依旧，只是口吻不再轻巧，“你若知悔，速与我回天界领罪！”

我憋着一肚子气立在后头，擦亮眼睛等着看他怎么收拾这只龌龊的怪物。

“哈哈哈哈。”它大笑不止，身上每一片鳞片都在颤动，笑过，它轻蔑地说，“若我偏不知悔呢？”

“呵呵。”他也笑，“那今天恐怕不能全身而退。”

“东海龙王那老家伙的缚龙锁尚且奈何不了我，你这个白脸小子又凭什么？”它的眼睛张大了些，言语间尽是不屑与轻视，“不能全身而退的，怕是你吧。”

“缚龙锁？”闻言，他的眉毛轻轻一挑，“曾听闻东海龙宫的冰牢中镇有一条孽龙，已有百年之久，但是二十年前，此龙竟从牢中脱逃，东海上下寻了多年也未能获其下落。原来被你躲到这天远地远的玳洲城来了。”

“知道得不少啊。”它俯下头，舔了舔自己的爪子，“我不管你是什么来头，总之你不用妄想抓我回去邀功，你不会有这个机会。”

“是吗？”他冷冷一笑，“那得试了才知道。”

“嘿嘿……”寒人脊骨的闷笑传来，已成一线的紫色瞳孔比先前张开了不少，其中尽是目空一切的放肆，“既然你嫌命长，索性就让我来帮你一把。”

言毕，它按下爪子，脖子一低，喉咙里发出低沉的吼啸，声音不大，力量不小，震得整个天空都不可抑止地摇晃起来，蓄势待发的危险让人心惊胆战。

眼下情势，剑拔弩张。

我心下一紧，一场恶战在所难免。

“不知天高地厚。”他低声自语，话里的轻松不减半分。

可惜，他的面不改色心不跳并没有感染到身后的我，心里的担忧与畏惧直线上升，方才那个想假手于他教训这怪物的负气愿望在他们俩确实有了动手的意思之后，反倒消失不见了。

到现在还隐隐作痛的脚背不停地提醒着我这丑八怪的招数有多厉害，而且刚刚又听它说什么龙王什么锁都降它不住。龙王，“王”这种称呼应该是给非常厉害的角色吧，连“王”都治不了的家伙，怕的确不是那么好打发。

如果这个时候还可以选择，我宁愿他拉着我退避三舍，就算被那只怪物当窝囊废胆小鬼笑死都没关系。

他的安危于我来说重于一切。

敌人咄咄逼人的气势，威力无穷的攻击，能唬住我一时，但仅仅一时而已，并不能令我当成天大的事牢牢放在心上。

唯有他……

一想到他有受伤的可能，我的心就像遭了十个火球，烧焦了一样地疼。

“我们走吧……不要跟它动手好么？”我很没出息地拽了拽他的衣袖，以乞求的口吻说道。

他转过身看着我：“不要害怕，它断断伤不了你。”

“我不是……”

正要分辩，却冷不丁被他一指摁中了眉心。

冰透骨髓的感觉从眉间扩张到四肢百骸，整个人如同在瞬间落进了严冬时节的湖水，冷到极致，比我那年冬天不小心落进山上的涧水里还要冷上十倍百倍。

不过，虽然冷，却不难受，看不见的力量从每一寸肌肤渗了进来，温和地流动于我的肉体与经脉，原本急促的呼吸顺畅了许多，身子似乎也变得前所未有的轻盈，连脚背上的疼痛与伤痕也随着这股力量的涌动而渐渐消失。

他对我做了什么？

竟有如此神奇的体验。

“辟火印能保护你不被任何与火有关的攻击伤到。”他收回手指，压低声音笑道，“我知你害怕它的火球。虽然它已经没有机会再伤到你，不过有了这层保护，你会更安心一些。乖乖待在一旁，待我收服这畜生之后，咱们就回家去。”

原来，他在作法保护我。

我还以为专心与丑八怪周旋的他并未留意到我脚上的伤呢。

摸摸一片冰凉的额头，我傻兮兮地看着他：“那……你要小心，那个大家伙好像真的很厉害。”

“呵呵，你对那傻丫头还真是细心哪。”对面传来了阵阵嘲笑，“不过，小小一方辟火印就想保她周全，你未免太天真了。”

连眨眼的时间都没有，就见一条数丈高的火舌高高蹿起，以迅雷不及掩耳之势朝我们这边汹涌舔来，青红相绕的炽焰烧亮了半壁天空，似骄阳，似刀锋，未近我身，却已然微微灼痛了我的脸孔，汹涌奔腾的热气没有间歇地撞向我跟他，士气高昂之极，不熔尽我二人誓不罢休。

“啊……那边……”我一手捂着脸，一手慌乱地指着已在咫尺之遥的攻击，提醒着背向而对的他。

“呵呵，果然有点本领。”他朗朗一笑，竟不急着回头，眼里尽是未卜先知的从容慧黠，“且用这断湖之水来为你降降火气。”

言毕，他脚下轻轻一点，轻飘飘跃起丈高，口中念动咒语，手臂一扬，左右五指各自捏诀，指向我们身下已经巨浪翻滚的断湖，再朝上一提，似要从那湖里抓出什么一般。

此时，那要人性命的火舌已经杀到了我们面前，瞬间便穿过了他的身体，将他吞得无影无踪。

我自然也不能幸免。

来不及为他担心，来不及叫喊出声，那跳跃的火焰，灼人的热浪，不费吹灰之力便弄花了我的眼睛，模糊了我的意识。

我想跑，这是本能。

身为树妖，最最惧怕的便是烈火。

困住我的熊熊火海，烧死我十次都有余。

我一直贪恋生命，以前无牵无挂时尚且如是，而今……更加如是。

千万，千万不能就此丢了性命啊！

单纯的求生念头刚刚浮出，我便觉身有异样——一直有增无减的热度突然悉数褪去，换之一股清凉爽心的冰流，从头顶倾泻而下，一如在三伏炎夏纵身跃入清幽泉水，好不畅快。

我小心翼翼地睁开眼，看向自己的身体和四周，不由大为惊讶。

火焰仍在，不怀好意地将我死死困在其中，未曾消减寸毫，然，我却看出它根本无法靠近我——一层薄薄的水光遍布我的全身，缓缓游移，银光耀眼，将那妄图夺我生机的恶毒杀手隔绝在了另一个空间。

这就是辟火印的威力？

好生奇妙！好生厉害！

正为他施在我身上的法术咋舌的当口，突然闻听一阵“哗哗”水响，无数朵水花由下而上纷沓而至，一一绽放眼前。

“呵呵，小小孽龙，终是班门弄斧。”

清脆的声音漾在茫茫火海之内。

是他！

我又惊又喜，迫不及待循声望去。

但见前方，一个人影浴火而出，黑发飞扬，白袍飘飘，一左一右，各自跟随了一只奋爪腾空的怪兽，通身透明，莹光粼粼，看形状，竟与那孽龙有八分相似。

“且让我的水龙来会会你这条真龙。”火光之中，只见他长身而立，稳若磐石，修长的手臂优雅一挥，喝了一声，“去！”

这一声令下，两条一直守候在侧的水龙登时昂头挺胸，一条飞身便朝那仍然吐火不止的丑八怪猛扑过去，另一条则张开大口冲入了身下的火海，灵敏地穿梭其中，似与那火舌纠缠不休。

它每绕一圈，火势便会减小一分。数个回合下来，嚣张肆虐多时的火焰彻底败下了阵来，消失得一干二净，而被映得通红的天空也渐渐恢复了它本来的颜色。火焰消失的同时，此水龙也化作了一大片清水，如从天突降的暴雨般纷纷落入了下头的断湖。

再看它的同伴，与那丑八怪斗得正欢。

暗紫银白，两个看似同类的怪兽头颈相缠，上下翻腾，打得天昏地暗。

争斗中，那丑八怪张开大口，利齿好几次刺进缚住它身躯的对手，辅以狠狠地撕咬，妄图摆脱这条顽强的活套索。奈何，它发起的种种致命攻击对水龙却是毫无作用，不论它的牙齿有多锋利，下颌的力度有多强，它咬到的，永远是一口清水。

数十个回合下来，两者仍未分出胜负。但细心一看，却不难发现那丑八怪已经气喘吁吁，两个大鼻孔直往外喷着粗气。虽说它身上未受一点伤，但被水龙紧紧钳制，挣不脱跑不了，想想那滋味，必定是不好过的。

“只要老老实实随我回去领罪，”他走到丑八怪面前，踏空气如履平地，“我无意伤你性命。”

“哼哼，倒是小看你了。”已是动弹不得的丑八怪一阵阴笑，“一条假龙，怎堪与我相提并论。”

笑声尚在，就见它体内射出了万道紫光，之猛烈之耀眼，赛过方才的火焰万倍，缠绕在它身上一直没有半点松懈之意的水龙，竟在刹那间被那无数利剑般的光芒肢解得七零八落，眨眼便化作无数水滴，颓然落入断湖之中。

本以为已经大功告成，一见此景，我刚刚放下的心又被提到了顶点。

又是一声撼天动地的啸叫，怒意十足。

两只硕大的爪子迅猛地抓向他的面门。

“小心哪！”这头的我，惊得身子骨头都软了大半，吼出来的声音也颤颤地抖。

他却不躲，仍然稳稳地站在原地。

他在干吗？被这大爪子伤到了还焉有命在?!

我想扑过去挡在他面前，怎奈我根本不懂要如何在天空飞行，此时没有从天上掉下去，想必也是拜他的法术所赐。

怎么办怎么办?

急乱之中，利爪挥来，我尖叫一声捂上了眼睛。

然，过了许久，我也没有听到我想象中应该出现的某些异响，只等到了一阵凉意十足的清风，携着熟悉的气息，悠然落到我身边。

“呵呵，捂着眼做什么?！”

一只温暖如初的大手捉住了我瑟瑟发抖的手腕，轻轻往下一拉。

咦?

他回来了?!

我惊喜万分地张开眼，果不其然，面容沉着，眉目轻笑，他竟毫发无伤地站在我面前。

“谢天谢地！还以为那只怪物会伤到你。”他无事，我自然是松了一口大气，揩着额上渗出的细密汗珠。

“它虽厉害，要伤我却非易事。”他举目看向敌人所在的方位，眉间微皱，“今天，怕是不得不伤了它。”

拼了这么久，难道他还没有真正出手?!

我不禁愕然。

“居然会在瞬间使出替身之术，你是天界那帮老不死里哪一个的手下？”

丑八怪举着湿漉漉的前爪，气急败坏地低吼。

它方才那招自信能取他性命的攻击，到头来却只是抓到了一汪若有若无的水汽而已。

“你也活了几百上千年吧，莫非不算老不死？”他嘴角一扬，不着声色地讥讽了丑八怪一把，而后正色道，“孽龙，你现在束手就擒尚不算迟。”

丑八怪转了转眼珠，巨大的身体悬浮在空中，微微起伏，再没有了之前的猖狂无忌，怕是已经被面前这个看似渺小的对手给彻底震住了。

半晌，不发一言的它似乎思索出了什么眉目，俯下头冷笑：“嘿嘿，束手就擒？不可能！你休想抓到我。”

什么?

它还想耍什么花招?

我顿时急了，这不知好歹的畜生，明明自己犯了大错，不仅不肯认罪，还振振有词。

我这边正干着急，就听那丑八怪昂头大吼一声，整个硕大的身子朝上一倾，奋爪朝与我们相反的方向奔腾而去，快如闪电，无数团墨黑的重云不知从何处冒了出来，忠心耿耿地为它掩藏了所有踪迹。

Chapter.9 逃逸

“哎呀，它……它逃跑了！”

我跳着脚指着丑八怪逃逸的方向。

“冥顽不灵的孽畜！区区障眼法就想瞒天过海？”

他信誓旦旦要抓到的敌人在眼皮子底下逃逸，他却毫不在意，连一点要追赶的意思都没有。

“不追？”我诧异地望着他。

“当然要追。”他给了我一个“它绝对跑不了”的笃定眼神。

话音刚落，他伸出左手，掌心向上摊开，没等我看清是怎么一回事，便见一圈淡青光环从他掌中升腾而出，一团晶莹剔透的小东西自光环内由小长大，不断变幻着形状。

只是眨眼的工夫，光华散去，一把波光流动的透明弯弓已然稳稳在握。

他右手一挥，不知又从哪里抓出一支与那弯弓同样质地的利箭，放到弦上。

侧目、拉弓、瞄准，一气呵成。

“嗖”的一声，利箭飞出，笔直地朝孽龙消失的方向飞去，在夜空里带出了一条细长的光带，久久不散，煞是好看。而随之而生的一股无形气流，却有剖开一切阻碍物的犀利气势。

以前闲聊时，他曾与我讲过刀枪剑戟这些所谓的武器是怎么一回事，我还记得他说他对武器向来敬而远之，那些东西终归是戾气太重，不适合他，也不适合我。

但是，今天他却用了，且动作如此娴熟。

“你……”我瞪着他手头光彩熠熠的弯弓，不知该说什么好。

“迫不得已。”他手指一捻，弯弓竟化成一滴水珠，转眼即在他手心里蒸发无影。

与此同时，空荡无际的天空里突然传出一声震天响的嚎叫，准确地说，应该是惨叫。

几道不成气候的闪电划过，前方一直聚拢不散的黑云像遇了狂风的薄纸一般，四下分飞开去，从里头滚落出一个暗紫色的巨大身影。

正是那意欲逃走的孽龙丑八怪无疑。

细看之下，它的背脊上正端端插着那支水光斑斓的箭。

箭头四周，几片龙鳞被生生剜掉，殷红的血液从碗口大的伤口里汩汩流出，染红了它大半个身子。

他这一箭，杀伤力果然非同小可。

只见那丑八怪在空中翻滚扭曲，伴着低低的哀鸣，最后无力地趴在一朵残留的黑云之上，动也不动地喘着粗气，鼓凸的眼珠里血丝道道，有气无力地盯着我们这边。

“哼，自作自受。”看它一副痛楚难当的模样，我心里的怒气立时烟消云散。

“过去看看吧。”

他叹口气，拉着我飞到了离丑八怪更近一些的地方。

站在这个起初自大猖狂，而现在几近气若游丝的敌人面前，他冷冷地说：“你以为我不知道你早就被水龙缠得精疲力竭了吗？竟然还敢拼着最后一点力气借策云之术造成你已逃窜的假象，果真是条既顽固自大又有点小聪明的孽龙。”

它呼呼地往外喘着气，显然已经疼得没有力气说话，只能以愤愤然的眼神回敬他。

“事已至此，你还不认输么？”他看着它的眼睛，继续道，“你若应允不再反抗，安心随我回去天界，我自当为你疗好箭伤，免你锥心之痛。”

“不行啊！”孽龙没开口，倒是我急得大叫出口，“你要是给它治好了伤，它反悔不跟你回去怎么办？它不是个好妖怪，不能信的，伤好了它肯定又会攻击我们，你……”

“不会的，你多虑了。”他拍拍我的肩膀，制止了我的大喊大叫。

正在我们二人说话的当口，忽听得那孽龙恨恨地说了一句：“哼哼……我纵是死了，也不让你们抓我去邀功……”

我跟他同时一惊。

只见那奄奄一息的孽龙不知从哪儿找来了力气，大口一张，吐出一粒滚圆的紫红珠子来，闪着强烈到灼瞎人眼的光芒，忽紫忽红地变幻着，飞到了我们的头上，绕着圈儿地飞着，速度越来越快，看着让人头晕。

“不妙。”他低呼一声，拉着完全不知其中利害的我朝后头飞去。

就在我们飞离原地不到片刻，身后便传来一声巨响，如惊雷，似山崩。

“不要回头看，闭上眼。”

他大声警告，然后将我整个拥在怀里，用自己的身体为我挡住势如破竹的猛烈气浪。

他吩咐了，我自然是不敢违抗，紧紧闭了眼，缩在他怀里，心慌意乱。

不知过去了多少时间，我的双眼已经闭得发疼，却仍不敢睁开，只感觉到耳边咻咻的气流声越来越弱。

“好了，睁开眼吧，没事了。”

他松开我，如释重负般吁了口气。

安全了么？

我赶忙睁开眼，按住突突乱跳的胸口，打量着四周，不由大惊——

身前身后，头顶脚下，全部是一片深紫色的浓密雾气，混着淡淡的血腥味。天空湖泊，树木山林，全都不见踪影。留下的，只有那满眼妖异的紫色，看得我毛骨悚然。

“这里……是什么地方？我们怎么会跑到这儿来了？”我紧紧抓住他的衣袖，害怕地问。

他抚着我的头，笑了笑：“别怕，我们还在天上，下头也还是断湖，什么都没有变。只不过我们现在看不到罢了。”

“是吗？”我看着周围微微流动的紫色雾气，稍稍放下了心，但立刻又惊慌地跳起来，“那个丑八怪呢？它是不是也躲在这里？”

“没有没有，它已经跑了。”他揽住我，示意我安静下来，“刚刚已经被它顺利逃脱了。”

“啊？”我瞪大了眼，“它……它不是受了你一箭吗？它根本逃不了了啊！怎么又会……”

“不错，它本来是逃不掉的，但是……”他耸耸肩膀，颇为无奈，“却没想到这家伙甘愿自行毁去数百年修行，以此换来暂时的自由。”

“百年修行？”我听得一头雾水。

“它方才吐出的那粒珠子，正是它的内丹。它用上几百年的修行，造出这无疆无界的紫雾林，就是为了将我们困在里头，让它能顺利脱身罢了。”说到这儿，他自嘲般地笑了笑，“孽龙孽龙，既生为龙，到底不是凡品啊，宁死也不肯认输，呵呵。”

“你是说，这紫雾，是它给我们设下的监牢？”我大概明白了他话里的意思，也因此产生了新的担忧，“那我们岂不是出不去了？”

“不会出不去的。”他一脸泰然，盘腿坐了下来，“这一招虽然厉害，但是不能持久。不出三个时辰，紫雾必会散去，且耐心等待就好。”

“哦，这样啊，那就好。”听了他一席话，我总算彻底放下心来。

“过来坐下吧，折腾了这么半天，想必你也累了。”他闭上眼，头也不抬地对我说。

“哦。”

我应了一声，然后便紧挨着他坐了下来，学着他的样子盘腿打坐、闭目休息。

被他这么一说，我还真觉得疲累不堪，经过刚才那些接二连三的惊心动魄的打斗，任是铁打的人也会散了架吧。

时间一点一点地过去，当紧绷的神经渐渐松弛下来之后，不可遏止的倦意袭上身来。

好困啊。

四周这么安静。

我的身子再也坐不直，歪歪斜斜摇摇晃晃，最后干脆倒了下去，舒服地趴在“地”

上睡了过去。

在天上睡觉，还是我有生以来第一遭。

有他在身旁，哪里都可安心睡去。

也不知时间过去了多久，直到熟悉的声音在我耳畔一次次地响起，我才动了动，懒懒地不想睁开眼睛。

“起来，我们该走了！”

两只有力的手直接把我拖了起来。

我不情愿地睁开了眼。

啊！

眼前情景立即让我睡意全消。

紫雾果然没有了，连漆黑的天空也恢复到白昼应有的明朗，明净的白云之间竟投下一束暖意融融的明媚阳光。面前的断湖碧波微漾，湖岸上的树木一棵也没有倒，仍然傲然挺立，枝枝叶叶随风摇曳，与投在湖水里的倒影相映成趣。

再低头一看，我现下所坐的地方却是湖岸旁的泥地，难怪软得舒服。

一切都恢复正常了？

所有灾祸都过去了？

我竟有点不相信自己的眼睛了。

扭过头，他正笑吟吟地看着我：“在天上睡觉实在不安全，所以我把你抱下来了。难得你竟睡得那么沉。”

我不好意思地吐了吐舌头：“刚刚突然觉得好累，所以就……”

“好了好了，真是个瞌睡虫。”他笑着拉我站了起来，“起来吧，我们该上路了。”

“去哪儿？”我拍拍屁股，不解地问。

“当然是找那条孽龙。照它那种德性，我怕它再闯下祸事。”他面露忧色，看向前方，“它已经受了重伤，跑不到太远的地方。”

“还要找那个丑八怪啊。”我有些不乐意地咕哝着。

“当然！我们不能让它有机会把其他的地方变成第二个玳洲城，走吧。”我的话没有逃过他灵敏的耳朵，他一边说，一边拖着我的手朝前走去。

他说的话，自然是有道理的。

虽然我真的不想再见到那个怪物，但是也不想看到再有生灵因为它的放肆无状白白送掉性命。因为他常常对我说，上至神仙凡人，下至小兽蝼蚁，所有的生命都是宝贵的，不可以轻易践踏。

近朱者赤，以前从不在意别人“生命”的我渐渐被他同化了。

“嗯，我明白了。”我抿了抿嘴唇，紧跟在他后面，继续道，“不过，这里已经没事了么？天气好像都恢复正常了呢。”

“是的，罪魁祸首已经逃走，估计也是不会再回来了。这玳洲城灾难，算是结束了吧。”

“太好了，我们的努力没有浪费呢。”

“是的。”

阳光越来越好，照得整个世界那么安全。

玳洲城外的山路上，我们二人照例踏风低行，直奔百里之外的洞庭湖。

他说那家伙定是朝那里窜去了，它伤口滴下的龙血，准确地报告了它的去向。

我并不知道他是如何从广阔的树林繁杂的山石里看出它留下的“龙血”，只知道跟着他，就一定能到达要去的目的地。

洞庭湖，多好听的一个名字，不知道又会带给我们一个怎样的故事？

Chapter.10 洞庭

轻舟短棹西湖好，
绿水逶迤，
芳草长堤，
隐隐笙歌处处随。

无风水面琉璃滑，
不觉船移，
微动涟漪，
惊起沙禽掠岸飞。
……

碧波微漾的湖面，轻绕着婉转的歌声。

驭风多时，穿山过林，我终于见到了这片名为洞庭的湖泊。

乌云大雨，之前的一切暂时远离，面前的绿水长天之下，数十舟船在湖上悠闲漂行，看不清面目的男女安立其上，或静坐，或品茗，或细语，人人都充分享受着浸润了百花鲜香的空气，还有那一阵阵可绕梁三日的清曼笙歌。几只白身褐爪的水鸟啾啾鸣叫，从湖面上自由掠过，留下一圈又一圈顽皮的涟漪。

看到这些，我才恍然想起现下的时节，日丽风和的三月天。

洞庭之于断湖，天堂之于炼狱。

“那条孽龙……在此地？”

我盯着眼前美景，委实不愿有如此煞风景的一问。

“就在湖水深处。”

身边的他，眼角带笑。

“哦……”

有些懊丧地叹了口气，我断然不想见到美丽如斯的湖泊成为第二个断湖，搏斗厮杀，鲜血伤口，令我厌恶，令我害怕。

他回转头，伸手从我头顶上轻轻一拈，一朵不知何时落到我发间的白色小花夹在了他的指缝中。

“今不如昔，孽龙重伤未愈，又自毁百年修行，断没有本事在洞庭兴风作浪。”他张口一吹，小白花飘飘地朝前飞去，落入水中浮向远处，“如这脱枝的花儿一般，任我驱遣。”

他又看穿了我的心思，看穿了我对这片湖水的喜欢。

“湖上有这么多人，不把他们弄走么？”

短暂的失望随着小白花的消失而消失，我指着那些泛舟水上的人，担心深藏湖中的孽龙对其有所伤害。

“难得今日天气晴好，且让他们一尽游兴吧。”没有采取任何行动的意思，他索性坐了下来，双手悠闲地撑在柔软的草地上，“天黑之后，他们自会散去，那时再动手亦不迟。”

等天黑？好吧，那就等吧。

我挨着他坐下来，能多看看这片我平素根本见不到的景象，也是件难得的美事。

金红的太阳在空中慢慢变幻着位置，游弋湖上的船只每隔一段时间，就有一艘两艘靠到岸边，船上下来的人兴致依旧高昂，笑容满面地从我们身旁经过，无一不在讨论着今天的天气如何好今天的心情如何好，没有谁留意到坐在湖堤前的这对安静从容的男女。

我们两个，就这么坐着，从阳光万里坐到夕阳西下。

依靠在他身边，总是让我如此安心，纵是从头至尾不说一句话，也没有半点烦闷之感。

只是喜欢在他身边，两个人看湖水微动，看他人笑颜，看漫天晚霞，足够。

人去船空，白日里的舟船此刻大都静静地停靠在了湖边。

“小姐你疯了吗？湖水这么深，一只小小耳环，你怎么可能捞得起来！”

“娘留给我的东西，不能丢！”

“小姐，先回去，明日一早再遣家丁来打捞吧，快天黑了，咱们偷跑出来，要是被老爷知道了，又要责怪了！”

不远处，即将靠岸的一艘小船上，传来了类似争执的声音。

他略一偏头，朝着声音的来向望去。

船头上，个头略矮的青衫女子紧紧拉住不停朝湖水下探看的白衫女子，焦急的声音一阵高过一阵。

出事了吗？我好奇地盯着她们。

“过去看看，她们离开，我们方能行事。”他起身，朝那对女子走去。

他说得不错，放眼看去，宽阔的湖面上此刻已是寂寥无声，游湖的人早已尽数散去，唯有这两个女子。

跟着他走到了离那艘船最近的地方，迎风便是一缕若有若无的香味，如长在浮珑山山谷中的兰。一挥手就会消失的香，却又在你不注意时，悄悄回到你身边。

侧身而站的青衫女子圆口圆面，梳着再普通不过的丫鬟髻，聒噪不停。同为我面前的两个人，青衫者的动作与话语完全没有激起我的注意，我的眼光一直停留在背向而立的白衫者身上，尽管她一动不动，一言不发。

“二位姑娘可是遇到了麻烦事？”他略略提高了声音。

船上人这时才留意到岸上的我们。

青衫女子转过头，当场愣在了原地。

他温和的笑脸，谁见了都会如此吧。我看着青衫女子，很了解她失神的原因。

但是，一瞬前还相当理智地看待着旁人失常表现的我，一瞬后便落入了跟青衫女子同样的境地。

我不懂得要以怎样的词汇去形容一个令人如此动心的人儿，在白衫女子转身看向我们之后。

星星、月亮、宝石，我脑中能搜索到的任何一种我见过的漂亮东西，都不足以媲美那双水透盈盈的眼睛。这样一双美目，真叫人担心稍稍用力一眨，里头就会浸出水来。承托着这双眼睛的脸庞，第一眼便让我想到了落在雪地上的桃花瓣，冰莹透骨，却拥有惹人喜欢的颜色。纤细弯弯的眉毛因为焦急而微皱在一起，嫣红得恰到好处的小嘴倔强地紧抿着。即便是这样的神情，亦丝毫不影响她的美丽。

不笑尚且如此，笑起来该是怎样的倾国倾城?!

我看得发呆之余，心头却冒出一个念头，感觉自己的眉眼与她竟有些相似。

是的，仅仅是相似而已，我无数次地在清澈的水中映照过自己的容颜，想牢牢记住自己的样子，因为是他给我的。我曾以为自己是好看的，可是在见到眼前人之后，我天真的想法有了些许动摇。

虽然相似，但是，我不及她。

所谓美人，当如此女。

当我的目光无意中滑过他的眼睛时，心，突然重重地跳了一下。

他在看她，眼底波澜不惊，一如往常，表现得极像在看一个无关紧要的路人。

但是，如他能一眼看穿我的心思，跟在他身边这么些时间，我同样学会了从他的眼神里捕捉外人看不到的东西。

万分之一瞬的光彩，快到抓不到任何痕迹。

然，我抓到了，是惊喜。

很不符合他一贯作风的惊喜。

他从不吝惜给我温暖的眼神和笑容，但是这样的神采，我未曾见过。是没有，还是……从不曾用在我身上？

“啊……”青衫女子终于恢复了神志，急忙对着他说，“是这样的，我家小姐的耳环不小心落到湖里了，小姐要自己下水去捞，这简直……”

“呵呵，小事一桩。”他笑着截断了那喋喋不休的女子，说，“此事就交给在下去办吧，二位姑娘还是先上岸吧。”

“公子能助我寻回耳环？”美人看看天色，又看看幽深不见底的湖水，不无担忧，“可是……现天色已晚，且此湖既广又深，公子如何……”

“姑娘既明白这个道理，又怎会冒出自己入湖的荒唐想法？”他摇摇头，把手伸了出去，“上来吧，单凭你，怎可能取回那小玩意儿。”

美人愣了愣，旋即垂首一笑，抬头对他说道：“此物乃家母所留，故我一时情急，才闹出了这等举动，公子见笑了。”

说罢，她竟落落大方地将自己的右手伸向他的手掌。

他跟我讲过，凡间向来有“男女授受不亲”之说，可是为什么这个女子，竟可以毫不避讳地把自己的手交给一个陌生男子，还做得如此自然大方？

当然，我根本不介意这一点，我介意的是，那双从来只牵着我的温暖手掌，现在却要接纳另一个女子……

一刹那的不快，像沙子迷了眼，不痛，却难受。

就在他们的手快要挨拢之时，船下一直安分的湖水突然翻腾了起来。

来自水中的危险动静，迅速波及了整片湖面，包括岸边的泥地。

骤然而成的巨大漩涡轻巧地掀翻了小船，只差毫厘，美人的手就能落入他的掌心，可是，终究没能碰到他。

主仆二人惊呼一声，落入了已开始冒出缕缕白汽的湖水。

“啊呀，好烫的水啊！救命啊！”

丫鬟在水里扑腾着，大吼大叫，如同被扔进了开水锅的鸭子。

美人皱紧了眉头，双手拼命地划着水，好看的嘴唇几乎抿成了一条线，却不曾听到她叫喊半句。

不待我开口说话，他已然飞身入了湖水。

救人的身姿，是匆忙的，甚至带着些许慌乱。

他对我说过，心乱，行则乱，无论何种情形，务必从容冷静。我深信不疑，因为他自己就是个活生生的例子。

他要我谨记这一点，可今天，忘记的人是他自己。

落水的她们离我们的距离并不远，他飞去，不过咫尺之遥。但是，我心下却突然冒了个念头——

这一去，我与他，咫尺已成天涯。

轰隆一声，岸边的一片泥地生生陷了下去，我脚下一沉，在阵阵地震般的强烈颤动中，跟那迅速流开的泥土一样，落入了水中。

木浮于水是天理，我毫不担心自己会被淹死，只是水中的温度灼热难耐，烧得我几乎要断了呼吸。

“救命啊！子淼，救……救我！”

虽然难受，可我的实际情况并没有我表现出来的那么糟糕。但是我偏偏扯开嗓子大喊，还叫着他的名字，仿佛下一刻就要遭了灭顶之灾一般。

那一头的他，刚刚施法为她们隔开了越来越烫的湖水，正揽着美人的腰要抱她上岸去。

听到我的喊声，他猛回过头，抱着她的手却不曾松开。

一抹犹豫从他眼底闪过，他微一皱眉，搂着怀里的人儿从湖水中一跃而出，朝岸上而去。

他……救她而不救我？

我傻了。

当我与他人都身陷险境时，一直到刚才为止，我都那么坚定地以为他会以我为先，会不惜一切保我周全。

可是，刚刚那一抹犹豫，刹那而已，却令这滚烫的湖水霎时降成了一池寒冰，疼了我的身子，冻了我的心。

浪起的湖水呛了我，被水汽模糊的视线不甘心地投向岸边。

放下美人，他又奔那丫鬟而去，放我一人，挣扎水里。

我想游到岸边，可是水下像有蔓藤绕了我的脚，除了在原地沉浮，我无法去到任何一个方向。

这时，一股令我心悸的气浪自水底蹿出，几乎半片湖面瞬时翻出了大片碗口大小的气泡，咕嘟声不绝于耳。

当他带着只剩半条命的丫鬟离开湖水时，整个洞庭湖猛然炸裂开来，密集的水浪飞溅了半天高。

巨大的墨紫影子从湖中狂奔而出，那暴戾的气势，似要将天都给掀翻一般。

“孽……”

我惊叫，龙字未出，却被扑面而来的湖水灌了满口的血腥味道。

慌乱中，突觉肩头一紧，而后是彻骨的疼痛，像有利器嵌入了我的皮肉。

侧目，一只满布鳞甲的丑陋爪子竟牢牢擒住了我。

此刻，我才是真的慌了。

不待我眨眼，整个人已从水中升到了半空之中，从肩头传来的撕裂般的疼痛让我禁不住哀叫出声。

深紫色的雾气不知从哪里浸了出来，阻挡了我的视线，隔绝了我的声音，眼前有厉光划过，形如闪电，耳畔隆隆有声，似旱天惊雷。

又惊又怕的我身不由己地在混沌一片的空间里飞行，声嘶力竭地喊着他的名字。

一阵剧痛自肩头蹿到了我的心坎儿，我再也支撑不住，渐渐散了意识。

晕过去前的那一瞬间，我似乎听到了从某个我看不到的地方传来的一声盼望已久的呼喊，心痛而焦急——

“裟椤……”

Chapter.11 对峙

“嗵！”

耳际响起一声闷响。

是我的身体，重重跌到了地上。

我不仅跌倒了，还因为某种收不住的力量，在沙石遍布的地上滑行了老长的距离。

全身的骨骼错了位般地疼，裸露在外的每寸皮肤，无一例外地爬过一阵刺心的火烧火燎之感。

痛觉往往能让人很快清醒，我那早已飞散得不知去向的魂魄回来了。

努力睁大了眼睛，趴在地上的我费力地抬起头，刚想支起手臂站起来，身子却被背上的一个重物给压了回去。

忍住下巴上阵阵的疼，我扭过头，赫然发觉自己的背上横压着一条手臂，笼在墨紫色的衣袖里，末端那微微蜷曲的手指无力地扣着我的右肩。

这，这人是谁?!

我讶异的目光沿着这条手臂，挪到了那个趴在地上看不清面目的、披散着一头黑发的人身上。

没有呼吸，没有动静，这人死了一般。

泛着幽深紫光的黑发，一身墨紫色的袍子，扣住我的手掌……

愣足片刻，我那尚未被撞糊涂的脑袋突然将身边人与那可恶的丑八怪重叠到了一起。

莫非……这家伙幻化成了人形?!

眨眨眼，我眉头一皱，管他那么多呢，趁他这副模样，赶紧脱身是正经。

小心将身子翻转过来，用足力气推了好几次，终于挪开了这条压住自己的长长手臂。

吁了口气，我坐起身，这才发现此时是身在一方宽阔的山洞之中，数缕从石缝中透来的光线为这里带来了唯一的照明。

一团尤为惹眼的亮光吸引了我的注意——山洞的洞口，就在正前方。

心下大喜，顾不得身上无处不在的伤痛，顾不得身边躺着的是何人，顾不得自己究竟是怎么来到这里的，我一骨碌爬起来，踮着脚便要向洞口冲去。

我要离开这里，我要马上回到他的身边，这念头强烈到足以让我忽略身边任何事情。

可是，我不过刚刚迈出了一步，一只有力的大手便紧紧捏住了我的脚踝。

“不准走……”

沉缓的声音从地上那个家伙的身体里传出，有些慵懒，却暗含着不可拂逆的霸道。

我倒吸了一口凉气，抓住我的那只手，冰一样寒，只触及方寸，却足以冻住整个身体。

身后，一阵衣裾轻动的窸窣声。

他……清醒过来了?!

须臾间，我心如鹿撞，不敢向前跑，亦不敢回头看。

脚踝处被松开了，我丢失的体温却没有回来。

因为，一个高大的人影迅速挡住了我全部的视线。

一束白色的光，不偏不倚地打在眼前人身上。

我抬眼，却只看到一个脖子，故意微偏着。

身高上的巨大差异让我不得不将头再仰高了些，为了看清楚对方的模样。

这么些年，我从未见过肤色如小麦般黝深的人，棱角分明的脸孔，每道线条都像是用刀子刻意雕过似的，处处透着咄咄逼人的凌厉，可是，那双本该圆睁的眼睛却懒懒地半眯着，细细长长，搭在前头的几缕乱发挡不住从眸子里透出的锐利光华。如此一双眼，似能看穿面前的一切，却令你无法从中洞悉任何信息。

“你……你是何人……”我下意识地后退了一步，警觉且恐惧，同时问了个傻得不能再傻的问题。

“一口一个丑八怪，你不是叫得很顺口么？”他俯视着我，口气里听不出任何感情。

我的猜想果然成了事实。

咬紧下唇，任自己的目光慌乱闪烁。

“之前嘴皮子不是挺厉害么？”他的大手肆无忌惮地捏住了我的下巴，“怎么，现在成哑巴了？”

好疼!

要把我的下巴，甚至我的整个身体变成碎片，他要办到实在太容易。

从没有承受过如此粗暴的对待，我的记忆里，只有另一个男人温柔的脸孔，如水的怜爱。

“说话啊！”

他铁钳一样的五指又加了一分力气。

眼前之人，分明想让我屈服，分明想看我求饶的样子。

可我偏不求饶，任它疼得钻心入骨，也不让他得逞。

愤怒，足以驱赶所有的恐惧。

我直视他，不再躲避，两个人的眼神，一个暴戾，一个倔强，交集在空气中，几乎能擦出火来。

僵持许久，他突然松开了手。

“有趣的女人，哦，不是，是女妖怪。”他上下打量着我，“现在就杀了你的话，未免太可惜了。来日方长，我们有的是时间。”

他留我性命，只是为了延长折磨我的时间?!

孽龙就是孽龙，除了害人一无是处。

“他会来救我！”

突然间，我不想再沉默，昂起头，我要提醒这个好了伤疤忘了痛的狂妄家伙，世上还有一个人，是在他之上的，无论品性还是本事，他只是个狼狈的手下败将。

“他?!”

无可遏制的怒意将他眼里的慵懒一扫而空，下意识地伸手到了背后，再摊开到眼前，殷红的血液沾了一掌。

他的伤口还在淌血?！子淼那一箭的威力，又给了我一丝藐视这个家伙的底气。

“剜鳞之仇，我必要他双倍奉还！”

他的话里头，除了言出必行的杀气，还有落败的恨意跟不甘。

“你不是他的对手，永远都不是！他很快就会来救我，聪明的还是赶快逃命去吧！”

我笑，笑得得意，仿佛伤他的人是我，他越是生气，我越是高兴。

两道锐利如刀的眼光，突然投到我的脸上。

如此我才意识到，刚才的所作所为，无疑是自找死路。

我以为他会对我动手，要向我宣示故意激怒他的下场，可是，他居然笑了。

“美人在怀，他不会来的。”

笑容里的嘲弄，字句里的笃定，竟比直接施暴在我身体上更痛。

美人，就是这个美人，已经成了我心中一触就疼的隐疾。洞庭湖上发生的种种，明显的，细微的，翻江倒海涌入我脑中。

“那么美的一个女人，是男人都会心动的。你跟她比，着实差得太远了。”他摇头，装出遗憾又惋惜的样子，“若不是想趁乱脱身，我都愿意多看她几眼呢！”

于是，情势在刹那间倒转过来，现在轮到他来讥讽我，在我的沮丧中寻找快感。

“死心吧，你已经不是他心中的第一位，过不了多久他就会把你忘得干干净净！”

他还不停止，说出的话一句比一句过分。

“住口住口！”我捂住耳朵，愤怒地朝他大吼，“你胡说八道！你知道什么？他会来救我，一定会来救我！他不会不记得我，不会不会不会！”

他的胡言乱语，戳中了我最惧怕的事，又准又狠。

从三十年前的那个夏夜开始，我习惯于他的照顾，习惯于他的宠爱，习惯于将他视为我全部的世界。

如果第一刻，他忘了我，那么第二刻，我的世界毁于一旦。

这个时候，我多么希望自己是个感觉迟钝的妖怪，希望那个被孽龙大肆攻击的弱点，只是我在恐惧与无助下突然生出的愚蠢猜想。子淼怎么可能忘记我，三十年的日出日落，三十年的朝夕相伴，我是他身边的唯一，唯一！

对，我太傻了，居然傻到对子淼产生怀疑，他会来的，一定会来！什么美人在怀，只有那些凡夫俗子才会迷于美色，他是神仙，怎会跟那些俗人同流合污？他会先救那女子，或许只因为她是血肉之躯的凡人而已，跟我这个妖怪比，她着实要脆弱太多，先她后我，这么做也合情合理。

我默不作声地找着能让自己信服的理由，坚定着自己的念头，其他的杂念都见鬼去吧！信他，我一直都相信他，任何人任何事都不能动摇我对他的信任。

他看着一言不发的我，以为他对我的打击奏效了，眉梢露出一丝得意，说："吼吧，吼得再大声也改变不了事实，纵是你等到身化尘土的一天，他也不会来的。不过，如果你肯求我，那么我也许会答应你，将来把他的尸体带回来，给你看看，也算了了你的心愿。"

这回，我不再生气，也不再疯狂，抬头看着他，给他再灿烂不过的笑容："我信他。"

"你……"他眉头一皱。

我突如其来的坦然，大概又让这个家伙失望了。

转过头，光亮仍在的洞口又映入眼中，那点点光明，诱惑着我再次生起逃跑的念头。

如果可以选择，我宁可自己逃回他身边，而不是坐在这里等他来救我。

我怕我等不起，我怕我输不起。

可笑啊，"坚定"了那么久，原来还是自欺而已。

趁对方盯着我出神的刹那，我拿出此生最快的速度，风一样朝洞口跑去。

他居然没有追过来。

我的心快跳出喉咙，以为成功就在眼前。

宽敞的洞口就在伸手可及的距离，我甚至看到了长在洞外的一片青草野花。

快点出去，快点！

我欣喜若狂地往前一纵身。

砰！

我被弹开老远，落地时的剧痛差点让我叫出来。

毫无遮拦的洞口，居然布着一层坚固的结界。

我就知道，我就知道那个卑劣的家伙不可能眼睁睁看我逃跑，原来早有准备。

伤痕累累的胳膊被猛地揪住，他粗鲁地把我从地上拽了起来，一只大手狠狠捏住了我的下巴：“你不是那么相信他会来救你吗？那你为什么还要逃跑？你就是个连自己都想骗的骗子！”

我是骗子？

也许我真的是，但是，我却如此讨厌这话从他的口中说出来。

我不再任他欺负，用我的另一只手死命抠住他的手腕，狠狠拉开他的魔爪，顺势一口咬在他的手掌上。

“啪”的一声脆响，一记重重的耳光落在我脸上。

踉跄之下，虚弱的身体栽倒在地。

我的唇角，渗出血丝；他的手指，冒着血珠，两败俱伤的景象。

忍住痛，我努力站起来，无畏地走到他面前，扬起手臂。

“啪！”

还给他的耳光，同样响得清脆。

“你让我厌恶！”

我冷睨了他一眼，回头一瘸一拐地朝山洞的另一边走去。

他此时的表情，我没有看见，也不想看见，接下来他要怎么报复我，我也不在乎了。现在，我只想找个地方，安静地开始我的等待。

事到如今，除了等待，我已没有其他的选择，不是吗？

子淼，子淼……

我坐下，靠在山洞的一角，闭上眼，默默念着他的名字，在莫名的绝望中等待着希望……

越来越暗的光线下，两道复杂的目光，一直没有离开我，我觉得。

Chapter.12 禁锢

一、二、三……三十……四十六……五十……六十……九十……

我捏着小小的石块，愣愣地数着洞口石壁上的三排细细划痕。

跟浮珑山上一样，它们是专属于我的时间记录。唯一的不同，这里的一划，只是一天。

九十天，我被封在山洞里，已经整整九十天。

我必须承认，九十天，长过九十年。

他没有来。

可是，我依然在等，我没办法说服自己放弃。

九十天，我天天坐在洞口，盼望着那个一袭白衣的身影。

望得久了，眼睛望得疼了，连偶尔而过的飞鸟虫蝶，我都以为是他的化身，忍不住地高兴。可只要眨眨眼，现实就立即提醒我，那只是个幻觉。

十来天前，外头下起了雨，我兴奋得几乎要跳起来。雨，水，那是他的标记啊，他一定就在附近吧，他一定找到我了！

然而，那场雨很快就停了，留在地上的积水转眼便被初夏的骄阳烤得一滴不剩。

我一厢情愿的期盼，注定再次落空。

一只漂亮的蝴蝶停在洞口，虽然触不到，可我仍然把脸尽量挨近它，小声说："蝴蝶，你帮我带个信给子淼吧，告诉他袰椤被关在这里，袰椤很想他，很想他……"

蝴蝶扑扇着翅膀，不等我说完便飞走了。

这么些日子，我已经不记得对多少只蝴蝶或者飞鸟说过同样的话了，连我自己至今都不知道身处何地，所以我也认定子淼不是不来救我，只是一时找不到我罢了。

现在已是六月，我的身体越来越虚弱。

舔了舔已经干裂的嘴唇，目光落到了身边不远处的一罐清水和一包野果上。

是那个家伙留下来的，他每天都会为我准备新鲜的饮水和食物。

但，我不领他的情。九十天，我滴水不沾，粒米不进，只是回忆着那个初秋的傍晚，那一盘盘好吃又精致的食物，八宝粥、百花酥……我宁可拿精神上的"食粮"度日，也绝不染指他给我的东西。

这些日子，我拒绝跟那个家伙有任何交谈，而他好像也不怎么搭理我了。起初，除了外出找食物外，他大部分时间在山洞一角打坐疗伤。我们两个，彼此秋毫无犯，互相当对方不存在。不过，自从背脊上的伤痊愈后，他开始早出晚归。

他去哪里，什么时候回来，这些当然不是我关心的，我只介意他当初说过的狠话，害怕这个卑鄙的家伙真的跑去寻子淼的麻烦。不过，他似乎并没有把他杀气腾腾的恨意变成现实，因为他每次回来，身上除了熏人的酒味之外，没有半点血的味道。

或许，他只是出去学着人类的样子喝酒找乐子？

不否认，有好几次，我是想找他问清楚的，可是，我一看到他的脸，想到他曾对我做的坏事，说话的欲望就减到了零。

我叹了口气，怔怔地看着洞口外的天空，从白云浮动到星月闪烁。

迷迷糊糊中，身后的脚步声惊醒了我。

是他回来了，每次都是这样，他从不经过洞口，总是鬼魅一样突然出现在山洞里的一角。时间一长，我倒也习惯了。

歪头靠着石壁，我继续观赏着有限的夜景，根本不理会身后的人。

“你觉得你还能撑多久？”

他的声音有藏不了的怒气，随之飘来的，还有附在他身上的，一股艳俗的香味。

我没有任何回应他的意思，连身子都懒得动一动。

肩膀突然被人扣住，逼我转过身。

深紫色的眸子里，映着我冷漠的脸。

他伸手取过水罐，仰头饮下一大口，旋即把瓦罐一扔，扳过我的脸，以口对口，不容分说地将他口里的清水灌到我嘴里。

这……这个疯子！

我拳打脚踢，拼命想要推开他，可他的力气比我大上太多，除非他肯松手，否则我只能任其摆布。

我是妖怪，虽然也需要进食饮水，但是三个月不吃不喝，并不会让我虚弱到这个地步，无色就快开花了，我的精元已经渐渐耗去，如果不赶在花开之前回去浮珑山，后果可想而知。

可这个疯子，却以为只要喂我几口水就能让我恢复体力。

我不再挣扎，任由微温而甘甜的清水缓缓流进我干涸已久的身体。我当然不会告诉他我虚弱的真正原因。

主意早已打定，无色花开之前，若子淼仍不出现，我宁肯灰飞烟灭。

喂尽最后一滴，他滚烫的唇终于离开了我。

我用力擦着嘴，极不愿意他的味道留在我身上。

而他，居然像个偷食成功的孩子一样，笑得满足又得意。

“渴死我不是正合你心意么？”我愤愤然，他说过要慢慢折磨我到死，言犹在耳。

“自己把自己渴死，怎会合我心意？”

言下之意，一定要他不肯给我水喝才算是“折磨”。

这条万恶的孽龙！

“怎样，我说得不错吧，今天已经是第九十天，你的‘他’还是没有来。”

他坐到了我的对面，幸灾乐祸。难得的是，他居然也清楚记得这是我们两人在这个山洞里的第九十天，他也像我一样暗暗算着时间？！

“他会来的。”

我的语气依然坚定，却垂下了头，刹那间不敢与他对视。

“少骗自己了。”他勾起我的下巴，逼我看着他，“你的子淼，天界的水神，永生永世都不会来找你了。”

他的话，如惊雷劈在我头上。

“你知道子淼？知道他是水神？你见过他了？”我乱了方寸，语无伦次地抓住他的手。

“龙族生来就有与神平起平坐的身份，虽然我已不是东海龙族的一分子，可要打听点天界的事，也容易得很。”他眉头一皱，似乎对我过度激动的反应不太高兴。

“你见过他了？你把他怎么样了？”我摇着他的手臂，才不管他是不是龙族是不是神，我只关心那个让我牵肠挂肚的人。

“我不会把他怎么样的。”他笑得怪异，“不用我出手，天界那帮老家伙早晚会找他算账。”

算账？

他的笑容，他的话语，无一不在暗示我，子淼有危险。

“你到底把他怎么样了?！混蛋！你说啊！”

我疯了一样扑到他身上，揪住他的前襟，眼里快喷出火来。

如果，如果他真的伤到子淼，我发誓，就算是万劫不复，我也要拖着他下地狱！

“我没有把他怎么样！”他牢牢制住我的双手，大吼，“你知不知道神仙跟凡人私通是死罪！”

我顿时僵住了。

神仙，凡人，私通？

我生来就不愚钝，要把这三个词联想成一件完整的事，实在太简单。

很长一段时间，我跟他谁都没有再说话。

最后，我虚弱的身体无力地靠回了石壁。

“他……真的跟那个美人……”

声细如蚊，细到最后几个字连我自己都听不见。

“是。”他答得斩钉截铁，“他们不止在一起，连骨肉都有了。”

如果说之前的话对我来说是惊雷，轰掉了我的魂魄，那么那句“骨肉”，就是一把长刀，狠狠刺进我的心窝，再用力绞上几下，不见血地疼。

九十天，区区九十天，事情怎会到这个地步？

片刻的沉默，我抓住他的手，断然道：“我要见他！放我去见他！”

“好。”

他居然没有半点犹豫。

我曾幻想过许多次子淼把我救出火坑的场景，也幻想过凭自己的本事逃出山洞，就是没有想到，当我真的重获自由时，送我出来的，却是把我关进去的人。

月光下，他横抱着我，脚踏一朵紫云，在空中急速飞行。

我无力反对他的行为，因为我真的连站立的气力都没有。

下头，除了连绵的群山，还有一片薄雾升腾的海，碧波粼粼。

“这里究竟是什么地方……”

我再做不到同以前一样，在飞翔中寻找快乐，只是潦草地打听着自己三个月来到底是身在何处。

“无望海。”他说，“只有龙族才能打开的荒芜空间。这个不毛之地，外人进不来，其他龙族不会来。非常好的藏身地。”

“连子淼也进不来？”我看定他，从他的答案里找到了一点他那么自信子淼不会来找我的真正缘由。

“对。”他答得干脆。

如果不知道后来的事，我一定会痛骂他厚颜无耻，可现在，我已明白，被关在哪里，是不是子淼能力所及的范围，并非事情的关键。

无望海，无所期待，无所盼望，连名字都起得那么难过。

闭上眼，我不再开口，靠着他的肩膀，任由他带着我，去见那个我那么渴望见到，如今却又那么害怕见到的男人……

Chapter.13 真相

天色微明之时，他抱着我，稳稳落在了一片茂密的树丛中。

“那里，他们住的地方。”

拨开几丛挡住视线的草叶，他指着前方某处。

我稳了稳神，鼓足了勇气后，才看向他所指的方向。

小小一间木屋，围着青青的栅栏，简单而清幽，那么地符合他的风格。

那么巧地，木屋的门被人打开了。

我的心跳在开门之人出来时，停止了。

黑色的长发，白色的衣衫，在晨风中轻柔飘飞，一如既往。

子淼……子淼……

我默默唤着他的名字，眼中除了他的身影，再无其他。

脑中空白一片，只有一个念头，跑！什么都不要想了，跑回他身边就好！

但是，另一个人的出现，利刃般切断了我不顾一切的冲动。

白衣女子，莲步生波，从屋里走出，笑盈盈地倚到他身旁，轻拉着他的衣袖，踮起脚，甜蜜地对他耳语。

他笑了，温柔地抚着女子的脸庞。

我以为，只有我，才能得到他这般笑容。

一阵眩晕袭来，若不是身边有条臂膀及时扶住，恐怕我立时就要倒在地上，再不醒来。

"喂，你怎么样？"他粗手粗脚地拍着我的脸，生怕打不死我一样。

脸上的痛觉暂时驱走了要命的眩晕，我睁开眼，对他说："从现在起，你不要再管我，让我做我想做的事！"

他沉默半晌，浓眉一挑，点头："随你。"

我深吸了口气，举步走出了草丛。

今天才知道，原来走路也是需要勇气的。

从草丛到木屋，那么短的距离，我像走了一百年那么久。

走到栅栏前时，那对男女，正要回屋里。

在那扇门关上之前，必须叫住他，否则我怕我再没有机会叫出他的名字。

"子淼！"

我以为鼓足了劲的声音会很大，可出口才知道是那么软弱无力。

但是，他听见了。

回头，我亲眼见到那张再熟悉不过的俊美脸孔，从宁静转为惊喜。

须臾之间，我冰凉的双手已被快步而出的他紧紧握住。

阔别已久的温度，暖意融融，只是，少了些熟悉。

他已不熟悉我，还是我已不熟悉他？

"裟椤，你回来了！"他真是万分高兴的，一点都不假，"我找你许久，可总得不到你的下落。怎样，有没有受伤？还好么？"

"你……真的找过我吗？"

在他展现给那个女人的笑容里，我看不到一点寻人不获的焦急。深情款款的四目相对，他心里可有我的存在？

我从未对他如此地不信任。

“当然。不止是我，还有九厥，也在找你！”他习惯性地抚摸着我的头，释然地笑，“为何这么问？”

我一偏头，竟有意躲开他的手掌。

他愣了愣。

“子淼。这位姑娘是……”

清澈如山泉的动听女声，在我们背后响起。

我的手突然攥成了拳头。

“啊……是裟椤啊，我跟你提起过的……”他回眸，笑着向他的女人介绍着我。

现今，她为主，我是客，位置的转换，竟然那么合情合理，不容我有半点反对。

“原来是裟椤姑娘。”她和善地打量着狼狈的我，转而对他嗔怪，“清晨露重，赶紧带裟椤姑娘进屋去坐吧，还站在外头做什么。”

“我不进去。”我断然拒绝她的好意，直视她美丽的脸孔，毫不客气地说，“我不想跟你说话，也不想看到你。”

大概他们谁也没想到我会如此口无遮拦。

三个人之间的气氛，骤然尴尬无比。

我说的不是气话，是实话。

“你先进屋去吧。”他笑笑，对她说。

她点头，温婉的神情一直没有改变，转身进了木屋，并且关上了门。

“裟椤。”他轻呼着我的名字，手指捻着我凌乱的发丝，“我知你心里有怨，怨我眼睁睁看那孽龙抓了你去，怨我没有及时救出你，怨……”

“别说了。”我有生以来，第一次打断他。

如果没有那个女人的出现，我会认真地告诉他，对他，我从头到尾只有信任没有怨恨，只有期待没有失望。但是现在，我再没有立场说出以上那番话。

“她有你的孩子了？”我毫不避讳，甚至是质问的语气。

他眉眼间有惊讶：“你如何知道的？”

“你是神仙，她是凡人，你可知道你会有怎样的结果？”我不信他不知道，我只是不明白，为什么他明知事情的严重，却还是要执意往死路上去。

“裟椤……”他牵起我的手，“你知我从不骗你。事已至此，也不妨告诉你实情。”

我看着他坦诚的双眸，不安地等待着他要给我的“实情”。

“天界有神树，名为裟椤，由一位兰花化身的雪裳女仙看守。照天界规矩，守树女仙，终身不得与男子有染。然，雪裳终是与人坠入情网。此事被天后察觉，要她说出意中人身份，她誓死不从，天后大怒，除去雪裳仙籍，并将她打入凡尘，永世不得返回天界。”他缓缓地讲述着，像在说着别人的故事，“雪裳遭难的那天，她的意中人恰恰不在天庭，待他知道此事之后，他与雪裳已是天人两隔。于是，伤心欲绝的他，开始年复一年地找寻，在茫茫红尘里，万千人面中，找寻着转世为人的雪裳。”

我呆住了，向来不懂得掩藏情绪的我，震惊之情溢于言表。

“雪裳是她，雪裳的意中人……是你？！”我轻易地猜出了他“故事”里的人物，对应的该是谁。

他点头。

“我与她，曾在裟椤树下约定，无论将来遭逢怎样的劫难，无论彼此身在何处化成何物，都会回到对方身边，只用一眼时间，寻回千年过往。”回忆往事，他的眼底终于有了我熟悉的东西，“可是，几千年，我都寻不到堕落人间的她。那夜，偶过浮珑山，倦极的我遇到了你。我回想着雪裳的样子，赐你人形，只希望……”

“等等！”我突然大叫，甩开他的手，如同被天下间最毒的蛇咬到。

他愕然于我的表现。

“我的模样……”我退开一大步，用力按压着自己的脸庞，好像那不是我身体的一部分，只是张不会有痛觉的面具，“我的模样脱胎自那个女人……你的雪裳女仙？”

我的眉眼与她相似，原来根本不是巧合，只是一个……自私的故意。

甚至连我的名字，那奇怪的两个字——裟椤，都是他强加在我身上的标记，一段完全属于他跟另一个女人的追忆。而我，居然沾沾自喜了那么久，以为他给我的，都是好的。

是啊，我曾经那么坚信，他是对我好的……

然，到了此时此刻，我终于恍然大悟——

浮珑山上与他朝夕相对的女子，从来就不是我！

“裟椤，你……”他上前，用力拉下我疯狂蹂躏自己的双手，揽我进了怀中，轻拍着我的背脊，仿若安抚一个顽劣的孩童，“其他女子，我都记不住样貌，只有她……所以在助你成人形的时候……”

他手上的温暖，从这刻起，永远被隔绝在我的身体之外。领我上市镇游玩、教我吃东西、时时陪在我身边永不会远过一步距离的子淼，被我弄丢了，或者说，很早很早以前，我连自己都弄丢了，还自作聪明地以为他眼里的我跟他心里的我，是完完全全的同一个人。

“不要再说了！”我又一次打断了他。

他每说一个字，我的心就被无形的刺扎一下，千疮百孔地疼，我承受不起。

抬起头，我突然安静异常地注视着那双比水还要透彻的眼眸，笑了，刚刚的歇斯底里竟被我藏得一干二净。

“孽龙把我关在了无望海，他说那里是你进不去的地方。”我直起身子，强迫自己离开曾经如此依恋的臂弯，强迫自己保持着旁观者般冷静的微笑，“你找不到我，是理所当然的。不过，我刚刚明白了一件事……就算我没有被困在无望海，你也找不到我。因为，你从来就不认识我。裟椤，只是活在你身边的影子，连一张属于自己的脸都不配拥有的替身！”

他微张着口，半晌没有说出一个字。想来，我此时的表情与言语，也是他三十年来从不曾体会过的。

时间在我们彼此间凝固，我看着他，他看着我。

头一次有了跟他平起平坐的感觉，妖怪对神仙的敬畏、侍女对主人的仰视、女子对男子的依赖，从这一刻起，统统荡然无存。

他欠我的。我执拗地认为。

“已近七月了……”

良久，他的低语打破了僵局。可话题却拉到了十万八千里外。

他眼里的关切，落在我苍白的脸上。

“无色就快开花，你该回去浮珑山了。”他撩开遮住我眼睛的乱发，完全无视之前我对他说的那些话，轻描淡写地下了逐客令。

他居然连句解释都不肯给我？还是他认为根本不需要再花时间在我这个已经无用的替代品上？

“只是这些？”我的笑容就快装不下去。

“许是上天注定，你我二人，当缘尽于此。”他的笑，从来就不用刻意装扮，“回去吧，有人等你许久了。”

他不要我了？！

除了这一点，我听不出别的意思。

三十年的时间，对神仙，只是弹指一挥；对妖怪，却是一生一世。

他可以斩得干净利落，我却不能走得潇洒自如。

离别摆在眼前时，付出的一方永远是输家，输了心，也输了将来。

我已没有多余的力气跟他多说，只一句——

“裟椤的一切是你给的，我不稀罕。”

无色花开又怎样，我不会再回浮珑山，更不会回到我的真身。他赐予的身体，还有我伤痕累累的魂魄，理当跟无色的花瓣一样，凋落，灭亡。

转身，我艰难地挪动步履，走向树林深处。

他能看见我的背影，却看不到我滴血的心。

我缓步而行，四周的树木，一棵接着一棵，从青翠欲滴变成了枯黄败落。

树妖心里的眼泪，把盛夏带入寒冬，每一片了无生趣的落叶，都是离我远去的回忆。

也许，他还站在那里，目光深邃地看着漫天黄叶，但是，却永不会再追上来，我们之间那一步的距离，在他的停止与我的前行下，渐渐成了生生世世都逾越不了的鸿沟。

其实从一开始我就该了解，一步距离，以为很近很近，而事实却是……他走不过来，我迈不过去。

可惜的是，许多年以后，我才明白这个道理。

几片落叶砸在我的头上，微乎其微的力量，却打散了我所有伪装的坚强。

身体像一缕无根柳絮，轻飘飘地往地上飞。

意识消失前的刹那，有个人影落到面前，霸气又温柔地抱住了我……

Chapter.14 甘雨

我终究还是回到了浮珑山，终究还是在无色花开的那天，回到了山巅的真身。

当然，这一切都不是我自愿的。

是那个家伙，在我无力反抗的时候，他自作主张，在生死之间替我做了选择。

无色盛放的第二天，我醒在他的怀里，身上所有伤痕，新的、旧的，在我又一次的重生中消失无踪。

树妖焕然一新，除了一颗补不好的心。

恢复体力的我，不分青红皂白，又一记耳光，重重扇在他的脸上。

打他，因为他强迫我活下去，而活下去的后果，就是时时刻刻都要面对自己，一个为了慰藉他人的思念而生的身体，让我从珍视到憎恨的躯壳。

如果能再选择一次，我会毫不犹豫地继续我孤绝而平静的生活，不能走也好，不能跑也好，每天看同一片风景也好，最起码，尝不到获得的喜悦，何来失去的创痛。

对于我发泄式的耳光，他的盛怒可想而知。但，他竟没有回敬我。

“你恨他吗？”

他问得突兀。

恨？我恨他吗？我跟他之间的关系，已经沦落到要一个恨字来维系了吗？

我想恨他，一想到他温存的眼光，从来都是在我的身上寻找另一个人的影子的时候，我恨得几乎要燃烧起来；可是，我又恨不起来，一想到他可以整夜不动，只为了不惊醒沉睡中的我，不可名状的暖意仍在心底出没。

内心纠缠下的沉默，让他误会我是在默认。

“如果你要他万劫不复，我可以帮你。”他抬头看着骄阳，“上头应该还不知道他的荒唐事，只要把他的所作所为……”

“不要！”我紧张而坚决地打断了他，这个家伙心里在盘算什么，我一清二楚。

“他如此伤你，你不报复他？”照他的行事准则，大约第一条就是有仇必报。

他伤过我吗？站在他的立场，或者站在任何一个第三方的立场，他都没有对我不起，从来都没有。认真想想，从他身上，我竟连一条像样的罪责都找不到。整件事从头到尾，在外人看来，应该只是一只不知足的树妖的任性胡闹罢了，他何罪之有？

自己的疼，自己才懂。

“我跟他已无瓜葛。”我咬咬牙，彻底断了吧。

他挑眉，揣测着我的心思。

“请你……”破天荒地，我居然对他用了“请”字，“请你也不要再去打扰他。”

“你放弃求死之念，我就放过他。”他跟我做起了交易。

生或者死，对我都没有什么意义了吧，从他遗弃我的那刻开始。所谓“生命”，不过玩笑一场。

我轻轻点了点头。

他满意地笑了。

盛夏的艳阳，炙烤着每一寸土地，连浮珑山中的大小河流，都有了干涸之势。

原本，我是想离开的，可是，除了浮珑山，我又能去哪里？

生活又变得跟以前一样，我终日坐在崖边，看日出日落，风起风止。偶尔会有鸟儿蝴蝶落到我肩上，我却再没有像从前那样动过杀机，只是微笑着，任这些精灵们来去自由。

与另一个人栖身多年的岩洞，我再未踏足半步，只取了尖锐的小石块，将洞口那三十笔划痕，清理得干干净净。从此之后，时间的长短，与我无关。

那家伙一直留在我身边，就算离开，也必定在日落之前赶回。

我们敌对的关系，在不知不觉中淡化，但是，彼此的交谈依然少之又少。很多时候，我望着天际的弯月发呆，他就在不远处百无聊赖地数着石子儿，不时投来不满的一瞥。

他是条龙，腾云驾雾目空一切，也许这家伙自己都没想到，有一天，他会被一座小小的浮珑山阻挡了脚步。

灼热的温度，在许多天之后，渐渐褪去，凉意浓浓的山风卷裹着秋天的味道。

可是，浮珑山上干涸的水流，不止没有恢复的迹象，还在一夜之间变成了龟裂的干土。本该果熟叶茂的大小植物，也露出枯萎之象，恹恹无力地耷拉着，在飞扬的黄尘中垂死挣扎。

从我诞生的那天起，浮珑山从未出现过这般景象。

水呢？怎么没有水了？！

不好的预感，在我心里扩散。

那家伙从山外回来，说天下大旱，江河湖海，一夜间滴水不剩，不消几日，人间必成地狱。

我大惊，他是那么称职的水神，怎会由得这种灾难发生？！

一定出事了，他一定出事了。

我努力营造的平静，在这时土崩瓦解。

“带我去找他！”我拽住他，带着哭腔，“他出事了，一定出事了！”

他站在原地，看着山下的凄凉景象，只说了两个字：“天谴。”

“什么天谴地谴？你带我去找他啊！”我急得快要发疯。

“你有没有听过一句话——神仙打架，凡人遭殃。”他根本不理会我的焦急，自顾自地说，“神仙犯错，凡人一样遭殃。”

“你……”我突然从他的话里悟出了点什么，“难道……难道子淼的事，被天界知道了？”

“仙凡私通，上头当然不会放过他们，还要连累整个人间跟着他们受罪。所谓天谴，就是这般严重。”他一副置身事外的轻松模样。

“为什么……”他的话彻底打蒙了我，片刻，我一把揪住他，怒吼，“是不是你？是不是你说出去的？你答应过我的！答应过我不去打扰他的！”

“你胡说八道什么！”他捏住我的手腕，紫眸里燃着火焰，“我最讨厌出尔反尔，既然应承了你，我自然不会再对那家伙出手！你给我听清楚，这件事与我无关！”

与他无关？那与谁有关？

我手足无措。

这时，一股黄沙混成的风暴凶悍地向山巅袭来，沿途卷起了大大小小的石块，强大而危险。

他拽起我，闪身避进了后头的岩洞。

呜呜的风声从洞口传入，悚人地回响在偌大的空间里。

“放开我，我要去找子淼！”

我挣脱他的钳制，不要命地往外冲。

“不准去！”他怒斥，拦腰抱起了我，任我的双脚在空中乱踢，“这样的天气，别说你这个屁法术都不会的小妖怪，连我都不敢轻易踏足。你要找他，也要等这阵风暴过去再说！”

喘息粗气，我停止了挣扎，回头看他：“风暴停了……你带我去找他？”

尽管满脸都写满了不愿意，他还是点了头。

我的心，终于放下了一半。

接下来的时间，我眼也不眨地盯着洞外，心急火燎地等待着风暴停止的那一刻。

而他，则找了个可以靠背的地方坐下，嘴里叼着一根不知从哪儿捡来的枯草，闭目养神起来。

看不见太阳，我无法准确计算时间，只能凭感觉，在煎熬中感受时间的长短。

三天，如果我的感觉没有太大的偏差，这场风暴足足持续了三天。

当滴滴答答的雨声在洞外响起时，我迫不及待地冲了出去。

下雨了，好大的雨!

清凉的雨丝落在我发烫的脸上，流淌着奇异的感觉，像是一双熟悉的手，温柔地抚摸着我。

穿过雨帘，我惊喜地发现，被干旱摧残得满目疮痍的浮珑山，居然恢复了旧貌。每一株植物，都在这场及时雨中恢复了生命的迹象；山间的荷塘，泛起了久违的波光，我甚至听到了消失已久的潺潺水声。

是他做的，一定是他!

他在附近吗？我在雨中慌张地环顾。

果然，身后一块大青石前，立着一个高挑的身影。

“裟椤……”

来人叫着我的名字，我以前的名字。

可是，不是他的声音。

转过身，我抹开凝结在睫毛上的雨滴，一片耀眼的湖蓝色映入眼中。

是他？九厥？

我怔怔地看着这个多日不见的男子，为什么偏偏在这个时候，他突然出现在浮珑山?

“好久不见，小树妖。”

他向我走来，腔调戏谑依然，可是，脸上却有掩不住的倦意。

“你是什么人?！”

不待我搭腔，已经被尾随而出的家伙拖到了身后。

“呵呵，你就是那条四处捣乱的孽龙吧。”他停下，笑看着这个并不友好的家伙，“放心，我不是来找你麻烦的。”

我推开他，跑到九厥面前，急切地问：“子淼呢？他没有跟你一起吗？”

九厥摇头，雨水浇透了他湖蓝色的发丝，青色的袍子上沾着大大小小的泥点，一贯衣冠楚楚的他，竟有些少见的狼狈。

“那他在哪里？”我小小的希望转眼化成了泡影，抓住他的衣袖追问。

他从来没有用那么慎重的眼神看过我，今天是例外。

“子淼……不是就在你面前吗？”

这个从来不知道正经为何物的九厥，现下还有心思耍弄心急如焚的我?!

“九厥，你……”我气得难受，恨不得将他扔下浮珑山。

“我认真的。”他知道我生气的缘由，苦笑，伸出一只手掌，看着溅起在手心的小小雨花，“这场雨，是子淼的真元。”

我的三魂七魄，散了。

连那个家伙，也傻傻地愣在原地。

“子淼的事，被天界知晓。天帝震怒，要人间大旱三年，以示对水神和凡人的惩罚。子淼不忍无辜百姓遭此横祸，遂以自己的精元化作润世甘露，保人间百年不旱，也算对天界有个交代。”

我不知道九厥在说这番话的时候，平静的语调下究竟隐藏了多少永失挚友的切肤之痛，我只知道在我听到这番话的时候，已经不了解什么叫痛了。

“子淼临走前，托我来找你，代他转告几句话。”九厥终于道出了他来浮珑山的真正目的。

我告诉自己，不要倒下去，千万不要倒下去，就算死，也要先听完他要跟我说的话。

发誓要跟他“没有瓜葛”，原来自己的誓言这么不堪一击。我不能再欺骗自己，我是如此渴望听到他对我说的话，哪怕一个字也好。

“我最放不下的，只有两个人，一个是她，一个……是你。”九厥直接以他的身份，缓缓叙说着，“裟椤，你不是我最爱的人，但是，你的确是我最亲的人。也许把她的样子加在你身上的确是个错误，但是相信我，最起码，在那个初秋的日子，我牵着的人，是你，不是她……还好，终于有人可以接替我照顾你，有他在你身边，我彻底安心了。”

九厥的声音，渐渐淡去，九厥的脸，也突然幻化成他的样子……

雨还在下着，我再也支持不住，跪倒在泥泞的地上。

他跑过来扶住我。

我转过脸，看着他，幽幽地问：“他说的人……是你？”

“用外力把你送回真身的方法，是他教我的。”他如是说，“只要我应承照顾你一生，他破例当一回不称职的神仙，之前跟我的账，一笔勾销。”

我哭了，真正地流出了眼泪。

一直以为，妖怪是没有眼泪的，有，也只是在心上。

泪水，雨水，我的伤心欲绝，他的不辞而别，交织在灰蒙蒙的天空下。

子淼，树妖，浮珑山，三十年的点滴过往，应该在今天画下一个句点吗?!

我学着九厥的样子，伸出了微微颤抖的手，接住不停下落的雨滴。

雨水在我掌上积成了小小的河流，很快从指间溢出。

他以另一种方式，最后一次握住了我的手。

恍惚中，我的耳中，又听到了他的声音……

“你有名字吗？”

“以后就叫你裟椤吧。”

“昨夜睡得可好？”

“你睡得那么香，不想弄醒你。”

……

Chapter.15 雨山

他离开我，已经十八年。

我变得十分讨厌下雨，尤其讨厌雨水溅到脸上的感觉。

在别人，只是一道过眼便消的痕迹，在我，是针扎刀割的疼。

一疼就疼了十八年。

这样的疼不强烈，但绵延，如影随形。

反倒不如一刀宰了来得痛快。

山头下，泥泞浑浊的水已成了一条蛇行的溪流，枯枝、残叶里外浮动，死气一片。从横溢的水里，有袅袅的白雾腾起。

这样的一片山地，却有个名字叫“烟雨隙”。说是因为每到下雨，这处被两侧山岭包夹成一条深陷的缝隙状的路，会烟雨两蒙蒙。

想象与现实的差距，通常很大。

我飘浮在离地半尺的地方，简单的结界将我笼罩在滴水不沾的世界里。

我在等待。

这个地方一点都不讨人喜欢，但我来得毫不犹豫。

山脚下的远处，有一片喜气洋洋的红，渐渐靠拢。

在这样的天气送嫁，多少有点丧气，但，红色依然是红色，喜事仍旧是喜事，未被老天的不赏脸折去半分光彩。

喜声嘹亮，乐手们摇头晃脑，浑身透湿也忠于职守。

但，太刻意的欢天喜地，总是差强人意。

队伍很长，每个人的脚步都匆忙，簇拥其中的八抬肩舆，银顶皂盖，红纱垂外，富贵堂皇，与四周的荒凉破败，格格不入。

今天二月初二，春寒料峭，山间的冷风已经脱离了本质，不像风，像脱缰野马，四下冲撞。

轿夫们被一阵猛风吹得倒退几步，轿身摇晃，轿帘翻飞，露出一半绚丽嫁衣。

我看到那双放在膝上、紧紧交握的双手，白皙纤巧，是不见风雨的细嫩。

但是，我视线的焦点不止在那双羊脂玉般美丽的手上，还在那只戴于右腕，无色透明、如水婉转的镯子上。

许多年前，我每天做得最多的事，就是在浮珑山的山顶，看云过云涌，鸟蝶飞翔。我甚至记得每一只鸟儿飞过时的姿势，艳羡着它们自由的痕迹。我相信，如果我能飞，一定飞得比任何一只鸟儿都迷人。

事实证明，我是对的。

我从山头跃下，飞舞的衣袂比翅膀更轻盈。

如果山下那群人能看到我，也许会以为看到了误入凡尘的仙子。

可惜，他们看不到。我隐去了身形。

可惜，我只是一只树妖。与神仙背道而驰的存在物。

狂风更猛，我搞的鬼。

所有人被风雨迷了眼睛。

一片混乱中，我落在轿前，朝轿帘伸出了手……

Chapter.16 赐婚

今天之前，诸葛镜君从没听过龙任宇这个名字，也不认识谁是当朝飞龙将军。

今天之后，诸葛镜君知道，龙任宇是皇帝最赏识的武将，也是她的夫君，即将是。

北讨外族，他战功彪炳。皇帝御笔亲提金匾，飞龙将军。

皇帝赐过他赏金万两，良宅百间，奇珍异宝数之不尽；也赐过他如花美眷，工部尚书之女，仪态万方，艳冠群芳。

他拒绝。

食不过三餐，睡不过三尺，美人娇妻，不及兵书万卷。

龙任宇是朝中出了名的怪胎。

这次，皇帝又赐婚。

诸葛镜君，诸葛山庄大小姐，容颜出众先且不提，单她身后的诸葛山庄，富甲天下，名震江湖，俨然皇帝的第二国库。当年若非诸葛山庄的当家人支持，靖难之役，难成局面。

但这次，他没有拒绝。诸葛镜君，将成名副其实的将军夫人。

听说，将军府上已为迎亲忙碌开来，张灯结彩，数十年不见的热闹。

下个月，二月初二，龙任宇归京之日，便是成亲之时。

所有人皆以为这是天作之合，郎才女貌，连皇帝都沾沾自喜，认定自己促成了一桩千古美事。

对，每个人都这么想，除了诸葛镜君。

诸葛山庄依山傍水，亭台楼阁气势浑然，不输皇家。今夜月圆，满天银辉融化一切棱角，连大门口那对青铜狮子兽都比平日温柔，满园红梅正当盛放，幽香沁脾。山庄里侍女穿梭，仆役繁忙，来宣婚旨的刘公公乃皇上心腹红人，自然贵不可言，当好好招待。

到处都是花好月圆的好景致，好气氛，好盼头。

“婚旨不是皇上下的，是你下的。对么？”

诸葛山庄最大的书房中，烛光在诸葛镜君冰凉的瞳孔里跳跃，她狠狠凝望对面那坐在书桌前举卷阅读的男人。

“那是你的幸福。”诸葛隽目不斜视，手里那卷《史记》似是他整个世界。虽然从刚才到现在，很长一段时间，他一页都没翻动。

“你无权决定我的将来。”诸葛镜君走到桌前，要看清这个男人的脸，也希望这个男人看清她的脸，“你给了我一个姓氏，但那不代表我是你的专属物。”

诸葛隽微微抬头，手指拈起书页一角，轮廓鲜明的脸孔因为角度的转换，完全被烛光点亮。他今年已三十有七，可时间似乎对他宠爱有加，不曾改变他的外貌分毫，除了些微几缕附着两鬓的银丝，他的模样，与她当年初见他时毫无差别，依然沉稳练达，依然风华正茂。

“你当然是我的。”诸葛隽的语气平静，就像与旁人讨论天气。

诸葛镜君脸色一变，一直强作冷硬的眼神被某种力量撼动，连呼吸都暂停了刹那。

幽幽檀香萦绕一室，静谧之气掩盖住两股微妙碰撞的情绪。

“你听清楚。”诸葛镜君双手握拳，用力撑在书桌上，身躯前倾，以挑衅之姿宣告，“我的幸福，与你无关！”说罢，摔门而去。

《史记》掉在了地上，“啪”的一声。

诸葛隽双眉紧锁，一手揪住心口，一手死死抠住桌沿，紧咬牙根，痛楚之色与方才的淡定冷漠判若两人。

一股力量似要从他的心口奔涌而出，却被他拼命遏止。

豆大冷汗从额头淌下，许久，诸葛隽才略略松开了眉头，涨红的双眼渐渐浮出一层阴晦的灰翳，虽是小小一片，却有吞没一切的欲望。

Chapter.17 旧事

她一点不稀罕诸葛这个姓氏，一点不稀罕“诸葛山庄大小姐”的身份，如果可以，她宁可不要踏进诸葛山庄一步，宁可从不曾与诸葛隽相识，宁可在那个炎热的夏季，病死在山中那座简陋的茅屋。

诸葛山庄最偏僻的别院里，诸葛镜君独自坐在架于水上的栈道边上。人工湖的正中处，那座汉白玉砌成的“水月轩”，轻纱垂窗，曼妙飞舞，处处透着雅致。

山庄里那些“老人”们大都知道，“水月轩”是诸葛隽为一个女人专门修筑的居所，浮水而建，巧夺天工，费了万千心思。

只可惜，这个女人只在水月轩里住了不到半年，便香消玉殒。

此后，诸葛隽断了通往水月轩的一切道路，烧毁停靠湖岸的小舟，任凭这绝美建筑孤立水中，在时间的流动下，褪去芳华，归于死寂。

水月轩，是诸葛山庄的禁忌之地。

诸葛镜君用力擦去快要溢出眼眶的泪水，神情复杂地望着对面那笼罩在月色下的白色屋宇。看得久了，那立柱回廊之间，似出现了一个人影，白衣白裙，袅娜生姿，连冰冷单调的空气，也因为她优美无双的步伐，渗出浅浅香味。有她存在的每个地方，皆如在暗处悄悄开放的兰花，用最缓慢而低调的味道，深刻地占据你的眼睛与心灵。

除了她的母亲，除了那个叫倪雪裳的女人，还有谁能做到这般境地。

诸葛隽爱了她母亲十八年，不，应该更久一些，早在自己出世之前。

诸葛镜君垂下头，浓重的无力感爬满她的全身。如果，他爱的是别人，她还有自信跟对方一较高下，她还有力气为自己的感情争取一个归宿，她还有理由为这一切理直气壮。可是，他爱的人，是倪雪裳。

这个女人不但是她的母亲，还是一个已经逝去的人。世上有两种人不该针锋相对，一是亲人，二是死人。与亲人对峙，连着一条血脉，终究是伤人也伤己；与死人较劲，差了那口生死之气，赔上的只是自己的年华。

诸葛镜君苦笑，若天下人知道自己真正爱上的人是诸葛隽，除了骂她大逆不道痴人说梦之外，应该不会有别的。

八年前，当诸葛隽出现在她与母亲栖身的茅屋里，将已经触到死神手指的她从病榻上抱起时，她稚嫩而脆弱的眼底，便烙下了这个男人的面孔。

“有我在，你们就不会有事。”

男人说过的话，她只记得这一句。

在他宽阔温暖的怀抱里，她体验了一种从不曾有过的安稳，那是一个跟母亲的怀抱截然不同的地方。

他抱着她走进了诸葛山庄，也让她从此走进了他的生活。

她改姓了诸葛，在母亲病逝之后。

当他在纸上慎重写下“诸葛镜君”四个字时，她分明看到他眼中的某种满足与释然。

在这之前，她是没有姓的，母亲只叫她镜君。

没有姓氏的孩子，意味着没有父亲。

她从出世起，生命里就缺失了这个重要的角色。每当村里那些孩子笑话她是没爹的野孩子时，她就会哭着问母亲，爹爹去了哪里？而母亲总是把她紧紧搂在怀里，一言不发，只是流泪。母亲的眼泪落在她的脸上，又烫又冷，每一滴都是深重的悲伤。

在她的记忆里，母亲最爱做的事，就是对着水说话。不论是山间流动的清泉，还是从天空落下的雨滴。她总见母亲小心翼翼地伸出手去，将水珠捧在手里，出神地凝望，喃喃自语。

她无法理解母亲的行为，但慢慢地，她学会不再理会那些孩子的嘲笑，也不再问母亲关于父亲的一切。她是个懂事的孩子，懂事的孩子不会总让母亲掉眼泪。

十岁之前，她都生活在那个连名字都没有的贫瘠山村里。母亲靠一手出色的女红，替人绣花织补，换来微薄收入。而她自己，早在四五岁时，便已背着跟自己差不多高的竹篓，上山采来各种药草或者美丽的野花，交给母亲拿到集市上卖掉。

曾有一次，为了一株长在山壁的药草，她失足落下了山崖，幸而命大，醒来之后发现自己只受了些皮外伤。

当焦急的母亲寻来，找到大难不死的她时，一把抱住她，边哭，边说着对不起。

如果没有诸葛隽的出现，她的生活应该就这样静止在这个村庄里，清苦而平静地延续，直到生命终结。

一切都改变在那个炎热的夏日。

母亲用尽所有银两，请来大夫，却也治不好伤寒不愈的她。

那年她十岁，躺在床上像躺在云端，意识飞到了很远的地方，回不了躯壳，也不想回去。远处，有个人影在模糊晃动，修长的身材，白色的衣衫，亲昵而焦急地唤着她的名字……

镜君，镜君。

可是，真正唤醒她的，是诸葛隽，黑色的华服上绣着霸气的金色云纹，与梦中的身影相去甚远。

诸葛隽请来天下最出名的大夫，用了最名贵的药材，救回了她的性命。

但，他没能救回母亲。

母亲饮下的，是鸩毒。

她还记得，母亲去世时的模样，更像是沉入了一场美梦，只是这梦境，永不会醒来。

当镜君这个名字被冠上了诸葛这个姓氏，地位荣耀，富贵堂皇，近在眼前；父母双亲，天伦之乐，远去天边。

外界都当她是诸葛隽的养女，她却从未将他视作父亲，哪怕是他抚养自己至今。

她在离他最近的地方，用最理所当然的身份，感受着这个男人的一切。他运筹帷幄时的意气风发，他读书写字时的渊博儒雅，他疲倦小憩时的慵懒恬淡……他微笑的样子，发怒的样子，一切一切，八年时光，悉收于她的眼底。

他一直不曾娶妻。诸葛镜君明白，他的心，一直留在那座孤绝的水月轩里，从不曾离开，也不肯让人靠近。

要怎样的爱恋，才能让一个男人情长若此？

诸葛镜君不敢深想，越想便会越失落。

可是，就算她今生已经没有机会靠近，那，就留在他身边，远远看着也好。起码，她跟他还有着同一个姓氏，总归是另一种安慰。

可如今，他竟要亲手将她送到另一个男人手里，以最冠冕堂皇的理由——幸福。

她知道，提出将她许配给飞龙将军的人，并非皇帝，而是他。

皇帝是诸葛山庄的常客，微服私访，家常便饭。那天，酒过三巡，宾主尽欢，陪侍在侧的侍女亲耳听到诸葛隽向皇帝请旨，将她许给龙任宇。

他应该是厌倦她的存在了吧。或者，从一开始，她就只是他对母亲的感情的附属品，他对她好，仅仅因为她是倪雪裳的女儿罢了。对他有意义的是倪雪裳，而不是她的女儿。他养了她这只米虫八年，够了。

诸葛镜君越想，越伤心。

冰冷的空气与夜色，重重包裹了她的身躯，可手腕上，突然流过一阵奇妙的暖意。

她抬起右手，手腕上那个普通的琉璃镯子，无色剔透，细看之下，隐隐有水光流动其中。

这是母亲留给她的唯一纪念，自小便戴在身上。母亲嘱咐她，要像看待自己的性命一般看待这个镯子。

起初她没有觉得这镯子有何特别之处，可后来她发觉，每当她真正伤心难过的时候，这镯子便会由冰凉变得温暖，用一种微小但奇妙的力量，亲切地安抚她低落的心情。像一只属于亲人的手。

她握住琉璃镯，喃喃道：“你知道我在难过对不对……他的眼里，根本就没有我的存在。”

话刚说完，她便开始嘲笑自己了，居然傻到跟一只镯子说话。

她的情绪，在现在与过去穿梭，太专注，连身后何时多出一个人都没有觉察。

Chapter.18 镜君

我听到了那第一声啼哭。

站在那座破落的茅屋外，我看到几乎只剩下半条命的她，把那个初降人世的生命，欣喜地搂在怀里。

那是我第三次见到她。

她与我，有九成相似的容貌。

第一次见她，我曾经最在乎的男人，为了救她，放弃了我。

第二次见她，我曾经最在乎的男人，跟她相依为命，你侬我侬。

第三次见她，我曾经最在乎的男人，已经形神俱灭，他与她的孩子，嗷嗷待哺。

子淼，这个名字本是我一生都不愿意提起的。

天界上仙，四方水君，他给了我这只顽劣的树妖一条崭新的生命，给了我不敢奢望的幸福与美好，给了我无穷无尽的惦念。可是，当我知道，我只是眼前这个女人的替身时，他为我构筑的完美世界，瞬间崩塌。

我一直是恨他的吧，也一直恨这个女人吧。我自己也不是很确定。

从子淼消失的那天起，我就形同一个活死人，在浮珑山上过着幽灵般的生活。如果不是身边一直有敖炽陪伴或者说监视着我，我对自己的存在感会更加怀疑。

对，那段时日，于我而言的定义，就是我活着，但我觉得自己已经死了。

我答应过敖炽，三年之内不离开浮珑山。

那条孽龙虽然粗枝大叶，惹人讨厌，却也知道什么叫作触景伤情。

可我还是违约了。

我想看看她，看看那个曾经与他海誓山盟的雪裳女仙，更想看看他的孩子。

这个孩子，身上流的，是子淼的血，是他曾经真实存在于这个世界的唯一证据。

说过要忘记，说过要放手，可我还是无法自制地从一切留有他痕迹的地方，找寻莫名的怀念与希望。

我明明是恨他们的，可是在这个孩子降生的刹那，我居然笑着流下了眼泪。

与这孩子同时出现的，还有突然自空中落下的清凉雨丝。

如果我没记错，这片山地已经有许久不曾降雨，地上有了浅浅的裂纹。

她是水神的女儿，她的降生，也许同她父亲的逝去一样，用生命滋润了这个世界。

我站在窗口，望着那张在母亲怀里哇哇大哭的小脸，那对黑葡萄般透亮圆润的眼睛，在转向我所在的方向时，却渐渐止住了眼泪。这孩子，居然对着我咯咯笑了，没牙的小嘴咧开着，小脸蛋更像一只红扑扑的苹果。

这样的笑容，触动了我心里最纤弱的一块地方。

深吸了口气，我转身离开。

我希望这个孩子幸福。

这个念头，只是刹那。然后我很快便鄙视自己的“自作多情”，这是他跟别的女人的孩子，幸福与否，与我何干?

矛盾着，我回到了浮珑山。当然，我是偷偷下山的，回去之后，免不了被那只暴躁又多嘴的孽龙臭骂，说我总喜欢把时间浪费在没有意义的无聊事情上。

我不理他，我跟他不是一个世界的物种。有意义还是没意义，我不在乎，我只是想去看看而已。

最后一次见到倪雪裳，是在诸葛山庄里，那座叫水月轩的地方。

我不知道，子淼留了一片叶灵符给她，这个用我原身上的树叶炼制成的符纸，是找到我的最佳工具。曾经，不管我跑到哪里玩耍，只要子淼烧掉叶灵符，我便知他在找我。

当她与我对面而视的时候，我总有照镜子的错觉。

我与她，长得实在太像。呵呵，怎么会不像，子淼当年便是回忆着她的模样，赐我人形。

她美丽依旧，可毕竟已是肉身凡胎，岁月还是毫不留情地在她脸上留下风霜沧桑。

而我是一只妖怪，时间对于我的外表，不具备任何意义。

她会老去，继而死亡，我不会。

我是否该因此产生一丝优越感？

没有，不但没有优越感，我内心深处对她的羡慕，更见深刻。

我恨她，也羡慕她。恨她早我一步占据了那个男人的心，羡慕她有一段完整的感情，虽然他们终究天各一方，可子淼的感情，从开始到结束，只在她一人身上，这是另一种难得的完整。

“子淼一直将这叶灵符当成纪念，放在身上。”她朝我淡淡地笑，“见镜如君，孩子的名字是他早就起好的，说无论男女，都叫镜君。我一直不明白他起这个名字的缘故。直到他离开之后，我梳妆之时，见到了镜中的自己。”她垂下长而密的睫毛，“我才明白，他一直挂念着镜子里的人，那个跟我有着相同的模样、却生活在另一个我永远无法触及的世界的人。”

我沉默了许久，居然酸了鼻子。

“你烧掉这仅有的叶灵符，引我过来，不会只是为了告诉我你女儿名字的来历吧？”我用揶揄的口气，成功掩饰了自己的难过。

她朝我跪下。

我心下慌乱，扶她不是，不扶她也不是，傻子一样僵硬在那里。

“请你保护镜君，在她还没有能力保护自己之前。”

这就是她找我来的目的。

我暗自松了口气。

若她知道，她女儿当年采药时摔下山崖，若非我在，她焉能只受点皮外伤；若她知道，从她女儿降生开始，我一直在她身边，从她牙牙学语，看到她能跑能跳；若她知道，是我化身农夫，教她识别山中药草，否则她小小年纪，怎会从无差池。

这孩子的父亲曾教给我许多东西，如今换我教他的女儿。

她十岁那年，重病，我已准备了上等灵药，却被另一个男人抢了先。

我看着她们母女被接进了诸葛山庄，猜测着她们今后的生活。

不管怎样，不用漂泊浪荡，不用食不果腹，有锦衣美食，良宅无数，对她们来说，算是最完满的归宿吧。

被诸葛山庄庇护的人，何须一只树妖来保护？

倪雪裳不说缘由，只求我应允。

“你是我们认识的，唯一可以用性命来相信的人。”她说，这是子淼说过的话。

我闭紧嘴唇，不回应。

离开水月轩时，我见到了熟睡中的镜君，恬淡安宁，尚还稚嫩的眉眼，已依稀透出他的影子。

我喜欢她的名字，一如当初我喜欢我自己的名字一样。

直到这个时候，我才知道，对于子淼，我已经恨不起来了。一看到那熟睡中的小女娃，我竟然只有怜爱，没有其他。

“管好你自己吧。”我故意冷冷挑眉，不允许自己的柔软被这个女人发觉，心里，已经答应了她的请求。

虽然我只是一只还不够强大的妖怪，能力有限，可是，我会保护这个叫镜君的孩子。

因为，她是子淼的女儿。

当我走出水月轩，信步于诸葛山庄偌大的庭园里时，我对这里的主人有些好奇。诸葛山庄，以家大业大闻名于世，旗下商号无数，又掌漕运，不仅民运，军运亦多染指，黑白两道，莫不给诸葛山庄几分面子。只不过，更让世人瞩目的是，近十年来，自诸葛隽继承家业之后，诸葛山庄的产业与势力范围，以一种近乎疯狂的势头增长。

行内人说起诸葛隽，又敬又怕。敬他年岁不大，却能撑起一片浩大事业；怕他一介凡人，却行事狠绝，爱必夺之，恨必除之，想要的东西一定会拿到手，不论手段。

有人说，诸葛隽最厉害的武器，是异于常人的欲望，支撑他攻城略地，战无不胜。

这个晚上，我与外出归来的诸葛隽擦身而过。

当然，他不会看见我。但，我从这个男人身上嗅到了一点奇怪的气味。

我回头看那个高大挺拔的身影，却从那躯壳之下，看到某种危险的信号。可是，我只是修为尚浅的小妖怪，感应力太低，无法准确描述诸葛隽身上所渗透出的，究竟是什么。

一直到他消失在我的视线里，我的目光仍旧没有从那个方向收回。

诸葛隽……

我牢牢记下了这个名字。

在我离开诸葛山庄的翌日，倪雪裳服毒自尽，走完了她不算长的一生。

当知道这个消息时，我终于明白当年，在我跟她同时遇险的时候，子淼为何救她不救我。并非全因她是他真爱的女人，而是她真的太柔弱，柔弱到不能承担任何伤害，不论是身体或者心灵。若不是幼女尚无托付，她的生命会终止得更早吧。

没有了子淼，她连呼吸都难以承担。

对这个女人，我无意去评价她的“软弱”，也许在世人眼里，这样的女人才更可爱一些吧。当不得不做一个选择时，被牺牲的，往往是够“坚强”的一方，理由只有一个——她没有我会活不下去，而你不会，因为你比她坚强。

每每想到这个，我的心，还是会隐隐作痛。

我去了她的坟前，放了一枝娇羞半开的兰花。

默立片刻，我转身离开。

Chapter.19 将军

“寒夜苦冷，不去安寝，在这里发什么呆？”

诸葛镜君被身后那个不甚礼貌的声音吓了一大跳。

他并非山庄里的人，三十上下的年纪，一身藏青长衫，腰挎佩剑，漆黑如墨的头发，以金冠整齐束于头顶。身量高大健硕，目光如炬，那张脸孔虽然俊美干净，却始终透着被风沙侵蚀过的颜色。

看到他，诸葛镜君第一个联想到的人，竟然是诸葛隽，他跟诸葛隽一样，都有让人不敢逼视的气势，唯一不同的，诸葛隽是冰，在暗处阴冷；他是火，用热量灼人。

“你是什么人？胆敢私闯诸葛山庄？”诸葛镜君柳眉一竖，起身质问。

“龙任宇。”

诸葛镜君脚下一滑，差点跌进水里。

“你……你不是在漠北巡察……怎么……”她稳住身子，语无伦次。

“只要想回来，随时都可以。”他面无表情地端详着诸葛镜君，像在察看一件物品。

她强作镇定：“为什么来庄里？这么晚，难道你不该待在你的将军府？”

“我只是迫不及待想来看看我未来的妻子。”他嘴角一扬，似笑非笑。

诸葛镜君霎时羞红了脸，不知如何应对。

龙任宇看着她窘迫的模样，将视线转向水月轩，道：“普普通通，无甚特别。”

说这话的时候，他的神情是认真而严肃的。

诸葛镜君认定他在给自己评分。

“对，我只是凡人一个，处处普通，配不上战功赫赫的龙将军。”她冷笑，扬起头看定他的眼睛，“不过您放心，将军夫人的位置，我从无兴趣。纵是在庵里做个姑子，也比这个强百倍。将军请自便，镜君告辞。”

龙任宇被她孤零零地扔在了栈道上，她带着些许孩子气的背影，久久未在他眼中散去。

“脾气也不好。”他叹息，“红颜祸水，果是正理。”

Chapter.20 兄弟

“时间不多了。”

卧房中的帷幕后，诸葛隽赤着上身，端坐于铜镜前。身后，有人手执一支朱砂笔，在他的背后用力画出奇怪的图案。

“天授印修补之后，还可以再维持一些时日，在它的作用彻底消失之前，我会找出解决之道。”

“阿宇，重要的不是我，是她。”诸葛隽看着铜镜中，被扭曲的自己，“唯有将她交托给你，我才可放心。带她走，离我越远越好。身体里那个东西，力量越来越强，我已经没有自信再压制它了。”他笑笑，“唯有让它与我一同下地狱。”

“哥，我不会让你出事。”龙任宇的脸，从暗处移出，凝重而坚决，他搁下手里的笔，面有怒意，“当年你为了倪雪裳，已经干过一桩蠢事，难道如今为了她的女儿，你还要再干一次？你以为，让她离开，再跟那个鬼东西同归于尽，就是圆满结局？”

诸葛隽长长吐出一口气，穿上衣服，苦笑：“我只是想弥补她一点什么。也许我选择的方式很可笑，可那是我唯一能想到的让她远离危险的办法。她的父母，皆因我而死，如果连她都死在我手里，我的生命便真是一个拙劣的笑话了，呵呵。”

诸葛山庄的庄主诸葛隽，当朝飞龙将军龙任宇，两个风马牛不相及的人物，却是同父同母的亲兄弟。这个秘密，除了他们自己，没有任何人知道，包括与他们关系最“密切”的皇帝。

当年，因为相命师一句“水火不容，必有一伤”，诸葛任宇从了母姓，更名龙任宇，且自幼便被送出诸葛家，在远离诸葛家的青峰观中长大，师从文武德行皆有口碑的赤垣道长。尽管兄弟二人不常见面，却丝毫不损彼此感情。父母去世之后，二人便是彼此唯一至亲，兄弟之情更显珍贵。

“师父一定会有办法。我明天就回青峰观。”龙任宇用力握握兄长的肩膀，眼中有凛冽杀气，“我不管它是六欲魔还是七欲魔，总之，但凡想伤我家人的，管它是人是魔，我龙任宇必要它灰飞烟灭！”

“你说，这是报应吧。”诸葛隽拍拍弟弟的手，自嘲地笑，“你对家人如此珍视，别人又何尝不是。而我当年，为了那一己私欲，竟与那妖怪做了交易，生生害得子淼形神俱灭，更间接害死了雪裳。现在，连镜君都被我连累。呵呵，诸葛隽空有一副好皮囊，底下，不过是一个可耻又丑陋的魂魄。”

“哥……”龙任宇一时语塞，叹气，“爱不得，求不到，的确让人疯狂。当年确是你错了……”

他话音未落，右手突然本能地握紧剑柄，快速移到卧室门前，猛地拉开了房门。

一声惊呼，诸葛镜君从外头跌了进来。

诸葛隽走过来，没有责备，也没有怒气，只平静地问：“你听到了多少？”

诸葛镜君咬紧下唇，半晌才道：“全部……”

室内的气氛，无形的压迫感渐渐聚拢。

Chapter.21 灵珠

青峰观里的丹房，药香萦绕，紫烟微弥。

已近百岁，白发白眉的赤垣道长，手执细剑，剑尖直指诸葛镜君的咽喉。

她紧紧攥在手里的黑色锦囊，尚来不及收入怀里。

“请物归原位。”道长气定神闲，“行窃终非光明事，莫坏了诸葛家家声。”

诸葛镜君摇头，咬牙道：“修行之人，难道不以除魔卫道为己任？明明身怀法宝，偏偏见死不救。道长，这也是光明事？”

“小妮子，你只知其一，不知其二！”赤垣的剑，放低了些。

这时，房门被撞开，龙任宇冲进房内，见这正对峙的二人，不禁变了脸色。

“师父，这丫头不知轻重，您莫要跟她见识！”他握住赤垣执剑的手，又对诸葛镜君呵斥道，“还不快将东西放回去！带你来道观，是求援，不是行窃！”

“他见死不救！”诸葛镜君誓不低头，恨恨看着这牛鼻子老道，“他自己说，唯有毕方灵珠可诱出那妖怪，可他又死不肯将此物相借！不是见死不救是什么？”

“咳……”老道一跺脚，收了剑，指着诸葛镜君的鼻子道，“毕方灵珠只能诱出，不能消灭，你可知将那六欲魔诱出躯体之后，又会发生何事？”

一阵刺骨寒风，将老旧的窗门撞得哗哗作响。

呜呜的风声，湮没了屋内三个人的声音。

许久之后，风停云开，半弯月亮勉强从黑幕下探出，道观内四下俱寂。

“我是水神之女，虽然只有一半仙家血脉，但你说的那些事，或许不会在我身上发生。”诸葛镜君在长久的沉默之后，朝赤垣微笑。

“镜君，你可知道。”龙任宇看着这个倔强得让人无奈的丫头，“如果事态的发展，是你所不期待的那个‘或许’……”

“你们有更好的办法？”她打断他。

赤垣将剑朝地上一扔，摇头直喊：“孽缘！孽缘！”

“良缘还是孽缘，有那么重要么？”诸葛镜君垂眸一笑，“重要的是，我知道我要做什么，就够了。”

如果真是一场孽缘，那就请在我身上终止。

我只想他好好活着，不管他曾经以爱的名义，犯下了怎样不可原谅的错误。

现在的我，跟曾经的他，是相同的。

为了一个人，可以不顾一切。

诸葛镜君紧握着手里的锦囊，在晨曦下，踏出了青峰观。

Chapter.22 六欲

当素有“妖魔界百晓生”的虫人给我带回我要的消息之后，我的第一个念头是——不杀诸葛隽，我枉生为妖。

子淼，本该好好活在世上，哪怕陪在他身边的人不再是我。

对于子淼的消失，我的彻骨之痛一直都在。十八年来，除了疼痛，我偶尔也会怀疑，天界那帮老东西，怎会这么快便知道了他与凡间女子相恋？我还一度怀疑是跟子淼有过过节的敖炽告密。在敖炽斩钉截铁地否认之后，心力交瘁的我，没有再去追究导致这场劫数发生的真相。在那段时间，我的心里，除了空茫，还是空茫。

可是，十八年后，当我残缺不全的心日见复原，当我看到子淼的女儿即将出嫁，当我知道她爱上的男人，就是诸葛隽，就是那个当年让我嗅到某种不可言状危险的男人时，我好奇心作祟也罢，无聊生事也罢，我找来了那些终日在三界游走靠打听消息卖钱的虫人，要它们去查诸葛隽的底细。

无心插柳的打探，却引出了另一个让我五雷轰顶的真相。

报信的虫人，在看到我知道这个真相的眼神后，连酬金都没敢拿就逃之夭夭。

我坐在浮珑山最高的一块岩石上，在呼号的寒风里，从日出坐到日暮。

浮珑山的风景，我看了千百年，却从未像今天，所见皆是一片血红，天空，云层，雾气，山石。

我的眼睛，我的每条血脉，都被一种叫愤怒的情绪胀满。

诸葛隽，诸葛隽……我的指甲狠狠抠进了坚硬的岩石。

向天界告密的人，竟是他。

十八年前，为了“讨回”他认为本该属于他的倪雪裳，他竟与那种叫六欲魔的邪祟妖物缔结盟约，以自己的身体，交换倪雪裳与子淼的天人永隔。

以前，我听子淼说过，妖魔界最阴暗的沼泽地里，滋生着一种叫六欲魔的妖怪，形似蜘蛛，六头六眼六足，专以满足人类的欲望为诱饵，与那些强烈渴望达成某种欲望的人类订立盟约，用它们的妖力获取对方最想要的一切，但，作为交换条件，它们会进入对方的身体，或快或慢地蚕食掉这个“宿主”的一切，不止精元与血肉，还有他的魂魄，到最后，它们会彻底取代“宿主”，成为这个躯壳的主人，不仅如此，与人类完美结合之后的六欲魔，会逐一吃掉这个人身边的每个人，吃的人越多，这怪物便越强大。

当然，在缔结盟约时，六欲魔肯定不会告诉对方这些，它们只说，我会替你满足一切欲望，你只需将身体借我暂住几日，待我元气恢复之后，自会离开。

一旦允许六欲魔进入自己的身体，便休想它再离开。从此之后，自己的身体里将有一个洋洋得意的阴暗声音随时提醒——对不起，你的身体、你的身份，很快就是我的，从你最在意的人开始，你身边的一切，都会成为我最心爱的食物。

千万年来，上当者众。

子淼说过，六欲魔是世间最生生不息的妖魔，只要人类还有近乎疯狂的欲望，它们就有生存之地。

有所求，有所盼，有这样那样的欲望都是很正常的事。但，能够驾驭欲望的，才是人，被欲望驾驭的，只是怪物。

诸葛隽，就是一个从人变成怪物的最佳例子。

我开始明白，为什么诸葛家的产业到了他手里之后，会以这般疯狂的势头增长，也明白了曾经温柔甚至胆小怕事的他，会变得如此狠辣决绝，为达目的不择手段。

这些，都是六欲魔在蚕食他肉身与心性的表现。这妖魔，将人类的欲望扭曲扩张到无限大，妄图用这种畸形但强大的力量，以宿主为起点，继而吞没整个世界。

倪雪裳，便是诸葛隽最大的“欲”。

诸葛隽与她，本是青梅竹马，诸葛隽爱她入骨，两人的亲事老早已经定下，谁料，子淼的出现，全盘毁掉了诸葛隽的美梦。

他不能理解，雪裳与自己多年的情谊，竟敌不过一个在洞庭湖畔与她偶遇的男子。

雪裳对他有愧，告诉他，自己与子淼，乃是宿命之缘，从天地初开之时，从她还是天界那兰花化身的雪裳女仙开始，她便只属于子淼一人。就算她因这段缘分被贬凡间，轮回数载，子淼终会找到她，他们二人，是彼此命定的人，这个事实，永不更改。

那一天，他默默离开。无比的沮丧与恨意，以及不惜一切也要抢回雪裳的欲望，彻底湮没了他……

六欲魔给他的许诺是——让子淼消失。

他毫不犹豫地接受了，在妖怪的契约上签下自己的大名，敞开了让六欲魔进驻自己身体的大门。

天界众神很快便知道了，堂堂四方水君竟与一个凡间女子有了私情，还有了骨肉，这是对神的身份的最大亵渎，丢尽天界颜面。那些曾经与子淼有嫌隙的神仙，更是趁机落井下石，纷纷上奏天帝，以三年大旱惩戒人间，让那些卑贱的凡人知道，神仙是不可高攀的。

他们的所作所为，终是逼得子淼以自己的全部精元，化作甘霖，润泽人间，救苍生于水火。

子淼的消失，换来人间平安，与我的长痛不息。

诸葛隽，你要拿什么来还?!

这十八年来，若不是他那个略懂些道法的弟弟，以天授印镇住他体内的六欲魔，这诸葛隽怕是早被这妖物吞个精光。但，即便如此，六欲魔的魔性还是时不时地影响着他的心智，除了体现在扩张诸葛家家势上的极端行为之外，连强行为子淼的女儿冠上自己的姓氏这等小事，都让他有异常的“满足感”。

只是，六欲魔在他体内越久，力量会越大，被强制蛰伏的它，终有彻底醒来的一天。而龙任宇的天授印，至多有十八年的威力，如今已不太能压制住它了。顶多再过一月，六欲魔必然将诸葛隽全盘替代，届时第一个遭殃的，便是诸葛隽身边最亲近的人。

诸葛镜君，难逃一劫。

而我所知道的，最简单有效的办法，便是在六欲魔挣脱天授印的威力之前，杀掉诸葛隽。如此，六欲魔会跟随它宿主的性命一道，消失无踪，天下太平。

可是此刻，诸葛镜君望向他的眼神，情不自禁浮于我脑海。

那是世间最诚挚、最深切、最爱慕的讯号。

是啊，我若动手，杀的，是她最爱的男人。

而镜君，子淼的女儿，是我最希望幸福的人。

这般的矛盾，让我头痛欲裂。

最后，我深深吸了口气，从岩石上跳下，快步朝山下走去。

Chapter.23 追凶

诸葛隽躺在床上，气息平稳，与睡着无异。

可是，龙任宇却横倒在距卧房大门几步之遥的地方，浑身透湿，像被粘在地上一般，动弹不得。

屋内一片凌乱，有争斗过的痕迹。

困住龙任宇的，是一层还不够老练的水之结界，那是子淼最擅长的术法，也是身为水神的天生神力。只是，他的女儿还用得不够纯熟，或许只是情急之下的胡乱发挥。

但，这也足够困住龙任宇这个凡人。

龙任宇当然看出我不是人类，他的直觉也告诉他，我是此刻，他唯一可以信任以及求助的对象。

我解开了缚住他的结界，尽管如此，他还是无法站立。就算只有子淼一半的力量，诸葛镜君这一招，依然不是他这样的凡夫俗子可以承受的。我估计起码三日之后，龙任宇才能恢复如常。

这就是神的力量。

“她……吞了毕方灵珠！”龙任宇连我的身份都不问，急切喊道，“去找她！快！”

这个笨蛋！

我心中大骂，皱了眉头，飞速奔出诸葛山庄。

毕方灵珠这玩意儿，是用上古神物毕方鸟的羽毛炼成的宝珠，事实上这珠子本身并没有多么神奇的力量，唯有被人吞下之后，与人类的元气相合，便会产生一种奇特的“吸力”，能够以火神毕方的至阳之力，将一切来自极阴之地的妖魔吸入自己体内，以肉身为牢，让这些妖魔永远无法逃脱。

曾有一些喜欢玩命的术师，用这个玩意儿来捉妖。

可是，六欲魔不是普通的妖怪，它们以人类的欲望为最根本的“食物”，一旦进入人体，只要你心中有“欲”，它们就有本事借此滋生壮大，除之不尽。

你诸葛镜君，岂会是无欲之人?!

就算用毕方灵珠将诸葛隽体内的六欲魔吸进自己体内，依然不能从根本上解决问题，只不过让六欲魔换一个新宿主而已。而且，这个宿主对六欲魔来说，利用价值会比诸葛隽更大。

因为，诸葛镜君有半神半人的血统，这么胡乱使用毕方灵珠，加上一只已经在诸葛隽体内隐藏了十八年之久的六欲魔，我委实不敢揣测接下来会发生什么。

我熟悉她身上的味道，要找到她不难。

她去的方向，朝着烟雨隙。

我知道，穿过烟雨隙，就是方圆百里内最高的悬崖，崖下，有个深不可测的水潭。那是一处落下去便没有机会再出来的绝地。

Chapter.24 除魔

被我猛然掀开的轿帘下，露出一件精美无匹的红色嫁衣，可嫁衣下的脸孔，不是美若仙子的诸葛镜君，而是一个奇形怪状、生出六只眼睛的丑陋头颅。

“啊！妖怪啊！”看到这一幕的人，尖叫着逃走。

那六只不断转动的眼睛，瞪着我。

我确定，面前的“妖怪”，是诸葛镜君无疑。

这就是她滥用毕方灵珠的后果!

从诸葛隽体内吸出来的六欲魔，正以超出寻常的速度蚕食她。

一阵嘤嘤嗡嗡的怪声从她体内发出，这个丑陋的头颅突然开始左右摇摆，那六只眼睛分明透出痛苦之色。

头颅越摇越快，快到我只看到一团晃动不止的灰影，这情景，诡异至极。

待到这个异常的“运动”停止时，诸葛镜君苍白的脸孔，出现在我眼前，她用力咬住嘴唇，双手死死摁住头颅，自语道：“坚持住……你是诸葛镜君，不是妖怪……在到那里之前，不能让它控制住……”

她从轿子里出来，跌跌撞撞地朝前奔跑，鲜艳的衣裙被雨水污泥染得污糟不堪。

我想，我没有猜错。她要去的地方，是那块绝地。

葬身深潭，尸骨无存，是彻底解决六欲魔的最好办法。她一定是这么想的。

时间已经不多，我有生以来第一次，在她面前露了身形。

“镜君！”我喊她的名字，一手抓住她的胳膊。

她回头，眼神焦躁而陌生。

“你是谁？放开我！”她疯子一样拽我的手。

“你哪里都不许去！”我手指一晃，一张符纸夹在指间，快速贴在她的背心之上。

白烟从符纸下冒出，她痛苦地喊出了声，身体凝固在原地。

可是，出乎我意料，不过片刻，便有一层黑雾自她体内涌出，竟生生将我的定身符给冲落下来。

她的头颅，转眼间又化成了丑陋的形态，动弹不得的手脚也有了活动的迹象。

我知道我并不是一只很厉害的树妖，起码现在的修为还不够，但也没想到自己的法术会这么快就被那只六欲魔给破解掉。

刹那，被限制住行动的人，变成了我。眼前这不人不鬼的诸葛镜君，手臂变得像蛇一般绵软坚韧，竟一圈一圈缠绕住我的双臂，再从手臂延展到我整个身躯，接下来，自然是我的脖子。

我居然无法挣脱，困住我的手臂，没有重量，却有力量，仿若一条结实的锁链，透过皮肉，直接箍在了我的骨骼上。

“不要……”危急时刻，她痛苦地摇头，那张怪脸又变回了她原本的模样。

她的体内，两股力量在不断交锋，一个是人性，一个是魔性。

当你看到一个人，不断在你面前变幻着模样，一会儿是人，一会儿是魔，在别的场合，一定会觉得滑稽不已。可我现在笑不出来，如果诸葛镜君的自我挣扎失败，我会成为那只六欲魔的第一个食物。

一声怪异的长啸之后，她停止了变幻，头颅定格在妖魔的形态，而且，不但有六只眼睛，连头颅也开始分裂，从一个变成了六个，每个头上的嘴巴都大张着，露出青色的利齿。

那些凶悍转动的眼睛，朝我身上投下贪婪的光。

我从不畏惧死亡，可我不想死在一只这么龌龊的魔物手里。何况，如果我死了，子淼的女儿要谁来救？

我汇集体内所有灵力，要挣脱，可是，越用力，缠住我的手臂越紧。我使出去的力量，好像起的是反作用。

那些嚣张扭动的头颅，露出怪异的笑容，嘴巴越张越大，然后，不约而同地朝我的身躯咬了过来。

我闭上眼，将头扭向一边。

千钧一发之际，一阵灼热气浪从我的耳畔擦过，伴着一声闪电劈过天际时才有的声响，被箍得快窒息过去的我，突觉身上一松。

睁眼一看，那两只蛇一般的手臂竟松开了去，魔变的诸葛镜君，被一股刚烈的力量震开了去，重重跌落在离我十尺远的地方。

我回头，一条紫鳞覆身的巨龙，昂首立尾，停在空中，粗大的鼻孔朝外冒着热气。

孽龙敖炽？！

我吃了一惊。

诸葛镜君从地上爬起，六个头颅难受地晃了晃，涨得血红的眼睛愤怒地瞪着半路杀出的敖炽。

她怪叫一声，竟腾空而起，不怕死地朝敖炽扑去。

敖炽看她的眼神，像看一只讨厌的蟑螂，这条总是不可一世的孽龙，打呵欠般张开了嘴。

“不要伤她！她是子淼的女儿！”我大叫。

以敖炽的暴脾气，不出手则罢，一出手便是毁灭。

可是，他好像完全没听到我的话。

一股镶着湛蓝边缘的金色火焰，从他的口里喷出，将扑来的诸葛镜君瞬间包裹住。

我看到被火海包围的她，连喊叫的力气都没有，只是拼命扭动着身躯，做无意义的挣扎。

东海龙族，善水善火，这条无法无天的孽龙，分明是要她的命。

我眼见着诸葛镜君在熊熊火焰之下，化作了一大块漆黑的炭状物，从空中掉落到地上。

敖炽收了火焰，化回人形，走到那“黑炭”旁边，啧啧道：“熟了……”

“敖炽！”我急怒攻心，上前狠狠揪住他的前襟，“你疯了么？你烧死的是子淼的女儿！是他的女儿！”

“我救了你的命呢！”敖炽强调。

“谁要你救！谁要你胡乱喷火！”我语无伦次，恨不得咬死这个自作主张的男人。

“疯女人！”敖炽耸耸肩，一副不与我一般见识的高姿态。

就在这时，那块“黑炭”突然有了奇怪的动静。

我定睛一看，无数条裂纹在上头延伸，隐隐有蓝色的光芒从每道裂痕里耀出。

只听噼啪一阵响动，“黑炭”被那些蓝光骤然割裂开来，碎成无数块，飞溅四周。

一个完好而正常的诸葛镜君，闭着眼，蜷着身子，躺在“黑炭”碎开的地方，心口微微起伏着。看上去，像一只忽然破茧的蝴蝶，正在安然休憩。

而那些黑炭的碎片，竟像虫子一样，在地上爬行起来，最后汇集在一起，变成了一只六头六眼六足的黑色蜘蛛状怪物，慌慌张张地朝前爬去。

敖炽只动了一根指头，一道闪电从指尖飞出，准确击中了那个怪物，唧唧的怪叫声后，怪物化成了一堆黑灰，转眼就被吹过的寒风清扫得干干净净。

“那……那是……”我看得有点呆。

“不就是六欲魔。”敖炽不以为然，“不然你以为是什么？”

传说中如此诡异而厉害的六欲魔，众多人大费周章想解决的难题，居然就这样被孽龙给收拾了？

我不太相信地瞟了他一眼，说：“不是说，除非六欲魔的宿主死去，不然它们是不会离开宿主身体的么？”

“道听途说的事情太多了，什么都相信的人是傻子。”敖炽骄傲地白了我一眼，“我们东海龙族，天生有克制邪魔的神性。我可以笃定肯定确定地告诉你，东海龙族吐出的海蓝真火，是清除一切邪魔的利器，被海蓝真火烧过的人，任何妖魔都无法在其体内停留。简单说，我吐的火，不是为了毁灭，只是为了净化。这个女人已经没事了。以后，不会再有什么六欲魔来打扰了。”

“你怎么不早说？”我一拳打在他身上。

“你有问过我意见么？”敖炽一撇嘴，不屑地说，“从来都是自作主张。”

“你……”我自知理亏。

敖炽陪了我十八年，这十八年来，我最热衷的事情，就是对他视而不见。

“懒得跟你多说。”我朝他吐舌头，跑过去扶起昏迷中的诸葛镜君，有些心疼地擦去粘在她身上的污泥。

“好心没好报。”敖炽不高兴地说，“还不如让六欲魔吃了你。”

“你怎么知道这些的？”我记得我并没有向他多提过诸葛镜君的事情。

“虫人是无所不知的。”敖炽开始得意，“我付给它们的酬金，是你应允的十倍。还有，你赖那帮家伙的账，我替你还了，不用感谢我。”

他的神态，像个偷吃成功的孩子。

其实，我想跟他道谢的。

可一看到他那个吊儿郎当的模样，所有的感谢词，全部被挡了回去。

“她很快会醒吧。”我看着躺在怀里的诸葛镜君。

“顶多三天。”敖炽肯定地回答，“不过嘛，醒来之后可能会有些后遗症。”

我心下一惊：“什么后遗症？”

“海蓝真火虽然替她去除了六欲魔，但是也去掉了她体内大半的神力。”敖炽继续道，“也就是说，她现在已经不是什么水神女儿，只是个平常不过的凡间女子。你要知道，我们东海龙族是异常强大的，连神都不会放在眼里。”

听了这话，我竟有些释然。

当个凡间女子，对她而言是好事吧。

“送她回诸葛山庄吧。”我提议，“她醒来时，最想见到的人，肯定不是你跟我。”

“随你的便。”敖炽眼珠一转，“等等，你难道不打算收拾诸葛隽了？”

“如果我要收拾他，刚才在诸葛山庄时，已经做了。”我吁了口气，“六欲魔被强行吸出他这个凡人的身体，现在的他，也就比死人多口气罢了。”

“你真的放过他？”敖炽一百个不相信，“之前不是还一脸的血海深仇样么？”

“见镜如君，你能体会这句话的意思么？”我反问。

“我讨厌咬文嚼字。”他爽快地说。

“每个别人，都是我们的镜子，从他们身上，我们一定能照见自己。”我端详着诸葛镜君的脸孔，“诸葛镜君也好，诸葛隽也好，他们干的事，其实我们自己当初也做过；他们辗转纠结过的情绪，我们当初也有过。每个有过欲望、有过执念的人，都是相似的。”我抬头看他，“既然这样，放过别人，便是放过自己。”

敖炽仔细想着我的话，半晌才说：“不懂，不过好像有点道理。总之是，你不要再干出这种差点被别的妖怪吃掉的蠢事，我就安心了。”

我顿时窘红了脸。

我知道，从此之后，敖炽手里又多了一条奚落我的话柄。

但是，我从心里，感谢他的存在。

他把诸葛镜君背到背上，一手扶住她，另一手紧紧抓住我的手。

云端上，我们朝诸葛山庄的方向而去。

我看着伏在他肩头的诸葛镜君，猜想她在吸进了六欲魔，打算与之同归于尽的时候，为什么要穿着嫁衣，以热闹出阁之势，走向死亡之地。

答案或许只有一个。

为心爱的人披上嫁衣，是她最纯粹，也最无法实现的“欲望”。

我不知道将她送回诸葛山庄后，又会发生什么。

我只知道，当她醒来之后，最想见的人是谁。

其实，放过诸葛隽，我心里总归是有个结的。

但，比起这个结，诸葛镜君的幸福，更重要。

既然应允了要保护她，何妨好人做到底……

Chapter.25 长路

我举着一杯清水，从浮珑山的山巅洒下。

天边的阳光穿透了每一滴水珠，每滴水珠里，都有一道微小却夺目的七色虹光。

这是我祭祀子淼的方式。

昨天，我梦见了子淼，他牵了雪裳的手，微笑着朝我走来，那笑容，一如既往地温暖。

他们二人，只跟我说了一句话——谢谢。

梦境里，也有诸葛镜君的身影，我看见子淼，从自己的眉心取了一滴莹莹水珠，放进了一个琉璃镯，戴在了女儿腕上。

我问他，这是什么？

子淼笑着说，这是我留下来的一只眼睛。

然后，我就被大嗓门的敖炽吵醒了。

最近这段时间，他天天都在督促我修炼，并且教授我许多法术，也不管我愿意不愿意学。

我再没有踏足诸葛山庄一步，也没有再以任何方式出现在诸葛镜君的生活里。

我应承雪裳的事，已经办到。

如今的诸葛镜君，已经不再需要我的保护，相反地，她已经在保护别人。

但是，屈服于我淫威之下的虫人，会不定期带回她的消息，免费的。

生活不是童话，有时候始终不能达到我们想要的完美。

诸葛隽从六欲魔离开躯体之后，便一直陷于昏睡之中，群医无策。

诸葛镜君一直留在他身边，悉心照顾，像对寻常人一般，与他说话，为他诵读《史记》。

时间在平静安宁中缓缓流过。

只是，她的衣柜里，每年都会多一件新嫁衣。

她说，总有一天，定有一件会穿在她身上。

我终于放了心，当一个人学会用希望代替欲望的时候，那便是真的长大了。

虽然我只是一只树妖，虽然我也还不够好，但是，我也在学着长大，学会希望，学会宽容，学会放下。

这条成长的路并不太容易。

但是，我会走下去。

树妖的将来，应该会跟现在很不一样。

Chapter.26 此刻

我的猜测没有错。

过去的我，跟现在的我，已经很不一样。

急促的手机铃声，吵醒了沉睡的人。

我睁开眼，坐起身，一边伸懒腰，一边拿起电话，语气坏得要死："打个屁的电话啊！不知道我在睡觉啊！"

"睡睡睡，就知道睡！不怕睡成一头猪啊！"听筒里传来了一个气急败坏的大嗓门，"又有交警找我麻烦，硬说我闯红灯！你等着啊，我尽快赶来接你！"

挂了电话，我哭笑不得。

这是他第几次栽在交警手里了？我十个指头肯定数不过来。

我变了，成长了，可这个家伙的脾气，到现在都没有一毛钱的改观。

是的，就是这条永远胡来的孽龙，一直一直陪在我身边，陪我高兴，陪我悲伤，陪我看这个世界，陪我一步一步从埋葬了太多悲伤与绝望、牵挂与温暖的浮珑山走下来，陪我从古时走到现代。

说来可笑，我差不多在百年之前才知道，被他一口一个老家伙喊着的东海龙王，是他的亲爷爷，这家伙，居然是东海龙族彻底的富二代，并且有很大可能是未来龙王的人选。

我们两人，两个总是学不会把爱恨喜恶藏在心里的人，在经年累月的相处中，越来越了解对方。

敖炽本性不坏，只是太目中无人，做事只图自己高兴，所以早年才闯下不少祸事，以致被他爷爷关在冰牢中思过。断湖那次，他不过是一时兴起，把断湖当成了天然的大澡盆，根本没想到这一闹腾，小小的玳州城城毁人亡。

想到这儿，我只能苦笑再苦笑。

我曾问过他，当初为什么要从洞庭湖上抓走我。他说，从来没有人敢骂他，我是第一个，不教训教训我，他咽不下那口气。我又问他，为什么愿意数百年如一日地陪在我身边。他说，从来没有人敢甩他耳光，我是第一个，他要我为这个耳光，付出一生的代价。

天知道这个鲁莽家伙的话里，有多少是值得相信的。

呵呵，说实话，我至今也无法定位我跟他之间的关系，朋友？恋人？同伴？好像都是，又好像都不是。明明是相依为命的一对，为什么又有一层若有若无的屏障隔在中间？

暗自思考了很久，我终于抓到了一点头绪。在偶尔午夜梦回的凌乱记忆里，另一个人的影子，从来就没有离开过。

一度很怀疑，自己跟敖炽在一起，仅仅只是贪恋那种被照顾被保护的甜蜜，子淼给过的幸福，我想从敖炽身上找回来？

真是荒唐的想法。

每次这么想，就觉得有些对不起那家伙。

我曾那么抗拒被当成别人的替代，如今又怎能这般自私，让无辜者重蹈覆辙？

如果，再给我多一点时间，情况会否有改观？

试过才能知道，且看我有心还是无心。

掀开薄被，我伸着懒腰下了床。

经过墙边时，目光有意无意地投向了摆在柜子上的花篮，一个不大的、古老但精致的玩意儿。

花篮里，没有半枝花，有的，只是一大堆颜色款式各异的小盒，数量不会低于四十个。

盒子里，放的是戒指。

不知从多少年前开始，那家伙学着人类的样子，每年的 2 月 14 号，都会送我一只戒指。他说，龙族拥有跟神媲美的身份，却不用理会神仙要遵守的狗屁戒律，他铁了心，就是要娶我这只妖怪为妻，天王老子也管不了。

不是不感动的。

但是，我始终没有戴上其中的任何一只。

他不介意，年年都送，说要送到我肯主动戴上为止。

软性逼迫，他乐此不疲。

我停在花篮前，拿起一个丝绒面的精致圆盒，端详了半晌，笑笑，原封不动地放了回去。

走到衣橱前，拉开柜门，手指在琳琅满目的衣裳上游走，款式是各有千秋的，但颜色，大都只有一种——绿。

今天是他的生日，他说的，他生在 8 月的第一天，狮子座，跟生在冬天的射手座，天造地设的一对。

星座？那是小孩子才相信的东西吧。

我笑，现在要做的，是为生日晚餐挑一套合适的礼服。

看了很久，伸手取了两件。

左手，绿色的薄纱长裙；右手，紫色的露背晚装。

左手的颜色，像极了当年那片从天而降的绿，温柔地裹住我的身体。

右手的颜色，让我不得不想起一双细长的眼睛，不容抗拒的紫色眼眸。

一直改不了喜穿绿衣的习惯，今晚，是不是可以改变一下？

尝试一下，应该不是坏事。

抱着紫色的晚装，我关上了柜门。

我最爱的未知小朋友：

故事到了这里，或许已经完结。但事实上，从妈妈穿起那件紫色晚装时，爸爸跟妈妈的故事才算刚刚开始。

如果你仍然感兴趣，妈妈很愿意跟你继续讲后续的故事，关于你爸爸为了全人类把妈妈遗弃了二十年，害得妈妈满世界找他，找得累了，便停在忘川这个城市里开了一间叫“不停”的甜品店；关于那些出入不停、给妈妈带来各种故事的妖怪伯伯妖怪阿姨们；关于爸爸跟妈妈是如何一边互殴，一边结了婚，最后还有了你……

哎呀，这真是太长太长的一个故事啦，可能妈妈都不太愿意费口水跟你讲了，如果你不嫌烦，就去把那本《浮生物语》找来看吧。有人把爸爸妈妈以及所有跟“不停”有关的故事，写成了厚厚的书，听说，卖得还很不错……最可恨的是，这个作者居然没有给我半毛钱的好处！

不过这些都不是重点，重点是，孩子，每个人都会有这么胡来的过去，也会有很多想不通、甚至越想越伤的时候，你要相信，这些都是正常的。没有任何人一来到这个世界就完美，经历，不论苦的还是甜的，都是好的。

妈妈并不知道能陪你走到多远，但是，只要你还活着，一切都有扳回的希望。

正如当年，如果你爸爸没有把妈妈逼到活路上，现在也就没有你，更没有现在这么活蹦乱跳、给你存了不少金子的伟大的妈妈了！

不论你是姑娘还是小子，妈妈除了能给你比较丰厚的嫁妆或者老婆本之外，还能给你的建议是，爱情并不是多么复杂的事，甜言蜜语万千，不及你病时送上的一碗热汤。

爱，不过是不离不弃的陪伴。

最后的话是，以后还是要对你爸爸好一点，他脾气虽然很坏，人有时候也很二，但他爱你以及爱我的心，从来没有丢失过。

Ps. 以后他再玩扫地机，你装作看不见好了。如果他把你放到扫地机上乱转，你必须马上告诉我，看我不拍死他！

亲一个，我最爱的宝贝。

——最爱你的妈妈

写于你即将出生前的某天，浮珑山

浮珑·完

忘川

WANGCHUAN

敖炽篇

亲爱的糨糊：

你妈喜欢管你叫未知，可爸爸就是喜欢叫你糨糊！你就别对你妈的肚子恋恋不舍了，赶紧出来看看这个世界，你不知道爸爸有多期待跟你一起玩扫地机！

你妈这个神经质的树妖，经常有一些莫名其妙的想法跟举动，所以你也不要嘲笑我们大冬天的在浮珑山巅抱着本本敲字这种傻事了。毕竟，那也是为了送你一份难得的礼物嘛。

可你也知道，爸爸是个粗人，平时连书都不怎么看的家伙，要怎么描述一段记忆深刻的过去呢？所以，你也不要怪爸爸开外挂……

虽然这个故事不是爸爸亲自写的，但却是爸爸跟妈妈一起经历过的一件非常难忘的事。后来不知道被哪个八卦的混蛋透露出去了，被那个写《浮生物语》的家伙用你妈的口吻给案件重演了一遍。不过，幸好写得还不赖，起码还原度很高，爸爸很喜欢。所以爸爸不止买了书，还特意去买了电子书存在手机里随时观看（幸好买了啊！现在只要照着打字就好了！狂笑中！让你妈跟你干爹原创去吧！我绝对是第一个敲完的人！

不过，为什么这件事让爸爸最难忘呢，因为，里头出现了一个爸爸最最最不喜欢的男人！哼！

我不是在吃醋哦！不过呢，也因为这次的事件，我跟你妈差点就离婚了……万一离了，当然也就没有你了。所以这段过去是非常有意义的！

好了，小糨糊你仔细听好了，不能遗漏任何一个细节哟！

Chapter.0

“要拿到它，你就得先找到她。”

“我知道她在哪里，也知道该怎么做。”

“那你为何还不走？”

“你是唯一一个知道我的想法却根本不阻止、甚至连一句规劝都没有的家伙。”

“嗯，更正一下，是老家伙。”

东海，某个很容易被忽略的岛上，有个名为“遗珠”的山洞，名字是很美好的，但，它是个监狱。据说，此地无人值守，有进无出。

冬耳盘腿坐在洞中那片悬浮在空中的碧水前，不满地盯着这个矮小圆润得像一粒汤圆的老头，他的胡须那么长，长得都在他座下的三尺莲花里绕了几个圈儿，最后垂到花瓣外了。

他的确是个老家伙了。额头上的无数道皱，都快叠一块儿了，牙也没了，撑不起两片嘴唇，只好整天瘪着，说话时，眼皮都懒得打开，总是眯着，让人怀疑他是在说话还是在说梦话。

他是遗珠洞里的囚犯。

关了多少年？为什么被关？什么来历？恐怕连资历最老的东海老龙王都不知道。

当一个人被遗忘太久时，他的存在便与时间融成了一体，不着痕迹地流动，不会惊动任何人。

他似乎很享受这样的“被遗忘”。

当冬耳还是个孩子时，偷跑出去游玩的她，被遗珠洞里飘出来的香气吸引，她跑进去，看到这个坐在莲花里的老头，正捧着一只砂锅，优哉游哉地喝着汤。他身下的莲花，漂浮在一片流动于空中的水上，那水清澈通透，绿波轻摇。

她嘴馋，想飞到老头面前看他喝了什么汤，可是，怎么也飞不进那片绿水之上。

温柔的水，牢笼般不允许任何人接近。

冬耳却成了遗珠洞里的常客，她喜欢听里头的“囚犯”——这个身高不超过两尺半的小老头说故事，更喜欢他把各种新奇但美味的食谱教给她，回去依样画葫芦，做出来的必然是佳肴中的佳肴。

越长大，冬耳越觉得他是她见过的、最博学也最有趣的老家伙。

“好吧，我走了。”冬耳站起身，绿水映在她浅金色的眸子里，“这一走，我不知道还能不能回来。”

“嗯，这是你的选择。”老头永远都是不睁眼的，轻描淡写地应着她。

“在我离开之前，能不能告诉我，你为什么会被关在这里？”她许久前就问过，但老家伙总用她还太小、说了也不明白这样的话搪塞过去。

“好吧。”老头咳嗽几声，说，“因为嘛，我没有答出一个问题。”

“世上还有你答不出的问题？”她不信，“是什么？”

“我答不出我是喜欢吃清蒸排骨，还是喜欢吃红烧排骨。”他慢悠悠地回答。

冬耳笑弯了腰。她会信才怪。

老头也呵呵地笑，胖胖短短的手指下意识地抚摸着他常年捧在怀里的一个白玉瓷盘，盘底上，开着一枝栩栩如生的并蒂莲。

“知道你是不信的，小丫头。”他笑得连胡子都飘了起来，“可是，是真的呢。”

“我要走了。”冬耳转身。

“丫头。”他睁开了眼，“当你做不出选择的时候，答案就不问自明了。”

冬耳回过头，满心的问号几乎滴到了水里。

“我不懂。”她第一次见老头子睁眼，第一次听到他说这样晦涩不明的话。

“凡是做不出选择的人，答案只有一个——就是，”他顿了顿，“只爱自己。”

说完，他又闭上了眼，懒懒道：“洞口那株三叶草下，有个锦囊，你拿走吧。不到不得不看的时候，不要看。走吧，不要再与我说话，我累了，要睡觉。”

好吧，她知道这老头的脾气，说不讲话了，那是死也不会再开口的。

冬耳走到洞口，见到那株四季常绿的三叶草，一个绣工精致的锦囊，系着根红色的绳，静静躺在那片绿色之间。

进来的时候，明明是没有的。

她拾起锦囊，却不小心在锦囊的另一面发现一排小字——某某工艺品公司荣誉出品。

这，显然是外头的，准确说是人界的东西。

他是囚犯呀，与世隔绝，怎么会……

冬耳跑回去，举着锦囊问他："这里是监牢，你是囚犯，不但出不去，甚至会隔绝一切法术到达外界。你是怎么做到的？"

老家伙不睁眼，呼噜声绵绵长长。

"还是……"冬耳一皱眉头，"这里根本就关不住你？"

呼噜声像是在唱歌。

"如果这样，为什么你还要留在这里？"她不管，大声问。

"因为，我想不出释放自己的理由。"

他瘪了瘪已经很瘪的嘴，继续睡。

冬耳不甘心地在他面前站了很久，最终还是离开了。

洞口外头，是一片红得浓淡相宜、镶着金线的晚霞。这个时候的东海，像个经了沧桑过了风浪，从洞悉了一切人情世故的波澜曲折里提炼出一种宁静祥和的老者，一眼看去，跳动过速的心，都一下子稳住了。

冬耳爱这片海水，喜欢这样怔怔地看着它。

千百年来，一直陪伴她的，也只有这片海。

她要找的人，在海的另一边。

夕阳渐移，像只手温柔地抚过冬耳的身体。

她的影子被拉得很长很长，在洞口的地面上，成了一条蜿蜒的龙。

Chapter.1 空难

我是一只树妖，生于漫天飞雪的十二月，浮珑山巅。

我在时间里漂流了成千上万年，无数的人在我的生命里来来去去，有些人我永远记不住；有些人，永远忘不了。

我在浮珑山上跟花草鸟兽做过伴，也在人世间跟各样的人类或者妖怪经历过悲喜苦乐；我当过那个懵懵懂懂的小侍女，也当过那个风光无限的老板娘；我恨过人，也被人恨过；我爱过人，也被人爱过。

身为一只不老也不死的妖怪，我大概是活得太长了，长得没有办法去总结自己的生命，而我又这么懒，懒得去捡回遗忘的过往。

所以，就这样吧，尽量快乐地活着。过去不能追回，未来不可掌控，索性将每个今天视如珍宝。这样就够了。

这样简单的想法，在我结婚之后，更加明确深刻。

不过，关于结婚这件事，我至今都还有一种难以言表的不真实感。

飞机在云层里微微颠簸，我转过头，看身旁那个酣睡到流口水的男人，他的脸孔还是那么出众，放到哪里都不会被淹没半点光彩，哪怕是在这一脸憨容的睡眠下。千百年的时光，没有在他的容颜上留下任何不良的痕迹，我想，这并不是时间太眷顾他，而是他太藐视时间。这个男人，藐视了太多东西，冒犯他的妖魔、阻挠他的障碍、威吓他的危险，甚至他身为东海龙族应当遵守的“规矩”。

从我认识敖炽的那天起，我就没有见过任何可以凌驾于他自己之上的事物，和人。哪怕他在一场对战中输了，输掉的也只是那一场仗，不是他这个人，那颗倔强高傲的头，是必然不肯低下的。

我自认为没有他那么强硬霸气，但，我也从不肯轻易低下我的头。

讨厌一个人，往往是因为彼此太相似；喜欢一个人，往往也是因为太相似。

我“讨厌”了敖炽上千年，曾经，我是那么讨厌他把我抓到无望海时，那不可一世的姿态；讨厌他在我万念俱灰要放弃生命的时候，逼我在痛到骨髓的时光里活下来；讨厌他像个老太婆一样唠叨我，管束我，要我学习各样我毫无兴趣的法术；讨厌他孜孜不倦地学着人类的样子，每年都要送我一枚戒指。

而我最讨厌的是，他曾在我的生命里突然消失了二十年，为了他身为东海龙族所应承担的“责任”，在完全没有告知我、甚至是故意欺瞒的情况下。

那一年，他故意说了那过分的话，怒极的我，让他立刻滚。他第一次这么听话，真的滚了，一滚就是二十年，只留给我一个怎么也扔不掉、时刻拴在我手腕上的赤金纹龙平安扣。

我一定是在人界混得太久了，连自己的思维行动都被人界那些俗气的道理影响了——见面又嫌，不见又念，真真是应了这俗话，我竟开始了一场近二十年的寻找。我不停地走，不停地找，但他，就像蒸发在这个世界了，不留给我半点蛛丝马迹。我走得有些累了，于是在一座不打眼的城市里，开了一家叫“不停”的小店，卖甜品。而光顾的，除了人类，还有妖怪。它们不是来找我的麻烦，相反，是来寻求我的帮助的。

可我觉得，我并没有为它们提供什么了不起的帮助，大不了是为它们沏上一杯先苦后甘的浮生茶，听它们讲完一个故事而已。我从不认为它们会感谢我，因为我根本不认为自己那些微不足道的举动值得被感谢或者记住。

但到了最后，当我遇到了真正的敌人，身陷困境而危在旦夕的时候，这些妖怪们，竟不约而同来到我身边，拼了全力要保我周全。

关于当年那场突如其来的劫数，我已经不太记得细节了，也从不跟人说起，无非是一场妒忌与一场执念惹出来的祸事。但，又应了“因祸得福”这样的俗话，那个滚了二十年的男人，在我的生命受到最严峻威胁的关头，毫无预兆地回到了我的面前。

于是我才知道了，这又是一个俗气得像八点档肥皂剧一样的故事。

离开我二十年，有苦衷，因为他是东海龙族，有守卫时间之轴、拯救地球的重任，他是把命都交出去的奥特曼，要与一切想破坏人类和平的怪兽殊死搏斗。他故意惹我生气，只因为他怕自己永远回不来，如果真的这样，那么，让我憎恨他总比思念他好，起码，我不会惦记一个讨厌的人太久。

连所谓的“苦心”，都这么单细胞跟孩子气，这就是我“讨厌”了那么久的男人。

但最后的最后，这个在东海龙族里出了名的孽龙敖炽，跟我这个从浮珑山上下来的树妖老板娘，结了婚，在我们相识之后的第 N 个圣诞节时。

我至今还记得，敖炽向我求婚时，我们的对话——

“给我三个理由。”

“第一，除了我没人要你了。第二，除了你也没人能要我了。第三，我爱你。”

于是，我觉得我终于找到了可以停下来的地方。

于是，不停甜品店的老板娘，关了店门，洗手做羹汤，嫁作他人妇。

我知道，有人把我开店的这段经历，我泡的那杯叫作浮生的茶，还有那些光顾我的妖怪客人们的事迹，包括敖炽跟我经历过的那场浩劫，写成了一本叫作《浮生物语》的小说，听说销量还不错，我还打算有时间去拜访一下该书的作者，感谢她把我写得那么貌美如花，爱财如命。敖炽吵着要跟我一起去，他张牙舞爪地抱怨，说作者把他的英明神武描写得太不充足，他要去抗议并威胁，要作者要么修改原文，要么重新写个续集，把他当作绝对男主角对待，让所有人都黯然失色的那种 style！

我真怕有一天，他会被人当成神经病抓走。这般唯我独尊的自大心态，只怕是生生世世也休想改变了。

粗略地算一算，我们结婚已近两年。在我不做老板娘的这段时间，我们俩几乎走遍了地球上的每一个国家，我虽然不是人类，但我对这个世界的爱与好奇，并不逊色于任何人。敖炽还是那个鬼样子，一会儿嘲笑我没见过大世面，看到纳斯卡高原上的地画就惊讶成那样；一会儿又在安第斯山脉的高原上，一边训斥大嚼玉米饼的我吃相太难看，一边把带来的糖果大把大把地分给我们落脚的印第安村落里的孩子们。

在罗马尼亚时，我们住进了吸血鬼开的旅馆，他又骂我不长心眼，好好的豪华饭店不肯去住，非要到乡间来住一家黑店，结果他不分青红皂白把吸血鬼们狠狠教训了一顿，差点现出原形烧了他们的店。后来我们才知道，这群吸血鬼并不害人，人家不过是正正经经做生意，偶尔配合当地旅游部门搞个 COS 秀，装成吸血鬼吓唬游客，搞搞气氛而已。道歉他自然是不肯的，拿钱倒是很大方，赔偿给吸血鬼们的医药费足够他们再开十间规模更大的旅店。

而当我们流窜到百慕大时，我伟大的夫君又开始抱怨海风太讨厌，紫外线太强烈，早晚会把我晒成个黑面鬼，要是我变丑了，他就不要我了。他一边抱怨，一边在那个月黑风高的晚上，不动声色地解决了好几只用歌声诱拐人类灵魂的海魅，悄悄解除了一船乘客的危险。搞定之后，他又来骂我，说我哪里不好去，非要来这个鸟不拉屎的百慕大。

看吧，就是这样，敖炽这个男人，总是教训我，总是不耐烦，总是叨叨，有时候我真会怀疑我嫁的不是那条东海的孽龙，而是著名的啰唆帝唐三藏。你能想象一个当年可以对我武力相向，暴戾如刀锋一样的“恶徒”，身上竟然也藏着这么婆婆妈妈这么割裂的一面么？我是花了不少时间才习惯的，而且我将这种不适应归结于新婚综合征，虽然我跟他认识了那么久，但现在，一段加诸我们彼此间的崭新关系，不过还在起步阶段。

我们本质上早就习惯了“一个人”，而一旦跨入了“婚姻”这个门槛，任何事便都要乘以二了。我跟敖炽，尚需时间去习惯。

但，尽管他抱怨，尽管他啰唆，可是这两年来，不论我们去了哪里，不论他表现得有多么不情愿，可只要是我想去的地方，他一定会陪我去；只要是我想吃的东西，不管是在地球的哪个犄角旮旯，他都会弄来。

结婚之后，他一直有个习惯，睡觉时一定要抓着我的手。

他说，等哪天抓着你的手像抓住我自己的手时，就说明我不嫌弃你了。

我却对他说，当有一天你抓着我的手像抓住你自己的手时，说明我们之间只剩下亲情了。

他白眼一翻，说，这样才说明，你已经是我不可分割的一部分，我想扔都扔不掉了。

肉麻的歪理，他还能说得振振有词。

“我只是不想一醒过来，却发现你不见了。”说完歪理后，他含糊地说了这句话，便把头深深埋在枕头里，鼾声如雷了。

我看着他的睡脸，笑了笑。

一直以来，我的手一到冬天就会冰冷，好像总是无法自行制造温度，但，自从结婚之后，哪怕是天寒地冻，我的手也没有再冷过，因为，它们总是被包裹在敖炽永远都温热的大手掌里。

哪怕是现在，在飞机上打个小盹儿，敖炽还是习惯性地抓着我的手。

我们大概越来越像一对普通的人类夫妇。在世界各地游玩时，我们规规矩矩地买机票，住旅馆，正常使用各种交通工具，跟人讨价还价，甚至吃完饭之后还会不依不饶地找商家要有奖发票，一不小心刮中五块钱的话，我们会高兴得像个疯子。除了极个别特殊场合，需要我们露一点点“本事”之外，我们自己都快忘记我们是一对身藏法术的“异类”了。

我转过头，看着窗外掠过的云朵，大约再过两个小时，我就可以回到那座我离开了快两年的城市了。

到任何一个地方，我都是用“去”，唯有浮珑山与这座叫忘川的城，我会用“回”。

家，才是用来“回”的。

我的“不停”还在忘川城的那条小街上，我计划回去看看，然后住上一段时间，也许还可以把那帮聒噪的妖怪们叫来，大家开个茶话会？啊，还是不要了，如果它们知道我回来了，不知又会给我招来什么奇奇怪怪的麻烦。不过，我恐怕得抽空去见见我那个干侄子钟小魁，这小子曾发过邮件给我，字不多，却让我深刻意识到一个正处于青春迷茫期的少年，很需要我这个干姑姑当一下烦恼回收站。等等，还有九厥那个老东西，前些日子听说他也要结婚了，还让我准备好大红包，这真是天大的八卦！谁能让这个高要求高眼光的老男人甘心走进爱情的坟墓？我好奇死了！

好吧，我要做的事还是蛮多的。

飞机上，大多数乘客都在睡觉，敖炽的鼾声抑扬顿挫，我在胡思乱想神游太虚，机舱里回荡着轰轰的声音。

突然，一阵异常的颠簸袭来，所有人的心脏都随着座位的摇晃而暂时偏离了本来位置，胆小的惊叫出了声，胆大的也吓白了脸，低声嘀咕。

广播里传出空姐甜美镇定的声音：“各位旅客，飞机遇到了一股强势气流，会有一定颠簸，请大家系好安全带，不要随意离开座位。谢谢！”

放眼看去，只有敖炽还能睡得四平八稳，还香甜地咂巴了几下嘴。

话音未落，又是一阵连续性的强烈颠簸，尖叫声越来越多，连瞌睡帝敖炽都醒了。

又是广播，空姐甜美的声音依然镇定，总之就是让大家保持冷静，不要慌乱。

身为一只妖怪，我对于一些意外的发生，总有超过人类的预感。

会坠毁吧。

果然，在广播还没讲完，在敖炽还半梦半醒地擦着口水，在所有人还抱着侥幸的心理祈祷一切只是“正常现象”时，我们听到了一声属于机械损毁并引致爆炸时才有的巨响，飞机中部靠窗位置的乘客们，清楚地看到浓烟与火光从右机翼处滚滚冒出。

整个机舱霎时倾斜，头上的氧气罩密集而慌乱地落了出来，当然，还有从顶上滚落出来的大大小小的行李，一片混乱。

此起彼伏的尖叫声几乎刺破了我的耳膜。

俯冲，失重，大脑供血不足，心脏抽搐，各种可以要人性命的恐怖感觉在每个乘客的身体里爆发。对我而言，这是一次难得的、值得被记住的经历——身为一只树妖，我经历了一次坠机事件，人生里的“第一次”，又圆满一项。

大难临头的当口，唯有敖炽揉着惺忪睡眼，没事人一样问：“坠机啦？”

“是，坠机了。”我淡定地回他。

“靠！”

飞机像一只断翅的铁鸟，往一个不属于它的方向坠去，地面不再是地面，是狞笑着等它粉身碎骨的地狱之口。

没有人会相信自己能生还。大多数人能做的，只是用力把头埋到膝盖之间，咬紧牙念着各自崇拜的神灵的名字，救我，不想死，我们不想死。

求生的欲望太强烈，强得我都听到了。

虽然我不是神，只是妖怪，但我可以实现你们的愿望。

碰撞的巨响，金属的碎裂，一场足以令人血脉倒流的惊天之祸，在短短的几秒钟后，完结在那片高高溅起、如大浪翻滚、有排山倒海之势的水花里。

飞机坠落到了一片宽广的湖泊里，以一种相对温柔的冲力。

这个钢铁的大家伙没有沉，漂浮着，也没有支离破碎，甚至连之前的浓烟跟火光也消失了，总体来说，这是一场比较完美的落水。

大难不死的瞬间，我恍惚见到窗口外头，有一道异样的影子掠过，速度极快，一飞冲天。

仔细再看，机舱外除了一大片湖水，连只鸟都看不见。

敖炽撞到了头，龇牙咧嘴地大叫。

幸运的是，所有人都毫发无损。机组成员迅速组织乘客们穿上救生衣，从紧急出口爬出了机舱。

碧绿的湖水里，顿时多出了无数不断游动的鲜明橘色，湖岸离坠机点不算太远，这又是一大幸事。

我第一次穿救生衣，觉得有趣，敖炽死都不肯穿上那件“完全显露不出曲线”的衣服，直接蹦到水里，不耐烦地陪着我游向湖岸。

湖水被我的手指划开，小小的水花在我的四周荡漾，跳跃，现在是初春，冬意不减，春寒料峭，身边那些拼命游动的幸存者，被冻得牙齿打战，可我却丝毫不觉寒冷，触到我身体的每一滴湖水，好像都是暖的，而那种热度，又不像是从外界传来，而是从我自己的身体里散发出来的一般。这感觉很是奇怪。

我是树妖，木浮于水是天性，哪怕我不会游泳，也不会被淹死，但，我不喜欢游泳，千百年来皆如此。我的内心，一直排斥被水包围的感觉。

记忆里，只有一次意外落水的经历。

并不愉快。

但，也正因为那一次的落水，造就了我跟敖炽纠结千年的冤孽债。

湖岸上，捡回性命的人们千恩万谢着。

“幸好是落在了水上啊！”

“幸好飞机没爆炸啊！”

“幸好没沉到水里啊！”

可怜的人们，你们大概还没意识到，飞机坠毁时，不管是落到地面还是水面，结果都是一样的，这架飞机没有爆炸，也没有沉没，这已经违反了你们的物理学原理。

如果，我跟敖炽没有在那生死一线的时候，动用我们自己的“本事”，把飞机“提”了起来，最后轻轻“放到”水面上的话……

好吧，就当是神听到了你们的祷告吧，这样想的话，你们会比较容易接受。

我挤着头发上的水，微微喘着气。

要在这样毫无准备的情况下“控制”一架飞机，对于我来讲，还是要耗费一点点元气的。

敖炽像只刚洗完澡的小狗一样用力甩着头发，然后开始抱怨，说他明明要多玩几天再回来的，就怪我，非要坐这个破航班。说完，又训斥我平日疏于修炼，区区一架飞机就让我气喘吁吁，要不是他在身边一起出手，看我怎么办。

对于夸大自己的重要性这件事，敖炽总有十二万分的热情。

“你再聒噪的话，我们就离婚！”我不打口水仗，直接扔炸弹。

“你……”他顿时闭上嘴，然后悻悻地嘀咕，“我也是为你好！”

不是冤家不聚头，不是冤家不结婚，难道，每对夫妻都是这样吵吵闹闹过来的么？都说婚姻是一门学问，相爱容易相守难，要做好，并不容易。

我好气又好笑地看着被我的撒手锏灭了气焰的敖炽，这个单细胞的家伙呀，会这样陪着我走多久呢？

我没来由地想。

回头看那一片湖泊，还有围绕着它的这片树林，总是眼熟。

机长握着卫星电话，拨号，求援。

一个多钟头之后，一群由政府官员、医务人员、警察叔叔们组成的救援队神速赶到，将所有人从湖边带了出来，坐上几辆大客车呼啸而去。

这时才知道，我们坠机的地点，是某某省某某市，一个叫作代县的小县城。

代县……

我看着车窗外跑过的田野与房舍，傍晚的天空透着股湿湿的灰色。

敖炽裹着毯子，已经睡熟了，脑袋枕在我的肩上，呼噜声不绝。

我也昏昏欲睡了。

窗户上发出滴滴答答的声音，越来越响。

我睁开眼，只看到密集的雨水从玻璃上覆下，外头的世界变成了一块块模糊的斑点。

“嘿，又下雨了，太好了！”司机高兴地开起雨刷。

“这下咱县里的春旱算是彻底解决了！”坐在他后头的一个熟人乐呵呵地附和着。

“可不是嘛，都旱了多久了！这几天可算是老天开了眼了！”

我眨巴眨巴眼，打了个呵欠，睡了。

Chapter.2 夜祸

“406 房。”染着一头金黄爆炸式卷发的女服务员，不耐烦地把房卡扔到我面前，“热水另收费，网线押金 200，送餐到房间加收 30% 服务费。”

我笑着道谢，抓了房卡离开，排在我们后头的，还有好几十号人，个个像等待上帝召唤似的，焦急注视着这个一脸女王气的乡村旅店女服务员。

县政府的工作人员把我们安置在了这间据说是设施最好的“吉祥宾馆”里，说明天一早，市里有专车来接我们去机场。

一切终于尘埃落定。所有人都安心了。

如果这里的女服务员态度亲切一些，我想大家的心情会更好。

我回头又看了看在前台不耐烦工作中的两位女士，不是看她们夸张的发型，而是一股盘踞在她们眉宇之间的淡淡的乌青之气。

再看那些从我们身边走过的服务员，每个都精神恹恹、呵欠连天的样子。而且，无一例外的，他们的眉间，都有相似的乌气。

唯有被妖魔邪灵吸取过精元的人类，眉间才有此种颜色，缭绕不绝。

回忆一路所见，这代县地处偏远，山多林峻，又有一片大湖嵌在其中。所谓山林多妖魅，深水出精怪，这个小破宾馆的位置又好死不死地建在一片背阳之地，前为街市，后为田原，从卧室窗户往外看，后院里还种着棵高大的老槐树。

风雨之下，街市中毫无人气，田原上阴郁一片，后头的老树枝叶摇晃，呜咽有声，看去只是徒生寒意。

这样的地方，自然是山精妖魅的最爱。

我们的房间在三楼。

所谓“设施最好”的宾馆，房间里除了一张硬邦邦的床和一个缺了半只脚的桌子之外，便看不到别的东西了，空气里充满了灰尘与霉味。

敖炽在长时间的忍耐之后，终于爆发了。

他指着床，指着桌子，指着霉斑处处的墙壁，最后指着我，用最后的一点理智问：“可以走了么？要么马上回‘不停’，要么找个五星饭店吃大餐！总之是，我一分一秒都不要留在这个破地方！”

本来也没有打算留下，这些人已经安全了，我跟敖炽可以不费吹灰之力回我们的城市。

可现在不行，帮人帮到底，起码得将这宾馆里不该存在的东西清理掉再说。

照那些人的症状来看，情况还不太严重，似乎也不是什么了不得的妖魅，若是厉害的，哪可能只让他们落个精神不济，一口气便将他们的元气吸干才是。

我将这事跟敖炽一说，他却只是瞪我一眼：“这些人态度那么差，活该被吸去精元。我才不管他们呢，反正又死不了。”

“现在是死不了，时间长了也熬不住的。没遇到这事儿便算了，你我都看见了，不出手说不过去的。”我知道他的小孩子脾气又上来了。

他哼了一声，倒在床上，闷闷地问：“你留下来就因为这个？”

不然还为什么？！

只是，他不问还好，问了，我反倒是觉得好像又不光是为了这件事。

林子里的湖水，天上的大雨，在我心里讲话——

不走，不走，留下，留下。

我不搭理敖炽，走到窗前，一把推开窗户。

眼前，只有空荡荡的田原，不远处，葱茏的树木铺在起伏的山丘上。如果不是幻觉，一些闪烁不止的、鱼鳞般的光点，正透过树木间的缝隙，对我眨着眼睛。搞不清是它们在看我，还是我在看它们。是那片湖水的光？

雨变小了。清清润润的气流，从傍晚的山水之间，精灵似的飞来，贴到我的脸上，身体与情绪上的所有倦怠与不适，都被抽走了。一点都不冷啊！这奇妙的晚风，若再配一场杏花雨杨柳舞，春天便这样出来了。

我闭着眼睛，手指从脸庞上抚过，一片薄薄的水，化进我皮肤的温度里，不是蒸发，是渗透。

我情不自禁地伸出舌头，舌尖舔去唇上的几滴水珠，甜的。

这样的感觉，这样的甜味，似曾相识。

说不出的怀念与眷恋，从每一滴雨水里，藤蔓一样攀爬到了心上。

我忽然想到浮珑山上，那个曾栖身的山洞，那一片长满了青苔、终年都湿润清凉的石壁。那时，我的年纪还很小，也像刚才那样，蘸了青苔上的露水，放到舌尖，淡淡的，喜人的甜味，让我像只欢乐的小兔一样雀跃。

我以为我已经不太记得那种味道了。可就在刚才，打开窗户的一刹那，迷失许久的记忆被那阵纠缠在一起的风雨，惊醒过来。

雨水的甜味，与记忆中那青苔上的水珠的味道，竟一模一样。

这样清淡却隽永的甜，独一无二。

我突然睁开眼，心里一阵没有理由的慌乱。

砰！

敖炽把我拉到一旁，粗鲁地把窗户关了起来，斥责道：“有病啊！下雨呢，还傻站在这儿干吗！你到底走不走？”

敖炽的手掌，在我眼前上下挥动，失神的我这才醒过来。

“你觉得我们掉下去的那个湖，眼熟么？”我抓住他的手掌，很严肃地问。

“每个湖都长得差不多，哪有眼熟不眼熟的。”敖炽一皱眉，怪异地打量我，摸了摸我的额头，“坠机的时候撞到头了吧？”

“要走你走。我留下。”我直接拒绝，一屁股坐到床上，瞪着他，“你真的不觉得那片湖泊眼熟？”

“我见过成千上万的湖水，真的差不多模样嘛！”敖炽被我逼得都快哭了，黑着一张脸使劲地挠着自己的头发。

“经常挠头小心秃顶！”我好心提醒一句，目光落在床头柜上一本破旧的《吉祥宾馆简介》的册子上。

拿过来翻看，印刷粗劣的宾馆照片下，是一大段对于吉祥宾馆的赞美以及整个代县的简介。

我的视线，在其中的一行文字上停住，倒退，向前，再倒退，反复看了多次——代县风景优美，民风淳朴，历史悠久，古时称玳州城，后更名为代县。

玳州城……玳州城……

“裟椤，时间不早了，我们要动身了！”

“动身？去哪里？”

“玳州城！”

一段已经遥远得快成了一片灰烬的对话，不知从我脑中的哪个地方，跳了出来。

啪！我将册子一合，站起来抓住敖炽的手，拖到窗前，也不管下雨不下雨，猛地推开窗户，指着窗外说：“玳州城！这里是玳州城！”

“玳州城？”敖炽依然懵懂。

“你这阿米巴原虫！”我气得踩了他一脚，指着远处的山丘，“那片湖水，你不记得了？断湖啊！当年你我第一次见面的地方！”

“断湖……”敖炽又开始挠头，挠着挠着，眼睛终于亮了，“哦！记起来了！当年我跑出东海，路过玳州城，看到一片湖水清澈可爱，于是跳下去洗澡……呃……”

我愤愤地敲了一下他的头：“你拿那个断湖当澡盆，你自己是舒坦了，结果搞得湖水泛滥，暴雨倾盆，害得整个玳州城几乎城毁人亡！然后子淼带着我到了这里，把你……”

说到这儿，准确说是说到那个名字时，我突然不自然地停了下来。

敖炽好像没有察觉到我小小的异常，喋喋不休地说开了：“对对！哼，你还骂我丑，我当时恨不得烧死你。后来，我还挨了那家伙一箭，掉了我好几片龙鳞，可疼的！然后我逃去了洞庭湖……”回忆，像盒子一样被打开，藏在里头的东西，蜂拥而出，半点不由人。

忆着忆着，说着说着，敖炽的脸色竟也渐渐凝重了。

到这时，我俩才惊觉到，这么多年，我们竟然谁都没有再来过这个地方。玳州城，断湖，我与敖炽的相识之地，我曾留下一口真气，一排树木的决堤之湖，居然在我跟敖炽以后的生命里，不约而同地缺失了。

当年他在这里无法无天，当年我在这里悲喜交加，可是，当冥冥中的指引把我们带回这里时，我们居然谁都没有认出它。挺可笑的。时间果然是把杀猪刀，砍掉人类的青春与生命，砍掉妖怪的记忆与挂念。

可是，当记忆回来之后，为何我反而不安了？

“这又怎么样呢？”敖炽吸了口气，上前再次关上了窗户，回到我身边，抓住我冰冷的手，“你看你，脸色都变了，不过是故地重游。最起码，代县不会再像以前的玳州城一样，被一条龙当成天然大澡盆了。”

“你当年的确挺混蛋的。”我白了他一眼。

“谁年轻时不当一回混蛋！”敖炽的歪理又来了，他把我的手托起来，呵口气轻轻搓着，撇撇嘴道，“好死不死掉到断湖里，老天爷是要把这个当成我们结婚两周年的礼物么？我们是不是应该去湖边种一棵什么夫妻树同心树之类的玩意儿以兹纪念？好歹我们是在这里一见如故的咧！”

“呸！是一见成仇！”我纠正。

房间里异常的气氛，与我稍许迷乱的心境，在敖炽的胡说八道里，渐渐变得正常了。

好像这么多年都是这样，我虽然不屑于他随时随地不经大脑的狂词滥语，但也要承认，这是舒缓不快与压力的另类良药，专属于这条孽龙的“本事”。

“我们明天去湖边种树吧！”敖炽像个突然找到了玩具的小孩，来劲地说，“你看，这片湖水是我们的定情之地，不是，定仇之地吧！很有纪念意义啊！你又是树妖，古话不是说，夫妻本是同林鸟么，没有树哪有林，我们种一棵夫妻树去！”

我啼笑皆非地说：“夫妻本是同林鸟，大难临头各自飞。你翅膀痒痒了，想飞了是不？”

“啊？下一句是大难临头各自飞么？我不知道啊，你知道我不喜欢读书的……”敖炽一愣，旋即啐了一口，“呸，真不吉利，我们不种树了。”

这个家伙，永远风一阵雨一阵，翻脸快过翻书，改主意又快过翻脸。这条东海里的孽龙，高傲与暴戾，不过只是他掩藏孩子气的工具。他的心性里，有一块永远也不肯长大的地方吧。

“留一晚吧。”我说，“明天就走，如何？”

遇上空难已经是小概率事件，飞机还掉到了一个跟我们有如此渊源的“故地”，更是匪夷所思。

当一件事巧合得过了头时，反而显得故意了。

敖炽的法力在我之上，可是说到心思的纤细敏感，我若是一根绣花针，他便是一根两个人也合抱不过来的水泥管子。

如果到明天日落之前，并没有发生什么奇怪的事，我就回“不停”去。

敖炽虽不情愿，但也勉强同意。

关了灯，我躺在敖炽的手臂上，他很快睡成了死猪，我却难以入眠。雨越下越大，风越刮越猛，时不时还有雷声传来，雨水撞到玻璃上，当当作响，我开始盘算那扇脆弱的窗户会在几时碎成片。

房间被包裹在深沉的黑暗里，迷迷糊糊的我，却听到一阵细微的窸窸窣窣的动静，从窗户那边传来。由浅而浓的妖气，也一并飘来。

我装作不知，悄悄睁开眼睛。

两个小小的、身周散发着荧荧绿光的小人儿，从窗户上跳了下来，不足半尺高，没有腿，就像个树叶状的肥肥圆圆的不倒翁，两只看起来更像是个肉团的“手”里，举着一根绿色的吸管状物体，在地上滑稽地弹跳着，直奔我们的床铺而来。

我不动，任由这两个家伙跳上了床。

只听两个家伙叽叽咕咕地讨论了一会儿，便一起跳到了敖炽的身上，将手里的“吸管”朝敖炽的脖子刺了下去。

可是，吸管断了，换一根再刺，又断了。

于是换我的脖子。结果是，断了几十根吸管。

两个小怪物苦恼了，在我们身上哇哇怪叫。

果然不出所料，骚扰宾馆的家伙真是不怎么样的小妖怪。一番观察下来，我确信这两个家伙，不过是外头那棵槐树上的叶子，年岁久了，槐树成精，只不过修行还不够，只能让叶子化成小妖出来作祟，吸人精气。

不过，这叶子妖长得也太萌了吧！

敖炽这样的东海龙族，我这样的千年树妖，我们的皮肉，岂是这样的低级小妖可以搞定的。

我忍住笑，出其不意地将两个垂头丧气的家伙抓在手里。对付这样的低级妖怪，我甚至都不需要任何法术，抓它们就像抓蚂蚁一样容易。

叶子妖惊慌失措，在我手掌里扭来扭去，惊声叫唤，连连求饶。

我坐起来，黑着脸盘问：“这里的人可是你们祸害的？”

“我们不是故意的！他们说槐树挡了风景，要砍掉，我们才吸他们的精元，希望他们整天浑浑噩噩的，这样就没工夫砍树了！大仙饶命啊！”叶子妖说话像唱歌，只不过是跑调的。

“那这里的住客呢？我们并没有说要砍树啊，那你们为何还来骚扰？！”其实我是同情这样的妖怪的，毕竟它们也是树，只是际遇差了点儿。

“我们……肚子饿……”其中一只居然哇哇地哭起来了，另一只使劲儿给它擦着眼泪，说，“只是一点点精元，你们也不会死的，但我们会饿死……”

两只都开始哭，可怜巴巴的。

真是罚也不是，不罚也不是。

“你们还有其他同伙吗？”我质问，那槐树上的叶子太多了，虽然它们的危害性很小，但每片都成精的话，也是个麻烦。

“没了，其他的还不能走动。”它们吸着鼻涕，老实回答。

“有别的方法，可以不害人，也可以不饿肚子。”

不打算毁了它们，一来它们并非罪大恶极；二来，大家基本算是同族，能帮便帮吧。

我把它们放回地上。

“真的真的？”两个家伙高兴极了，两个不倒翁在我面前跳来跳去的模样，实在是笑死个人。

可是，话音未落，却听窗外传来一声巨响，紧跟着便是一个惊雷。

而我的脚下，爆出两声惨叫——两只叶子妖，平白无故地四分五裂开去，碎开的身体在空气里化成了烟尘。

叶子妖以树为依托，除非是那棵槐树出了事。

我一步蹿到窗前，推开窗户，只见那好好的槐树居然断成了两截，树根处，一个红色的人影艰难地爬起来，嗖一下往空中飞去，一道银光从云头按下，紧咬那人影而去。

如无意外，这棵倒霉槐树是被人活生生撞断了。

宾馆其他房间的灯光相继亮起来，在人们发现这场事故之前，我毫不犹豫地从窗口跳了出去，往“肇事者”逃匿的方向追去。

两只“不倒翁”罪不至死，却死得凄惨，我身为它们的近亲，总要将事件弄个明白。

Chapter.3 故人

大概是太久没有御风而行，我在这场狂放的风雨之中，飞得不是太顺利，雨水如鞭子一般抽在我的身上，卷在里头的落叶，时不时打在我的眼睛上，冷冷地疼。

头顶上，黑云在夜幕中翻滚，让你看不出端倪，隆隆的雷声不断，雪亮的闪电随时都有割断天空的危险。我穿过田原，追进山林，搜索我要找的人。

不多时，眼前突然跳动起了无数美妙的光点，跟我傍晚远眺时看到的情景一模一样。

遮挡我视线的雨水与树木像是突然被拉开了，视野豁然开阔——那片熟悉又遥远的断湖，就在离我不远的地方，荡漾着碧绿水波，每一条温柔不已的水纹里，都镶着星子一样的光点，一眼看去，仿佛有人把整个宇宙的星光都倒进了湖水。

断湖，断湖……

多年前的一天，那个弱小得完全不能保护自己的小小树妖，就是在这里，躲在那个修长伟岸的身影之后，看他将湖水控于股掌之间，看他用我的一口真气，一缕发丝，造出一片苍翠树木……

我的心神霎时恍惚，又瞬间拉回——

如果，此刻湖水里的点点星光，不是从半空中那两人的激战中洒落下来的，那该多好。

湖水之上，一红一银两个影子，纠缠不休，气势汹汹，我看不清他们的面容与动作，太快太快，只看到有耀眼的火花与光点，从他们每一次的凶悍碰撞中激飞出来，落在湖水里。

我悄悄落到湖边的隐蔽处，猫着腰，蹑手蹑脚前进。

一只微温的手，不轻不重地捂住了我的嘴，另一只手，揽住了我的腰肢，阻止了我的前进。

一抹无法捕捉的气息，从制住我的两只手里，穿透了血脉，乃至整个身体，停到了最深的灵魂里。

身后的人，均匀的呼吸声洒到了我身上，我的背脊靠在一个宽阔的胸膛上，这电光石火的一瞬，将我拖回了千年前的那个夏夜。有人也像现在这般，靠在我的身体上，过人却不逼人的灵气，随着他的呼吸飘来，清清月色下，我曾好奇又贪婪地追逐着那片冰凉深邃却又柔软不已的温暖。

眼睛会骗人，但感觉不会，尤其是我这样的一只树妖。

有声音说，不要回头！回头就会变成盐柱！

我回头了，但我没有变成盐柱。

我不再是当年那个动不动就哭、把一切喜怒都写在脸上的小妖怪了。历世千年的风风雨雨，沧海桑田，敦促着我的成长，或者说，我已经被时光埋住了，埋了多深，不能计算，只是那颗属于一只树妖的心，再不肯随便给人看到。

黑色的长发，月白的衣衫，晃动的湖光遮遮掩掩地点亮了一张出色的脸庞，眉、眼、鼻、口，那些在他脸上延伸的轮廓与线条，让人情不自禁想伸出手去，辨一辨，是真还是幻。

我们，不是应该永不相见了么？

那一年的大旱，那一年的雨水，那一年的眼泪与死别，不是已经写在不可更改的命运上了么？

我的眼中，没有惊，没有喜，只是安静地看着他，那个被埋了太久太久的名字，在心口绕啊绕啊，怎么也绕不出口。

被我看的人，也在静静地看我，慢慢地，眼中有了一丝惊喜。

“裟椤？怎么会是你……”他的眼神在我身上来去，没有什么纠结，只有故人重逢的庆幸。

他永远都没有暴跳如雷或者喜形于色的时候，永远都是一片波澜不惊的水，即便偶尔有一点涟漪，也是转瞬即逝，难留痕迹。

“我……”

我什么呢？除了这个字，别的都不会讲了。

讲什么呢？讲怎么是你？你不是已经不在了么，你不是已经永远不可能回到这个世界了么？你不是已经把我丢在无望海了么？

想问的太多，反而什么都问不出了。这是许多人类都有的缺点，我不幸沾染。

“嘘！别说话。”他按住我的肩头，两人一起蹲下来，他看着激斗中的人，“先别去打扰他们。”

瓢泼的雨水仍未停止，可是，再没有一滴落在我跟他的身上，一道无形的圈，将风雨隔断在外。

这样的事，只会在他身上发生，无可替代。

江河湖海，雨露霜雪，世间一切的水源，都是他的属下，臣服于他的掌控，连他的衣衫都不敢随意沾染。

千年前的浮珑山巅，一对男女在说话——

你有名字吗？

没有。

以后就叫你裟椤吧。

你是谁？

天帝座前，四方水君，子淼。

四方水君，子淼。

子淼……

我知道他不是幻术做出来的，也不是别的妖怪变的。我也许会错认许多人的“气味”，但，不会认错他。哪怕用幻术，用妖怪，变出成千上万个他，我也能一眼认出真正的那一个。

我的第二段生命，是他给的，刻骨铭心，如何错认？！

蹲在他的身边，我不敢说话，更不敢动，生怕哪一个字重了，哪一个动作大了，眼前的一切便碎成了片，追不回也补不好。

这时，那银色的影子突然高高蹿起，不知用了什么方法，竟从空中引来了一道巨大的闪电，朝敌人劈了过去。

轰隆的巨响中，断湖里的水大概都被震荡出来了吧，滔天巨浪高高耸起，然后狠狠拍回湖中。

我听到有女子的惊叫。

水花散去后，湖面上安静得出奇。

打斗停止了，画面也清楚了。

荡漾不止的水面上，一个红衣女子奄奄一息地躺在上头，像一片毫无重量的落叶。

她的面前，一个浑身发散着银色光华的男人，手执一柄弯刀，对准了女子的头颅。

“还给我！”

我听到男人低沉的怒吼。

子淼忽然开了口：“躲到我背后，不要出来。”

对我，他总爱说这样的话，在他判定为危险的时候——裟椤，躲到我身后去。

是啊，那时候我太弱小了，随便一种攻击可能就会要了我的命。

但那是以前了呀。你仍当我是那个需要你站在前头、替我遮蔽危机的小妖怪吗？

当一个过去的人，用过去的方式，对待现在的你时，一种错位的力量总会动摇你的方向，向前，是排斥；退后，是配合。

我要向前，还是退后？

不等我做出选择，他已经飞身而出，右掌里冒出一抹青青的光华，幻化成那一副专属于他的、以水而成的弓箭。

嗖！利箭出弦，在空中划出一道细长的光，直奔那男子的肩头而去。

正中目标！

他如此温厚儒雅的男子，弯弓搭箭的本领，却浑然一股一箭出弦万夫难挡的气势。当年，哪怕是敖炽这样麻烦的“孽障”，也因他那一箭，负伤严重，狼狈而逃。

这一次，我没有站在他的背后。

我落到他的身边，停在半空，与他比肩而立。

他看我一眼，有话藏在眼底，又终究无形。

尖锐的箭头，在触到那个强壮的身体时，化成了清清的水，但，并不妨碍它穿过任何障碍。

这世上，不一定只有锋利棱角的东西才能伤人。

我看到那一缕被用作武器的清水，从男子背后穿透出来，这时候，它不再是本来的颜色，变成了在空气中绽开的、湛蓝色的花。

那男子捂住肩膀，连退了好几步，脱手而出的弯刀像一簇熄灭的火，在空中留下一道微弱的弧线，消失了。

“好歹是个姑娘，下手未免太重。”他冷冷看那男人。

我这才看清楚，这男人身上的银色光华，全是来自他那满身的银色鳞甲，连那张还算英武周全的脸上，也覆满了细细的鳞片，再往下看，支撑着他身体的，不是双腿，而是一条强壮的蛇尾。

没有妖气，也不是鬼魂，我没有见过这般的东西。

鳞甲男人望了子淼一眼，细长的眼睛里，只有一片血一样的红色。

“呵呵，是水神哪。”他笑得怪异，又将目光转向那女子道，“欠我的，定要归还。”

说罢，他突然用力一吸气，那空中的黑云便像是出闸的洪水般落下，将他裹在其中，成了一团黑色的龙卷风，继而飞旋而起，遁于夜色。

又一声惊雷劈下，一个火球滚落下来。

他低呼了一声：“小心！”

不待我抬头，已被他顺势拉到一旁，宽大的衣袖将我整个包裹起来。

我的世界骤然寂静，除了贴在耳畔的、熟悉的心跳声。

岸边的几棵树被雷电的火球引燃，火光熊熊。

我探出头，还来不及说话，一个硕大的拳头不由分说地冲到我跟子淼的中间，又拐个弯，狠狠朝他的面颊而去，拳头后，是敖炽又冷又怒的声音：“找死？！敢乱碰我的女人！”

我猜，这鲁莽惯了的孽龙，定是没有看清他的样貌，否则，他不会动手，绝对不会。

我是对的。

他轻易地闪避开敖炽的拳头，没有还手，飘飞起来的衣袖不露痕迹地一拂，断湖中便跃起一串冰冷的水花，毫不给面子地泼到敖炽怒火中烧的脸上。

没有谁敢当众泼他一脸的水，连我都没有享受过这样的“殊荣”。

敖炽暴怒的目光，从这一脸昭告惩罚与警示的水流中穿过时，霎时变了模样，那突然转折的眼神连我都无法准确形容——那真是一种，一种被一头冰水狠狠泼下来，熄灭了一切炽焰的意外，夹杂着沉默，乃至不可掩饰的低落。

“子淼?! ”

敖炽毫不迟疑，大声而惊奇地喊出了他的名字，比我顺利得多，那惯有的大嗓门，把原本清净的湖水都惊起了一圈又一圈的涟漪。

“你果真是一点都没有变呢。”他清水一样浅淡的笑容，在黑夜里荡漾开去，“孽龙，敖炽。”

敖炽愣足了一个世纪，窜到我身边，言之凿凿地附耳道：“这货必然是山寨！看我拿三昧真火烤死这妖孽！”

他真想这么干的。敖炽在用他自己的方式，验证他的难以置信。

我拉住他，摇摇头："真的。"

我停下，深深吸了一口气，仿佛要把所有氧气都储存到身体，才有底气讲出这句话——

"他是子淼。我认得。"

我分明看到敖炽的眼睛里，有东西亮了，又灭了。

"他不是……不是形神俱毁了么?！在那场大旱之时。"敖炽在问我，也在问他自己。

千年前那一场大旱，一场甘霖，一场风沙与雨水交织的永诀，从刻意被掩埋的回忆之土里，拔地而起，挑战我跟敖炽的理智与平静。

再没有谁，会像子淼一样，对于我跟敖炽，有这般深刻而微妙的意义。

我跟敖炽，两个加起来成千上万岁的老东西，在这个毫无征兆的夜里，怯怯，甚至傻气地站在他的面前。

当年，我们三个在这片湖水里斗得难分难解，结下不解之缘，现在，我们三个又站在了同一个地方。

断湖依旧，只是，湖水里照出的人面，却连我们自己都不太熟悉了。

"我……我一觉醒来发现你不见了，所以来找你。你半夜不睡觉，到处乱跑，这是已婚妇女干的事么？"敖炽大约很不习惯三个人的沉默，故意扯开嗓子质问我。

"外头那么大动静，只有你这头猪才能睡得着！要是地震了，第一个压死的就是你！"我狠狠回敬他。

子淼垂眼而笑，朝那受伤的红衣女子而去。

"你……"敖炽气结。

我撇下他，去看那女子的伤势。

子淼将躺在水上的女子扶起来。

当那张有倾国之姿的年轻脸孔毫无遮掩地暴露在刚刚露出的月光下时，她虚弱的目光越过我跟子淼，落在我身后的敖炽身上，那纤细得随时可能断掉的声音，轻轻喊着："敖炽哥……"

"冬耳?！"敖炽像是被踩到了尾巴，冲上来挤开子淼，粗鲁地扣住女子的手腕，"你跑出来做什么?！"

熟人?

且不管他们的关系，他拉住这女子的情景，一眼看去，无疑是一幕恶霸欺凌少女的现场版。他的蛮力我最了解，这姑娘被他捏得叫出了声，眼睛里随即浮出了水光。

"敖炽！你想捏死她么？没见她已经受了伤么！"我去拽他的手。

“说啊，你跑出来干什么？”敖炽根本不听我说话。

“我……我……”女子嗫嚅着。

“我命令过你不要离开东海的！”敖炽咬着牙，声音很低，每个字都是想爆发又不能爆发的炸药。

“我没有违背你的意思，可是……我等得太久了……”女子有些语无伦次，哪怕她的尴尬与害怕溢于言表，可那双美丽的眼睛，却一直坚持直视着暴怒的敖炽。

他甩开那女子的手。

“敖炽哥……”女子强撑起身子，生怕敖炽离她而去似的，反过来抓住他的手，“我……我……”

话没出口，她气息一弱，晕了过去。

“这是什么情况？”我问他。

“能是什么情况！不就是个东海来的亲戚！”他凶凶地回我，把这女子背起来，“回去再说。”他边走还边骂，“什么破日子，净来些不该来的人！”

月色越发清亮起来，把之前的动荡洗得干干净净，断湖里有了真正的属于它的宁静光彩，像只眼睛，目送着突然而来又突然离开的背影。

Chapter.4 暗地

黝黑而古旧的石料，搭建出一望无际的幽深空间，每一块石头的形状都不一样，衔接得天衣无缝，坚不可摧。一层暗蓝的浮光，在它们光滑的表面上游走。

他盘腿坐在那块凸起的巨大矩形石台上，银色的鳞甲时明时暗。他微微张开嘴，吐出蛇一样的白色云雾，环绕着他受伤的右肩。

河水，绕成一个巨大的圆，将石台围在中间。潺潺的水声，在辽阔的空间里引来悠然清脆的回音。无色的水中，一群群鳞光潋滟的鱼儿畅快游过，数量无可计算，每条鱼身上都有黑白绿红蓝五种颜色，游动起来，有如彩虹长现，颇为美丽。

他缓慢地呼吸，吐出的云雾时浓时薄，肩上的箭伤渐渐愈合。

“不如长睡。”

高高的地方，有人说话。

他睁开眼，抬起头。

他的“天空”，从来都是黑色的，不会有阳光，也没有风雨，只有一块块坚硬的石头。

“拿回我的东西，世界才能睡得安稳。”他低下头，似自言自语。

“若拿不回呢？”头上的声音又问。

“有谁比你更了解我。”他说，“我最爱的，我最恨的，我必须遵守的，你全部都知道。何必问我。”

“你有神的地位，人的心脏，却比这里的任何石头都固执。”声音叹息着。

“彼此。”他闭起眼睛，冷笑着，“子淼的水神箭，是世上三种能伤我的东西之一，你知道的。我几乎回不来。那小女子其实远比我厉害，懂得借刀杀人。呵呵。”

良久的寂静。

“你的弯刀呢？”声音又响起来。

“回来时，送了人。那个孩子救了我。”他抚着刚刚复原的伤口。

“我该说这孩子是幸运，还是不幸呢？能拿起你的弯刀，便注定要走上一条不能回来的路。他是谁？”

“他只说他姓钟。他的血液里，有我从未见过的东西。”他皱起眉，“无关的闲话还是免了吧。你走吧。既然离开，就不要回来，连声音都不要。”

四周再度安静下来。

他活了快一万岁了吧，可能还不止。

他的一生里，没有见过多少次真正的天空，没有晒过真正的阳光，他是地底与黑暗的皇帝，也是仆从。

不对，他还是见过阳光的。太久太久前的那天，他冒着变成灰烬的危险，到了那片海水前，他从她扑来的身影里、流转的明眸里，看到了活着的阳光。

他那么喜欢她的眼睛，恨不得将自己缩成一粒沙，住在她的眼里。

如果可以，他希望这双眼睛里，永远不要有泪水，只有花朵开放的声音，阳光照亮的喜悦。

所以，当她哭泣着请求他的帮助时，他纵是不要这条性命，也要止住她的眼泪。

那时候的人间，总是战火不绝，杀伐不断，人类用最残暴蛮横的方式，去抢夺哪怕一点点微茫的利益、食物、财富，领地，以及权力。

这些由女娲上神创造出来的、属于大地的子民们，一次次惹得天帝震怒。但，他仍给人类机会，他派他的下属到人间，教他们把力气用在耕种而不是战争上，教他们学会以礼待人而不是烧杀抢掠，教他们欣赏一切美好的事物而不是虚度年华。

他期待人类改过。

但，在又一次的尸横遍野、血流成河的惨烈战争之后，天帝彻底失望了。

天帝下令，用洪水与瘟疫清洗人间的罪过。

只有真正的死亡，才能令世人醒悟。

她来求他，求他在洪水来时，保住那片村子。

她知道，他有这个能力。

他当然答应，甚至连原因都不问。

他说，我能保住这个村子，但我会睡着，洪水褪去后，你可以来叫醒我么？

她向他保证，一定回来叫醒他，一定。

他满意地离去。

惩罚的洪水如期而至，人类为自己的所作所为付出了巨大的代价，数不清的尸体漂浮在水中。当洪水褪去时，幸存者们又要面对瘟疫的侵袭。

这样的惩罚，终于让一些活着的人明白，没有什么，能比好好活着更幸福。

他遵守着诺言，在沉睡中保护着那座村子，洪水与瘟疫，都无法靠近它。

可是，她没有回来。

是天帝的使者将他从沉睡中叫醒。

天帝要带给他的话是，既然你如此喜欢逆天而行，那，从今往后，你都要如现在一般，保护这个地方，永生永世，寸步不离。

然后，一道封印从天而降。

他又睡过去了。

没有生气，他会继续等，等她回来叫醒自己。

其实，有没有那道封印，结果都是一样的。

她一天不回来，他一天不离开。就守在这里，保护着她委托给他的这块土地。

他最是守信，最憎食言。

一千年，又一千年，他每一千年醒来一次，可是，都不是被她叫醒的。那个封印，每一千年就会刺痛他一次，逼他醒来。

每醒来一次，他便失望一次，然后，再抱着等待，进入下一次睡眠。

他长长地吁了口气，活动了一下肩膀。

他站起来，望着属于自己的世界，自言自语道："食言之人，留之何用。"

Chapter.5 惊闻

我平静了太久的生活，突然被宣告了终结。

子淼站在窗口，夕阳透过来，在身后的茶几上拉出一道清俊如昔的影子。

我坐在对面，目光时不时从茶杯里袅袅的热气中穿过，每次都是稍作停留便移开了去。

这个停在淡淡的橘色光线里的背影，我曾看过无数次，在浮珑山的夏雨里，冬雪里，春花秋月里，看得刻进了心里。

“你开的这处小店，隐于市井，自有雅致，甚好。”他回过头，嘴角上是赞赏的笑容，“裟椤，你长大了。”

“喝茶吧。”我朝他举起茶杯，先灌了自己一口。这个时候，总得做点什么，才好掩饰我自见到他起，便无法消减的惴惴不安。

可是，烫了自己的舌头，忙不迭吐了出来，下意识地扇着嘴巴。

见了我的窘相，他不禁莞尔。

他的笑容永远不会让人尴尬，但，我依然红了脸，不敢再看他。

坐到我的对面，他端起杯子，轻轻吹开那片碧绿的茶叶，啜了一口，眉宇间没有任何不适的表情，他又饮一口，笑：“此茶虽苦，却有回甘。香气藏于暗处，其味无穷。好茶好茶！”

“这种茶，是‘不停’里的特产，我叫它，浮生。”

我已经太久没有回到“不停”了，还好，一切照旧。我仍能安安闲闲坐在这里，沏一杯我的浮生。只不过，我万万想不到的是，当我再拿出茶杯，沏出那一杯荡漾清澈的碧绿时，喝茶的人却是他。

敖炽不喝茶，他坐在离我最近的地方，不知从哪里拿来一堆核桃，不停地捏，不停地吃。

不停的大厅里，原本静谧的气氛，不断被咔嚓咔嚓的声音打断。

我端着杯子看着空气，子淼旁若无人地饮茶，敖炽狠狠地捏着核桃。卧室里，还躺着那位尚未醒来的，敖炽的“亲戚”。

突然，敖炽将核桃壳一扔，跳起来，冲上去一把抓住子淼的衣领，大声问：“你真的没死???”

“敖炽！”我站起来，拉住他青筋暴出的拳头，“你发什么疯？他不是已经说得很明白了么?!”

回到“不停”之前，子淼用他一贯的冷静，讲明了一切。

把我跟敖炽的三魂七魄几乎都撞没了的“意外”，缘由并不复杂——

那一天，失踪的我突然出现在他与雪裳居住的树林，我与他，第一次争执，我绝望地离开。他看着我的背影，没有追。

三天之后，他去山中为雪裳寻找一种美味的野果。途经一处深潭时，恰好见到一个垂髫小儿在水中挣扎，大呼救命。他入水救人，却不料这小儿力大无穷，竟抱住他沉入深水，速度奇快。混乱之中，他只觉脚下踩到一块硬物，旋即便如同粘上了一般，被此物朝更深的地方拖去。那小儿一直死抱着他的腰，不曾松手。他本也运起了咒术想要脱身，却全无作用。眼前一路漆黑，只听到耳畔有簌簌之声，有若星云流过，不辨方向。

倒是没过多久，脚下的玩意儿便将他往上托，待到一切重归光明时，他已然身在断湖之畔。那小儿笑嘻嘻地站在水中，对他说："四方水君，多有冒犯。劳驾您在此地等上七日，自有故人相见。"说罢，这小儿便钻入湖中，杳无踪迹。

他略略观察一番，发觉这断湖已与从前不同。他再到附近一看，方才发觉这世界已然彻底换了面貌，推算下来，自己竟在须臾之间，横跨千年时光。虽不知那小儿是什么来路，但既来之则安之，他留在了断湖边。

然后，就等来了一架落下的"铁鸟"，以及，我。

他说，在我们的飞机落进断湖的刹那，他便感觉到了熟悉的气息。但，他尚不能完全确定。直到当夜，那一男一女闯入断湖，大战不休，他正在一旁暗观情势时，我真真实实地出现在他面前，他才知道，那小儿说的"故人"是谁。

"你觉得我会相信吗？"敖炽松开手，看着我，"你以为生活是无聊的肥皂剧吗？搞穿越？"说着，他又抓住子淼上下左右打量，"这家伙一定是居心叵测的妖怪变的！你看，当年不是也有别人冒充我来骗你么？"

"敖炽！"我莫名气恼，提高了声调，"他是不是子淼，世上会有谁比我更清楚？"

此言一出，三个人都怔了怔。

敖炽深呼吸了三次，放开子淼，窝回椅子里，一句话都不讲，继续拿核桃出气。

"成了亲，都还是不定性。"子淼笑着摇头。

"轮不到你来教训我！"敖炽昂着头，三颗坚硬的核桃在他手中碎成了片。

"你能不能稍微淡定点？！"我已经很头疼了，这家伙的大嗓门只会让我更心烦意乱。

"我哪里不淡定了？"敖炽把一个核桃壳扔到我头上，"我可不是水做的男人，想让我像个女人一样不吭声，没门！"

"你敢扔我！"我抓起一把核桃壳给他砸了回去，完全是出于本能反应。

子淼看着互相捣乱的我们，笑吟吟地饮茶。

核桃壳在空中飞舞着，还有椅垫、茶杯盖子等。这样鸡飞狗跳的场面，似乎是我跟敖炽的家常便饭。

激战之中，有片红色的影子，小心翼翼地从外头移了进来。

敖炽的“亲戚”，那位差点死在那鳞片男手里的姑娘，袅袅婷婷地朝我们走来。

看来，我给她灌下的恢复元气的汤药很有用。

她走过来的瞬间，四个字便如天上跑出来的马儿，在我心里来回奔跑——美人如玉。

她真真是当得起这四个字。

五官的娟秀出众已不必再多加形容，单是那眉间的一点朱砂痣，就有说不出的灵动之韵，她身上那一袭轻盈红纱，总像是和着微风似的温和拂动，随着她的每一个动作，云一般在我的眼里飘飞。那些从她的眼神与指尖、袖口与裙摆中滑落出的无形气息，氤满了山水之间的天然清逸。我猜，不论是谁见了这样一个女人，都舍不得移开目光吧。

这样一个娴静婉丽的美人，又怎会跟那面容凶恶的鳞甲男人扯上关系，还搞到差点丢了性命?

一见到她走出来，敖炽的脸色立即阴沉了下去，难看得要拧出水似的。

“马上回东海去！”他站起来，挡在她的面前。

“可是，我好不容易才出来的。”她委屈地看着敖炽，“走了很久，才……”

“我命令你马上回去！”他根本无视她委屈的眼神，手指着大门口。

她的眼里噙起了泪，身子微微颤抖着。

我有点看不下去了，上前打了敖炽一下：“有话好好说，你凶给谁看？”

他似乎一直在气头上，根本不听我的劝，反而加大了声音，上去一把捏住她的手腕:“听不懂我的话么？我让你马上回东海去！”

她紧紧咬着自己的下唇，沉默了很久，终于抬起头，鼓足勇气般大声说道：“我……我来看自己的丈夫，有什么不对？！”

丈夫？！

外头春暖花开，室内茶香人静，可我就是听到了一声炸雷，炸得我耳朵嗡嗡响。

“你管他叫……丈夫？”我问她。

她肯定地点头。

我吸了口气，转身，端起茶杯，也不管那杯子是子淼的而不是我的，慢慢喝了一口，慢慢咽下去。

当茶水从我的咽喉流下去时，它在沿途熄灭着一些东西。

“放开她。”我端着茶杯，心平气和地看着敖炽，“你当人家的手铁打的么？”

敖炽的眼神很少有复杂的时候，此刻是例外。

他松开她，有些急迫地站到我面前：“这个……我……”

我避开他想揽住我肩膀的手，看了那姑娘一眼，笑笑："既然是熟人，来者是客，你好好安顿人家。我有点困，睡一会儿。三小时之后叫醒我，然后解释给我听。就这样。"

于是，我丢下他们，把那些我暂时不想看到的目光，隔绝到了背后。

我说我想睡觉，走向的却不是我的卧室，而是不停的大门。我居然这么快就忘了自己本来要干什么。

有人想跟上来，那急躁的脚步，不回头也知道是谁。

"不许。"我始终不回头。

脚步停住了。

我在今天最后的一丝阳光里，踏出了不停的大门。

我没有生气，对，肯定没有生气，今天还是上元节呢，这么好的日子，我怎会生气。

我只是觉得，店里挤得慌，哪怕只有几个人。

Chapter.6 水墓

洞庭八百里，风光无限好。

远浦归帆，夕照渔村，已是人间胜景，可在此时此刻，无一不被顶上那轮银盘明月抢去了光彩。

谁叫今天是上元佳节，一年的花好月圆，都寄望在了里头。

最后一趟渡轮，载满游客，兴奋地划开那一碧万顷的洞庭湖水，稳稳地归去，翻飞的水浪有如歌唱，庆祝又一个工作日的完结。

奇峻端秀的君山，独立在这神仙洞府的烟波之中，山中似是生出了眼睛，切切目送一切船只远去，那些熟悉的渔人，陌生的游人，也都回去吧。这般时刻，最好连那些不归巢的飞鸟都不要来打扰。

这样的月夜，适合独享。

九厥就是这么想的。

君山深处那棵百年老树的枝丫，不幸成了他的卧榻。已经一滴不剩的酒壶，被粗糙的树干与一片湖蓝的头发挤在中间，委委屈屈当了枕头，还得担着随时粉身碎骨的危险——它和那个靠在它上头的男人，离地面怕有十几米高呢。往下看，月光细碎，碧水沉沉，见不到土，只是一片与大湖暗自相连的湖中之湖。这老树也是与众不同，就这么干干脆脆地，叠了满枝的翡翠绿叶，从水里长了出来。

它是四季常绿，从无枯败的。

不过，只有变态的人，才会种一棵变态的、长在水里的、连名字都喊不出来的树。

也只有那只千年树妖干得出这样的事。

这棵长在湖中之湖的水中树，数百年前，由她亲手种下，为守护，为标记。

只因这湖水之下，长眠的是故人之女。

他伸了个懒腰，酒壶到底是骨碌碌地滚下了树，砸进了正静沐月光的水面，激起的水花不满地落下，荡起的每圈涟漪都是无声的抗议。

“很吵啊。难道您不能不喝酒么？”沉闷的声音，从树干里冒出来，“您看这洞庭月色，如此静谧美好，都被您的酒壶破坏了！”

“你还真是过河拆桥呀！”九厥一拍树丫，“我可是好心来给你疗伤的！”

“可我没让您来喝酒呀！”确定了，的确是这棵树在讲话。

“没有了酒，我的人生就是浮云！”九厥坐直了身子，喋喋不休地教训着这棵树，“要不是你半死不活的求救信号传到我这里，而我又这么该死的善良，抛下美女好酒佳肴，大老远跑来当你的救世主，你早腐成朽木，拿去当柴火都不够资格！还敢对我不客气！”

“我又没有喊您来！”树一点也不示弱，“我以为树妖姐姐会来。她比您好多了，不喝酒，也不会随便打我的头！”

“打你的头？！”九厥哭笑不得，故意又拍了一下树丫，“我就是想把你打聪明些。你树妖姐姐不知从哪里找来了你这么一棵蠢树，长了几百年了，光长个不长智慧。你垂死之际发出的‘信号’，能传到我这儿已经是奇迹了，还指望她能听到？她那会儿不知道在地球的哪个犄角旮旯里玩儿呢，你以为你那初级的心神传音术是卫星电话么？亏得我一直留在中国，哪儿也没去，不然，等你树妖姐姐回来，也只能给你收尸了！”

“我不够聪明，也要怪您。我刚被种下时，您就以庆祝我新生为由，喂我喝了一大壶酒，您知道，未成年人不可饮酒，会有损脑部发育，而我身为未成年树，酒也是有害的！”

“未成年树……”九厥哈哈大笑。

几天前，这棵会讲话的树，树根尽断，奄奄一息，幸而还有力气使出那心神传音的法术，将求救之音传给了唯二能听到它的人，一个便是他这酿酒仙官，另一个自然是种它在此的，它的偶像——树妖裟椤。只怪它太过虚弱，传出去的法术距离有限，只被九厥听到，那远在异国的树妖自是浑然不知。

“你确实没看清楚，袭击水墓的家伙是谁？”九厥止住笑声，突然问。

“我都讲了六百次了，只见了一团云雾，时明时暗，速度奇快，直下到水中，我连还手的时间都没有，便被那云雾里的利器割断了树根。”树长长叹气，很是愧疚，“我受树妖姐姐之命，在此守护水墓数百年，一直平安无事，那些觊觎水墓中宝物的虾兵蟹将们，连靠近水墓的机会都没有，莫说它们，连这里的洞庭龙君都对水墓敬畏有加，从不敢骚扰。”

“这就有趣了。”九厥挠了挠鼻子，“得是多大胆的家伙，才敢如此明目张胆……”

洞庭湖上，君山之中，湖中有湖，树照水墓——这棵生在水里的树，用它柔韧强健的密密树根，将那座位于深水之下的墓地紧紧缠绕，用最简单有效的方法，保护着长眠在墓地中的人。它的树妖姐姐告诉过它，墓中那个叫诸葛镜君的女子，是她生命中最重要的一个人的女儿。在她活着的时候，她保她周全，她逝去之后，她仍要保她安宁。所以，它被树妖姐姐种在了这里，她将这块隐秘的水下墓地交给它看守，任何不速之客，不得靠近。

可是，数日前那从天而降的神秘家伙，轻易便突破了它的防御，打开了数百年来从未被人踏足的墓地。它在奄奄一息的当口，只记得那团东西来得快跑得也快，在墓地里盘旋了一圈，也没有干什么出格的事，便走了。

“您方才进了水墓，发现什么蛛丝马迹了么？”树问他。

九厥的双腿悬在半空，很无聊似的晃悠，说：“对啊。没发现什么蛛丝马迹，袭击者干净利落。”他顿了顿，狡黠一笑，“不过，这家伙拿走了水墓里的一样东西。”

“是什么？”树有些着急了，它没有亲眼见过水墓之中的情景，只听它的树妖姐姐说过，水墓之中有很珍贵的东西。也正是这东西，常常惹来些水妖精怪在附近盘旋。

“告诉你有什么用，难道你还能把它找回来不成？”九厥又敲了敲它的“头”，“安心养伤吧你，少说话。”

树又叹了口气，沮丧地沉默了。

九厥又躺了下去，双手枕在脑下，望着渐渐高升的月亮。

其实，他不为赏月，也不为醉酒，这一趟洞庭之行，到了最后，变得并不仅仅是给一棵树疗伤这么简单。

水墓之中的诸葛镜君，逝去数百年，尸身不腐，宛若深睡。

与防腐技术无关，只因她的身体里，曾有一半仙家血统——水神子淼、凡女雪裳，她的亲生父母。

子淼没有见到女儿的出世，在那场以惩罚他与凡女相恋为名的大旱里，他将他全部的精元化为甘霖，救苍生于灾劫。

所有人都以为四方水君子淼，在那一场甘霖里形神俱灭。殊不知，在他决定以身化雨之前，曾从自己的眉心取出一滴水珠，封在一只手镯中，留给了未出世的女儿。

这水珠，是他精魄的一部分，是他留在世上唯一的，照看与陪伴女儿的眼睛。

这只镯子，从诸葛镜君出生起，便一直戴在她的腕上。

被抢走的，正是这只镯子。

因为这镯子里有水神的“眼睛”，当知道这件事的妖精们越来越多时，得到“水神之眼”便成了它们最大的愿望，它们相信只要沾了水神的仙气，自己的修炼便能一日千里。

这也是那树妖将这棵笨蛋树种在这里的根本原因。

当然，这一系列的背景资料，他并不打算跟这棵并不太聪明的树讲，太费神。

他从水墓中上来之后，在树上思考了蛮久。到底是什么家伙抢走了手镯？

以笨蛋树的描述，这家伙绝非修为浅薄的小妖，若本身已经够强大，又何须抢走这“水神之眼”以助修炼？！

奇怪也哉！

九厥翻了个身，看着身下那片沉睡的湖水，它那么安宁，连一点波纹都没有。

但，为何总觉得，有些看不见的东西，正在水下蠢蠢欲动，呼之欲出？

他皱起眉，任自己的迷惑化进月光里。

Chapter.7 上元

随意挑了个方向，在我认识以及不认识的街上慢悠悠地走，我在这座城市生活了一年多，却在今天才第一次认认真真看它的面容。

忘川市，遗忘的忘，河川的川。

街上的灯光，分外灿烂，处处流光溢彩，跟平日里并不一样。沿途好些街口，拉起了大大的横幅，内容相同——花灯夜会，共庆元宵。

又是一年上元时。

我大约是选了个热闹的地方，越来越多的孩子，举着各式的花灯，嬉笑着朝前跑，夫妻或是情侣，每一对都脸带笑容，携手而行。

我闹不明白自己了。我没有生气，但笑脸不再；我没有难过，但避人千里；我没有疲累，但步如缚铅。

人群中的喧闹越来越大，夜空中绽放的烟火连绵不断，每一次的闪光，都照亮无数张快乐又兴奋的脸。我不觉间走到了市区里最大最繁华的步行街，今年的花灯会正在这一整条装饰一新的街上热闹进行，盛装的人们摩肩接踵，街道两旁塞满了贩卖各种小吃与有趣玩意儿的摊子，临时搭建的舞台站满艺人，一路上还有挂在绳上的各色灯谜和围满揣测的人们。大家都在尽情挥洒对这古老节日的热忱。在这样的时候不欢乐的话，真是种罪过。

我选了个离人山人海最近的地方，在步行街对面的街沿上坐了下来，虽然不想参与，但能看到对面的一场光彩繁华，总还不至于太凄清。

一切都在游动，唯有我是静止的。

忽然，一只顽皮的兔儿灯“跳”到我面前。这灯做得极精巧，白而薄的纸，被细篾条撑得圆浑饱满，一截蜡烛在这兔儿肚子里燃得正亮，红彤彤的兔眼因了烛光的晃动，变得一眨一眨，有趣得很，看上去就很欢喜。

满街的花灯里，都是用的灯泡，唯有这一只，用的是蜡烛。

它成功地破坏了我的静止状态。

“用灯泡多好，亮得够久，还安全。现代的人都用这个。”我戳了戳兔子头，对我身后的人讲。

“还是蜡烛适合我这样的老人家。”子淼笑着从我身后的暗影里走出来，提着他的兔儿灯，坐到我身边，“灯泡太死板，不及蜡烛生动。”

“蜡烛会烧尽的。”我看着摇晃的烛光，“这让人难过。”

“正因会烧尽，才更值得珍爱。”他把灯提得更近些，那张明亮美好的脸孔，仿若变成了另一盏灯。

从他一来到我身后，我就知道了。

他的出现，永远出乎我的意料，但又总是万般自然，不会惹来任何不安。

“你知道什么是灯泡？”我突然笑出了声，转了话锋。

“虽然我空缺了千年时光，但这并不妨碍我重新认识这个新的人间。”他戳了戳我的头，“不要小看神仙的悟性与适应力，尤其不要歧视一个被穿越的老神仙。”

又一朵大大的烟花开在我们的头顶，人们的笑声和欢呼都跑进了绚丽的天空。

这样的夜晚和气氛，把一切都融洽了，包括我跟他重逢之后一直在我们之间挥之不去的微妙隔阂。

“裟椤。”他轻轻喊着我的名字，“知道我为什么说你长大了？”

“我脸上有皱纹了？”我故意夸张地撑起自己的眼角。

“长大了，喜怒就不写在脸上了。”他很仔细地看我，烛光跟笑容映衬得真好，“你看，从前的你，高兴就笑，不高兴就哭。”

“是吗？”我愣了愣，“那你说，我现在是高兴还是不高兴？”

“不管怎样，现在的你处理问题的方式，我很欣慰。”他转过头，拨弄着兔耳朵，“你若想说，我便听着。若不想说，我们就看烟火。你要有雅兴，我还可教你做兔儿灯。”

他还是这样，总能用最风轻云淡的方式，褪去你的纠结与浮躁，他的存在，就是适时流过的清水，浸润干涸的裂口，灭掉不该有的火焰。你无法对他做出任何抗拒，只会欣然接受。

这就是子淼。

我怔怔看着他，当年的那场死别，树妖与水神的恩恩怨怨，恍然间成了一个梦，其实什么都没有发生过，没有那一场惩罚性的大旱，也没有他的形神俱灭。看哪，他现在正好好地坐在我身边，上元灯节的烟火在我们的头顶上绽放。

如果，曾经的一切真的只是梦，那，我跟敖炽，又算什么？另一场还没醒来的梦？

“我嫁给敖炽了。”我看天，说了一句废话。

“我并没有看错人。”他继续拨弄那只有点歪的兔耳朵，“他一定告诉过你，在你晕倒在林中时，是我将你托付给了他。”

“在那之后，我们一直在一起。”我还在废话，烟火怎么还不来，夜空太单调。

“我知道。”他笑望着我，“你忘了来时路上，他喋喋不休地跟我讲到天明，关于你们的幸福生活。你们的‘不停’，你们的吵闹，和解，还有生死与共。”

对，敖炽从断湖回来时，高调地给子淼“弥补”了所有他空缺了的时光，重点只有一个——这么多年，是他敖炽，一直跟我在一起，而现在，他是我的丈夫，我是他的妻子。

“那红衣姑娘讲的，是事实。”烟花终于又开了，我的眼睛里绚烂一片，也冰凉无边。

“甚至都不需他的解释？”子淼并不看我，欣赏着空中连续不断的美丽。

“敖炽的性子，冲动暴躁，最最容不得人冤枉。”我垂下眼，把那兔儿灯抱到自己膝上，“若不是事实，他必当场否认，杀了诬陷者都是可能的。他最大的优点，且算是敢做敢认吧。他说，撒谎很无聊又费神，做就做了，哪怕错了，承认也不会少块肉。”我顿了顿，看着子淼，“这么些年了，除了他离开我的那二十年，他不曾对我说过谎。”

“不可偏听偏信，哪怕是自己对自己。”他拍了拍我的肩膀，“还是要回去的。”

“等这个节日过去后。”我真喜欢这个兔儿灯，抱着它，怀里都暖了。

“呵呵，我在想，如果是曾经的你，遇到方才那一幕，会如何？”他歪着头，上下打量我，“只怕是母老虎下山，哭闹又上吊。”

“胡说！以前的我也没这么剽悍！我唯一凶过的，也只有九厥那老东西。”我白他一眼。

“对对，他来找我对弈时，总拿你打趣，你最见不得他。”他连连点头，哈哈一笑。

我跟他，不约而同陷入了同一段美好的回忆。

这也是我跟他共同拥有的、为数不多的东西。

“要见你的老友么？我可以找到他。”我问他，我已回到“不停”这件事，至今没有通知任何人，包括九厥。

“免。”他笑着摆摆手，“见了那只酒鬼，便清净不了了。”

也是，以九厥的风格，他表达震惊与惊喜的方式一定是喝酒，恐怕会拉上他喝到醉死为止。如今他初来新地，又怪事频出，探亲访友这样的事，确实不合时宜。

任何时候都考虑周全，极少感情用事，这是我佩服子淼的地方，也曾是我最恨的地方。

“为什么一直不见你有回去的念头？”我忽然问他，“真的是随遇而安了？”

“该回去的时候，自然回去。世人最爱拿来为难自己的，便是‘着急’二字。”他笑道。

跟他对话，总有雾里看花、水中望月的莫名感觉，明明在眼前了，却总是摸不到，也抓不住。

“如果，你回去了……”我迟疑片刻，“你会如何？”

敖炽那个口无遮拦的东西，把什么都讲了，包括他化身甘霖，解人间大旱，甚至连他的女儿，诸葛镜君跟诸葛隽的那段往事，也全抖搂出来，根本不管子淼的心理承受力，只图他自己说得痛快。

幸而他“爆料”的对象是子淼，这些关乎生死血脉的大事，似乎并没有打扰到子淼的情绪。在倾听的过程中，他很仔细，偶尔皱眉，偶尔微笑，没有任何激烈的表现。

子淼果然还是记忆中的他，一点都没有改变。

“命运的走向是既定的。”他从容地回答我。

“我信命，不认命。”我看着他的眼睛，玩笑般道，“曾经我那么坚定地以为，命运把你永远带离我的生命，可它现在又把你送回来。你说，我还要不要相信命运？”

“你希望我回来么？”他忽然问。

一阵风吹来，兔儿灯里的烛光摇晃得厉害。

这个问题，我答不出来。因为我一直以为，这问题早已没有存在的理由了，他不可能回来，不管我希望与否。

“希望不希望，你都回来了。”我学他的样子，不给答案。说完，还吐了吐舌头，然后就尴尬了，多大年岁了，竟还吐舌头。

“这个样子的你，就像我熟悉的那个小裟椤了。”他大约是抓住了我吐舌头的丑模样，摸了摸我的头，眼神如当年一样温柔。

我低下头，心如乱麻。

子淼的手掌，敖炽的慌乱，红衣女子的委屈，在我的情绪里翻滚不息。

“不回去？”他问。

"天亮之后。"我依然固执。

"那好，跟我看灯去吧。"他站起身，朝我伸出手。

"你要现身？穿成这样？"我打量着他的装束，乌黑的长发，月白的袍子，长身玉立，如果他现了身，凡人一定会疯掉的。

"上元灯节，穿成这样，有何不可？"他不以为意，"莫非你嫌我打扮土气，不愿同行？"

他的神情，老顽童一样顽皮起来。

好吧，过节，随心所欲，谁管他人怎么看！

我拉住他的手站起来，一身的衣裳瞬间换了模样，时尚的外衣和高跟鞋都没了踪影，只有翠衫罗裙，绣鞋如莲。千年之前，我是这般模样。

什么都不想了，就这样大大方方走进人群，踏上那条通向远处的花灯长街。

许多人都在看我们，我甚至听到有小女孩的惊呼，没有恶意，全是艳羡。

子淼一手携了他的兔儿灯，一手牵了我，坦然轻松地随人流前行。时不时跟我讲，那个灯谜的谜底是什么，那个食物是什么由来。好像空缺了时光的人不是他，而是我。

许多许多年前的那个秋日，我跟他也是这样行走在街市。那一天的我，快乐得像只飞出樊笼的小鸟，任何普通无奇的街景与行人，于我而言，都是兴奋与好奇的源头。不管我怎么疯跑，他永远在我身后，不会超过一步的距离。

我曾以为，再与他同游街市，是一生都无法圆满的梦了。

可当美梦成了真时，我却再找不到当年的欣喜若狂，虽仍是高兴的，但那颗心，是静的。

现在的我，不再乱跑，这个人间已熟悉得像自己的手指一般，再无从好奇。我老实地跟着他，只是在经过一个小摊的时候，才调皮了一次，像从前一样，我悄悄在那个挑选镜子的姑娘背后一点，那镜上印的蝴蝶，顿时拍起翅膀，飞到了半空。

我又一次成功地将一个姑娘吓得花容失色，然后偷笑着跑掉。

各色的光芒，萤火一样在我们身边飘飞，比梦境还要美丽。

越往前走，行人越少了。看看时间，已是凌晨3点。

我看到街边那个卖甜品的摊主，正喜滋滋地收摊。

几分钟后，我坐到街边的长椅上，手里端着一碗香香甜甜的红糖糯米糕。

"吃吗？"我舀起一块，问他。

他摇头："不是说现在的姑娘们都怕胖，不吃甜的么？你不怕变个大胖子？"

"胖就胖。"我赌气似的又塞两块。

"越不让你做什么，你越做。"他笑，"当年你还是一棵树时，就是这般爱赌气。"

我噎住了。

他忍住笑拍我的背。

咽下最后一块食物，我满意地打了个饱嗝，对子淼脱口而出："知道吧，敖炽那个单细胞每天晚上都要我弄甜品给他吃，不吃他就不睡觉，还不让我睡觉。有一次我就是不给他做，结果他居然故意在被窝里放屁，把我给气的！"

子淼大笑。

我也笑了。

我不知道怎么突然会跟子淼说这些，一整夜都跟子淼一起，我随意讲出来的人，却是敖炽那个家伙，这般的自然而然。

"你的厨艺出众么？"子淼边笑边问。

"看你拿什么标准来衡量了。"我又吐了舌头，"是个人都能吃得下去吧，好歹我也当了一年的甜品店老板娘啊。"

"东海之中，珍馐美味无数，那里的龙，每一条的舌头都是被宠坏了的。"他一面漫不经心地说着，一面细心替我擦去嘴角上的糖渍，"裟椤，你明白我的意思吧。"

我愣了愣。

我知道我的厨艺有限，当年的不停，几乎所有的甜品，都是"胖子"跟"瘦子"的成果，好吧，换句话说，都是敖炽做的。可是，我们结婚之后，他再也不下厨，只晓得威逼我搞定三餐以及夜宵，但，不管我做出来的食物有多难看，多难吃，他都会像个垃圾回收站一样，一扫而光，从来不抱怨，还很满足的样子。我一度以为这个阿米巴天生好胃口又不挑剔。

而现在，子淼却告诉我，东海的龙，都有一条被宠坏的舌头。

远处的天空，偶尔还有烟火的踪迹，跟刚才相比，甚是寥落。

街上已见不到人了，除了我跟他。

我现在的样子肯定很呆，眼睛里的神采随着最后一朵烟花的落幕，暗淡下去。

"装作不生气、装作不在意、装作不害怕，都不是好习惯。"他把兔儿灯放到我的脚下，"饿了就要吃饭，倦了就要睡觉，一切出于自然，才是大好。他人眼中，你已然历练风雨，心不染尘，只是……"

我打断他："我在你眼中呢？"

"境界未够。"他直截了当，"千年的修炼能让你灵力高升，法术精进，但要炼那一颗心，一生时间也未必够。把自己的心炼得诚实，往往是最难的。"

世上最能一眼看穿我、最能客观定义我的人，一直是他了。

是，我并非如我表现出的那般冷静，我只是……不好意思像个悍妇一样发脾气，我是被许多人或者妖怪视为精神偶像的老板娘，我有神一样的本事，佛一样的沉静，在那位美如天仙的红衣女子出现之前，我差点就以为自己真是这样的“高人”了。

现在我才明白，我只是被美化得过头了。

“我变得虚伪了。”我自嘲般地笑出了声，“我应该当场揪住敖炽的耳朵，然后让他跪到内存条或者鼠标上。”

“你的处理方式并没有错，只是，以后会变得更好。”他靠在椅背上，望着远处沉睡的街市，“如果你肯继续‘长大’。”

我开始有点明白为什么他可以永远波澜不惊、喜怒无形了。

子淼，你将你的心，“炼”了多久……

我也靠到了椅背上，跟他看着同一个方向，只是静静地看，谁都不再说话。

他也有心事，只是我从未能看穿。

忘川的夜色，宽厚地包裹着我们。

空中稀稀落落的星子，每一颗都像我越发困倦的眼睛，他每一个轻微的呼吸声，都是让人安心的催眠曲。

我就这样，睡在了忘川的街头。

不远的地方，一个影子，藏在看不见的地方，悄然出现，悄然离去。

没有了时间的概念，也没有做梦，我睡得极安稳。

清晨，我醒在子淼的笑脸里，干净的晨曦结成一束束，从他的头顶上照下来。

“你的睡相还是很难看。”他笑看着我。

我用力眨眨眼睛，低头看去——果然，我又坐到了地上，脑袋枕着他的大腿，双手还像树袋熊一样，抱着他的小腿。

隐约记得，那一年的浮珑山上，我醉了，也是这般窘样，抱着他睡到天亮，而他为了不吵醒我，整夜保持着同样的姿势。

“走吧。”他整理着被我压皱的衣衫。

“去哪儿？”我站起来，伸个大大的懒腰。

“已婚妇人，夜不归宿，一次足矣。”他笑着摇头。

好吧，回去。

还有个解释，在“不停”里等着我。

Chapter.8 怪纹

我以为，在店里等着我的，是一场急不可耐的辩白，还可能是一场熟悉的暴跳如雷，我在回去的路上预演了各种敖炽见到我时的表现。

全错。

当我出现在不停的厅堂里时，敖炽坐在阳光最充裕的窗户前，一边看报纸，一边往嘴里送着香气四溢的粥。

他面前的桌子上，摆满了各式各样色香味俱全的早点，真是五光十色，惹人垂涎。

敖炽从来都爱睡懒觉，让他做早餐，想都不要想。

他好像根本没有发现我的存在，连眼皮都不抬，整个房间里只有报纸翻动的声音，还有他喝粥的吧唧声。

身后传来轻盈的脚步，我回头，眼里飘入一朵红云。

这个“东海来的亲戚”围着我用过的围裙，端着一盘热气腾腾的包子走了出来，神情依然是小心翼翼的，但，委屈是没有了，反而暗暗地有一丝幸福的满足。

我来找我的丈夫！

她说敖炽是“她的”丈夫。

美好的早晨，吃饭看报的丈夫，端出早餐的贤惠妻子。

在我的记忆跟习惯里，敖炽从来不看报、不早起，早餐午餐合并，每到开饭的时候，只会看到满身油污、狼狈不堪的我从厨房里跳出来，拿着锅铲大喊，喂猪了！滚出来！从没有过干净贤淑的好模样。

这就是我跟他的生活，以夫妻之名。

现在，我站在他们两个中间，突然想笑。眼前这场面真好，简单而鲜明的对比，活生生将我从某个地方挤出去了。

那个女人见我回来，在原地呆立了片刻，最后头一低，飘了过去。

我走上去，坐到敖炽的对面，顺手拿了个包子，咬了一大口，冲那位张着樱桃小口、呆立在敖炽身边的“亲戚”笑笑：“谢谢啊，味道挺好。”

“你还真不客气。”敖炽继续翻着他的报纸，可那报纸显然拿反了。

“我的店，何须客气。”我打了个呵欠，“如果有话，你现在可以讲了。”

“她啊……”敖炽扭头看了看那个大气都不敢出的女人，“她叫冬耳，与我同族，我爷爷当年给我挑的媳妇儿。没了。”

“那个……我们是拜过天地的，全东海都知道。”叫冬耳的女人小声补充着。

敖炽并不否认，冷冷瞥了她一眼，一口气把粥喝光了。

这就是事实了。

命运不但把子淼带到我面前，还把敖炽的“原配”也附赠了。

那现在，我算什么？

对不起，我实在是没有处理这类事件的经验，即便有，也是替别人。同一件事，落在别人跟自己身上，有质的不同。

脑子里是空白的，只有不断地吃，才让我看起来比较从容。

当年，一个雪裳的出现，让我尝到什么叫五内俱焚；今天，一位龙女的出现，让我一口气吃了六个包子。

“二位有什么计划？”我打了个饱嗝，保持笑脸。

“我……不是，龙王他老人家也一直希望敖炽回东海，而且，有意将龙王之位交给敖炽。”冬耳怯怯地望着我，“我下了好大决心，才悄悄离开东海，千山万水来寻他。我……”她咬住嘴唇，欲言又止。

“不妨直说。我尊重每位客人的话语权。”我的重音放在“客人”上。

“他离开了东海多少年，我就等了他多少年。”冬耳的双手紧紧交握，“我知道他并不将我放在心里，但，我终究是他的妻子。”

六个包子，我一定会消化不良。

那个总像乌鸦一样聒噪的男人，这时候却像个哑巴。他不否认，便是事实。

可，我想知道他的想法。

“这个……袈椤姑娘，你的事，我们都知道。”冬耳很怕我生气的样子，“如果你不介意的话，可以跟我们一起回东海的。”

“哈哈。”我终于笑出声了，“跟你们一起回东海？东海龙族也流行东西宫么？”

“什么是东西宫？”冬耳不解。

“这么说来，你已有了决定。”我不理会她，站起身，对敖炽笑得灿烂如花，“一路顺风。”

天知道，我是多想将剩下的包子全砸到他脸上啊！

“谢谢。”他头也不抬。

我还是砸了，每个包子都是我不得纾解的怨气与讶异，疑惑与难过。

盘子掉在了地上，粉碎。

我们不是相依为命过千年时光么，我们不是生死与共过么，我们不是结婚了么？

怎么一夕之间，什么都化成了泡影。

“敖炽哥……”冬耳惊呼，慌忙掏出手绢替他擦脸，同时宽慰我，“裟椤姑娘，请你不要动怒，我会劝敖炽哥，让他同意带你去东海。”

我听得肺疼。

子淼说过，要随时炼“心”。

好吧，我不想死得不明不白。

“敖炽。”我深深吸气，“你说没有，我就信。”

沉默，他那该死的沉默。

“裟椤姑娘，你不要急。我会跟敖炽哥再说说的。”冬耳很是过意不去的样子。

“心领了。”我擦着手，看定这个一点脾气都没有，但每句话都可以引爆我的原配夫人，“牙刷、金子、男人，不与人共享。我的规矩。走的时候麻烦关好天然气，锁门。再见！”

冲出不停，我头也不回地一路小跑，不看方向不看路。

直到有人拽住我的胳膊。

“你逆生长了。”子淼在我身后叹息，“当你把包子砸到他脸上时。”

“你说的，饿了就要吃饭，生气的时候不能假装不生气。你看他那个鬼样子，我真恨那些包子不是铁做的！”我提高声音，拿他撒气。

怒气跟洪水是一个道理，开了一道缝，就一发不可收拾了。

“这个我同意。”子淼拍拍我的脑袋，“但，接下来你要干什么？”

“我……”我怎么知道我要干什么。

一屁股坐到街边，看着来往而过的行人，还有时不时投来的奇怪的目光，免不了心浮气躁。

不如不结婚。这句话一直在我心里挠。

我开始笑话自己，难道，我又得开始不停地跑了？以为永久地停下，只是个笑话？

“你还没有走太远，回去的路也还认得。”子淼在我背后，不上前，不走开，还是那刚刚好的一步距离。

“不回去！”我瘪着嘴，下巴搁在膝盖上。

只在他面前，我会像个孩子。

我现在不想控制自己的情绪。

往左还是向右，走远还是回去，我想都不愿意去想。烦，只是烦。这种属于人类的，俗气的不良情绪狠狠拽住了我。

这时，手机响了。

我挂断，又响，再挂断，再响，冤魂不散。

“喂！”我屈服了。

“我失恋了……”九厥久违的声音在电话那端颤抖，那夸张的哀怨几乎要顺着听筒喷出来。

“可以理解为，我不用准备红包了？”我突然很认真，也很坏心肠地笑了，“这真是我今天听到的最好的消息了！”

“没良心的老妖婆！”我的电话在对方的高音量下人工震动着。

挂了电话，我站起身，回头对子淼耸耸肩：“看来，你不见他都不行了。现在，他需要友情。”

“你自己呢？”他笑着问。

“我需要冷静。”我拽上他，“走，喝酒去。”

子淼便由了我，拖着他朝前走。

刚走没几步，一直四平八稳的地面没来由地晃了晃，一股从地底深处冲撞出的力量被遏制在了近在咫尺的地方，找不到出口的它，无奈地朝四面八方扩散而去。

这样的异动，似乎连身边的那些普通人类都感觉到了。

一个五六岁的孩子，牵着母亲的手，仰起头道：“妈妈妈妈，地在晃耶！好吓人！”

“傻孩子，是刚刚那辆大车子开过去，把地给震晃悠了。快走，别老在高楼下。”母亲宽慰着孩子，快步走了。

同一时间，斜前方又传来一阵异响与骚动——

几百米开外，一处修建中的大楼无端垮了三分之一，看着那落了一地的防护网与钢筋水泥，人们的惊呼与腾起的烟尘一道滚滚而来。

“哎呀，刚刚是地震吗？”

“好像是啊！”

“不可能呀，咱这座城市也不是在地震带上啊！”

“谁说不在?! 你自己回去查查，我们附近的那些城市都有过地震史呢！我还纳闷儿呢，为啥咱们忘川从来没地震过啊！”

“怎么说话的你！”

事发现场，猜疑不断。

我低头看地，一条细细的、并不起眼的裂纹从脚下往前延伸，看不到尽头。

Chapter.9 龙鳞

“你?！”

“嗯。”

“回来就好。”

没有诧异惊呼，没有痛哭流涕，两个男人只用了一个有力的拥抱，便将千百年的分别囊括其中。

这是九厥与子淼相见时的情景。

我早料到的。这两个曾经煮酒对弈、闲话天下的仙家男子，已经熟稔得像不分彼此的同胞手足，他们的默契是生了根的，与时间空间无关。正因了这样的熟悉与默契，他们可以平静地接受一切分别，与一切重逢。

“早些年，你只是闻了闻我酿的酒，就不省人事。”九厥往我杯子里倒了小半杯酒，一本正经地眨了眨眼睛，“有这样的前科，本不该让你碰我的酒。”

“今时不同往日。”我抓起杯子一饮而尽，直着眼睛瞪他，“我不辞辛劳，大老远来你这个鸟不拉屎的破酒庄，还得一腔爱心安慰你这失恋的老男人，你居然连口酒都不舍得给我喝！鄙视你！”

“还敢说我？你早早回了忘川，也不通知我一声，以为你还在国外闲逛呢。我若是不拿失恋这档子大事召唤你，你肯这么快出现么？”九厥哼了一声，又给我倒了半杯。

“你的本事又见长了。”子淼轻嗅着那杯中之物，抿了一口，朝九厥伸出了大拇指，“也只有你能将这杯中物的韵味驾驭得恰到好处，且每杯酒皆有不同的滋味。”

“酿得再好，也需得会品之人，才算完满。”九厥朝子淼举举杯子。

灯光的光线调得正好，不明不暗地笼下来，两个男人的酒杯碰出清脆的声音、墙壁上两个轮廓出众的影子，沉在醇厚的酒香里，堪比任何一幅生动的水墨画卷。

九厥的酒庄——姑且也算是他的家吧，开在另一座城市的郊区，从忘川飞到那边，飞机的话大概要三个钟头。我跟子淼用了二十分钟，如果不是我找错路，还会更快一点。

我很少到这里来，一来，这里除了酒再没别的，无趣，连九厥自己都很少待在这儿，他曾经深情又文艺地说自己不是宅男，只是一个要带着自己到处流浪的，风一样的男子；二来，九厥很少主动邀请我，他说怕我受不了这里迷人的酒香，把他的酒全部偷喝掉，并且不给钱。

如果不是闹失恋，他肯定不会主动喊我到酒庄来的，我知道。对他而言，酒庄不仅是他的家，更是一个装载了他心血跟思想的重要地方，如果不是有特别要紧的大事，他不会无端端找我来这里。

这里的布置跟从前一样，除了面前那扇巨大的落地窗稍显现代之外，别处尽是古风浓郁：白墙红柱，雪纱飘帘，梨花木的家具，青花瓷的摆设，古玩字画，一件不少。屋角的兰花幽幽暗放，背后墙上的一幅行书潇洒地写着“绿树偏移屋角遮，青山正补墙头缺”，正应了窗外的青山如黛，绿树成荫。

这样的地方，只看一眼，也是心旷神怡的。

可是，从我跟子淼踏进来到现在，九厥对于失恋这事却只字未提，只管跟子淼叙旧，跟我调侃，眉目神态安然如昔，哪有半点失恋之人的特征？可见这厮在电话里的哭天喊地是装的！

“喂，你不是要结婚了么？你不是又失恋了么？你你……”我拽住九厥，舌头打着结，“你是要上吊还是跳河？”

“哈，喝多了不是！”九厥幸灾乐祸地戳了戳我的头，对子淼道，“看看你调教出来的家伙，到现在还是一点长进都没有。”他把晃来晃去的我扶住，“失恋的那个怕是你吧？”

这话大概是世上最见效的醒酒药了。

“你去了不停？”我突然清醒得厉害。记得我没有跟九厥提及任何刚发生在我身上的狗血事件。

“我可没那时间到你的小店。”九厥摇头，笑，“看你灰头土脸的样子，一猜就中。也不看你九厥叔叔是谁。”

我狠狠捶了他一拳：“说！你怎么知道的？”

“我想想啊。”九厥故意仰起头，望天思考，半晌才道，“其实我真是猜的。”他低下头，似笑非笑地看看我，又看看子淼，“不速之客，情海翻波。世间男女，千人一面。”

还有心思作诗？我把酒杯一扔，借着酒劲抓住九厥的衣领：“你果然不负老油条之名，猜什么都准啊！对啊，我家来了个东海的亲戚，说是我男人的原配夫人，敖炽还一点都不否认。我成全他们，我来跟你喝酒，让他们双宿双飞去！”

我想说就说，我语无伦次，我把肚子里积压的怨气与委屈一股脑儿全砸了出来——敖炽，冬耳，与这两个纠结的名字有关的一切，全部讲出来。

我并不是为冬耳的出现而恼怒，只是容不得敖炽对我的轻蔑以对。属于我的，那个曾经废墟遍野的世界，在我自己都不曾察觉的时刻，被敖炽一手一脚地修补、重建，我曾那么确信，敖炽深爱着这个世界，因为我在里头。这个花去太多时间与心血，只属于我与他的世界，断断不能容许任何的触犯。他不许，我也不许。

而此刻，我最大的委屈只是在于，颠覆掉这个世界的人是敖炽自己。不惧外敌，只恨内贼，这种后院起火的悲哀与无力，我吃多少包子也无法消减。

我抓着九厥，说话的声音越来越小，越来越慢，眼泪把想说的话冲没了。只庆幸现在在面前的人是九厥跟子淼，在他们面前，我怎样发疯都不觉丢脸。我信他们，视他们如亲人。在亲人面前，怎样都是可以的。

亲人，这个一直模糊的概念，在此刻无与伦比地清晰起来。在我将一切情绪毫无保留地释放出来之后，我混乱而空茫的心里蓦然发觉，子淼竟如此自然地被我放到了这个概念之下，没有任何阻滞与犹疑。

“唉，陷入爱情里的女人果然与智慧无缘，连你这千年老树妖都不例外。”九厥轻轻拍着我的背，言语依然刻薄，“所以说，恋爱有风险，结婚需谨慎。哭吧，我不会笑话你的。”

子淼什么都没有讲，平静地喝酒，一杯又一杯。

最后，我狠狠捶了九厥一拳，用力擦干了眼泪，吸口气说：“没事了。”

“你，确定这里跟这里都冷静了，舒坦了？”九厥指指自己的心口，又指指脑袋，问我。

好多了。子淼说的是对的，饿了就要吃饭，生气就要撒气，这样才好。

“都说了没事了。”我瞪了他一眼，拉过他的袖子擦鼻涕。

“我外衣很贵的！大姐！”九厥大叫着缩回手，抽过纸巾用力擦袖子，边擦边摇头，“好吧，看这样子，你算是恢复正常心智了。我可以跟你……”他抬眼看子淼一眼，“跟你们谈一些问题了。”

“你终于要谈你的失恋之痛了么？”我用力擤着鼻涕。

“失恋是事实，不过我真正要跟你们讲的事，比失恋重要百倍。”九厥说着，起身从他那古色古香的书桌抽屉里取出个小木匣子，打开来放到我们面前，“你们看看这个。”

盒底那块雪白的锦面上，端端摆着一块大拇指般大小的鳞片，底部莹白如玉，一抹朱红从中延伸而上，越往上越鲜艳，似云朵之中蔓出一片红霞，晶莹剔透，光彩浮动。

子淼略一端详，道：“龙鳞？”

“不止，还是最尊贵的东海龙族的龙鳞。”九厥看向我，“知道我是从哪里发现这个的么？”

“你去东海干什么？”我脱口而出。

“这是我在洞庭水墓之中发现的。”九厥严肃地看着我，“不久前，水墓被人硬闯，镜君腕上的手镯被盗。”他转而看向子淼，“那镯子的来历，你知道的吧？”

“我空缺的内容，他们都补上了。”子淼点头。

“谁有本事硬闯水墓？”我吃了一惊，难道是急功近利的妖魔为了提高修为，狗急跳墙抢那只“水神之眼”？

“起初我也百思不解，在水墓里转悠了一圈也没发现可疑线索。昨夜我离开君山之前，不死心地再进了次水墓，结果在笨蛋树断在墓中的一截残根下，发现了这片龙鳞。”九厥拈起这片堪比珠玉的鳞片，“我识得此物乃龙鳞，所以就近抓了洞庭龙君来问话，才知道这玩意儿系出东海龙族。”

“洞庭龙君虽不及东海龙族尊贵，可大小也是条神龙，虽然只管辖洞庭湖，也不是个省油的灯，他如何肯听你的摆布？”子淼一笑，“可见你又使了歪招。”

“这话说差了。我不过取来一坛百年的雪里红，洞庭龙君那老东西便乐疯了，几杯下肚，什么话都讲了。论及酿酒之术，三界之中，谁可与我匹敌。”九厥得意地在酒壶上一弹，“你们不知道，这老家伙见了这龙鳞，那绿豆小眼里几乎是放出光来，口里直喊着三公主。”

“三公主？”我一愣，抓住九厥急急问，“然后呢？”

“然后？然后么……”九厥停了停，“然后的故事，大概就跟你有关了。不然我喊你来干吗？”

我曾被气糊涂的头脑渐渐复苏。水墓被盗，龙鳞，我与敖炽间突如其来的风波，之前那些巧合得过分的巧合，开始有序地组织起来。

“老东西讲，东海龙族有一位浑身红鳞的三公主，东海诸龙中唯有她的鳞片是霞光之色。这三公主的外公，乃是现任龙王的胞弟，只因三公主天性温婉可人，又生得玲珑貌美，在东海可谓受尽宠爱，老龙王更是一早做主，将三公主选为他的孙媳妇。”每每一说起这些八卦之事，九厥的眼中脸上便熠熠生辉。

可是，我却听得五内翻腾。三公主，龙王的孙媳妇，每个字都是刀，扎我；每句话都是包子，噎我。

见我脸色发黑，九厥嘿嘿一笑，摸摸我的头：“没事没事，近亲是没有结果的，乖，不生气哈。”

“龙族是不必遵循人类的繁殖法则的。”我打开他的手，“继续！”

“就在三公主跟……呃，跟敖炽大婚的那天，这孽龙居然当着满堂宾客的面，拜完天地后没多久，突然对老龙王说了一句话，便抛下新娘，离开了东海。只不过没多久就被老龙王抓了回来，关在东海龙宫的冰牢里许多年。最后，大概是老龙王倔不过这个孙儿，到底还是将他放了。不过也有传闻说孽龙敖炽硬凭自己的本事闯出了冰牢，从此之后东海龙族再无人能压制他，只得任他离了东海，胡作非为。”

“原来，他被关在冰牢里，是为了这件事。”子淼摇头一笑，“当初我还当他是做了什么十恶不赦的勾当。这条孽龙，果真不是寻常物。”

“他对他爷爷说了什么话？在他的婚礼上。”我突然很想知道这个。

九厥耸耸肩：“敖炽是对老龙王附耳讲的话，那就只有他爷孙俩才知道了。龙王将这件事当作家丑，不许他人张扬，故而知道内情的人不多。这洞庭龙君当年是受邀宾客之一，才对这段往事如此清楚。而且，这老色鬼念念不忘的是三公主的姿色，昨晚喝酒的时候还不断跟我讲那姑娘美得有多么出尘脱俗、温柔似水，哪怕被夫君当场抛下，都没有失态，还忙着安慰被气得只剩半条命的老龙王。”

我的身子垂了下去——原配夫人是事实，结婚是事实。他不否认，因为都是事实。

她说过，她一直在等他的吧，等了那么那么久，上千年的时光，以一个妻子的身份。

我的怒气，我的委屈，瞬间变得没有根据，也没有道理。

该生气该委屈的那个，不该是我吧……

“我很欣赏这位东海三公主。”子淼突然开了口，脸上挂着只有他自己才明白的、难以揣测的笑容。

“我也很欣赏哦！”九厥嘿嘿一笑，也凑过去，同子淼摆出兄弟同心的夸张姿势。

“你们……”我压下心头一股莫名的酸意，说，“我知道，你们欣赏人家温婉贤淑、大方得体，不似我，不高兴就乱跑，生气就狠吃包子，毫无女性贤德之态。”

九厥哈哈大笑，湖蓝色的头发在灯光下轻佻晃动；子淼依然稳如磐石，只微微翘了翘嘴角，无奈地摇头。两个人看我的眼神，同千年之前无异。

时间在此刻冻结，回转。我又成了那只稍微一逗就生气的小树妖，子淼还是子淼，九厥依然是九厥，谁都没有变，无论是身在浮珑山的山洞，还是在这方小小的酒庄。

这样的感觉，安抚了一颗混乱的心，收容了那些差点四散溃去的感情。

“我欣赏的，是这位三公主超乎寻常的隐忍。”子淼笑道，“你与她不同。你也可以等，多久都没有关系，但你的等待，跟她的等待，目的是不同的。”

“对。”九厥表示赞同，“我们欣赏的，只怕还有三公主的心有城府，和胆大包天吧。”

听他们这样一讲，前后一想，擅闯水墓盗走手镯的人，正是那个将我“挤出”不停的冬耳无疑了，她来找她的夫君便罢了，又怎么无端端跑去水墓，找一个跟她完全不相干的、已经死去多年的人的麻烦？

将最近发生过的每件事情列出来细细一想——坠机，断湖，子淼重现，水墓被盗，冬耳寻夫……

阴谋，陷阱，圈套，诸如此类的词在眼前跳动不休。

一阵叮咚声从九厥身上传出。

“订阅的手机新闻。”九厥从裤兜里掏出手机，扫一眼，愣了愣，“忘川地震了。”

“嗯？”我想起来时我见到的，地上那些奇怪的裂纹。

“震级不大，小部分建筑受损，几人轻伤。”消息内容应该是值得庆幸的，但九厥的眉头却紧紧锁起。

子淼的神情如出一辙，他伸出左手，摊开手掌，掌心处一粒殷红的朱砂记般的圆点分外惹眼。

我清楚记得，子淼的手掌上没有任何“胎记”。

“想到了？”九厥突然问。

子淼握起了手掌，笑道：“天下之大，你我料不到的事，还是太多。”

“你们是不是有什么该对我讲的？”我受不了这两个在我面前卖弄默契的男人，从他们的眼睛里，我分明看到了我们都在寻找的东西。

“你听说过忘川么？”九厥问。

“当然，我住的那个城市。”这算什么破问题。

九厥摇头：“不是你那个忘川，不过也可以说是那个忘川。”

我想揍他了。

“闲话少叙了。”子淼上前，拉住我的手便朝门外而去。

“这又是什么情况？”

“回忘川！”

Chapter.10 玄武

繁星初现的时候，我们停在了忘川的上空。

熟悉的城市，在脚下闪烁着属于它的灯火，恍惚看去，似一片沉在地上的镜子，把天空的一切光线都锁在了里头。

我询问突然停下的缘由。

“看这脚下的城池。”子淼沉静地看着地面，月白色的袍子在空中泛着淡淡的光晕。

我低下头，第一次以这样的高度与细致俯瞰脚下的城。

“有什么特别？”我没有看出端倪。

一抹亮眼的湖蓝色飘过来，九厥拨开被吹乱的头发，提醒我：“要仔细看！建议用灵力洗一洗眼睛，看这座城，像什么？”

我睁大眼睛，把灵力灌入已见疲倦的眸子。

忘川的灯火渐渐虚化，暗淡，但一道轮廓反而如同醒目的边界线一般清晰起来，在我脚下的城市蜿蜒，连结，合拢。这道不能被定义到任何物质下的“界线”，将忘川勾勒出来，包裹起来，在我面前呈现出了一个奇怪的形状。

“看到了？”九厥又问。

我抬起头，不太肯定地答：“乌龟？”

那条用灵力才能看到的“界线”，将脚下的忘川城清清楚楚地“画”成了一只巨大的乌龟，头尾俱全，四肢不缺，一动不动匍匐在广袤的地上。

“是神兽玄武。”子淼纠正道。

“玄武？”我一怔，“这东西不是早在几千年前那次洪荒大灾中灭亡了么？”

关于这个名字的故事，比我年长得多的妖怪们都不是太清楚，只听说早在上古时期，女娲上神曾以一只龟身蛇尾的神兽为坐骑，称为玄武，女娲神寂灭后，这神兽四处游走，后来被天帝收归座下，只因玄武独爱黑暗，故被天帝派往人界地底驻守。据说凡被玄武神力所护之地必固若金汤，山崩地裂、洪水肆虐都丝毫不会祸及这块地方。只是，在数千年前那场几乎灭世的大洪水后，玄武便没了踪迹，流传最广的说法是它太老了，在洪水里淹死了。总之，以后的岁月里也没有人再关注这只大乌龟了，顶多当作一个饭后闲聊的传说，这世上能让人感兴趣的事物太多，谁会将注意力长久地集中在同一件事上呢。

“灭亡也只是‘据说’。”子淼笑了笑，“玄武只算这怪物的头衔，它本身是有名字的。”他顿了顿，“它叫，忘川。”

“忘川?!”我又看了看脚下的城市，那条勾出大乌龟的界线渐渐隐去。我想了想，说：“忘川城的下头，就是那只失踪了的玄武？”

“应该说是，这只大乌龟驮着整个忘川市。”九厥啧啧道，“也只有它能忍这么久吧。”

“它本不该有此际遇，只怪当年遇了不该遇的人。”子淼摇头叹息，朝下而去。

“你说那个龙女么？”九厥跟上去，“她后来怎么了？你好像一直没跟我讲过。”

“没怎样，放弃了龙身，到那个玄武救下来的村子里，与她的心上人白头偕老去了。”子淼淡淡道。

风声呼呼而过，我听不明白他们在讲什么，急了，揪住那两个家伙大声道：“你们讲的到底是什么？为什么从没有听你们讲起过玄武的事？”

“亲爱的，我们俩比你年长很多是事实，知道的自然也比你多很多。可我们不是说书的，哪有那么多时间将我们知道的一切都讲出来？”九厥弹了一下我的脑门，“谁知道这只老乌龟会突然冒出来。我都弄糊涂了。”

“事出必有因。你已大概知晓来龙去脉了吧？”子淼垂眼看了看手心里的朱砂记，看向九厥，“在三公主与它断湖一战后，只怕事情会稍许棘手。”

“它最恨不守信之人。”九厥叹气，“可见那丫头惹了大麻烦。”

“你们……”我跳脚。

“不要急。”子淼温和地笑着，“该知道的总会知道。”

我们三人朝地面飞去，天空越来越远。

离不停越近，我的心跳越厉害。

事实证明，我的心跳过速真是预言——

第一次见到“不停”这么狼狈，家具器物倒了碎了，到处都被火烧焦，地上的水胡乱淌成了小河，店外人声鼎沸，消防员们在残烟里谨慎地做着善后工作，消防车上的警报飞快旋转。

隔壁街杂货铺的阿婆，常在附近推销保险的眼镜男等，一堆人在店外指手画脚，议论纷纷。

我们三个隐了身形，站在像被炸糊了的年糕般的墙壁前，仰头看天——现在看夜空很方便，因为不知道大厅的天花板去了哪里。

我从邻里街坊们的八卦中整理出了主干——离开忘川的短短半日，“不停”疑似发生了爆炸事件，邻里们在听到几声巨响后，便看到熊熊火光伴着飞溅开的碎石从我的店铺里冲天而出，一场地震已闹得人心惶惶，这时候又出事，所有人都吓个半死。

我拾起一小块被烧得漆黑的木板，发觉木板边缘泛着一小圈蓝蓝的暗光。我转过头，对子淼与九厥道：“只有敖炽吐出来的三昧真火，会留下这样的蓝光。”

“这小子带着原配夫人回东海了？一定是临走时气不过你不辞而别，放火烧你的店！”九厥坏笑着推测。

“不可能！”我当即否决他的猜测。敖炽虽然可恨，但不至龌龊。

子淼在另一侧细细地看：“怕是讨债的来了，也未可知。”

我寻遍了不停，除了这场火，敖炽没留下任何蛛丝马迹。

他又不见了，又是以这般突然的方式。我努力掩饰自己的慌张。

“不似纵火，应为激战。”子淼搬开一堆木板与砖头，一条胳膊般粗细的裂痕暴露在地上，一直往前，穿过大厅。

九厥站在中间，捏诀闭目，半晌睁开，摇头道：“除了我们三个，这里没有别人的味道。只靠我的灵力，无法获知敖炽下落。”

“找他做什么？死了才干净！”我一脚踢开一把只剩半边的椅子。

“又逆生长了。”子淼摇头一笑，旋即正色道，“不尽快找到他跟三公主，有麻烦的怕是整个忘川城。”

我心下一惊。

“龙鳞给我。”我不情愿地朝九厥伸出手。

我的法术，大多是敖炽教的，他还教过我，要追踪一条龙，只要拿到这条龙的龙鳞，使出咒法，便能获知去向。他还曾很自作多情地取了他的一片龙鳞，说给我当礼物，万一哪天他不见了，我可以用这个去找他。而我只对他讲：“如果我为你的突然失踪而去找你，那我就不是我了，如果你选择离开，就不要留下任何藕断丝连的纪念。我尊重你的一切决定。”我说完之后，他悻悻收回礼物，骂我不知好歹狼心狗肺，最后又说：“不要就不要，我还舍不得给呢。反正我一直在这儿，不会不见的。会不见的那个，说不定是你。”

那天，我看着他郁郁离开的背影，悄悄地笑。一直没有告诉他，不收他的龙鳞，不是不在乎，只是相信。我相信他不会突然“不见”。当然，我也没有告诉他，在他唯一离开我的二十年里，我暗自后悔过许多次，如果我有他的龙鳞，就不至于二十年都找不到他。在那之后我才明白，他当初想交给我的，不是一片龙鳞，而是一条剪不断的绳子。他如此热爱独来独往，不受束缚，却甘愿将一条绳子拴在身上，把另一头交给我，不管天涯海角，都不会让我弄丢了他。

时过境迁，如今，我们谁弄丢了谁？

刚接过九厥递来的龙鳞时，一阵巨大的震颤从地底涌出。墙壁开始摇晃，碎砖烂木掉下来，噼里啪啦乱响。

我能想象店外的街道与房屋里，又有了多少惊叫的人类、垮塌的建筑。

这一切，都跟城下那只大乌龟有关吧。

我将那红色的龙鳞放在掌中，念着敖炽教我的咒语，手指在鳞片上画着圈，手掌朝地上一覆，龙鳞便化了一道利光，从地上蹿了出去，留下一条淡红色的光轨，直指前方。

我们三人沿着光轨追去，发现它的终点就在不停的厨房里。这个已被强大的外力摧毁得不像样子的小地方，灶台橱柜成了一地厚厚的碎片，歪倒下来的一大块水泥板压在中间，那道龙鳞红光一穿而过。

子淼上前一掌掀开水泥板，腾起的烟尘散去后，一个直径两米多的黑洞露了出来。

站在洞边，我探头看去，洞里没有任何光源，只是黑，也没有任何古怪的气味，只有一种仿佛会扼制呼吸的压抑从洞口弥漫出来。

“如果敖炽跟他的原配还在一起，那他们一定在下头。”我用脚点了点洞口。

话音刚落，那洞口中竟赫然探出一只手来，一把抓住了我的脚踝，那深不见底的黑暗里隐隐传来一声“救命”。我只觉身子一坠，根本来不及做任何反应，便被稀里糊涂地拖下了洞去。

冰凉而潮湿的气流飞速擦过我的身体，我看不见任何东西，只知道抓住我的那只手的力气大得快要捏断我的骨头，那是一种找到救命稻草时才会爆发的力量。

我无法估量这个洞有多深，只知道我一直在下坠，仿佛无休无止。

Chapter.11 选择

必须承认，着陆时还是很疼的，身下那些棱角分明的坚硬石头足以将一个正常人类的骨头撞得粉碎。

眼前不再是黑暗一片，幽蓝的光芒在这个广阔的、全部由石头构成的空间里，缓慢游着。

这是地底？我从未见过如此宏大的地下世界。还是我已经挂了，来了幽冥地府？

“是你……怎么是你……”从我身后传来微弱又恼怒的声音。

我回头，脸色苍白的冬耳躺在地上，一条细细的、蓝光幽幽的线穿过她的右脚踝，龙血从伤口细细地淌下。

抓住我的人，必是她无疑。

“敖炽呢？”我上前抓住她的肩膀。

骂他，咒他，到头来最挂念的，仍是他。

“帮我……帮我出去！”冬耳捂住脚踝，慌乱地叫喊，“我要回东海！”

什么灵气四溢，什么风华绝代，那个曾让我惊为天人的东海三公主，如今只是个充满恐惧与绝望的可怜巴巴的小虫子，心虚地露着谁都能一掌拍死她的孱弱。

“再问你，敖炽呢？”我不打算对她客气。我承认我在对待个别人时，风度有限。

“帮我弄断这该死的东西！”她像听不懂我说的话，捶着地冲我吼。

我看到大颗的冷汗从她额头流下来，那穿骨之痛必然不是寻常人能承受得了的。

“求你……求求你……”她抓住我的手，号啕大哭，“我受不了！好痛！”

好吧，我该死，我心软，我到底还是埋下头，查看那条蓝色的线。如果我能弄断它，那……就弄断吧。

我轻轻拿起那条线，绵软冰凉，如丝光滑，这样一个柔弱的东西竟给人带来那么大的痛楚。再看，这条线的一端穿过了冬耳的脚踝，而另一端居然看不到头，一直延伸到前方那一大块看不清楚的阴影里。

怎么解？我试着运起足以切断一块石头的力道，朝这条细线“切”下去。

结果只是我大叫了一声，一道血口出现在我的掌上，如果再用力些，只怕手掌会反被这条线切成两半。

咬，扯，化出利剑来割，这条线都毫发无损。

正束手无策时，线的那端似被人用力一扯，冬耳尖叫一声，整个人被拖着朝后滑去。

我下意识抓住她，对着前方怒喝："谁？给我滚出来！"

“呵呵，你本局外人，何苦揽事上身。”

阴影渐渐亮了，四周的蓝光都朝它而去。一块巨大的矩形石台显露出来，上头坐着那蛇尾银鳞的男人，他的手指上绕着那柔软的线。

潺潺流动的河水将石台与他围在中间，清亮的河水里，颜色旎丽的鱼儿酣畅游动。

当我的视线移往另一个方向时，我便再听不到别的，也看不到别的，我的双眼只看到一个事实——一个男人被同样质地的蓝线五花大绑在了石台的左面，脑袋耷拉着，也不知是死是活，大半个身子淹在河水里，那些颜色奇怪的鱼儿很欢乐地围绕着他，以一种争抢鱼食的姿态热闹翻滚，殷红的龙血在水里旋绕，扩散。

这倒霉男人，不是敖炽是谁?!

照我的性子，本该往死里嘲笑他才是，这个不可一世的东西，总算是阴沟里翻了船，活该落魄到当鱼食。

可是，真见了这场面，我哪里又痛快得起来？看那越发深红的河水，只觉那鱼儿咬的不止是他，竟连我的心尖儿一起咬了。那又恨又痛的两股气纠缠着往脑门上冲，便什么也顾不得了，押上一身的灵力与元气，在掌中结于无形，对准河水猛然一击。气浪翻滚，水花高溅，绕着敖炽的鱼群瞬间被冲散了去，好些鱼当场翻了肚子。我自然不会罢休，腾空而起，掌中之力化成数块碧绿犀利的尖晶，势不可当，直刺向石台上那罪魁祸首的头颅。

我很多年不打架了，但并不妨碍我的战斗力。不管这只蛇尾丑男是什么来历，欺负我家的人就是不行！

铿锵几声，蛇尾男只是挥了挥手，便将那些足以毁掉世上大多数妖魔鬼怪的、凝聚了我全部攻击力的晶体拂到一旁。这轻松的一拂，却让这些坚硬的晶体碎成了一片片绿色的雨雾——它们居然被烟化了。

“局外人，你仍有机会离开。我不与你计较。”他半睁着眼睛，将手中的蓝线一拽，冬耳惊叫着被拖到了那条圆河的河边。他冷冷瞥了她一眼："你再偷跑多少次也是徒劳，跑到哪里，我都能抓到你。"

我这才看清楚，那条线并不是被他抓在手里，根本就是从他的手指里长出来的！难怪我用什么方法都无法切断，原来这看似普通的线竟是他身体的一部分，他连我的全力攻击都可轻易化解，我的力量又怎能撼动他的身体？这究竟是什么怪物？

“还不走？”蛇尾男闭上眼，“我随时会改主意，局外人。”

“你把我男人绑在河里喂鱼，还敢喊我局外人？”我一步步朝他走过去，一直到了河边，看看脚下那条漂浮着无数死鱼的河水，一咬牙跳了下去。冰凉透骨的河水没过我的心口，我拼命划水，朝敖炽游去。

河水不算宽，那男人没有阻止我的行动，任由我游到敖炽身边。

我探他的鼻息，听他的心跳，松了口气——没死。

使劲拍他的脸，喊他的名字，看着他耷拉的脑袋慢慢抬起来。

“你……你还没死啊？”我捧着他的脸，千回百转地憋出这一句话。

“你这女人……就盼着我死对不对？”他的气息比平日里低了不知多少倍，连皱眉这样的小动作都做得很勉强。

什么都不计较了，什么都不怨恨了，看着此刻的敖炽，我只怕他一口气接不上来，死在这不见天日的鬼地方。

“回去以后我会再给你一次解释的机会，但不是现在，你不要再说话了。”我恶狠狠地警告他，然后抬头，向石台上那个高高在上的男人怒斥道，“放人！否则我……”

“打消一切妄念吧。你只是一只小小树妖，伤不了我分毫。”男人低下头，像打量地上的蚂蚁一样看着我，“我并不喜欢打架，只想安静地待着。”

的确，他虽然面容可憎，行为看似暴虐，可从头到尾，我并没有从他身上发现任何杀气，他只是坐在那里，沉静得跟四周那些石头一样。甚至在断湖，他与冬耳交手，看似杀气腾腾，其目的也只是向冬耳讨回一件东西，刚刚在店里时，子淼也说过一句：“怕是讨债的来了。”

我将目光转到嘤嘤哭泣的冬耳身上，大声斥问：“你拿了别人什么东西？”

“我……我没有！”冬耳红了脸，无力地申辩，“那本来就不是他的，是我的！”

“既有承诺，自当履行，出尔反尔非君子所为。”

“贵为东海三公主，怎么脑子还这么不清楚。”

两个熟悉的声音从后头飘过来。

我回过头，子淼跟九厥笑吟吟地站在河边，九厥更俯身拈起一条死鱼，啧啧道：“这些忘川河鱼可是酿酒的好材料呢，全被你整死了，真可惜。”

“你还有心思管鱼？人都要没命了！”我气得半死，冲九厥吼道，“还不帮忙救人！”

"救什么救？你不是说敖炽死了才干净么？"九厥嘻嘻笑我。

见了子淼，蛇尾男半闭的眼睛慢慢睁开，笑道："四方水君，我们又见面了。"

子淼极礼貌地朝他点点头："的确好久不见，玄武忘川。"

"难得你我还能重逢，也难得你将上头这个地方用我的名字命名。"蛇尾男指了指顶上，"不然，只怕连我自己都要将自己的名字忘记了。"

"当年你违逆天意，擅自救下那无名村中一干人等，触怒天帝，所以才被封印在此，世世驮住这块土地，千年一醒，继而长眠，周而复始。"子淼踏水而过，弹起几滴水珠，断掉绑住敖炽的线，将我们带回地上。他抬头直视石台之上："你受人之托，救生灵无数，本无过错，只可惜……"

"对错与否，不值一提。水神大人也无须自责，当初你只是天帝座下的小小使者，奉命行事是你的本分。"蛇尾男打断子淼，"断湖之上，你以水神箭伤我，我也不与你计较。我如今只为一件事上心，你心思明慧，只怕已了然于胸。所以，只望你不要屡次阻拦，否则，我便不能客气了。"

他们竟然认识?！子淼却从未告诉我。

"怎么回事？不说我就咬死你！"我把九厥拽到身旁，死死瞪着他的眼睛。

"你问她！"九厥指了指趴在地上再没了动静的冬耳，又小声对我道，"玄武不是妖怪，是神，只有同为神的家伙，才能与他匹敌，连龙都不是他的对手。你看看你家男人就知道了。这里除了子淼，没人能动他。你不要乱来了。"

遍体鳞伤的敖炽渐渐有了力气，强撑着坐起，指着冬耳："你到底搞出什么祸事来了？说！"

子淼与蛇尾男都不说话，冷望着冬耳。

所有的焦点与压力，顷刻间指向她一人。

"我……"冬耳的手指紧紧抠在地上。

"说啊！"敖炽大吼。

"我不能把龙珠给他！"冬耳终于痛苦地大喊出声，继而哭泣，"不能给他！没了龙珠，我什么都不是了！"

龙珠?

对于一条龙来讲，龙珠等同它生命的支柱、灵力的源泉。失去龙珠的龙，将再无法变为人形，只能以龙的原貌苟延残喘，在下一个冬天来临时，死亡，腐烂。

我在诧异中猜测，究竟什么东西，值得一条龙用自己的龙珠去换?！

敖炽气得浑身发抖，指着冬耳："你……你疯了？龙珠是可以随便作交换的么?！你自己疯就算了，还连累别人！”

一听这话，冬耳的眼泪顿时凝住了，悲戚之情转瞬被掩埋太久的恨意彻底击穿了，她竟哧哧笑出了声，望着敖炽，一字一句道：“对，我早就疯了。在你我大婚之日，你当着满堂宾客撇下我，头也不回地离开！那时候，我不哭不闹，守着我的身份跟矜贵，等你。一年，十年，百年，你视我如无物。我仍不哭不闹，我仍旧等，等来的却是你另娶他人的消息。呵呵，你若是娶个与我身份匹配的也罢了，可你竟以东海龙族的尊贵身份，娶了一只不入正道的千年树妖！你让我情何以堪！”她愤怒的眼睛里似烧出了火，喷到我身上，恨不得将我挫骨扬灰。

“你我并无夫妻之实。”这时，敖炽反而出奇地镇定起来，“那场婚礼不过是老家伙搞出的闹剧。说自己患了重病，希望在临死前看我娶妻成家，为了他这心愿，我才答应与你成婚。谁知老家伙一高兴，在婚宴上说漏了嘴。”敖炽吸了口气，看着冬耳，“我最恨谁骗我。这件事的真相你后来也知道了，我也写下解除婚约的契文，你只需写上你的名字，我们这段婚事便算了结，各不相欠，你仍是东海三公主。可是，你到现在都不肯在契文上签字。”

“我永远都不会签。我不签下名字，你我永远都是夫妻。”冬耳冷笑着，“你说，我一日不签下契文，就一日不许我离开东海。我听话，遵守你的警告，我在东海等了几乎上千年。开始时，我一直等你回心转意，后来，我等的便不是你了。”她扭过身子，指着石台上的男人，怪异地狂笑，“我等的是他！”

敖炽和我俱是一愣。

“玄武忘川，千年一醒。我等的便是他醒来的这一刻。”冬耳的笑声凄厉地回荡，绝望的眼睛别有深意地望着一言不发的子淼，又回望向我，“树妖，我在帮你呢。我帮你看清楚，帮你做选择！你枉自千年修为，却连自己真正爱谁都不知道！”

这番话，箭一般射中了我，也射中了敖炽。

冬耳笑得浑身颤抖，柔软的身躯在地上扭动，比垂死的蛇还难看。

“众人只知玄武力大无穷，可驮住土地，保其平安，却不知它还另有个本事。”子淼看了看闭目养神的蛇尾男，“冥界中，有河名为忘川，是亡灵必经之路。这玄武以忘川为名，暗喻了它偷天换日、起死回生的本事。”他伸出手掌，掌心的朱砂记仍旧鲜艳，“神仙与凡人不同，一旦形神俱毁，便是彻底消失，不比凡人逝去后，还有魂魄可经忘川前往冥界轮回。有高人可潜入忘川，将亡灵带回人界，却无一人能将逝去的神仙起死回生，连法力无边的天帝都不可以。唯有玄武，可将逝去的神仙，借由逆时而行的方法，将在生时的他，带到现在，以此作为复生之法。凡是被玄武‘复生’的神仙，掌上都有这般印记。”

“补充一点哈。”九厥咳嗽两声，“要把逝去的神仙复生过来，除了玄武要搭上大半条命之外，还需要这神仙遗留下来的，哪怕一丝的元神或者灵力，有了这个，玄武才能在已逝去的浩瀚时光里找到他。简单解释为，如果当初子淼没有将自己仅剩的元神封在手镯里留给他女儿，十只玄武也不可能带他回来。SO，我们的三公主才会如此卖力，跑去水墓里盗走那只‘水神之眼’。”

我彻底清醒了。原来，子淼“重生”，始作俑者竟是她?!

旁人也许不能理解她如此大费周章的目的，可现在，我能，我也是女人。

我走到她身边，仔细看着她的眼睛：“你觉得，只要子淼出现了，你的敖炽哥就会回去，对不对？”

她别过脸去，恨恨道：“你并不配他，甚至根本不爱他。你爱的人，一直是子淼！不要骗自己了！只因他死了，你才将敖炽视为替身与依靠。只要子淼回来，你的心马上就会调转方向！”

是这样么？！

我回头看敖炽，他也正看着我，两人的嘴唇都动了动，但最终谁都没有讲出来。

“哈哈，被我说中了么。想想你们俩在上元节的晚上，多么亲密无间。”冬耳像是打了个大胜仗，得意地看着敖炽，“她对子淼的态度，他们的默契，她投向子淼的温柔眼神，她枕着他的腿入眠，哪一件是她曾对你做过的？有吗？敖炽哥，你最清楚这个女人究竟爱不爱你。我与你讲过，只要水神回来，你的树妖便看不到你了。你心里，不也这么想的么。”她大笑着在我们之间高谈阔论，“自欺欺人！”

“呃，打断一下。”九厥很为难地站到冬耳面前，“爱或不爱这样的事，留给当事人去解决就好。现在的问题是三公主你。据我所知，玄武本性敦厚，乐于助人，他千年一醒，若有人在这时有缘找到他，并以诚意相求，但凡他能力所及，都会出手帮忙，且不计报酬。现在他帮了你，却四处追杀你讨债，实在有违本性。提醒你，玄武最恨的，是食言之人。”

冬耳身子一颤，咬了咬牙，爬到离石台最近的地方，对蛇尾男哀求道：“玄武大神，我当时一时情急，怕诚意不够你不肯出手，才以龙珠相许。你知道龙珠对我意味着什么，事后我反悔也是人之常情，我知道，我事后不但拒绝交出龙珠，与你交手时还故意引你到断湖，希望借子淼之手击退你脱身，一切都是一错再错，可我恳请你念我一介女流，不要与我计较。不如……让我用百颗东海的千年明珠来换，如何？”

我想起坠机时，从湖中升起的巨大影子，以东海龙族的本事，要令一架飞机不偏不倚在断湖上空失事，不难。果然，巧合太多就变得刻意了，从我们的飞机掉到断湖开始，一切都是拜这三公主所赐。等到玄武的千年一醒，闯水墓盗手镯，借玄武之力带回子淼，再令到飞机出事，让我们与子淼故地重逢，因为不肯交出龙珠与玄武翻脸，纠斗中又故意引玄武到断湖，既能借子淼之手退敌，又能以受害者的姿态闯进我与敖炽之间，不惹怀疑。她甚至不用做太多，只需委屈地将她与敖炽的关系讲出来，再加上一个活生生的子淼，两个“炸弹”足以让我与敖炽鸡犬不宁。我有我的心结，敖炽亦有他的死穴。冬耳的聪明之处，不仅在于她的耐心细致，步步为营，还在于她知道我与敖炽之间，最薄弱的地方在哪里，并狠狠地利用了。

我才明白，子淼与九厥为何对冬耳口口声声“佩服”。

对于冬耳的哀求，石台上之人只回了一句话：“唯取龙珠。”

敖炽摇晃着站起来，走到冬耳面前，举起的拳头在空中僵持半晌，又无力落下，只低声骂道：“蠢女人！”

话音未落，四周猛然一阵摇晃，无数石块从顶上落下，数十条裂纹从我脚下爬行而出，沿着石壁往上而去，喀喀之声不绝。

“你们只当是我为了讨要许诺之物不依不饶，可知我要那龙珠，只为补我逆行时间时耗损的元气罢了。”蛇尾男仰头看看上空，“若我不能服食龙珠，元气不济，真身必毁。如此，我背上所驮的这个从小村落扩为一座城市的忘川城，必沉入地下，不复存在。”他低下头，重新闭上眼：“这女子来求我时，言辞恳切，真情流露，只说是为帮故人了却牵念，且以龙珠为诺，承诺事后必补回我的元气，不令忘川城有事，我才肯元神出窍，带着化身为童子的她逆流时间，带回子淼。我身负重诺，要终生保背上土地平安，孰料她事后反悔。这食言之人，我本欲杀之取珠，但她提醒了我，龙珠需自愿交出才有效力，强夺出来只是颗无用死物。”他长长地呼出一口气，继续道，“当然，对你们而言，一座城池的生死大可无视。交出龙珠或者不交，你们仍可选择。只是，时间无多。”

子淼环顾四周，又打量了玄武一番，说道：“此刻身在的地底世界，便是玄武的真身，他的元神化为蛇人，守在此处千万年之久。我虽不知逆流时间会损去他大量元气，但事实是，他的元神的确正在消减，一旦元神支持不住，真身必四分五裂，建在其上的忘川城定会随之陷入地下。想来之前，我们在地面上见到的裂痕，包括地震，都是因此而起。他的真身已在崩溃。”他的目光落到冬耳身上，“如果没有龙珠……”

“不！你休想！”冬耳大叫着，护住自己的心口，“我不会交出龙珠的！我不要变回一条没有法力的龙等死！一座小小的忘川城，生死与我何干！”

讲出这样的话，我真真是连杀她的心都有了！

忘川城就在我的头顶，那里有世上最普通的一群人类，他们平静而幸福地生活；也有无数来往或者栖息的妖怪，许多都与我是旧识，它们或顽皮或善良，无害地存在；那里还有我的“不停”，我仅次于浮珑山的一切的重要记忆，都在这座城市里。

我说过，那里是我的家。身为家人，我断不能眼见着鲜活的忘川变成一座长埋地下的亡灵之城。

可是，他说只有龙珠才能补回元气，我又不是龙，上哪里去搞龙珠呢？何况，有哪条龙会愿意主动交出自己的龙珠，那岂不是找死么！

震颤越来越厉害，裂纹越来越多，整个地底世界开始山摇地动。

“放了我！快放了我！我不要在这儿等死！”冬耳恐惧地撕扯着脚踝上的线。

九厥在一旁道：“集合我们所有人的灵力能否撑起这个乌龟背？”

“不行，玄武的真身只有他自己才能撑得住，你我灵力再高都无用。”子淼摇头。

突然，有人喊了声：“拿去！”

一个一寸大小的圆珠，裹着亮眼的紫金光焰，飞旋着朝玄武而去。

我诧异地回头，背后再不见敖炽的身影，只匍匐着一条紫鳞巨龙，张大着嘴，费力地呼吸着。

“如果拿来补元气，我的龙珠比她的更合用。”失去人形的敖炽，若无其事地挤出这句话。

在场的每个人，包括冬耳，都被敖炽的行为惊得讲不出话来，连玄武本人都怔了怔，捧着那颗滚热的龙珠，一语不发。

我扑过去，抱住那颗硕大的龙头，怒道：“拿回来！”

“我的事不要你管。”敖炽把头一摇，把我甩开了去，用尾巴压住我不许我乱动，又对着玄武道，“还不吞？怕噎死么？”

玄武一仰脖，龙珠进了他的口。

几秒钟，一切颤动都停止了，甚至连原先的裂纹都神奇地消失了，那些掉下来的石块居然自顾自地飞回了原处，好像刚刚的地动山摇只是幻觉一场。

“敖炽哥……”冬耳呆呆地望着他，不再疯子一样大笑，脸上只有错愕。

没有了龙珠的龙，到了下一个冬天，死去，腐烂。而每条龙的龙珠，都是唯一的，不可替代也不可复制的。

敖炽的尾巴慢慢松开了去，他一直努力昂起的头，轰然磕在了地上。

“你……”我手足无措地跑到他面前，抱着那颗已经无力抬起的大脑袋，“你不要跟我装死！你这么大一只，我背不动你！你赶紧站起来！”

说到这儿，便再也说不下去了，眼泪吧嗒吧嗒地掉在了他的鳞片上。

“我还没死呢，哭什么哭。”他转着眼珠，朝子淼道，“你过来。”

子淼走过来，蹲在他面前。

“当年你把这个家伙交给我，我照看了她这么久……”他缓慢地说着，“虽然我真的很讨厌你，但我知道，这世上比我更适合照看她的人，只有你。既然上天安排你回来，这个麻烦的包袱，注定交还给你了。”

子淼笑笑，欲言又止。

“敖炽，我不是个东西，哪里是你们想交出去就交出去的！”我又悲又急，口不择言。

“哈哈，说得好，不是个东西……哈哈。”敖炽抓住我的口误，竟还笑得出来。笑着笑着，他的眼睛望着我：“我是真的……很爱你。只是那晚，当我看到你那么安心地睡在子淼身边时，我才真正开始反思，为何你从不在我面前露出那样温柔的笑容。这么多年了，我又到底给你带来了什么……”

“混蛋，你误会了！不是你想象的那样！”我急了，我的心思，他怎么从来都不肯仔细看清楚呢？总是看到一半就当是全部！为什么这么多年了都还是不肯改一改，总要这么急躁呢？

“你说，忘川是你的家。我给你留下。”他长长出了口气，眼睛慢慢闭上，“累了，睡一会儿。”

“不许睡！起来跟我理论！”我啪啪地打他，粗糙的鳞片将我的手挂出了血痕，我仍不住手。

子淼拉住我的手：“下一个冬天，还有一年。”

“对，先别急。”九厥挠着头，来回踱步。

谁都知道，没有了他的龙珠，别说一年，纵是十年百年，敖炽也只是死路一条。

谁都不会认为敖炽可以为“区区一座”小城，交出珍贵的龙珠，这笔交易太不划算。

可他只说，那是我的家，所以要“留下”。

冬耳傻了一般倒在地上，喃喃地念着敖炽的名字，念着念着，又如触了电一般坐起来，慌张地从身上摸出了一个锦囊，一把扯开来。

一张纸掉出来，她拾起来一看，上头只有四个字——下不为例。

正疑惑时，那纸条“腾”一下自燃起来，三两下便成了灰烬，“呼”一下飞起来，竟在半空中排成了一道拱门的形状。

伴着一阵咳嗽声，空中的“门”被推开，一个身高不到两尺半的白须胖老头跳出来，看着四周的境况，啧啧道：“一帮麻烦精哟，还得找我来收拾残局。”

说罢，他走到冬耳身边，轻轻一拈便断开她脚踝上的线，扶着她站起来，摇头道：“丫头，我一直盼着你不要开这锦囊呢。不过也知道你必然会开。”

冬耳像见了大救星，跪在老头面前："求你想办法救救敖炽哥！他把龙珠给了玄武！"

"咦？他选择把龙珠给玄武？"老头捋着胡子，点点头，"嗯，这是他的选择。"他又打量着跪在面前的冬耳，"那你呢？"

"我……"冬耳惴惴，红着脸不讲话。

"你本可选择在玄武吞下敖炽的龙珠之前，用你自己的龙珠换回他的。"老头笑着说。

"我……我只是犹豫了一下……"冬耳的头埋得更低。

老头将她扶起来，淡淡道："丫头，可还记得你离开遗珠洞时，我对你讲的话？"

冬耳抿紧了嘴唇。

"凡是做不出选择的人，答案只有一个——只爱自己。"老头嘿嘿一笑，"丫头哟，你并不像你自己想的那样，真正地爱着一个人哪！"他转而看向敖炽跟我，"他们就不一样了。呵呵。"

"这位老丈是……"子淼上前一步，打量着老头。

"嘿嘿，玄武忘川。"老头笑着回答，又指了指石台那边，"那位是我的亲弟弟。"

两只玄武?!

"不能算是两只。"老头慢悠悠地朝石台上飘去，"玄武忘川，本就有一龟一蛇两个元神，我贪玩，把这笨重的真身留给这老实巴交的弟弟看管。呃，这是外人不知道的。"

"你来做什么？你不是一直把自己关在东海思过么？"蛇尾男看也不看他一眼。

"让你独自背着玄武之名这么多年，我也会愧疚呢。"老头落到他身边，与他并排而坐，"老弟，你钟情的那位龙女不会再回来了。她永远都不可能来叫醒你的。你早就知道这个事实，就是不肯承认。我们的真身虽被封印，可元神是自由的，你却终年将自己关在这里，只为等一个永远等不回来的人。着实不该呀。"

"你又好到哪里去？花妖姐妹都钟情于你，一个给你做清蒸排骨，一个给你做红烧排骨，问你爱吃哪个，你答不出来。到最后，你也做不出选择，害得两个痴情妖怪郁郁而终，你就从此躲在遗珠洞里当囚犯，不理世事。怯懦！"蛇尾男不屑地回敬。

"囚犯也没有白当，起码悟出了一个跟选择有关的道理。"老头儿撇撇嘴，继而正色道，"好了，你我的事情以后再讲。那颗龙珠，物归原主吧，我已回归真身，足以支撑背上的城池，你失去的元气，为兄会助你重新修炼回来。放过这些跟我们犯过一样错误的小辈吧。"

我真怀疑我的耳朵有问题。他说，要把龙珠还回来?!

不等我问明白，敖炽的龙珠已然从蛇尾男的口中飞出，老头儿打了个响指，敖炽的嘴巴便张开来，龙珠"嗖"一下钻了进去。

这是不是说，敖炽不用死了?!

我狂喜又难以置信地抱着这头大龙，把脸贴在他的脸上，喜极而泣。

可不过几秒钟，我怀里一空，差点摔到地上，睁眼一看，面前哪里还有那头大龙，只有一条不足两尺的、肥肥胖胖的紫色小龙，懒洋洋地趴在地上。

你大爷的！这是什么情况?

“别急。”老头嘻嘻笑着，“只因他的龙珠被占用过一会儿，损了些灵气，再回到他体内，免不了要过些时日才能恢复正常。龙珠有损，他的龙身也会随之变化。你现在看到的，是他婴孩时的模样，不碍事，给他吃饱喝足，兴许一年后便能恢复常态。”

婴孩时期的敖炽……

我满头黑线地将这条肉乎乎的小东西从地上抱起来，只见他朝我翻了翻白眼，打个呵欠，便将头埋到我怀里，睡了。

峰回路转之后，我突然意识到，我至少要当一年的保姆！

“不早了，该回去的都回去吧。我们兄弟俩又要好好睡上一千年了。玄武要睡着了才有力气。”老头朝我们挥挥手，又意味深长地看了子淼一眼，“去吧去吧，哈哈。”

“我……”冬耳站在石台下，不知所措。

“你呀，身份高贵，养尊处优，看似温驯，实则蛮横，不由着你烫了自己的手，你便永远不知开水是不能乱碰的。”老头朝她摆摆手，“回去东海，好生修行。须知万事皆有定数，强求总无结果。”

冬耳垂下了头，拖拉着脚步往回走去，经过我身边时，无比复杂地看了我一眼。

我抱着敖炽，站在这块即将离开的地方，说不出个滋味，唯有庆幸自己有一颗健康强壮的心脏。

Chapter.12 礼物

最近，忘川最大的新闻就是地震，不过自那次最厉害的摇晃之后，便再也没有了，最奇的是，地上的裂纹在一夜之间自行消失了。有些老人们说，忘川是块风水宝地，下头有一只大乌龟驮着，万年不震不涝，阿弥陀佛。大家听了，笑笑了事。

初春的寒意，被摇摆的柳枝与明亮的阳光清扫一空。

子淼与九厥站在不停的门口，与我道别。

“你去哪里？”我问他。

“哪里都去，有水的地方就有我。”子淼朝我笑，拉过我的手掌，在上头点出一滴水珠，晶莹如镜，照出我的容颜。

“还会回来看我么？”我舍不得他走，像孩子舍不得父母。

“当然。如果他不反对的话。”子淼指了指我的肩头。

缩小版的敖炽成天都赖在我身上，要我抱要我喂吃喂喝，这会儿更蹲在我的肩头，冲着子淼翻白眼。

“可以无视他。”我瞥了敖炽一眼，“这家伙反正喜欢吃醋，让他吃够好了。竟然跟踪你我，还听那女人的挑唆，以为我与你……哼。”

子淼笑着，轻轻握住我的手：“裟椤，这一场重逢与灾祸，于你们是好事。”

“嗯？”我看着那双水般通透的眼睛。

“真正的爱，要熬得过漫长，经得起猜忌，受得了风霜。记住，爱情就是爱情，与友情无关，与亲情无关。”子淼抚着我的头，又拍了拍敖炽的脑袋，“这个，你们还需要继续修炼。不过还好，你们还有许多时间。”

“那，你我是什么？”我抬起头，问得心怀坦荡，光明正大。

“你来答。”他笑。

我拉过他的手，在他手心写了四个字。

他的笑容几乎在春风里化开了去，将我揽在怀里，中间挤着一只敖炽。

“呃……关于我结婚以及失恋的事么……”九厥戳戳我，小声道，“下次我再告诉你。不过红包你依然要准备的！”

我目送着他们两人的背影，淡在午后的阳光里。

有水的地方，就有他的存在，这样一句话，无比安心。但，我总觉得他有话没有说完。

不过，子淼去哪里已经不重要，重要的是，我知道我要去哪里。

“你在他手心里写了什么？说！”肩膀上的敖炽张牙舞爪。

“等你长大再告诉你！”我很女王地把他拎起来，扔到一边。想到我有一年时间可以欺负敖炽，我就很欢乐。

回到店里，我拿起那本放在桌上的普通的小记事本。

冬耳这个骄纵的女人，到最后都没跟我道歉，只在离开前，愤愤将这个东西扔给我，说是敖炽给我准备的生日礼物，她本打算偷来毁了的。她只对敖炽说了声对不起，将一张签了她名字的契文放到他面前，一甩头回了东海。

我的生日其实还很早。

翻开记事本，映入眼帘的，是敖炽歪歪扭扭难看到死的笔迹——

有一天，你站在斯芬克斯的面前，问它，真是拿破仑打破了你的鼻子？
还是黄沙里的时光妒忌你英武的脸，要你残缺不全。
吉萨的落日刚到金字塔尖，圆与棱角，光与阴影，是你最期待的，完美几何。
帽檐遮住你的眼睛，镜头里生出了翅膀，飞过四千年。

有一天，晨曦洒过美人鱼的铜像，哥本哈根的海滨，早晨的气息贯穿每个经过的路人。
石块零碎的岸上，你的裙摆沾染了风吹来的泡沫。
当英俊的王子已经变成了大腹便便的秃顶老头，
我的人鱼小公主，你还在海面上唱着悲伤的歌吗？

有一天，你在纳斯卡高原上盘旋，喷气式小飞机的噪声让外头的温度变得更高。
脚下的地画，以各种精奇伟岸的形状，绽放，延展。
鹰，螺旋，三角，章鱼，没有任何限制。
曾经有那么一群印加人，固执地等待诸神再次降临，赐予大地美妙而精密的图案。
但，神迹没有再出现。
也许，外星人们还在观望。

有一天，你默默站在人群里。恒河的水散发着不令人喜悦的气味。
肮脏的河水里，是许多虔诚与笃信的脸孔与身体。
女人们漂亮的大眼睛，在面纱下流转着羞怯与茫然。
孩子们的手也许是脏的。但，再脏的小手，也期待着糖果与未来。
佛曰：一沙一世界，一木一菩提。

有一天，你在2月的普罗旺斯，西蒙餐厅的老板送上甘美的野蘑菇，上头浇了浓稠醇香的肉汁。
雪地里的狗狗们汪汪叫，小熊一样钻进雪堆，染白了身子再出来。
这块法兰西的乡下地方，不是只有薰衣草与葡萄酒，还有四季的分明，橄榄油磨坊。

有一天，你会走遍世上每一个地方。
不停地走，不停地走，是对这个世界最大的尊重。
而我，永远在你的旁边。

我不知道这个家伙是在什么时候“诗兴大发”，在我们去过的每一个地方，偷偷写下这样的话。我只知道，他并不爱读书，也没什么文采，短短几百字，涂改无数次。

为我，他可以做最不擅长的事。

这大约是我有生以来收到的，最好的生日礼物。

我合上记事本，阳光穿过窗棂，落到茶杯里，碧绿的茶水悠然摇动。我喝了一口，这是我自己泡给自己的一杯“浮生”。

厨房里传出骚动，敖炽又在怪叫：“我的草莓奶昔呢?！”

我想，我与敖炽的故事又进入了全新的篇章，而故事永远都是讲不完的，别人的，自己的。

好吧，我的“不停”已经重建一新，我正考虑要不要重新开张。

亲爱的糯糊：

没想到敲字是这么累的一件事啊！！爸爸还只是用抄的，居然都是最后一名……泪目。

你妈跟你蓝头发的干爹都是怪物变的！居然打字打那么快！

不过你千万不要跟他们说，这个故事是爸爸开外挂写完的哈！

从那次事件之后，爸爸最大的收获是，开始认真阅读《物种起源》，也是因为这本书，让变成幼年小肥龙的爸爸迅速恢复到了高大威猛的常态！如果你妈跟你说她趁那段时间如何虐待我，不要相信！！

至于你那个死了又没死干净的子淼伯伯后来怎么样了，爸爸也不知道，反正，至今为止，他都没有再出现在爸爸妈妈面前。

从某个角度来说，爸爸还是感谢他的。毕竟，是他把你妈妈带到了我面前。身为一个男人，胸怀应该像大海一样宽阔才是！过去的情敌什么的，当他是浮云飘过吧…… :(

那首不像诗的诗，是爸爸这辈子最得意的文学作品！

你妈被这首诗感动得哟，简直眼泪鼻涕横飞！她还以为我不知道，哼！

不过我觉得吧，能不能写出感动人的句子，根本没一点重要，重要的是，你能不能做到那些句子里说过的每一句话。

爸爸是做到了，并且会一直做到下去。

糯糊，不论你是男是女，将来一定会把爸爸当成偶像的！

你快出来吧，爸爸等你好久了！！我已经迫不及待脑补你坐在扫地机上打转的萌样子了！好开心！

——超级超级爱你并且是世上最帅的爸爸

写于你出生前的某天，浮珑山

忘川·完

影歌

YINGGE

九厥篇

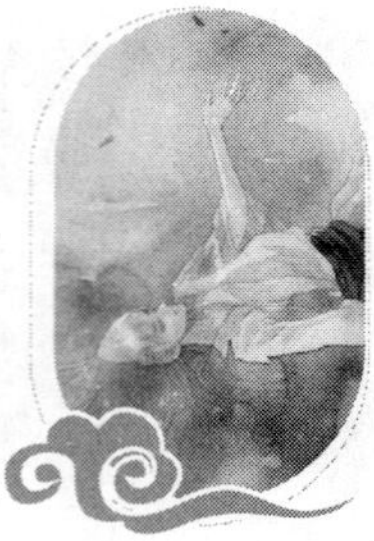

亲爱的未知乖乖：

干爹的文采保证比你爹妈高出三十个百分点！

如果不是看在你是我第一个干儿子或者干女儿的分上，干爹才不会出卖这么大的隐私呢！

小声说，干爹在不停男神榜上的排名已经超过你爸了！

作为这么一个玉树临风、人见人爱、爱生活又有情趣的优质男人，却光棍至今，小未知你也一定很好奇吧？毕竟你有一对那么八卦的父母，基因的强大不可蔑视。

好吧，干爹送给你的第一份礼物，就是这个天大的秘密。

你在小凳子上坐稳了哈，千万不要被吓得摔下来哟！

Chapter.0

我将全部光明，放入黑暗。

这不伟大，不神奇，不悲悯，

也不需被记住。

如果生命终将远走，我希望的是，

它的脚步尽可能安详、尊严，甚至喜悦，

留下的，比带走的多。

连最后的玫瑰，也不枯萎，飞鸟掠过时，依然歌唱。

许多人并不相信，

世上太多东西，纵然死亡，也无法带离，

如影随形。

Chapter.1 意外

天界，月老殿。

圆圆的月老捋着白胡子，汤圆似的来回踱了几个圈儿后，停在坐在桌子上的、愁云满脸的观时女仙面前，摇摇头："这事儿，不好办呐。"

一身彩衣、珠圆玉润的女仙顿时皱起眉毛鼻子，眼眶里瞬间转起泪珠："那可怎么办？遗失朱雀灯，非同小可，要是被天后知道，不止会被革除仙籍，说不定还会罚入凉英殿扫鸟粪……"她越想越紧张，"不不，不止这些，一定会被罚去人间做牛做马做猪狗，不满三世轮回不能回来！完了完了……"她跳下来，一把拽住月老的胳膊，眼泪鼻涕齐下："您老必须要帮我啊！"

“镇定一点成不成？好歹也做了千年神仙，哭哭啼啼成何体统！”月老苦恼地看着自己被弄得一塌糊涂的衣袖，“今天才换的新袍子！你给我洗干净！”

“我洗！一百件都洗！只要您能给我想到办法！”她干脆埋头往月老胳膊上狠狠蹭了蹭，抬头可怜巴巴地看着他。

“我去！”月老用力甩开她，跳到一米开外，“不许再靠近我！”

她又要哭了，咬着自己的衣袖道：“您要是不帮我，我就睡在月老殿不走了。还有你拾到金老的钱包却‘忘记’物归原主的事，我会提醒金老……”

“喂喂！够了啊！”月老赶紧跳上去捂住她的嘴，小心翼翼地看看四周，压低声音道，“你这妮子，把我们的友谊放到哪里去了？大不了帮你想办法就是！”

“一言为定！”她立刻破涕为笑。

“冤孽！”月老狠狠戳了戳她的脑袋，又是一声叹息，“你也是，朱雀灯这种神物，怎可轻易借给他人呢？尤其是九厥那个一生放浪不羁不靠谱的生物，你居然信了他?!”

“这个……”女仙顿时不知该如何解释，“他说要酿一种新酒，需要一口什么什么泉里的水，而那口沙漠里的泉早在十年前就枯竭了。我看他那么惆怅苦闷，就把朱雀灯借他一用。反正只是要逆回十年，我以为问题不大。且他保证三天之后必然归还，再说之前他也借过一次，有借有还，也没出什么岔子。所以这次……”

“上次没出事不代表这次不会！”月老瞪了她一眼，“你身为观时女仙，就是要守护天地中所有时间的正确与规律，朱雀灯虽只是一个能局部操纵时间的玩意儿，扭转宇宙这样的大事是干不出来，可一旦被胡乱利用，尤其是落到心术不正之人的手里，也会闹出大乱子的！”

“我一直很忠于职守的！”女仙揉着发红的眼睛，委屈道，“那些想方设法玩穿越的家伙们都被我阻拦并且训诫过了。你看，如今的人界，穿越已经变成一个只存在于小说里的行为了。这都是我的功劳呀！”

“我怎么听说大多数违反时间规则的‘穿越者’们，大多是你姐姐抓回来的？”月老哼了一声。

“千万不能跟我姐姐说！她要是知道了，我会死得更惨！”她一哆嗦，赶紧转了话题，“九厥那个死鬼已经失踪四天了！若他还在这个时间，我倒不怕，就怕他操作失误，被朱雀灯带去不知道的哪个时间，到时候人回不来，灯也回不来！”

月老捋了捋胡子，面色凝重起来：“我怕的，倒不是他回不来。”

“你怕的是……”她一愣。

“一直以来，你们观时女仙阻止人们违背时间的根本目的是什么？”

“过去的时间全部是既定的历史，亦是现在一切之源头，因果相承。如果有人违背时间，在历史上胡来，导致‘因’发生变化，那么如今的‘果’自然也会改变。”她的脸色也严峻起来，“我们禁止这种行为，就是为了杜绝一切有意或无意的，破坏‘现在’之安稳的可能。可是，九厥应该不会乱来的。”

“他就算不乱来，寻常的一个行为也可能导致现在的偏差。”月老叹气，“我们祈祷他被送回白垩纪吧，起码不会祸害人类。”

“您老忽略了一个问题。”她看着月老，“如果他回到的时间已经存在着过去的他，那么就有两种情况。一是他出现在过去的刹那，我们称之为‘回点’，如果恰好当时的他也在那个地方或者很近的地方，比如同一间屋子同一条街，那么两个不同时间的他会立刻重叠，现在这个他的一切记忆会消失，他的人生将从那个过去的时候重新开始，一天天走回现在。不过这种概率很小。另一种情况，如果错过了‘回点’的重叠，理论上，就会有两个九厥共存于同一个时间，然后各不相干地活到他逆回时间的那刻再‘重叠’起来。”

“这不挺好，反正他又不会老死，就让他老老实实重新活到现在不就能见到他了么。”月老挠挠鼻子，“不对啊，照你这种说法，回到过去的他应该已经回来了才对啊。”

“朱雀灯九百年才点亮一次，只有它点亮时，才具备逆回时间的法力。”女仙皱眉，低声道，“但你我都知道，上次它点亮时，那厮偷偷从灯里提取灵光储备起来，还送了一个非人类的孩子回到过去，听说，是他的徒弟。”

“呃……”月老转转眼珠，打着哈哈道，“好像是有这事儿。”

“这孩子可以从过去安安稳稳地活到现在以及未来。可是，他九厥不行。”女仙斩钉截铁道，“不论他是哪种情况，重叠还是并存，一旦时间过去，重新来到他逆回时间的那一刻时，他作为一个时间上的‘漏洞’，会连同朱雀灯一道被时间这个庞大系统立刻清除掉，不可能再回到这个节点之后了！”

“啊？”月老一惊。

“这就是朱雀灯的‘限制令’，所有在长生录上注了名的天神仙官，一旦擅用朱雀灯让自己逆回到过去，若出了岔子没能在‘适应期’内按时返回，就会连同那个过去的他一道消失在节点上。也就是说，九厥将成为一个从未存在过的人。所有认识他的人，对他的所有记忆也会同时被剔除。”

“适应期是啥？”月老一脸糊涂，苦恼地挠着头，“最讨厌讨论时间空间循环问题了，完全搞不懂啊！”

“朱雀灯的力量会带给这些逆回时间的天界中人七天‘适应期’，就是说，在我们这个时间的七天之内，他身上所带有的‘现在时间’跟那时的‘过去时间’还没有融合到一条时间轴上，他还有机会回到正确的时间。一旦错过，他就只能重走过时间，然后消失在节点，也就是前几天他使用朱雀灯的时候。”她认真道，“因为时间逆回所产生的不对称效应，我们这里的七天，在他回去的那个时间，大约能有十年时间。如果我们在七天之内带不回九厥，或者他在过去生活超过十年都没找到办法回来，就永远别想回来。逆回时间的危险性，我早跟他讲过的！这厮简直是拿生命在酿酒！”说罢，她懊恼地跺了两脚。

“这……还真是摊上大事了。”月老皱眉，原地转圈，“当务之急是确定那厮到底被朱雀灯带到了哪里。”

“我要是能联系上那个混蛋就不找你了！若是朱雀灯出了故障，我可以告诉他修理的方法呀！”她拽住月老，“别转了！您老想想，还有什么办法能联系到他？最坏的情况是，咱们只有三天时间了，如果那厮真的已经离开这个时间的话。”

“等等。”月老眨巴眨巴眼睛，“如果他回到过去的时间，那里有另一个他存在，同理，那个时候也有过去的我们存在啊！他如果稍微聪明些，完全可以去天界找过去的你修理朱雀灯啊！”

“有这么简单就好了。”她叹了口气，“他带走的朱雀灯属于现在的时间，过去的我是没有任何能力点亮它的。只有‘现在’的我们才能操作‘现在’的朱雀灯。同理，过去的朱雀灯也不可能将现在的九厥送回现在。”

“明白了。”月老失望地想了半晌，目光落到右侧那条朱红的走廊上。沿着它走下去，就是月老殿的核心——姻缘房所在，人界所有男女的姻缘，都在这泥偶对对、红线交缠的房间之中。

“既然事情危急，我也只好犯禁忌了。不过我不能保证这个方法是否有效。”他似是下了很大的决心，对女仙道，“你在这里等一等。”

说罢，他一溜小跑往姻缘房而去。

不过，他要去的，是与姻缘房相邻的——仙缘房。

在这间常年封闭，连他月老都只能三年进出一回的房间里，摆放的是长生录上注了名的所有天界诸神与仙官的泥偶。他的职责，是每隔三年进去一回，观测有哪个泥偶的左手尾指上生出了金色的细线，若有，便表示这位天界人士的姻缘已到，可呈报天帝天后批准婚配。仙缘房里的一切，从来属于高度机密，连月老座下的青鸟灵犀都不得进入。

站在仙缘房门口，月老犹豫了两秒钟，终还是念了咒语，双手推向那扇三年方可一开的门。

不多时，在原地焦急等待的观时女仙，耳畔突然传来月老惊惶的脚步与声音——

“出！大！事！了！”

Chapter.2 邂逅

这回出大事了吧?!

酿个酒而已，何必非要执着于一眼十年前的泉水呢，好水到处都是，昆仑山上也有啊，就算随便从超市买瓶矿泉水，也能酿，不是么?!

可现在说什么都晚了对吧，如果因为这次意外导致自己丢了性命，也算是因公殉职吧，不知道天界那帮老家伙会不会给他开个隆重的追悼会？那些仰慕自己的女仙们会哭死吧？还有不停里那帮混蛋，会难过到吃不下睡不着吧？每年七月半树妖会不会按时给自己烧纸烧美女呢?

这些日子，九厥只要一无聊，脑子里就会浮现出以上的自我对话。

雾蒙蒙的窗前，他端起并不太透亮的玻璃杯，金黄的啤酒上浮着淡淡一层泡沫，他每次只喝一小口，以喝红酒的习惯喝一杯啤酒，只能说明两点，要么人有问题，要么酒有问题——这实在是一杯糟糕的啤酒，以他的标准来说。不过，喝酒的人，他，以及四周那些小声交谈，谨慎吃喝的每一位客人，有更大的问题。

最近这一个月的时间，这间名叫“海伦”的酒馆是他最常在的地方，整个地区，除了这里，恐怕很难再找一个有酒，并能清净喝酒的地方。

远远地，又接连传来两三声枪响，不知在哪块积雪未消的地面与冰凉的灰墙上，又多出一块鲜红的颜色，以及至死都不知自己为何会死的人。

窗户变成拙劣的画框，两辆敞篷军车趾高气扬地闯进来，车上的军官们笑容满脸地谈论与讥讽着这个曾在两周之内便被他们攻陷的国家。街道两旁稀疏的行人小心翼翼地走过，视线僵硬到麻木，甚至不敢朝飞驰而过的军车看上一眼，手臂上佩戴的徽章比雪还白，刺眼到屈辱。

九厥转回头，目光落在酒馆角落里的钢琴上，看起来很不错的琴，积了一层薄灰。弹琴的人早已不在，酒馆老板说，那出身音乐世家的小伙真不错呀，长得好看，弹得好听，才二十出头，在街上走着走着，就死了。

走着走着，就死了——听起来很像冷笑话对不对？可这样的“冷笑话”，在这座城市里月月天天、时时刻刻都在发生。侵占了这里的“胜利者”们，杀人不需要理由。

九厥喝光他的啤酒，朝肥圆矮秃、穿上红衣裳就是圣诞老人的老板招了招手，这个老头马上颠颠儿地跑过来，礼貌地弯下身子，问这个来自遥远国度的客人有什么吩咐。

这年轻男人挺括的毛领灰色长大衣加同色系的西装，配一顶精致的呢帽，除了五官与肤色的差异，他看起来跟这里任何一个养尊处优的显贵都没有不同，纵然身处这朝不保夕的乱世，脸上却总挂着微笑与悠然。不过，就算这家伙从来不脱帽子，他也从帽檐投下的阴影中，看见那丝丝缕缕罕见的湖蓝色头发。真是个出色的男子，这个想法渐渐在他心里扎了根。加上九厥语言流利无比，举止优雅，出手又阔绰，他已然把他视为酒馆的上宾。而九厥给他的自我介绍是，一个来自古老国度的商人，祖上是酿酒师，名字么，就叫他卡普先生好了，就是杯子的那个“CUP”，惹得老板直说这个名字真少见。

“那天委托你的事儿，可有进展了？”九厥问他。

“有点麻烦呢。”老板为难地说，“我知道的这里最有名的几位机械师，都被带去限制区了。”

“一个都没剩下？”九厥皱眉。

老板摇头叹气，又道：“冒昧问一句，您要修理什么呢？汽车？还是别的机械？”

九厥笑笑：“一盏灯。”

“啊？”老板十分不解，“既然是灯，实在用不了的话，换个新的就好。我介绍你去隔壁街的灯具店，那儿的老板跟我熟，要什么灯有什么灯，还便宜。”

“谢了。我用惯这盏灯了。”九厥拍拍他的胳膊，“麻烦再来一杯。”

“好的，卡普先生。”

“等一下。”他叫住刚转身的老板，“今天几号了？”

老板想了想，肯定地说：“10 号。”

“谢谢。”

那，身为天界酿酒仙官的他，坐在一间酒馆里，跟一群活在过去的人一起喝酒，看相同的风景，走相同的路，感受相同的气氛。

这一点都不好玩。

朱雀灯太不给面子，就算出故障，好歹也把他带到个好些的地方吧，带来也就罢了，可为什么这盏破灯就再也点不亮了呢？他前两年送丁小错回古代去，从朱雀灯里偷拿了不少灵光储存起来，起码还可以用上三次，可一到这里，这盏灯就死也不亮了，凭他用了九牛二虎之力，也无法让灵光点亮那根看不见的灯芯。如今时间已过去一个多月，他已经堕落到每天晚上抱着朱雀灯聊天谈心加哀求或者威胁，可它还是坚决不亮。若不是一筹莫展，他也不会动找机械师来修修看的念头。照观时女仙对他的警告，如果十年之内他都不能点亮朱雀灯，那么未来就再没有九厥这个家伙了。如果他消失在过去，现在所有认识他的人对他的记忆也会彻底消失，好像他从来没有出现在他们的生命里一样。

幸好，他还有比较充足的时间。所以，不要惊慌，坐下来，喝喝酒，聊聊天，看一段别人想看都看不到的历史，另外，再研究研究那个女人……

这时，酒馆里那个年代久远的老式座钟内吐出一只木头的布谷鸟，响了三声。下午，3 点整。

挂在酒馆门框上的银铃清脆地响起，推开的玻璃门后走进一个身着黑色皮衣与同色马裤皮靴的小个子，头发全部塞进了宽大的帽子里，大大的黑色口罩套在小脸上，只露出一双黑色的丹凤眼，简单却妩媚，明亮又冰凉。

这是个女人，还是个不肯向外人透露丝毫与自己有关信息的女人，她每天都在这个时间，影子一样准时飘进来。当她走过身边时，你永远感觉不到一个人走过时会带出的微弱热量与气流。她的一切都很“轻”，走路很轻，坐下很轻，跟人说话也很轻，连身体都很“轻”，一阵风就能把她吹散在空气里似的。

今天跟往常一样，她轻轻走进来，目不斜视，只在经过九厥身边时微微皱了皱眉头，然后便坐到那个离钢琴最近的角落里。

“影小姐您好！”老板喊着她的名字，快步走到她面前，“今天还是一样？”

“嗯。谢谢。”被称为影小姐的她，微微朝他点点头，礼貌中藏着绝对的距离。

很快，一小杯红酒放到了她面前。

可是，她却只是坐在那里，用十分平静甚至平淡的眼神，一直注视着窗外。桌上的酒，一口也不动。

这也是她的习惯，点一杯从来不喝的红酒。

于是，她那一桌的风景与颜色，在想象力丰富的人眼中变成了一块寂静深沉的黑色土地，上头漂浮着一滴暗红的血——九厥每次都会从这位“影小姐”身上看到这样抽象又贴切的一幕。

她也是海伦酒馆的常客，资历比九厥还要老。老板跟他说过，影小姐大概从半年前开始就每天光顾酒馆，永远都是相同的装束，点相同的酒。除了礼貌性的寒暄，并不与人交谈，总是从下午 3 点坐到夕阳渐沉，永远在天未黑尽时踏着暮色离开。无人知晓影小姐是哪里人，也不知她作何营生，大家连她的完整面容都没有看到过，是美是丑、长发短发、本地人还是外国人，一概不知。影小姐是她的自称，这肯定不是她的真名，但非常贴切。

黑口罩遮住的，不仅仅是一张脸——去挖掘一个看起来就有故事的人，是不错的解闷方法，九厥很清楚，这个女人将会成为他在这个时间之中最大的乐趣。

他抿了一口浓烈的酒水，笑盈盈地朝隔了好几张桌子的她举了举杯子，当他认为这个女人也正好在看他的时候。

没记错的话，这是他第十七次在海伦酒馆看见她。今天之前，他们之间的交流，仅限于眼神。

今天，该说说话了。

他找侍应要来纸笔，写下一句——他乡遇故知。

然后，他让侍应把纸条交给她。

她瞄了一眼，拿过笔，写下——各行各路，勿扰。

看过递回的纸条，他“扑哧”一笑，又写——从未扰人，只被人扰，优质男，勿怕。

这次，她没有再回，直接撕掉了纸条，从丹凤眼里透出的有意无意的狠色，仿佛是在远远地警告他：若再放肆，这纸条就是他的下场。

他耸耸肩，不再跟她做任何交流，老老实实喝酒。

时间慢慢过去，酒馆里的客人陆续散去。这里是处于限制区之外的区域，能留在这里继续经营的少部分商家全部都是经过军队审核并且批准的人，比起所有被强制迁到限制区里的同行，他们走运太多。没了那群天生精于做生意的人来抢生意，他们应该感到高兴才是。可是，除了隔壁的隔壁经营服装的商人经常在他们的军队路过时会振臂高呼几声，这里的每一个店主与老板看起来都不够兴高采烈，每天都过得如履薄冰。

1 月，冷得把人的鼻子都要冻掉，冷清清的街道一到暮时，连一只活着的猫狗都看不到。

窗户上已是白茫茫一片，稀疏亮起的街灯把远去的她化成一道摇曳的影子。

他摸出一张钞票压在酒杯下，拿起大衣，不慌不忙地跟了出去。

真是冷啊，他走在一天中最后的光亮里，口鼻里呼出白气，搓着手，朝她消失的方向走去，两旁的树木光秃秃地举着自己的枝干，目送着这个本不该存在于这里的男人。

对，他确实是不该存在的人，她也不是。

该从何说起呢，久远到泛黄的记忆，穿过压下来的黑暗与零星落下的雪花，一幕一幕闪现……

Chapter.3 旧年

若没记错，那是刚刚一统天下的时候。

那天的天气算是最坏之中最好的一天，因为连下两天的雪停了，都城的冬天如果没有那一缕破雪而出的阳光，便冷得教人心寒了。

郊外的树林里，零落散着冻死的雀鸟与小兽，以及不是被冻死的人——覆在他们身上的积雪正在融化，露出一张张模糊难辨的脸，男女都有，几十具僵硬的身体堆叠在一起，手腕上都拴着相同的红色布条，布条上都绣了个“忠”字。

他听都城里的人说过，最近有一群自称“忠义军”的人，一直暗中与朝廷对抗。虽干了不少令朝廷头痛的事，可毕竟人少力薄，最终还是被朝廷派出的部队围剿殆尽。朝廷还下了命令，要这些被处死的“前朝余孽”们暴尸荒地，为野兽所食，敢为其收尸者，以同罪论处。

这样的事，也不是第一次发生了。活着的人连议论的勇气都没有，江山易主，要杀要留，全看新主的心情。

所以，他最讨厌这样的时段了，新旧两个朝代之间的夹缝期，永远少不了战争与屠戮，每到这个时候，找一方好水就变成难事，处处飘散着血腥之气，不管凡人们闻不闻得到，他九厥是一定闻得到的。这种让人厌恶的味道，会渗透到每一寸山水里。

他为什么来这里呢？哦，好像也是为了寻一种酿酒的水，一条隐匿在都城之外的暗溪。熟悉他的人都知道，他对酿酒的原料是挑剔到苛刻的，在他眼里，不同地域的水，不同季节的水，不同类型的水，都是能否酿出一杯好酒的关键。既然做了酿酒仙官，便要对自己的身份负责。

可是，暗溪没找到。即便找到，怕也不能用了。

他站在不远处，叹息着看那一堆丢失了生命的男女。凡人都讲入土为安，这群壮志未酬身先死的人，不论他们做的事是否值得称颂，起码，也是为理想奋斗过了，这样的人，不该走得这么不体面。

他只是天界的仙官，人间一切劫数自有因缘，他不能扭转什么。但是，他不惧怕任何一个时代的“朝廷”，也不怕被“同罪”，纵然是一只饿死的兔子，也不该在生命的尽头被恶劣地糟践。

埋了他们吧，他还有这个能力。

冬季的白天太短，当他做出这个决定时，天边已经只剩一缕线一样狭窄的白光。

暮色里的野地，怪异的石头，枯干的老树，一切都变得张牙舞爪。

两对绿森森的眼睛，忽闪忽闪地从各种形状的阴影中逼近。

这里当然是没有狼的，来的，是比狼更凶狠贪婪，专以腐肉为食的“野狰”。这个长了两个脑袋、四条尾巴、五个爪子的妖兽，永远循着屠戮的味道而来。它们数量不多，但生命极长，最喜乱世，只要人类互相残杀，它们的食物就源源不绝。

看来，今天真是运气不佳，对付这种凶狠且行动迅速的妖兽虽然不是太大的问题，可他实在不喜欢这些家伙身上的气味，三尺之内就能熏死他吧。

就在他片刻的踌躇里，野狰已经与一个不知几时钻出来的人扭打在了一起。

他吃了一惊。这个人物的出场，完全就像是一片突然飘过来的影子，轻巧到没有一点动静。

他睁大眼睛，努力地看。

通常来说，这种来无影去无踪的不速之客都是不世出的高手，对付一只并不聪明的妖兽不会太难。他甚至庆幸不用自己出手了。

可他很快失望了，这一位显然不是打架的高手，不但没有一击即中，反而数次被野狰的利爪摁在地上，若不是躲得快，半边脑袋就没有了。

等等，好像不止来了一个人？那棵长成一只怪掌般的树下，怎么还有一个？

小小的娃娃，裹在夜色一样黑的小袄里。

带孩子来这种地方，不是正常人能干的事！而且，情况越来越不对，野狰也不算太蠢，起码它已经改变了战略，不再把大人作为攻击对象，转而向那个小娃娃下手了。

两三个回合下来，大人显然不是个成功的保护者，野狰只要再努力一把，娃娃肉就是开胃餐。

惊惶的啼哭在黑夜里越来越响亮，一大一小两个人不断后退，直退到没有退路，野狰巨大的身影投在他们背后的巨石之上。

能怎样呢，憋住呼吸吧，争取在换气之前收拾完毕。

他深吸了一口气，总是懒懒散散的身体骤然化作一道快过闪电的影子。

结果令人满意，在他快憋死之前，被一脚踢伤了眼睛的野狰惨叫着，夹着尾巴逃离。

停在那一大一小两个呆瓜面前，他一手用力扇风，一手捂住鼻子，小心翼翼地从指缝里呼吸还藏着野狰体臭的空气。月光下的湖蓝长发略略有点乱，却因此更像一片蜿蜒而下的海水，成为这块野地里唯一不让人绝望的颜色。

“眼睛是野狰的弱点，打别的地方没用。”他看着那个狼狈不堪，身上的黑衣被撕烂了三分之一的男子，“另外，我不认为这是一个适合孩子来的地方。”

“谢了。”男子并不老，也不难看，没刮干净的胡茬儿让他显得沧桑而已，他站起身，朝救命恩人抱拳道。

身边的娃娃是个五岁上下的女童，一身黑色小袄，眼珠乌黑溜圆，小脸秀气白嫩，头上一边绾一个圆髻，只可惜没绾得很好，一边高一边矮，好笑得很。受到惊吓的她依然满脸泪水，没了危险，反而比刚才哭得更猛。

“乖！别哭了，爹在这儿呢！”男人赶紧蹲下来，把女娃抱进怀里，笨拙地安慰着，“你看，怪兽已经走了呢！它不敢吃你的！”

似乎没有什么用处，女娃继续哇哇大哭，抽泣着喊：“好黑！阿爹我怕！我们走！”

“乖，我们还有工作要做呢，做完才能走！”男人为难地摸着女儿的脑袋。

“这里看不到蓝蓝，我怕！”女娃用力扯着父亲的袖子，委屈万分，“我要看蓝蓝，不要在这里！”

“不可胡闹！”男人突然严厉起来，用力摁住女儿的肩膀，“这是我们必须要来的地方，你长大之后，也是一样的。怎么能老是这么怕黑呢！”

女娃瘪起了嘴，酝酿半秒之后，更大声地哭了出来。

“你再哭，爹就不要你了！”男人站起来，做出要走的样子。

“不要！”女娃一把抱住他的腿，想憋住哭又憋不住。

他摇摇头，走上前：“孩子不是这样教的。”

“我……”男人的千言万语，最后只化成一声，“唉！”

“令千金说的‘蓝蓝’，是什么？”他问。

“她管蓝天叫蓝蓝。”男人有些不好意思地回答，“这孩子，总是不好好说话。”

他笑笑，蹲下来，抹去女娃脸上的眼泪，问她：“你喜欢蓝蓝？”

女娃看着他的笑脸，怯怯地点头。

“为什么呀？”他笑问。

“亮亮的，好看。”女娃的哭泣渐渐止住，颇为天真地抬起小手，指着他的头发，“大哥哥的头，蓝蓝的！”

他撩起一缕头发，问她：“大哥哥的头发像蓝蓝？”

“唔！”女娃用力点头，眼中的恐惧渐渐弱去。

“看到蓝蓝就不害怕了么？”他瞪大了眼睛，故意把自己扮成一个老天真。

“不怕！”她更用力点头。

“那，大哥哥如果送你一个蓝蓝的话，你能保证以后都不怕黑吗？”他认真问她。

“好！”她一下子欢欣起来。

他举起左手，从食指上褪下一枚镶着海蓝宝石的银戒指，举到她面前，对着月光，清寒的光线透过宝石，一片微小的蓝天便呈现在他的指间，由下往上看去，仿佛真的在深夜里揭出一块击碎了黑暗的蓝色天空。

“好好看！”她高兴地拍起手来。

“这个是大哥哥的蓝蓝，是很辛苦才找回来的宝贝。大哥哥把蓝天缩小了装在里头，现在送给你，以后，你就可以随时随地看到啦。”他开始信口胡诌了，明明是跟月老赌骰子时赢来的战利品而已，觉得这戒指好看，又颇衬自己的头发与肤色，这才戴在手上玩玩儿，如今拿来哄孩子也不错呢。

“送给我？”女娃惊喜地指着自己，但马上又看向自己的父亲，试探着问，“爹……可以要么？”

男人有些为难地看着他，说：“这如何使得，这枚戒指一看便价值不菲，先生已救了我父女性命，如今还要送这般珍贵之物给小女，受之有愧，这……”

“拿好了哦，以后你要代替我好好照顾它了。”他都不等对方说完，直接把戒指塞到了女娃手里，笑盈盈地捏捏她冰凉的小脸，“还有，不管遇到多可怕的事，不要哭，要笑，这样才更容易赢。”

“哦……”女娃抓宝贝似的攥着戒指，似懂非懂地点点头。

他满意地站起身，朝那个并不太懂照顾女儿的父亲拱手道：“就此别过，万事小心。”

“先生留步！”男人走快两步拦住他，“救命之恩，当涌泉相报，未请教先生大名，来自何方？”

他笑笑，指指自己，再指指他，斜过身子小声道：“既然都不是人类，就不要来那么多人界的繁文缛节了。举手之劳，报什么恩哪。你若执意如此，请我喝一壶酒便好。我来这里不久，还不知哪里有好酒呢。”

父亲，连同女儿，那一身的妖气，哪里能瞒过他。不过，世间妖物千种万类，还真不知他们是哪一种，只觉他们身上的气味与寻常妖物并不相似，浅浅淡淡，若有若无，仿若跟在身后的影子，毫无动静，却生死相随。

闻言，男子先是一怔，旋即面露喜色，忙道：“这好说！我知道一处隐于深巷之中的酒坊，名气不大，酒却是一等的。不过……”说着，他的脸色又沉下来：“要等我做完该做的工作，才好带先生去。”

“你的工作是？”他好奇地问。

男人皱了皱眉，欲言又止。

“不想说就不必说。”他笑着拍拍他的肩膀，“我随意问问罢了。”

“他们……”男人吸了口气，抬起手，指着前方那些失去生命的躯体，“就是我的工作。”

他面露不解。

“先生是有慧眼之人，就不瞒先生了。”男人转回头，正色道，“我们是‘影’，由世间万物的影子中修炼出的妖。世代以殓葬为业。”

“‘影’我倒是听说过，只是不知你们竟以此为业。”他看着那些无人收殓的尸骨，“需要帮忙么？”

“谢了，我自会处理，先生不妨先回住处等候，待我做完该做之事，再请先生畅饮三百杯。”男人拱手道，“不知先生尊姓大名，落脚处是……”

“也好，就不打扰你做正事了。我暂住城南五福客栈，叫我九厥便是。”他又看看那低头玩耍戒指的女娃，“你做事时，需要我暂时代为照顾令千金么？”

“也不必了。”男人看了看女儿，“她早晚也要做相同的事，总得从现在开始学习。”

他微微一怔，旋即点点头，上前摸了摸女娃的头：“记住大哥哥的话，以后不论多害怕，都不要哭。”

“要笑嘛，我知道！”小丫头露出属于孩童的天真伶俐，举起小手里的戒指，“有蓝蓝我就不怕了！可是……”她说着说着，又苦恼地噘起小嘴。

“怎么啦？”

她把戒指套在自己的手指上，担忧地说：“好大，不能戴，会丢呢。”

他被她逗笑了，说：“就算你长成大姑娘，这只戒指你恐怕也戴不了呢。”说罢，他摸出自己的荷包，抽下系在上头的一条五色丝绦，拿过戒指穿过去，打个结，然后认认真真挂到她的脖子上。

“这样就不会丢了。”他笑道。

“嗯！”小丫头的眼睛笑成了两弯月牙，捏着变成吊坠的戒指，欢喜得不得了。

男人默默注视着这一切，诚挚地对他说：“小女许久没有这么高兴过。先生心怀善念，将来必得良报。”

“我不过见孩子可爱，逗她一笑罢了，不值记挂。”他站起身，朝男人笑笑，“告辞。”

又开始下雪了，比之前更密集的雪花在呼啸的北风中铺向黑夜里每个角落，几十名逝者很快被重新埋进雪中，葬身之处已成一座白生生的小山。

“小山”下的人，连名字都成了秘密。也许，远在他乡的父母妻儿连他们的死亡都不知道。

可怜无定河边骨，犹是春闺梦里人……

他慢慢离开这片装载了太多罪孽与遗憾的地方，走着走着，又停下，回头看去。远远地，男人牵着女儿的手，站在那座“小山”旁边，一大一小两个家伙，变成了黑色的剪影，仍在目送他，小丫头好像还在朝自己用力挥手。

真是一对极有礼貌的妖怪父女。他这样想着，走出了野地。

这就是他们的第一次见面，也是最后一次了。

他在五福客栈等了两天，只等来了某酒坊的小二，以及他用驴车拉来的，整整十大坛酒，倒三百杯绰绰有余。

小二说，有人已经付了钱，嘱咐他们将酒送来这里，交给一位叫九厥的，湖蓝色头发的客官。

于是，他给那个妖怪的优点标签又多了一张——守信。

他乐呵呵地笑纳了这份礼物，自己喝掉了一半，另一半，大方地送给了客栈里的每一个人。对于所有风尘仆仆的旅人，没有什么比一杯好酒更安慰。

离开都城那天，晴空万里，天空蓝成了一块找不出杂质的宝石。他骑在一匹慢吞吞的白马上，顺风而行的尴尬是头发老是被吹到前头，缭乱了视线。

他捋开凌乱的发丝，眼前浮现出那个小丫头的笑脸，真是个容易满足的孩子。不过，“影”这种妖物本就罕见，行踪更是隐匿，应该不会再见了吧。

不知那一板一眼的父亲会带着她去哪里呢？她还这么小，应该是面对父母宠爱与糖果玩具的年纪，却要从一场一场的死亡里开始“学习”。即便是妖物的孩子，也难免令人唏嘘。

他摇摇头，掏出酒壶灌了一大口。罢了罢了，萍水相逢，何必多想，那只戒指若能让这丫头的童年得一丝安稳，也算物尽其用，不枉月老割爱了。

出城之时，他突然掉转马头，往那片野地而去。

雪早就融尽了，曾经堆满尸体的空地上，如今只剩一片平整的泥地，干净并且安静，仿佛这里从来没有发生过任何与“罪恶”有关的事。四周的树木怪石也没有那个夜晚看起来那么狰狞，蓝天下的它们变得忠厚甚至憨直，不具备任何危险性。

他终于理解那个孩子为什么对“蓝蓝”那么在意了，蓝天与光明下的一切，比充斥着怪兽与死亡的夜晚好太多了。何况他们是影妖，对影子而言，光源是赖以生存的条件，对黑暗的恐惧或许是一种天性。

他下了马，站在那片泥地的边缘。

那个家伙，是如何将那么多人埋葬的呢？还是，他根本就不是用寻常人所知道的方法，做完了他的“工作”？

咦，那是什么？他的目光落在泥地中央一块不惹眼的椭圆黑石之上。上前细看，这锅盖大小的石头上，有人用刀子以并不熟练，甚至很生硬的笔法，刻了两句诗——

野火烧不尽，春风吹又生。

他笑笑，是那个妖怪留下的墓碑吧。字虽不好看，诗句也选得平淡，但，还有什么比这两句更适合做那些人的墓志铭呢?!

他试着搬了搬这块石头，岿然不动，好像在地里扎了根。然后，他放了心，将酒壶里的酒悉数倒在了这块隐蔽的“墓碑”上，对着那些再也听不到的人说了声“走好”，便返身上马，朝另一个方向奔驰而去。

数年后，当他再次路过这片野地时，发现此处已满目疮痍，树木被砍成枯桩，碎裂的石头上还残留着火烧的焦痕，似乎有人在这里发过很大的脾气。可奇怪的是，偏偏就是中间那一大块泥地不枯不焦，还生出了一片密集的野草，青翠欲滴，生机勃勃。

附近的樵夫说，这块地方邪门，野草从来不枯。多年前朝廷曾派了军队在这里处死过一批人犯，并且不准为其收尸，可几天之后，所有尸体都消失了。负责处死人犯的官听闻此事后，勃然大怒，派大队人马把附近搜查个遍，还把行刑地掘地三尺，可连根头发都没发现。还有那块刻了字的石头，不论他们叫多少人来搬来砸，都动不了它分毫。恼怒之下，大官下令放火焚烧，大火燃了三天，把这一片山地搞得寸草不生。但翌年春天，这块泥地上竟长出了这样的野草，比哪里都丰茂翠绿。这事一传出去，自然又给这里带来一场灾难，一队人马又被派来，又铲又烧，直到寸草不见才回去复命。谁知没过几天，地上的野草又冒出来，甚至比之前还要茂盛。那当官的不信邪，又派人铲除，还是徒劳。如是反复几次，所有人都说此处邪门，若再有不敬，恐有大祸。那当官的也没见过这样的异事，加上当年杀人无数，难免心虚，也就从此作罢，再未派人来施暴。这片野草也就这样存活了下来，无分四季，长青不萎。也有知晓当年那场屠杀的百姓偷偷说，是那些抵抗外族的义士们的英灵还在这里，这些野草就是他们的化身，他们一直在等故土重兴的一天。

他耐心听樵夫神情夸张地说完了这桩“奇事”，什么都没说，依然还是像多年前那样，往这块被夸张的土地上倒了一壶酒。

然后，他再也没有回过这里。

很多很多年后，江山终是回到了本族的人手里。听说，皇帝还下令封赏了一批当年为保江山而牺牲的义士，为他们修了祠堂，还亲自去拜祭英灵。

开国的皇帝是真心感念逝者，还是为了在民众面前博一个有情有义的好名声，他是懒得去探究的，他偶尔会想的，是那片地里的野草应该长得比往年更欢快了吧？

就是不知道那个妖怪爹是不是依然那么沧桑刻板，是不是依然不擅长照顾女儿，至于那个小丫头，如今已经不需要她爹替她梳头发了吧。一想到她那一高一矮的烧饼发髻，他就忍不住要笑出来。

他是个记性不太好的人，除了酿酒，什么都不太关注，至今还能记得这对父女，他自己都觉得是一个奇特的意外。

他想，若能再见面，他一定会仔仔细细研究一下这些“影”。关于他们的事，记载太少，说“影”是妖物中最低调神秘的一种亦不为过。

但，他的直觉又在说，再见面的机会，应该是没有了。

Chapter.4 跟踪

世界上有一句名言是——永远不要相信男人的直觉，除非你想找死。

这话好像是那只树妖说的吧？每当她的夫君以“我的直觉告诉我”这个句式开头时，就会立刻被她狠狠剥夺话语权。不知他们现在如何了？有没有想念他呢？不对，那群家伙一定会对自己的遭遇幸灾乐祸的吧?！树妖不止一次说过，希望老天把所有来她店里白吃白喝不给钱的家伙都带到地狱里的地狱去……他好像从来没有给过钱吧?！这个，算是应验了么？女人的诅咒真可怕！

啊咧，好像想岔了呢。

深重的夜色里，寒风从所有能钻的缝隙里钻进来，九厥缩起脖子，继续不远不近地跟着前面那个影子般的家伙。

她的步伐很快，并且总是尽量挑有光的地方走。可是，这个时段的城市，“光”是稀缺物品。所以，她的每个动作都显得特别谨慎与精准，不浪费任何一点点可能的光线。

莫非，有人至今还没克服怕黑的毛病？

她一直往前，拐进一条小街，径直走入一间卖杂货的商店，不多时便抱着一纸盒东西走出来，左转，直走。

来这里一个多月，把这里的大路小道都走个遍，是无聊之人的另一种消遣。如果这座城市没有随时会响起的枪声，也没有随时会死去的人，九厥会很有兴趣多逛几圈。

时间又过去半小时，他越来越肯定，那个女人要去的方向是被隔绝出来的 B 区——专门圈禁对军队来说“毫无用处”的平民，多是一些老人妇孺与病弱之流。如果白天从那一圈圈冰凉的铁丝网前经过，很容易会看到一辆又一辆装满老弱病残乘客的大车飞快驶出限制区。

离开的人，再也没有回到这里。

远远地，几声嚣张的犬吠穿过寒冷的空气，回荡在限制区出入口亮一整夜的探照灯手术刀般的光亮中，谁越界，谁死。

她还在往前，却在离限制区还有十几米的地方拐了弯。

逼仄的小路笔直地躺在他眼前，两旁那些曾经住满人的旧楼早已人去楼空，比任何时候都破败。胆小的人经过，定会担心突然从哪一扇黑洞洞的窗户里跳出一只恶鬼，咬住无辜者不放。

可她依然保持着平稳且迅速的步伐，熟门熟路地走向中间那座灰白色的小楼，门口的路灯只剩下锈迹斑驳的铁架子，弯曲着身子，像个诡异恭迎的仆人。

她的住处？

他正要加快几步，却又突然停在原地，并迅速躲到身边的枯树后。

视线里，骤然多了一个人。

个头比她还瘦弱的棕发少年，穿着单薄的灰格子外衣，戴一顶破旧的鸭舌帽，从小楼外头的阴暗处跳出来，仿佛一只受惊但又要拼死一搏的猫，一把抓住了她的胳膊。

她显然在想惊呼之前控制住了情绪，看清来者的脸后，她迅速朝左右看了看，一把将少年拽进了门里。

“不要命了？”门后的她狠狠地瞪着少年。

“希尔娜的妈妈被抓走了！”少年带着哭腔，用力拉着她的手，好像那是唯一的救命稻草，“影，你帮我们把她找回来！我知道，只有你有办法去到那里面！你是上天派来的神！”

“奥斯，还记得那天，我在教堂跟你们说的话吗？”她的眼神渐渐平静，没有怒气也没有诧异。

奥斯迟疑着点点头：“三年半之内，都不能离开密室。”

“所以，”她用力拉下他冰一样的手，转身，“这是你们自己记性不好造成的事故，我帮不了你。回去吧，愿你们的主保佑你不要在回去的路上被军队发现。”

“影！”奥斯“扑通”一声跪下来，死死抱住她的腿，大眼睛里绝望与希望并存，复杂成一种极度的悲伤，仿佛一放手，他就会灰飞烟灭。

“放！手！”她不回头，不心软，双眸冷过外头的冰天雪地。

“希尔娜才两岁！她出生前就没了父亲，再没有了母亲，她活不了的！”奥斯一直苍白的脸因为拼命而涨得通红，“当初你救了我们所有人，为什么现在不能再帮我们一次呢！”

她看着脚下这个走投无路的少年，眼神里没有透露出任何怜悯：“我没有任何意愿救你们，当初或者现在，都是。你不要误会。”

“那半年前你为什么要替我们引开军队？为什么要在密室的大门上画下奇怪的符号？为什么要给我们送来那么多食物与水？为什么要嘱咐我们三年半之内不要离开密室？如果不是你，教堂里所有的人都不会活下来！”奥斯坚决地说，把她抱得更紧，“别扔下我们。”

“我只是喜欢那座教堂，不想它被血弄脏罢了。”她深吸了口气，突然弯腰，一手扣住奥斯的肩膀，毫不留情地一捏。突来的剧痛与酸麻迫使他松开了手，紧跟着，又被一脚踢在心口上，整个人重重仰倒在地。

“影……”不过十三四岁的少年显然被吓呆了，捂着心口，凝在地上，呆呆看着这根想象中的“救命稻草”。

“你记住，我只处理死人，活人不是我的工作。”她冷冷地背过身去，“我数十声，回头时你若还在这里，我就直接把你扔去限制区。”

她慢慢地数，十声之后回过头，奥斯不见了，却多了个朝她微笑的高大男人。

“下手那么重，那孩子一定被你吓死了。”九厥拿下帽子，一脸戏谑地朝她行了个脱帽礼。

刹那的惊惶从她眼中闪过，但只是刹那。

“是我表达不清，还是阁下不识乡音？”她转过身，满眼敌意。他太高，她太矮，要抬起头才能直视他的眼睛。第一次正式的对峙，气势上便占了劣势。

“能在这儿重遇故人，我是真心高兴，你又何必防贼似的防我。”他笑笑，环顾四周。阴暗的光线中，高级石材铺成的地面还有些光芒，大堂里残留的摆设依然考究，前头一圈白色的雕花楼梯旋转而上，如果倒退数年，说这里是个小豪宅也不过分，可惜，现在却只是一个没有尸体的空坟。

她冷冷看着他，横抱双臂，不搭话。

“你住在这里？”他仰头，楼梯转角处的小窗上，一束雪亮的灯光毫无礼貌地划过去，探照灯的范围，不幸囊括了这里。一闪而逝的光线拂过他的头顶，点亮那一片湖蓝色的发丝，虽然只是刹那，却像许多年前那个暗夜一般，专属于他的这片蓝成了四周唯一不让人颓丧的颜色。

她愣了愣，还是不答话，被努力控制的双眼刻意要将他看成另一个次元的生物。

“最危险的地方最安全，不错不错，显然是没白看小说哪。”他收回目光，朝她眨眨眼。

她皱眉。

“别紧张。我们也算‘同乡’了，不但来自同一个国家，而且……”他露出胜利者的笑容，上前几步，站在离她分毫之远的地方，近距离望着她黑如深潭的眼睛，“亦来自同一个时间。”

心中如有闪电掠过，却被她在须臾间按捺下去，她仰起头，漠然地看着他的脸。

“所以，我们完全可以更亲密一些。”他把他们之间的距离，又拉近了一分。

咚！

一记毫不留情的重拳，流星闪电般砸向他那张自以为魅力无边的脸，正中鼻梁。

“我不认识你，对你的来历也毫无兴趣。”她放下发红的拳头，“十声之后，你不滚，遭殃的就不止你的鼻子。言出必行。”

九厥一手捂住鲜血长流的鼻子，一手朝她竖起大拇指，瓮声瓮气地笑：“第一个把我揍出鼻血的女人，恭喜你。”

“滚。”她俯身拾起放在一旁的纸盒，“这里不是你待的地方。”

几只蜡烛，从纸盒的缺口处落下来，摔成两半，她小心捡起来放回去，全程看都不看他一眼，嘴里只是慢慢数着：“一，二，三……”

“别这么严肃好吧？你知道我不是怪叔叔！”他见她不似玩笑，不顾还在流血的鼻子，跳到她面前道，“同道中人，相互扶持才是王道！”

“五，六，七……”

“好好，那起码互通一下姓名吧，留个电话也是可以的！”

“八，九……”

九厥“嗖”一下不见了。

听到大门关闭的声音，她才像一只解除警戒的野兽，整个人松懈下来，长长吐出一口气，抱着蜡烛轻轻上了楼。

三楼最后一间房，是她在这里的“家”，早被断了电，比外头暖不了多少。除了一屋落满灰尘的家具，以及处处可见的来不及收拾的衣服杂物照片之外，就只有规律扫过窗户的灯光了。

她的床就是一张薄薄的毯子，铺在窗户下某个隐蔽的位置，躺在那里，既可以整晚接近灯光，又不会被外面发现。尽管这个光源并不惹人喜爱，可是，她需要它。

最近，蜡烛也越来越难买到了，不知道还能这样支持多久呢？

她走进浴室，这是这间房子里唯一一个完全密闭的空间。

灰白的浴缸里没有水，只有一摊又一摊融化的白蜡。

她将盒子里的蜡烛取了五根出来，点燃，小心翼翼地立到浴缸里，很快，她眼前燃起一个温暖的小世界。

她侧身坐在浴缸的边缘，伸出手摘下帽子与口罩。

乌亮如缎的及耳短发丝丝垂下，一张素净娟秀脸庞亮在微微跳跃的光线里，乍一看，并不明艳过人，可偏偏能吸住你的视线让你再多看几眼。于是才发现，这一副眉眼鼻口倒像哪个行笔潇洒细致的画者，拿最细的描笔，用最足的心思，花最长的时间，在清秀与艳丽、青莲与牡丹之间找到一个绝妙的平衡点，由此而成就的一幅佳作。这般模样的女子，连美丽都是细水长流，不给太多惊喜，自然不会有更多失望。她的模样，需要“品”，而不是“看”。

可惜，此刻的她却变成一幅刚刚画完、还没有上色的作品，脸与唇都白得过分了，失了颜色的她，更浓地散出一股与低温及死亡有关的气味。

她将身子放低，尽可能靠近烛光，本能地深呼吸着。

片刻之后，稍许恢复了些血色的她，从兜里摸出一部手机，开机，屏幕亮起，一对男女的合影跃入眼中。她目不转睛地看了一小会儿，皱皱眉，果断关了机。

几个钟头后，蜡烛只剩一小截。

她站起身，怔怔看着生命走向末途的它们，半晌，她抬起左手，取下那只偏大的皮手套。一只蓝光潋滟的戒指圈在她的食指上，戒圈似乎是太大了，被她用红线缠了一圈又一圈，才勉强套上不至于滑落。

不论在多么暗淡的光线里，这枚嵌着海蓝宝石的戒指，都不曾让她失望过，只要看到它，就看到了蓝得让人醉心的天空，仿佛有人从这片挂在苍穹之中的蓝色里采来无限的光，永久存放在这方小小的石头里，与它对视久了，一切都温柔起来。

她神色复杂地凝视着这枚戒指。

窗外，传来汽车飞驰而过的声音，伴着一阵嘈杂。

她从失神中醒转过来，走出浴室，将剩下的蜡烛小心收到梳妆台的抽屉里。

走到窗前，她隐在左侧的落地窗帘后朝外看去，好几辆载满了人的大车在一辆敞篷军车的带领下，飞快地从限制区里开了出来，方向，毫无疑问是火车站。

总是这样的，不分时间，只要“上头”一个心血来潮的命令，就有一车又一车的人从限制区里被载往火车站，牲口般塞进用栅栏封死的车厢里，在轰鸣声中奔向远方。

这列火车，是死神的座驾，有去无回。

她坐到自己的“床”上，从贴身的衣兜里，摸出一个白色半透明的琉璃小瓶来。一颗绿豆般大小的光团，萤火虫似的在琉璃瓶底闪闪烁烁，虽然小，却是两种颜色，中间一点赤金，被一圈明透的蓝包裹住，明亮又温暖，美好得仿若天空与阳光的完美组合。

琉璃瓶里的光芒，跳跃在她的眸子里，她看了许久，垂在身侧的左手渐渐握成了拳头……

Chapter.5 夜潜

这几天太冷了，阿尔曼站在住所的阳台上往下看，凌晨的限制区，除了巡逻的士兵与断断续续的雪花，四下俱寂，人影稀疏。也就在黑暗里，这里反而才像一块有“人”气的地方，如今，只要是听不到枪声、看不见尸体的地方，就是人间。

人造的死神，把白昼变成了它们的狩猎场，在危险缝隙中挣扎生存的人，只在死神们沉睡的片刻，才有短暂的平静与安稳。

真是不幸，他也是这些“人造死神”里的一员。被派往这里这一年来，他没有像他的同伴那样嬉笑着拿活人做靶子，准确说，没有一个平民死在他的枪口下。可是，他亲手签署过无数张将许多人送往“地狱”的文件。他杀人，连枪都不用。

跟随他多年的酒壶已经空了，还捏在左手上，这是父亲留给他的遗物。老头跟他说，酒，将是他在世上唯一的好朋友。这个酒壶跟随着父亲经过了无数场战争，最后，陪着少了一条胳膊的他退役，回到家里。父亲把这个送给了儿子，再把儿子送上了跟自己一模一样的路，次年，一身伤病的他在睡梦中停止了呼吸。那年，他十五岁。

阿尔曼入伍的理由就是这么简单，父亲是军人，爷爷是军人，不是他选择未来，是未来已经选好了他。

此刻，陪伴他的除了左手上的酒壶，还有右手上的一封电报，如果那不是一张柔软的纸，恐怕早已被他捏得碎尸万段。

发来电报的人，是他的妻子，或许很快就会变成前妻。

他也是枪林弹雨里过来的人，看过这世界最丑最残忍的一面，他一直以理智与睿智称赞着自己，可是，他看不懂站在这封电报之后的，那个决绝的女人。从一年前开始，没有任何征兆与理由，她开始吵闹，开始抱怨，埋怨他总是不在身边，埋怨他没有尽到一个父亲的责任，埋怨他连她的生日都忘记，所有不能被称为导火索的小事，全部变成了导火索，在他们夫妇之间开辟出了另一个战场。

他解释，安抚，诚实讲各种迫不得已，他何尝不想早日回到自己的国、自己的家，可是，军令如山。但她完全不接受，依然执拗地判定，他们应该分道扬镳。

他很不明白，难道以前在自己耳畔一字一句说“要以生命来爱你”的，在他患上重病时衣不解带彻夜照顾的，在生下儿子之后抱着他们父子俩哭着说自己很幸福的，他的妻子，是另外一个人？

电报里的内容，字字都在往他的心脏上捅刀子。

这女人不但不要他了，连儿子也不要了。

令人焦躁的事不止这一件，从半年前开始，在限制区外发生了一系列怪事。众所周知，街头随时会有被军队“临时处决”的“有罪的平民”，有时候是一个，有时候是十几个，负责善后处理的部门通常会在事发后几个小时赶到并运走尸体，有时也会因为“工作量”

太大，会拖延到翌日才处理，于是，怪事就发生在这里了——不论死者是在何时被处决，但凡出现在夜里，并且没有被及时运走的尸体，在相关人员赶到时，全部消失不见。至今为止，类似事件已发生了不下二十起，始作俑者仍然逍遥法外。

渐渐地，各种猜测在当地人与军队内部传开。当地人说，这是神力，神不忍他的孩子连死亡也得不到尊重，是他把尸体带去了天堂；军队内部说，这是当地平民的诡计，那些躲过搜索的漏网之鱼，趁夜出来将同伙的尸体偷走了；更有人说，他们是杀不死的，这些死去的人会复活，继续抗争，直到将魔鬼送入地狱。

做出第三种猜测的，是限制区里的一个疯疯癫癫的老头，当然，他被立即枪决。

这件事自然受到了上头的重视，上头下令一定要抓到凶手。从那之后，他们设了一次又一次的“局”，比如故意不处理死者，派人彻夜躲在暗处监视，一旦有人靠近，马上扣押。可即便是这样，怪事居然还是继续发生。派去的人说，明明是死死盯住四周，可近在眼前的尸体居然还是不翼而飞。有人回忆说，似乎在监视的过程里，眼前曾经黑了黑，就像突然停电时的感觉，可那不过几秒钟时间，试问谁有本事在这么短的时间内悄无声息带走死者?!

怪事依然在发生，当事者的描述对解决问题没有任何帮助，反而令上头将一切都归咎为他们的“无能”。虽然他并不想把这些事件冠以任何与鬼神有关的“神秘事件”，并且下令不准任何人对此有任何无聊的讨论与渲染，可是，又该用什么理由来解释那些死去的人会莫名其妙地消失?

莫非，神真的显灵？如果是这样，他不是更应该拯救那些还活着的“孩子”们吗?!

每每想到这里，他总会自嘲般地笑笑，不知是在笑这种想法本身的可笑，还是在嘲笑产生这种想法的自己。

一阵寒风扑来，就在这时，一声枪响震碎了所有的平静，连他都惊了惊。

所有杂乱的脚步声都往一个方向聚拢——B 区的西面，专门拘禁妇女的营房。

似乎有不该闯入的人闯了进来。

这倒是很新鲜，自他管理这一区以来，从没有发生过这样的冒险事件，“住”在这里的人全部是被“剔除”出来的老弱病残，每一个都安分守己，连呼吸都小心翼翼。

他收起酒壶与电报，整了整衣衫，穿上外衣，大步下了楼。

看上去，这个闯入者并没有什么出色的本事，那么瘦小，又将自己裹在一身黑衣裳里，多傻呀！这是冬天呢，一地雪白，活生生将自己变成那么显眼的目标。

两个巡夜的士兵狠狠摁着半跪在地上的她，两个蓄势待发的枪口指着她的脑袋，帽子与口罩早已被粗暴地扯下来扔在一旁。

她的面孔，是她在被抓住之后还能暂时存活到现在的原因。如果她不是以一个罕见的东方女人的模样出现在根本不该她出现的地方，这里任何一支枪都能迅速并且堂堂正正将她就地正法。

现在，除了制服她的两人，面前还有四五个面露凶相，但又露出一丝疑惑的士兵，在好奇心消失之前，谁也没打算开枪。

“什么事？”阿尔曼站在离她一米远的地方，身高超过一米九的他像个打量小猎物的巨人，连投下来的影子都叫人心惊。

所有人“啪”一下立正敬礼，为首的士兵用超快的语速回道：“报告长官，在女舍外头发现了这个鬼鬼祟祟的女人，正试图打开锁上的窗户！怎么问她都不说话。我们正要向您请示，是否立即枪决？”

她始终保持着单膝跪地的姿势，不论摁住她的人用了多大的力气，都不能让她换成一种卑微讨饶的模样。

若是从前，这些人连她的衣角别想挨到。而现在，来这里会遇到这样的事，是她早就预料过的。万分之一的运气，也拼一拼吧，所以她来了。可惜幸运女神今晚并不太眷顾自己，如果刚刚他们直接开枪，连她自己都不知道后果是怎样。

阿尔曼朝下属摆摆手，要对方闭嘴，又看着她那张在灯光下发白的脸：“抬头。”

比起低头，抬头容易得多。

她平静地抬起头，阿尔曼的脸完整移动到她的视线中。就在这一刹那，一抹诧异从她眼中闪过。

他高大，英俊，还有征战多年的冷傲与沧桑，每根线条就像他身上的制服一样笔直，剪得很短的金发在任何时候都不会凌乱，湛蓝的眼眸里除了疑问与漠然，没有任何可以与这么美好的颜色相匹配的东西。

但，即便这样，还是很难将这样一个看起来好端端的男人，与杀人不眨眼的魔头连成一线。

“哪里人？”

“东方人。”她流利地说道。

他略有些诧异，旋即露出满意的神情：“很好。你不是哑巴，我们就省略很多不必要的工作了。你是谁？”

“如果我是哑巴，你们会用鞭子跟电椅让我康复么？”她呵呵一笑，“我叫影。”

“嗯，影小姐，我钦佩你的勇气与幽默。”阿尔曼示意手下松开手，让她起来，“我对你是如何进到限制区这件事，很感兴趣。不介意告诉我？”限制区全部以高压电网封锁，就连他们自己人进出也必出示相关手令，没有人可以悄无声息地突破这片铜墙铁壁，更何况，面前还是个弱不禁风的女人。除非她能飞，否则就是他们内部出了问题。

“你们能进来，我就能进来。”她站起来，拍了拍膝盖上的雪土，狡黠地一笑，“我是你们的影子呢。”

“对你的话，我是否能理解成，我们这边出了一个讨厌的内奸？”他走到这个比他矮了那么多的女人面前，“如果你告诉我是谁，你就可以离开。”

“是吗？”她抬起手，指向右侧那个最先发现她的士兵，“他。是他放我进来的。”

士兵顿时变了脸色，惊恐地分辩：“不！不是！她胡说！”话音未落，还恼羞成怒地举起枪，拿枪托对着她的脑袋狠砸下去，大骂：“你这疯女人！”

她一个趔趄，差点摔在地上。原来枪托打人会有这么疼，不知那些天天被这样打的人是如何忍耐下来的。

血顺着她的额头流下来，她摸了摸，挺暖的。除了还能勉强用妖力藏在进出士兵的影子里混进来，不论是痛觉还是血液的颜色与温度，自己越发像一个人类了。

见她吭都不吭一声，连表情都没什么变化，反倒令这个施暴者有了微妙的挫败感与更多的愤怒。在他正准备第二次攻击时，阿尔曼不温不火地说：“行了。”

士兵只得收住那双恨不得立刻要了她命的手，“咚”一声跪下来，指天誓日地为自己的清白做辩护。

“为什么不‘立即枪决’他？”她居然还笑得出来，直视着阿尔曼的眼睛，“你们不是最热爱这样的事么？”

在这处处都战战兢兢的特殊时期，这样的女人还是头一次见到吧，几个士兵面面相觑。阿尔曼是限制区里权力仅次于最高长官的人，从没有人敢以这样的姿态侵犯他的权威，枪毙一百次都不够。她凭什么？

“撒谎与否，你决定。处决与否，我决定。”阿尔曼笑笑，“女士，我再给你一次机会。最后一次。告诉我，你来这里想干什么？你并非我们的拘禁对象，或者是你很羡慕这里的生活？”

“找人。”她简单明了地回答。

“谁？”

“左脸颊上有一大块半月状紫色胎记的女人。”她不知道希尔娜妈妈的名字，但她的模样是清楚的——一个眼神总是躲躲闪闪，但在危险到来时，会异常坚决地把女儿护在身后的女人。

“找到了又如何？”他问她，这女人越发有趣了，竟冒死跑进一个根本不由她做主的地方，做毫无意义的事。

“带她走。”她十分直白。

阿尔曼哑然失笑，原来世上还真有这样奇怪的疯子，每句话都答得正常，但每句都不是一个清楚现状的正常人能讲出来的。

“明知白费力气，你还是来了？”他决定耐着性子，再观察观察这个“疯子”。

“总要试一试。”她浅浅一笑，“万一遇到的全是不中用的草包呢。”

阿尔曼脸色一变，一步上前，出手捏住她的两颊，在她耳畔冷冷道：“如果你现在乞求我的原谅，我赦免你的命令依然有效。”

他的手比冰还冰，再用力一点，她的骨头会碎吧。

“我要带这个女人出去。”她不挣扎，只费力地挤出两句话，“如果她已经死了，把她的尸体交给我。”

死寂的空气里剑拔弩张，他只要稍微不控制一下情绪，这女人的脑袋就真的开花了。

可是，就这么杀死一只会反抗的猎物，是不是太无趣了？

“她什么时候来的？”阿尔曼松开手。

“昨天。”她稍微活动活动被捏出指印的脸。

阿尔曼扭头对那个还跪在地上的士兵道：“去查查这个有胎记的女人。”

“是！”士兵如获大赦般跳起来，一溜烟不见了人影。

“把这个女人交给我，你们继续巡逻。”他又吩咐剩下的几个家伙。

很快，空地上就剩下她与他两人，雪亮的探照灯，时不时从他们中间划过。

她一直在细细地打量他的脸，坦然得像在研究一件还不坏的艺术品，他的视线与她交织在一起，居然有一种落了下风的感觉。她的无畏发自内心，就这一点，足以胜过这里所有人，包括他自己。

“你不怕死，一点都不。”他忽然开了口。

“人类通常只对不常见的东西有畏惧感。”她淡淡道。

“那倒不一定。”他环顾四周，“这里的人，天天都看到死神，依然在害怕着。”

“那是因为，他们认为死亡就是一切的终结。”气温越来越低，她的嘴唇就快要白过落下来的雪花。

“难道不是吗？”他看着她，“死神不会给人留下任何东西，它只负责掠夺与切断。”

她笑笑：“如果你尊重生命的任何一个阶段，包括最后的死亡，也许会看到不一样的世界。”

阿尔曼微微一怔，旋即耸耸肩：“你确实是个疯女人。”

又过了半晌，赶回来复命的士兵诚惶诚恐地站到阿尔曼面前。带回的消息是，确实有这么一个女人，在准备溜进限制区外的一栋住宅时被巡逻的士兵抓个正着，这个女人十分凶狠，一路都在挣扎，被带进限制区时还咬伤了一位军官，所以，已处决。尸体现还吊在限制区南边“警示区”的高架上，被咬伤的家伙拿鞭子将其抽得皮开肉绽，还勒令其他平民在现场围观。

“原来卡鲁斯今天惩罚的家伙就是她啊。”阿尔曼若有所思地点点头，朝对方挥挥手，“去巡逻吧。”

士兵见上司不再追究，赶紧千恩万谢地跑了。

虽然早已预料了最坏的结果，虽然她早跟自己说世界上已有那么多父母双亡的孩子，多一个希尔娜又算什么，可她的心还是不由自主地沉了沉，难受的窒息感又涌了上来。她大口大口呼吸着，在心里狠狠责备着自己的“失误”，她明明应该更专业一些，应该不对任何死亡产生强烈的情绪，这样，她才可能生存得更久一些，直到做完那件事。

“跟我来。”阿尔曼看了一眼心口明显起伏的她。

她看着目的不明的他，不动。

“不是要带她走么？”他看向南边，嘴角扬起挑衅的笑，“我带你去。”

Chapter.6 救兵

地狱，已经在这个时候蔓延得到处都是了。

她站在密集飞翔的雪花里，看着矗立在不远处的高架，那个只有数面之缘的女人，轻成了一片叶子，在横着的粗木之下来回摇晃着，整个身体都掩藏在冰雪下，特别干净，生前与死后所受到的一切伤害，被这片白色刻意抹去。

阿尔曼遣退了在这里值夜的几个士兵后，指着前方，说：“去吧。”

她略略一愣，对他点点头：“谢谢。”

刚刚迈出两步，她的耳畔却清晰传来子弹上膛的声音，她停住，回头。

“我是这里的管理者，你的行为显然是不被允许的。”他握着发亮的手枪，面无表情地看着她，“不过，在你走到高架前的这段距离，如果我三枪都打不中你，这女人你可以带走。”

她心下一惊，马上开始估算着三颗子弹会不会让她当场毙命。如果运气好，应该不会的，毕竟那只是用来杀人的子弹，而她，毕竟不是人类。

她吸了口气，朝他一笑：“一言为定。”

“很勇敢。”阿尔曼笑笑，举起枪，瞄准。

“不好意思，我反对！”

第三个人，风似的从暗处窜出来，站到他们之间，不逊于阿尔曼的高大身材刚刚够他完全把那个作死的女人挡住。

他的动作太快，帽子都被吹走了，一片湖蓝亮在落雪之中，配着他标志性的慵懒微笑，生生把另两个人都吓了一跳。

又一个东方人？可那里会有发色这么奇怪的家伙？

阿尔曼打量着他，佯作镇定道：“阁下是……”

“在下卡普。”九厥满脸堆笑地迎上去，也不管他手里还握着上膛的枪，一把抓住他的手紧紧握住，“初次见面，还请长官给我一个机会。”

“给你一个机会？”阿尔曼不解地看着这个似乎也不太正常的东方男人，这个凌晨是怎么了？

九厥用力点头：“刚刚你们的对话我都听到了，您那三颗子弹，由我来承担好了。”

“你……”

她瞪大眼睛，正要出言阻止，却被九厥厉声呵斥道：“女人住嘴！这是男人跟男人间的事。”说罢，他迅速转过身，脸上又堆满笑容，握着阿尔曼的手继续摇：“对吧，长官？”

阿尔曼用力抽回手，疑惑地问：“你是她什么人？”

“我是她的丈夫。”九厥脱口而出，“教不严，夫之惰。没把自家女人教好，是我的失职，冒犯了长官，所有后果应当由我来负责。”他顿了顿，“不过，您说的话也要兑现哟。”

“喂……”她冲过来，一把抓住九厥的胳膊。

“住！嘴！”他伸出食指，压住她的嘴唇，“你这女人就是欠收拾！回去再跟你算账！”

阿尔曼看了这对古怪男女三秒钟后，对九厥道：“好，你去。”

闻言，九厥满意地笑笑，把她朝旁边一推，咬牙切齿道：“给我站旁边好好看着！再胡闹就宰了你！”

说罢，他正要迈腿，又缩回来，凑近阿尔曼嗅了嗅，笑问：“长官您喝了不少酒啊！”

阿尔曼一愣。

“我从来不建议心情糟糕的人喝酒，人不舒服，酒也委屈。”他笑笑，搓了搓手，转过身，人高腿长，步子也迈得特别大，一步，两步，顶多十步就能到终点。

“我不会给你收尸的。”她在他身后狠狠低吼，想发作又不敢发作。

阿尔曼举起枪。

砰！

子弹在紧挨九厥脚边的地上钻出了一个小洞，雪与土四下飞溅。

而九厥就像个聋子，连停顿都没有，依然保持着他的步调，稳稳地朝前行进。

砰！

子弹擦着他的耳边飞过去，几根蓝发纷纷扬扬落下来。

她站在阿尔曼旁边，双手握得越来越紧。

可是，直到九厥顺利走到高架下，第三颗子弹也没有出现。

阿尔曼将手枪放回枪套，看了她一眼，说："她是你们的了。既然你们有法子进来，自然有法子出去，若是再被抓住，她就是你们的下场。"

说罢，他转身往回走，没走几步又停下，侧过脸道："你有一个有趣的，并且懂得喝酒的丈夫。不过，以后不要再让我看见你们。"

事情的结尾会是这样，着实出乎她的意料。

九厥站在高架之下，冻僵的死者已被他放下来，平躺在地上。

她走上前，朝那具遗体伸出手去。

"你干吗？"他拽住她。

"把她带走。"她看也不看他。

"用扛的还是背的？"他揶揄道，"就凭你这个小瘦子？"

"我是妖。"她刻意提高了声音。

他做出扶额痛苦状："别提这茬，妖脸都被你丢尽了。"

"你……"

她的话被他呼一下脱掉大衣所带起的风给堵住了，她眼见着他那件质地上佳、一尘不染的毛料大衣落到地上，将那被剥去了衣裳的女人裹得严严实实。

他弯腰，小心将遗体抱起。

她看着他这一系列动作，说："死去的人，不需要衣服。"

"这不是衣服，是尊严。"他看着她，"你故意用这句话来试探我的内涵么？"

她移开视线："神经病。"

"会骂人的你，看起来还比较正常。"他笑笑，朝自己的胳膊努努嘴，"过来，拽住我的胳膊。"

"干吗？"她不解。

"你难道打算大摇大摆走出去？"他反问，"还是你觉得你能把我们藏到影子里蒙混过关？"

她一愣。

"你要有这本事，刚刚也不会被抓住了！"他催促，"快点，天都要亮了！"

她犹豫片刻，伸出一只手抓住了他的胳膊。

"闭上眼睛，我的移动功能可能会给你造成片刻的眩晕。"他看看胳膊上那只并不太有力的小手，"用两只手！抓紧！"

她瞪他一眼，只得照做。

很少感受到的体温，从手中那只有力的胳膊上传递到自己身上，即便这中间还隔着他的衣裳与她的手套。一双长期触碰尸体的手，原来会对活人的温暖敏感到如此程度。

不能否认的是，这种感觉很好很好，哪怕，只有短短的瞬间。

闭上眼睛，很奇怪地感觉到的不是一片黑暗，而是蓝，最明透的蓝。身体也变得很轻，像被云朵托住的鸟儿，手心里储存的温暖扩散成漫天的阳光，温柔地包裹住一切……

Chapter.7 葬礼

在九厥的一生里，进教堂的次数不会超过两次。

妖怪们通常都不太喜欢寺庙与教堂，这是一种天性，也是骨子里的对立。尽管他已是天界的仙官，可他也不喜欢往教堂里头钻，一来是为了照顾诸多妖怪朋友们的情绪，二来这里实在是一个沉闷之极的地方。他仅有的两次进教堂经历，是在不同的年份，在圣诞节那天陪伴过两位妹子，以祷告的方式过节。两次他都在唱诗班的歌声里睡着……当然，妹子们谁都没有成为他的女朋友，而他也不相信她们真如她们自己所说的那般虔诚，连父母都可以不爱不尊重的人，如何像神一样去爱世人呢？哪怕她们挂在脖子上的十字架很美很美。

他站在这座见证无数悲剧的教堂里，望着眼前这座高高在上、没有被任何光源围绕的雕像。

来这里，是她的意思。她说希尔娜就在这座教堂地下的密室里，在这里替她的母亲收殓尸骨，应该是最合适的。

她给他的任务是，在她开始"工作"时，保证不会有任何人打扰，甚至不会看到她的存在。

"如果你连这点都做不到，你也是丢脸的。"她对他说。

真是令人愤慨呀，难道这个时候她不该是很娇羞地感谢自己的救命之恩吗？起码也该有感情地说声谢谢吧?!

早知如此，就让她去挨枪子儿好了。这女人真是一点都不可爱！还是当年那个小丫头比较乖，起码会拉着他甜甜地喊大哥哥。

可不管怎样，他也只能心不甘情不愿地为她设了一道结界，保证在她身边十米范围之内，除了他，不会有任何人看到她，以及她所做的一切。

覆在希尔娜母亲身上的冰雪还没有融化的迹象，她被放置在圣台上，像一座完美的冰雕，看不见伤口，看不见屈辱。

她站在圣台前，左手轻轻放在遗体的额头上。

“为什么要离开，去那座房子呢？”她看着眼前这个不可能再有回应的女人，喃喃自语。

她的手指渐渐变得闪亮，从额头缓缓移到心脏处，指尖轻轻一压，一片照满阳光的蓝天就这么出现，由心口瞬间蔓延到全身，流光溢彩地笼住丢失了生命的人，在雕像脚下，筑起一个温柔的小宇宙。

光华中的逝者竟也起了变化，冰雪消失，露出的并非骇人的面容与凄惨的伤痕，而是一个栩栩如生、身着雪白婚纱的年轻妇人。尽管没有呼吸，左脸颊上的胎记也在，却依然光彩照人，连微微上扬的双唇都透着淡而生动的红润，完全似深睡般安详。

她肃穆地站在那里，微微侧着头，聚精会神地看着变了模样的逝者，准确说，她的动作更像是在倾听，尽管这里除了偶尔闯进来的呼呼风声，什么也听不到。

片刻之后，她站直了身子，微微点点头，手掌向下，以左右食指拇指合成一个特别的手印，轻轻说了声：“安息。”

言罢，她分开双手，做了一个从遗体上空的光华里捧起什么，再往空中轻轻一抛的动作。

只见“刷”一下，这片人造“蓝天”连同它笼罩的逝者一道，突然化成一大片细碎闪亮的蓝金色砂粒，耀眼得像是谁把无数金色与蓝色的钻石砸成了粉末哗一下撒出来，在空中悬浮了几秒之后，便疾速坠下，一挨到地面，便似落在火焰上的雪花般，无迹可寻。

九厥看得有些呆了，这样的“殓葬”，生平仅见，简直堪比一场最玄妙震撼的魔术。

她转过身，一脸倦容，面色比尸体好不到哪里去。

“结界，收起来吧。”她朝九厥走过来，步子刻意迈得很大、很稳，以证明自己状态尚佳。

“这就是你们工作的全过程？”九厥打了个响指，一片暗光在他们四周一闪而逝。

可惜，他没听到答案，因为这强作无事状的女人，很有事地倒在了离他还有两步之遥的地方。幸好，有他的胳膊代替冷硬的地面，接住了这个重量已经比鬼还轻的女妖怪。

虽然这是个女人们都热衷减肥的世界，但对一个女妖怪来说，这样的体重可不是什么好消息。

妖怪的体重与生命，成正比。

他半跪在地上，皱着眉，看着这个蜷在自己臂弯里，甚至还在微微发抖的家伙。她的知觉是肯定没有的，却凭着一种本能，朝他怀里最温暖最舒服的地方钻，调整到最佳位置后，白成纸的脸上居然还露出傻里傻气的笑容。

这样的姿势真是别扭呢。有妹子晕倒在他怀里，也不是第一次了，他的处理方式不外是极有分寸地扶住对方，然后马上移到适合的地方放下，顶多再绅士地脱件衣裳给对方盖上而已。可是，当怀里躺着这么一“片”比树叶还轻，而且还是从冰箱里拿出来的“树叶”时，他居然就任凭她这样依靠着自己，一动不动地保持着这个姿势，生怕一动就会打断她的某个美梦。

不知来源的微光自穹顶上落下，十字架上的人像，俯瞰着脚下这对紧密相依的男女，冰凉了不知多少年的脸，幻觉般温柔起来。

“光……”不知过去多久，怀里的人虚弱地梦呓，“蜡烛……家里……”

是要回家么?

他猜测着这个还在半昏迷中的家伙的意思，硬撑起麻木到快没知觉的腿，轻轻横抱起她。离开前，他看了看自己脚下，她说，密室就在下头，住了十几个人。

叹了口气，他抬头，转过身去。

教堂很快又恢复了之前的寂静，上面的人不知下面还有人活着，下面的人不知上面有人死去。

这样也许没什么不好。

Chapter.8 故人

“我没有什么可酬谢你的。”

燃在浴室里的蜡烛就快到尽头，光芒却比任何时候都明亮。她几次试图从九厥的身边站起来，都宣告失败，这男人很有技术地拿毯子把她捆成了一个纠结的“粽子”，任她扭动挣扎却无可奈何。从昏迷到现在，她不知道过去了多少时间，只知自己意识涣散的时候，经历了有生以来最真切的一场温暖。而这个难忘的温度，到现在仍未消失——他的手臂，一直环绕着她的身体。

“通常这个时候，女主角不是都该说，救命之恩无以为报，小女子愿以身相许么？”他坏笑着，很满意地看着这个亲手包的粽子，“你以为，我最想要的酬劳是什么?！”

“流氓！”她皱眉呵斥，拼命扭动，“快解开这该死的毯子！我还有事情要做！”

他将她自怀里扶坐起来，目光自她的左肩越过去，指着对面浴缸里的残烛："那些就是你们的食物？"

她一愣，脱口而出："你怎么知道？"

"昏迷时，你自己说的。"他望着即将结束的烛光，"原来影妖们的口味这么独特，以光为食。"

"很惊奇么？"她冷冷地坦白，"我的确是一个依赖光源生存的妖，满意了？或者你觉得，终于可以由此握住我的弱点，为所欲为了？"

"那当然！"九厥的眼睛笑得眯成一条线，"所以，麻烦你以后听话一些。你可是第一个被我认作妻子的女人，就算给我个面子呗，以后就别逞强干那些你应付不来的事了。这可不是属于咱们的那个世界。"

说罢，他手指一扯，毯子"刷拉"落了地，她猛地跳起来跟他拉开距离，却晃了两晃，差点又倒下去，幸好及时靠住墙壁才稳住身子。

"看起来，你那些食物很不够啊。"他笑笑，站起身，朝浴缸里努努嘴。

"不关你的事。"她局促又紧张地握住自己的手，脸色突然一变，快速抬起左手一看，愣了愣，视线旋即慌乱地朝地上四下投去。

"丢东西了吧？"他凑上去，幸灾乐祸，"找不着了吧？心碎了吧？"

"你……"她恨不得拿鞋底子抽他的脸了。

"这儿呢。"他伸出手，蓝光潋滟的指环在他的指间熠熠生辉，似乎比之前更通透更明艳，"我说过，这枚戒指里，装着只属于我的天空。"他顿了顿，望着她尴尬与诧异交缠的脸孔，笑："这么多年了，难得你一直守卫着我的蓝天，谢了。"

他拉过她的手指，把戒指重新戴回她的食指上。

当那一片熟悉的蓝色重归于她纤秀的手指时，一片晶莹闪烁的光点从海蓝宝石内流出，温和地渗进她的皮肤，往身体里四面八方游走，每经过一个地方，就留下一股难以描述的、带着热度的力量，将她已濒临崩塌的身躯重新支撑起来。

她心下一惊，猛地抽回手，握住戒指，诧异地看着他："你把你的……"

"是的，我用自己的元气替你补充了营养。"九厥很大方地一笑，旋即皱了皱眉，眼中露出一抹虚弱之色，身体也随之晃了晃，整个人眼见着就要倒下去。

"小心！"她一步上前，用力扶住他，"你怎样了？去我床上躺一躺再说。"

他就势揽住她的肩膀，半死不活地说："我得睡很软的床才行。"

"很软的床？"她十分为难道，"我的床就是一张铺在地上的毯子而已。多给你铺几张被子行不行？"

“不行……”他继续虚弱着，“要不，你躺着给我做人肉垫子？”

听到这儿，她突然扭过头，焦虑之色一扫而空:“依我看，像你这么皮厚不要脸的人，你需要的不是垫子，是巴掌！”

话音未落，她甩开九厥的手臂，反手就是一耳光。

九厥嬉笑着躲过，生龙活虎地跳到一旁，瞅着她愠怒的脸道：“难得有个正常女子的模样，关心他人的样子也满可爱嘛，可惜一分钟都维持不了。”

她的脸涨得通红，咬牙切齿吐出四个字：“为老不尊！”

“好歹救过你两次了。”他收起戏谑的神情，走到她面前，伸手摸了摸她的额头，点点头，“行了，暂时是死不了了。”

“早知是这样的轻薄之徒，当初还不如给那野狰吃了。”她扭头避开他的手掌，恨恨地说。

“早知你长大之后如此不可爱……”他面露狠色，伸手扭过她的脸，却又突然喜笑颜开道，“我还是会救你的。”

她什么都没说，张口便朝捏住自己脸颊的手指咬下去。孰料九厥动作更快，一把捏住她的下巴，稍一用力便将她整个人压制在墙壁上动弹不得，笑道：“你身上这种蠢头蠢脑的防御模式，实在让我无法理解。这个时间里，只有我们两个异类，纵然不能亲密，也不必处处防备吧？”

“我不喜欢跟你这样的人多废话。”她仍有怒色，口气却略有缓和，“如果你只是希望我跟你说声谢谢，那好，谢谢您的救命之恩，然后你可以滚了么？”

“我不滚。”他跟她的脸，近得能感受到彼此的呼吸，“谁让我是个该死的很容易好奇的人呢。在弄明白我想知道的事情之前，你恐怕得继续忍受我这张轻薄的脸。”

言毕，他松开她，浴缸里的蜡烛也在这时燃尽，小小的空间内瞬时漆黑一片。

“你为何会来到这个时间？”他的声音在黑暗里越发清晰，也许因为看不见他的脸，每个字都变得尤为严肃，“刚刚你说你还有事情要去做，是什么？”

“同样的问题，我可否先问您呢？”她依然冷冷冰冰，“在这个地方都会被你认出来，真是我最大的灾难。”

“灾难?！嘻嘻，你心里一定不是这么认为的。”他笃定地笑，“从我第一次在海伦酒吧看到你时，你就暴露了。”

“你不可能认出我。”

“是啊，包得像个传染病人，一般人谁认得出。”他笑着吸了吸鼻子，“可我从不拿眼睛辨认妖怪。每个妖怪都有专属于自己的气味，你身上的味道，比香水还明显，存在我脑子里这么多年，都不曾褪去。”

“你究竟是什么人？”

“你老爹没告诉你？”

“他从不告诉我无关紧要的人与事。”

“这样啊。那我们不妨达成一个协议。我回答你多少问题，你就要回答我等量的问题，公平增进彼此了解。如何？”

“无聊。”

“当你默认了。”

“闪开，我要出去。”

“去哪儿？”

“跟踪狂需要问这样的问题么？”

“被我尾随是一件值得荣幸的事哟！”

“不要脸……”

Chapter.9 废楼

空无一人的废楼里，除了处处可见的弹孔与干涸发黑的血迹之外，连老鼠都见不到一只。

黎明前最后的一段黑暗里，影蹑手蹑脚地往三楼而去，后面跟着蹑手蹑脚的九厥，两个人还要随时小心脚下的各种障碍——不成对的鞋子、打开的行李箱，或者翻倒的烛台。不知这些物件的主人，此刻是否也像它们这样，冷冰冰地躺在不被在意的角落里。

这是希尔娜与她母亲曾经的住处，繁华的地段繁华的楼，出入的人也繁华。聪明的脑袋与从商的天赋，让这群商人的生活春风得意，希尔娜的母亲也是其一，她凭一己之力经营起成衣生意，虽谈不上大富大贵，也足以令母女俩衣食无忧。住在这里的人都知道，希尔娜没有父亲，她的母亲带着她，风霜坎坷、欢笑幸福，都由这个女人一肩承担。

也许，如果她不曾如此用力地生活过，便不会如此坚硬地反抗，也就不会那么轻易地被捏碎生命。可是，不反抗，就不会被吃掉么？

从影对这个女人的简单描述中，九厥在她的眼里一直看到某种敬意的存在。

躲在教堂地下的那群人，几乎都是希尔娜母女的邻居与朋友，尽管他们没有武装上阵对面抗敌的经历，也不曾像这个女人一样用唾骂与牙齿以及生命表达自己的愤怒，可是，作为一个被强敌视为大敌的种族，活下去，便是最成功的反抗。

对于救下这帮人的原因，影到现在也没有改变过说法。她喜欢那座教堂，杀人见血，弄脏了地方就太讨厌了。

可是，如果这个理由成立，他也就不需要从枪口下把她救回来了。

九厥看着她的背影，嘴角微微扬起。充满谜团的女妖怪，真是时空错乱时最好的调剂品。

窗外，时不时传来汽车的轰鸣声与整齐的跑步声，不知是哪里又要倒霉了。

凌乱一团的房间里，影弓着身子在一堆翻倒的家具里搜索。

“不如告诉我你究竟要找什么，四只手快过两只手。”九厥靠在一旁，看着像只大老鼠一般的她。

“你那两只也配叫手？爪子罢了。”她回过头，瞟了他一眼，“找一本书。”

他转转眼珠：“书？”

她不再理他，继续埋头翻找。

冒着风险来到这个破地方，就为一本书？

片刻之后，他从墙角的一堆旧衣裳下，翻出一本封面黑皮烫金的书，递到她面前。

她接过来，淡淡道：“爪子就是比手快呢。”

“谢谢夸奖。”九厥笑，“你看，面对别人的赞美，我就比你可爱多了吧。”

她摇摇头，翻开这本已泛黄的小说，从封底的皮套里小心地抽出一张黑白照片——面容英俊西装革履的外国青年，揽着一位清纯美貌的姑娘，亲密万分地在一座偌大的庄园前留影。那一天，正是阳光万里，树影婆娑，一对璧人。

照片背面，还有几行甚是漂亮的笔迹，看上去似乎是一个人名，以及一个地址。

封套里除了这张照片，还有一枚造型别致、印着家族徽章般图案的纯金袖扣。

九厥不认识照片里的男人，可那女人分明是希尔娜的母亲，那个时候她还很年轻，世界也还没有这么混乱，阳光好空气好，什么都很好。

她凝视着这张已经过不少岁月的照片，仍好好地将它收进书里，转身便走。

很抱歉，她无法带回希尔娜的妈妈，只能带回一张照片。

她的胳膊被一只大手拽住，九厥朝她摇了摇手指，又指指窗外：“现在可不是出去的好时候。”

此时，外面开过的车辆越来越多，除了哗啦啦的脚步声外，忽近忽远的枪声也越发密集起来。

两人摸到窗前，从厚窗帘的缝隙里往外一看，一群全副武装的士兵与十几名貌似地下武装反抗组织的男女正展开激烈的巷战。

情势太一边倒，十几只手枪如何敌得过上百支冲锋枪，十几个反抗的人很快被堵死在斜对面的旧楼里。子弹、炸弹，钻进每一个可以藏人的位置，不过几十秒，三层的楼房便成了冒着烟火的废墟，里头的人只怕连尸骨都留不下半分。

这样的场面，应该是见惯不惊了。不止在这个凌晨、这条街上，活着的人总能为自己找出无数光明正大的理由，把制造死亡当作成全理想的阶梯。

九厥放下手，窗帘垂下来，重新隔绝了外头的一切。

“我以为，你会见义勇为。”影看着他的侧脸，口气似在讥讽，却又透着些许无奈。

他低头一笑，摸了摸鼻子，说：“我虽然不是个太有节操的天界公务员，但有些规矩与底线，还是要遵从的。”

她一惊：“你是天界的人？”

“小小仙官，闲云野鹤，不提也罢。”他故作谦虚状，挤挤眼道，“女妖怪你也不要觉得有距离感，说来，我与你也算同类，冠上仙官这名号之前，我也是一只妖怪罢了。”

“什么妖怪？”她脱口而出，“我不曾从你身上察觉到半点妖气。”

“一只青铜酒爵。你这样虚弱的妖怪，怎可能察觉到我的气息。”他笑着伸出两根手指，“我已经回答了你两个问题。你也要给我等量的答案。”

她白了他一眼，扭头再次撩开窗帘一角。对面的旧楼仍在燃烧，一队士兵留在原地善后，没有一时半刻，这外头是清净不了的。

“折腾一宿，还真有点累了。”他打了个呵欠，走到旁边的沙发上坐下，拍了拍身边的位置，“过来，坐下谈谈心事如何？”

她放下窗帘，直接坐在了窗口下，懒懒地看了他一眼：“我是个处理死人的妖怪，从不多愁善感，所以，也从无心事可谈。”

“你小时候扎的烧饼头很好笑啊。”他笑道，“你爹如何了？”

“死了几百年了。”她干脆地说，“你还有一个问题可以问我。”

“其实，刚刚想冲出去的人，是你吧。”他舒服地把身子窝进还算柔软的沙发里，伸了个懒腰。

她一怔，但很快便平静下来，说：“如果这是你第二个问题……”

“眼看手勿动的感觉，很不舒服吧。”他打断她，总是温和的眼睛里钻出犀利的光，“我不管你为了什么目的来到这里，如果你已经有了不该有的想法，那么现在可以放弃了。因为，我在你面前了。”

“你觉得我会干什么？”她冷笑着反问。

“没有一个正常人会对这场灾难无动于衷。”他的眼神缓和下来：“如果我愿意，我可以轻易杀掉这里任何一个人类，不论他是平民还是首领。”

她不作声，漫不经心地摩挲着那本书。

“如果明天传出了首领的死讯，对现在来说，大概是个好消息。可是，这个消息也表示，未来的时间里，应该出生的人没有出生，应该死去的人没有死去，无数人会消失，无数事件会改变。”他缓缓道，“天界守卫时间的观时女仙最要紧的任务之一，就是禁止任何试图逆转时间的行为。我记得她最常念叨的一句话是，世上最危险的，莫过于一段被挟持的过去。”

她抬起头，笑：“如果我就是那个挟持者，你拿我如何？”

“你打不过我的，对不对？”他望着那张秀丽却苍白的脸，“与其在一个错误的时间里胡来，不如一起回到该回去的地方。”

“你凭什么认定我跟你一样，并不属于这个时间？”她问了一个毫无关联的问题，“这个时间还存在另一个我，过去的我。”

“手机。”

“嗯？”

“本来我是不该知道的。”九厥起身朝她走去，“可有一天，你来酒馆时，被一个醉酒的冒失鬼撞个满怀。也许别人没留意到那个从你兜里摔出来然后迅速被你收起来的‘金属小盒子’，但我看到了。”

闻言，她忍不住捶了下大腿，嘀咕：“居然是这个……”

“没办法啊，谁让我眼神儿犀利呢。”他嘻嘻一笑，一屁股坐到她身边，碰了碰她的胳膊，“水果的土豪金吧，好使不？我最近也琢磨换手机呢。”

这个男人，一定要活得这么跳跃、这么让人嫌弃么?!

“现在可不是活跃气氛的时候。”她瞪他一眼，起身到窗前察看了一番，“该走了。”

九厥走到她身后一瞧，被毁掉的楼房只剩残垣断壁与袅袅余烟，街道上只剩几个士兵，看他们悠闲的姿态，可能正在讥讽着废墟中那些不自量力的笨蛋们。

薄薄的晨曦从窗帘缝里飘进来，渐渐亮起来的世界，把激烈的枪声与悲哀的灵魂永远留在了不可逆转的昨夜，然后，继续千疮百孔地往前走，不为任何意志停留。

“再等一等。”他望着几个士兵，撇撇嘴，“我不想跟他们打架。”

她保持着一动不动的姿势，突然说：“谢谢。”

“嗯？”九厥一愣，赶紧掏了掏耳朵，“你说啥？”

“就别掩饰了。如果不是损耗了元气，你早就用转移之术让我们离开了。”她仍面向窗外，“又何必纠结外头那些士兵。”

九厥微愕。

是的，再掩饰也没用，他以自身元气支撑她的行为看似轻松，实际上要为此承担的后果却并不轻松。由此产生了“虚弱症”，身体怎么也要好几天才能渐渐复原，在此期间，飞又飞不起，跑又跑不快，他可对付不了一堆拿着枪的剽悍敌人。

“被看穿了……”他故作痛心地捂住胸口，“既然你知道我为你伤心又伤身，就该对我好一点才是啊！”

打这个人的脸应该不会有问题吧？那么厚！

她猛一回头，孰料冰凉的嘴唇迎面碰到一处微暖的肌肤——他们靠得实在太近了，一个抬头，一个低头，她的嘴唇刚好亲到他的下巴。

她吓了一大跳，慌忙跳到一旁，尴尬地用手背抹着嘴唇。

“那是我的下巴，不是垃圾桶。”九厥横抱着手臂，遗憾地耸耸肩，坏笑，“你要再长高点就好了。”

她送上去的拳头被他及时地制止在半空，几乎同一时间，一片白光突然透过窗帘，二人定睛一看，雪亮的车灯从街道的拐角处刺出，一辆敞篷军车风驰电掣地驶来，停在了废墟前。

正抽烟的家伙们慌忙扔掉香烟，“啪”一下立正。

身着便装的阿尔曼没有下车的意思，他看看眼前这片焦黑的建筑物，问:“如何了？”

其中一名上士赶忙回答：“报告长官，昨夜共歼敌十二名，无一人脱逃。其老巢仍在搜寻中！”

“老巢……”阿尔曼鹰一般的目光穿过透亮的玻璃。远处，夹在建筑物之间的天空渐渐爬上淡金色的光，不论这片城市变得多么糟糕，太阳还是会准时从地平线上升起呢。他嘴角一扬，难怪这些反抗者们要给他们的组织起名叫“地平线”。

可目前看来，这个名字不但没有带给他们好运，可能还会殃及更多的——活着的人。

“尽快把这里清理完毕。”他淡淡扔下这句话后，发动汽车绝尘而去。

看着消失在街道尽头的汽车，九厥不是太确定地问：“是那个人吧？”

“是他。”影疑惑地嘀咕，“穿着便装……这一早是要去干什么呢？”

“你对这个人好像特别感兴趣。”九厥回想着昨晚发生的种种，“我觉得，你看他的眼神，很特别。贪恋人家长得英俊？”

“你是闭嘴会死人么？”

“常理推断而已。”

“肤浅！”

“麻烦尊重一下天界公务员！”

一个钟头之后，清理现场的军人终于撤离，街上也渐渐有了行人，两人这才得了机会，偷偷从废楼里摸了出来，若无其事地融进稀薄的人群中，往教堂的方向而去。

今天的天气非常好，但，不足以改变温度。

比往日更多的士兵出现在各条街道，从一张张惊惶无助的脸孔里，蛮横地搜索着什么。

Chapter.10 父子

在今天之前，低于 60 码的车速对阿尔曼来说，是个笑话。但从火车站出来到现在，他就是开得这么慢，并且慢得小心翼翼，任何的颠簸与急刹车都是不被允许的。

副驾位置上的小人儿把自己缩在厚厚的格子大衣里，低头摆弄着手里的兔子布偶。

阿尔曼一直在琢磨应该找个怎样的话题才能很自然地打破父子间久别重逢的沉默，却越琢磨越不知该说什么。

当五岁的卢卡出现在灰色的站台上时，他甚至忘记了要走上去抱一抱这个唯一的儿子。事实上，自从加入这场战争以来，他几乎忘记了所有温柔的行为。

直到护送卢卡过来的老仆人艾玛跟他打招呼，他才从短暂的失神里跳出来，潦草地摸了摸儿子的头。

“谢谢你，艾玛。”他对这年过六旬的老妇笑了笑。她是妻子家的家仆，从小照顾妻子的生活起居，结婚之后，艾玛也跟着小主人一道来了他家。他远离家乡的这段日子，这憨厚勤劳的妇人一直尽心照顾着他们母子，他理当跟她说声谢谢。

“这是我应该做的，先生。”艾玛拘谨地回应。

“她什么都没说？”他突然问。

艾玛摇头：“夫人只让我送卢卡来华沙。”

“她人呢？”他皱眉。

“已离开了，说是要出去散散心。”艾玛从随身的提包里拿出一个封好的牛皮信封，交给阿尔曼，“这是夫人让我转交给您的，说是请您在上面签字。”

信封被他攥出了深深的褶皱，他吸了口气，点点头：“我知道。”

妻子发来的电报，不过是通知他，离婚协议书与儿子都给他送来了。

这个女人，在抛夫弃子这件事上倒一点都不拖泥带水。

卢卡一直摆弄着他的布偶，比起这个阔别三年的父亲，这只不说话的兔子更像是亲人。

难得出现的太阳还没撑到中午，便被灰白的云层撵得不知踪影。

阿尔曼一打方向盘，车子继续保持着平缓的速度，两旁时不时有路人抬头朝他们这边看一眼，然后本能地让自己更靠边一些，生怕与他们拉近半分距离。

愤怒与惧怕，这里的人对他和他的国家与军队只有这两种感情。

“你喜欢玩兔子？”他终于打破沉默，“你可是个男孩子。”

卢卡摸着兔子的耳朵，没答话。

他看着前方，努力让自己的语气更和蔼：“我像你这么大的时候，最爱做的事，就是跟你爷爷一道练拳击。好玩吧？”

卢卡把兔子抱在怀里，又长又翘的睫毛有些丧气地垂下来：“你有爸爸，我没有。”

一句话，像小针扎进了阿尔曼的心里。

远离家乡的日子，他将所有的精力与时间都用到一场让更多孩子没有父亲的“工作”中，可笑的是，连自己的孩子也没有例外。

“对此我很抱歉。”他看了儿子一眼，“但，我仍无法保证今后能有多少时间陪伴你。”

“妈妈说你总是很忙。”卢卡小声说。

“是的，很忙。”他承认。

“忙什么呢？”小孩子的问题容易无穷无尽。

阿尔曼张了张口，不知如何回答。

“没记错的话，下周就是你生日了？”他换了个话题，“整六岁了？”

“唔。”卢卡的眼睛比刚才闪亮了许多，“妈妈说，你会有礼物给我。”

“会的，一定会准备一份大礼给你。”他笑笑，“告诉爸爸，你最喜欢吃什么？回去后我好让厨师准备。”

“巧克力奶酪蛋糕。”

“好！”

“巧克力要很多的那种！”

“没问题。可是你确定不会因此吃成一个小胖子？”

“会胖成艾玛那样么？”

“很难说……”

美食永远是接近孩子的最有用武器，阿尔曼很久很久没有像现在这般，在没有枪声与死亡、军令与阴谋的环境里与人闲聊。他一度认为这感觉非常美妙，但，只要稍微看看车外的世界，这种美妙便灰飞烟灭——这是不对的，这里根本不该是孩子应该来的地方！

那个女人，竟然如此毫无顾忌地将他们唯一的儿子推到这样的战场，实在该死！

阿尔曼加大油门，车子刷一下从一摊积水上碾过，飞起的水花溅了几个刚好路过的士兵一身，没看清司机是谁的他们，愤怒地咒骂着。

Chapter.11 托付

空荡荡的教堂里，九厥斜倚在靠近出口的位置，一边照看着门外的情况，一边远观两个正在密谈的家伙。

奥斯的眼睛红成了兔子，在影对他毫无保留地说出了希尔娜母亲的死讯时。

当影来到密室找他时，他几乎不敢相信自己的眼睛，他一度以为自己的莽撞已经惹火了这个喜怒无常的女人，她已不会再理会他们的死活。

跟奥斯一样，密室里其余十几个老老少少对于影的到来无不激动，他们一拥而上，问得最多的问题还是“什么时候才能出去”。

面对急切的人们，她从头到尾都没有说一句话，只在他们疑惑与期待的目光里，去看了看正抱着小熊熟睡的希尔娜。这真是个非常漂亮的小姑娘，画里的小天使也不过就是这等模样了。可惜的是，她有天使的脸孔，却没有天使的命运。将来的日子可能会更艰难、更危险，但不管怎样，还是努力活下去吧，也许，未来会因为生命的延续而改变。

她将这些话都化在了一个温柔的吻里，轻轻印在了希尔娜的额头上。

随着这个吻的结束，她又变回了那个面无表情、生人勿近的奇怪女人。她又走到另一个房间去，将储存在里头的食物与水清点了一番，在确定数量足够维持他们近期的生活后，便将奥斯单独叫了出来。

“我不想多废话。”她看着奥斯，也许这个少年还在纠结那晚她的暴行，如果他怕她，反而是好事，“三年半之后再出来，如果想活下去。你把这句话带给你的同伴，告诉他们，这是我对你们最后一次警告。”

奥斯点点头，纵然心里的问题堆积成山，也不敢再多问一个字。

“奥斯。”她突然很慎重地看着他的眼睛，“有一件事，我要托付给你。”

“啊?！”她认真的“请求”令到奥斯不知所措，“你要托付给我一件事？”

“是的。”她从包里掏出那本书，“我没能带回希尔娜的妈妈，但是，我希望你能将她的爸爸带回来。”

“希尔娜的爸爸？”奥斯大吃一惊，语无伦次道，“怎么可能？她妈妈一直跟我们说，她的丈夫在她还没离开的时候就去世了呀。”

“对活着的人来说，说谎并不是多难的事。”她笑笑，“但死去的人，从来都是诚实的。”

午后的亮光从高高的窗口洒进来，高高的十字架比任何时候都明亮。在这里孤独了许久的神，沉静地倾听着脚下传来的故事……

半个钟头之后，影与九厥并肩走在起风的街头，阳光早不知所终，灰沉的天色下，一场大雪又在酝酿之中。

“你豁出自己的命顺便还搭上我半条命去完成的事，就是这样了？”九厥将帽子往下压了压，生怕风大吹走了。

“就是这样了。”她走得很快，边走还边看手表。

九厥拽住她的胳膊，迫使她停下来看着自己，说：“是怎样？你怎么会知道希尔娜父亲的事？一个萍水相逢的人不可能知道那张照片与袖扣的存在。”

她不作声，又看了看手表，下午1点40分。

“放开我。”她看着他，眼中满是急于赶往另一个地方的焦躁。

“你赶着去别处？”他一眼看穿她的意图，笑了，“你交出答案，我就放你走。否则，你这辈子都得跟我粘在一起，哪儿也别想去。”

“你放是不放？”

“不！”

“你自找的。”

她一口咬在他的手背上，力道非常狠。

九厥连眉头都没皱一下，好像那只手不是他自己的一样。

一排深深的牙印烙在皮肉上，她愕然地抬起头，问：“你都不疼的么？”

“疼死了！”他点头，“可我就是不松手。”

“你到底想怎样？”

“我要我的答案。”

此刻的他，风轻云淡却又字字铿锵，这种矛盾的结合像极了他酿的酒，看上去都是清清淡淡的一杯，喝下去却入心入肺，千般滋味。

面对这样一个男人，她终是败下阵来。

“好，跟我去海伦酒馆。”

Chapter.12 分手

今天的海伦酒馆，比往常热闹得多。

酒馆里每个客人的脸色都很不好，安分至极地坐在各自的位置上，连酒都不敢喝一口。他们的身边，一队全副武装的士兵用惯有的打量犯人的眼神仔细核对着每一张脸。吧台处，一个中士正与胖老板说着什么，胖老板满脸唯唯诺诺的神色，不断点头，生怕触怒了面前的人。

“如果发现了这些人的踪迹，哪怕一点点，都要立即向我们汇报。”中士微笑着拍了拍他的肩膀，“不然，我会很失望。”

“我明白的，长官。”胖老板掏出手绢抹了抹额头上的冷汗，“有任何发现，一定即刻上报！”

说罢，他顺手从柜台上拿了一盒刚出炉不久的糕点，又取来一瓶上好的未开封的酒，快速拿纸袋一包，塞给中士：“这是给您的小礼物，我店里特别烤制的巧克力蛋糕，欢迎您有空常来坐坐。”

“看起来，你这个小酒馆经营得不错啊。”中士不动声色地接过来，笑着打量四周。

“也要托各位长官的看顾，生意才做得下去。”胖老板赶忙附和，又小心翼翼道，“敢问长官，那些人，是犯了什么大罪么？要如此兴师动众地缉拿？”

“任何阻碍帝国前进的垃圾，都要被清除。”中士斜睨了他一眼，“以后，不要再问这样的蠢问题了，若遇到我别的同僚，你就永远说不了话了。”

“是是！”他吓得缩了缩脖子。

中士转身朝他的部下们一挥手，大声道：“没问题了，走吧。”

直到这队人马的脚步声消失了很久，紧绷在空气里的那根弦才松懈下来，酒馆也才回归到一个正常的下午。

看见双双而至的影与九厥，胖老板一下子就高兴起来，一口一个影小姐好卡普先生好，殷勤无比地将他们迎到靠窗的位置坐下。

影一如既往遮住自己的脸，仍然点了一杯一口也不会喝的红酒。

九厥就不同了，土豪似的一股脑儿要了一桌食物与一扎啤酒，阔绰之气让老板高兴得差点蹦起来。

之后的情形就是这样了，一边沉默无语，目光只游离于窗外与酒馆大门之间；另一边大快朵颐，几辈子没吃过一顿好饭似的，边吃还要边赞美偶尔从窗外走过的美女。

时间从 3 点走到了 4 点半，天边已经爬上一丝暮色，零零星星的雪花又飘了起来。

喝下第五杯啤酒的九厥，终于开口道：“每一天的三点钟，以及这个酒馆，对你而言很重要？”

“你需要的答案并不是这个。”她望着窗外行色匆匆的路人们，耳畔回荡着电唱机里播出的爵士乐与邻桌客人们断断续续的交谈声，“你能否看到别人看不到的东西？”

“隐匿的妖魔、精灵们的发型、全封闭的骰盅里骰子的点数，包括胖老板今天穿了几条裤子，我都知道。”他恶作剧般朝她抛了个媚眼，“连你也看不到吧？”

“也许，你是挺厉害的。”她转过头，正视他的脸，“可你看不到生命最后一场电影。”

“生命最后一场电影？”他觉得这个词听起来太新鲜了，“于是，这场电影可以解释你的一切行为了？”

“你知道我父亲跟我都是做什么的。”她的眼神略一闪烁，多年前那一场邂逅仍历历在目。

九厥点头：“你父亲很坦白地告诉过我。”

“小时候，我曾问过父亲，为什么我们不能像其他的妖怪一样飞天遁地，要么自在于山林，要么在人界吃喝玩乐。都是妖，为什么我们就只能跋山涉水，在充满血腥与腐臭的尸体前来来去去。”她下意识地握住戴着戒指的手指，“我儿时最大的愿望，是永远不天黑。我父亲每一次工作时都是晚上，他说，平静的黑暗是对远去灵魂的尊重。可我却是怕的，并不因为我要面对形形色色的逝者，而是一种天生的畏惧，黑暗让我的身体失去支撑，精神也变得涣散。”

他看着她指上那枚蓝光晶莹的戒指：“所以，你父亲如何答你？”

她笑笑，说：“他只跟我说，总得有人去做这些事。”

“就这样？”他一愣，却旋即释然下来，笑，“你父亲是个简单的妖怪。”

“一个又一个的乱世里，我无数次目睹父亲将无人收殓的尸骨化作沉入地下的暗影，看他严肃地向每一个被埋葬的灵魂说安息，有时候，还会跟着他突然去到一个陌生的地方，见一些素未谋面的人。我不太想得起他都跟那些人说了什么，只记得那些男男女女们在听了他的话，或者见到一些他交给他们的东西时，大多痛哭失声。”她慢慢地回忆着，“不过，也有被人大骂着赶出来的经历，那些人说我们是疯子是骗子。有一回，我父亲还挨了一拳头。不过，他不还手，也不解释，没事人一样带我离开，然后跟我说，不是每个人都能接受别人的心意，尽力而为就是。”

九厥将她的话来回思索一番，问：“你们的‘工作’，不止是让他们入土为安这么简单，对吧？”教堂里，她为希尔娜母亲所做的一切，快速闪过他的脑海，他突然像是明白了什么，不等她回答便脱口而出：“你说的‘最后的电影’，莫非是你们拥有跟死者沟通的能力？”

“你恐怖片看太多了。”她摇头一笑，“我没有那样的本事。并且就我所知道的来说，对人类而言，生命就是唯一的，不可复制的一次。死亡就是死亡，‘沟通’这个词，永远不可能用在活人与亡者之间。不过，从古到今都有不少人宣称可以与逝者对话，至于这些‘大师’是真有本事，还是为了五斗米折腰，你我心知肚明。”

“这一点我同意。”九厥点头，“但你的电影，到底是什么？”

她又看向窗外，那些由不同脸孔与行为组成的各种画面在她的眼睛里闪动。

“每个人在生命终止之时，心中一定有一件最惦念的事，这件事就像一部电影，永久定格在他们离开的那一刹那。”她伸出手去，指尖触碰到冰凉的玻璃，“我只是能用自己天赋的能力，看到这部电影罢了。”

九厥恍然大悟：“于是，你看到了希尔娜母亲的‘电影’？”

“这个女人的电影里，她对着那张照片里的男人说，她不想再怨恨他了，唯一的心事，是她来不及告诉女儿，其实她的父亲还活着。他曾送她的有他家族徽章的金袖扣，她一直留着。那个写在照片后的地址，是她永远也回不去的地方了，而她此生最大的遗憾，是没有为他披上婚纱。”她的手指，在起雾的玻璃上画出一个无意识的圆圈，“我不知道她跟这个男人之间曾有怎样的恩怨，但是，也许一家团聚的梦，她一直在做。”

“你把这件事，委托给奥斯那小子了？”九厥问她，也明白了为何会看到希尔娜母亲穿着婚纱消失的那一幕。

“不是现在。”她收回手指，“我嘱咐奥斯，三年半后，当他们可以毫无顾忌地走在大街上时，将希尔娜带去照片背后那个地址。如果一切顺利，请将她送回父亲身边。如果不顺利，就请继续照顾这个没有血缘关系的妹妹。”她顿了顿，看着那杯一口未动的红酒，说：“我能做的，到此为止。你想要的答案，也到此为止。”

九厥笑道：“你有这样的本事，也算难得了。不过，能不能再给我一个答案……”

话没说完，灯光柔和的酒馆突然暗下来，连电唱机也同时罢工。

停电了。

一阵阵抱怨从各个角落里传出，胖老板赶紧好言安慰，并立即取了蜡烛出来，挨个往桌子上放。即便如此，大部分客人还是相继扫兴离开。

没了习惯的光明，这个唯一能让他们放松的地方也变得不舒服了，而且，雪越来越大，温度越来越低，再不走，回家的路就更难了。

“人类始终还是喜欢光明的动物呢。”九厥转身朝胖老板招招手，“给我来瓶红酒，跟这位小姐的一样。”

“飞蛾尚且扑火，何况人。”她看着渐浓的暮色，下意识地深呼吸一口，将身子靠在椅背上，整个人放松了不少。

胖老板颠颠儿地走过来，除了红酒，还端上来一块点心，说：“难得两位还愿意留下来，这点心是赠送的。”

“哈哈，这种时候老板你难道不是巴不得我们快走。反正停电没生意，还不如早点下班。”他笑道。

胖老板连连摆手：“卡普先生你太幽默了。既然开店做生意，客人自然是最要紧的。你们能留下来，说明你们喜欢这里，停电都不愿意走。我高兴还来不及。”

影摘下口罩，拈了一块点心放到嘴里：“只可惜没音乐可以听了，老板你会弹钢琴么？”

九厥饶有兴致地看着这个女人，此时的她就像换了一种模式。从进入酒馆开始，她随时都保持着精神高度集中的状态，像一只老练的、狩猎中的兽，可是，自从天黑下来开始，他轻易便察觉到她如释重负的轻松。

每一天的三点，她准时到酒馆，天黑之后便离开……她究竟在等什么？

“影小姐，你这就是为难我了。”胖老板尴尬地挠着没有几根毛的头顶，“钢琴我实在不会弹。不过……”他看着她被微弱的烛光映得模模糊糊的脸，道：“难得影小姐今天肯露出真容，又有这么好的兴致，二位若不嫌弃，我就给二位吹奏一首曲子吧。如果你们嫌难听，随时可以喊我停下来。”

一停了电，大家好像都变得有意思了。连这个看起来毫无音乐细胞的胖老头都要露一手了？

“今天之后，各走各路。”她回过头，淡然而坚决地说。

他眨眨眼睛，笑：“我以为，今天之后，我们就是密友了呢。”

“我们只是在错误的时间遇到的错误的人。”她朝他举起酒杯，“这杯酒我诚心敬你，谢谢你为我做的一切。但是，既然我们的相遇只是一个漏洞，就要及时修正过来。天亮之后，你回到你的路上，好好想想要如何回到正确的时间吧。”

“你对我，就一点探索欲都没有么？”他并不跟她碰杯。

“没有。”她仍旧举着杯子，“对我而言，你跟那些被我埋葬的尸体一样，永远是两个世界的人。”

“我确实不能理解你拼命要将自己跟我扯开的动机是什么。”九厥将身子朝前倾了倾，屈指往她的杯子上轻轻一弹，叮一声脆响中，他笑，“这杯酒，我现在还不会跟你喝。所以，这个人情你就一直欠着我好了。”

“你……”她将酒杯放下，柳眉一竖，“你到底想怎样？”

这时，酒馆一角突然传来了悠扬的哨笛声，胖老板站在店里那幅画着一片辽阔草原的油画前，握着闪亮的银色哨笛，微闭着眼睛，吹奏着一支他们从未听过，但异常动听的曲子。

“不怎样。我只是想跟你说，我不随便跟人喝酒。”他指了指自己，“你忘了么，我可是天界的酿酒仙官，对我来说，酒跟我的生命一样重要。同理，只有被我视为与生命同等重要的人，才能与我碰杯对饮。”

“装模作样。”她冷哼一声。

九厥端起自己的杯子，抿了一口，缓缓道：“千年之前，我曾与两个家伙在竹林小屋中举杯畅饮，一醉方休。他们两个，一个是富商之子，一个是当朝公主。那段时光，我们舞文弄墨，琴歌起舞，又有美酒佳酿，人世中所有的潇洒欢乐大约都被我们喝进了肚子。于我而言，他们两个，是我愿以性命去守护的挚友。”

他突然讲出的往事，让她在诧异之余，也不屑地说道：“你挚友的身份已经够尊贵了，加上你这神仙的守护，他们必然享尽福寿，快活终老。看来，你还真爱干锦上添花的闲事儿。”

他垂眼一笑，放下杯子，说：“他们两个，双双战死沙场。”

她愕然。

“很奇怪吧。你一定会问，别人是公主是富商，他们也是，为何不能像别人那样安享富贵，平安度日呢？”他看着窗外簌簌飞过的雪花，“记得他们出征前，并没有跟我说太多告别的话，只说，是到了该干点正事的时候了，等他们凯旋，我们再痛饮千杯。就是这么简单。他们只是两个简单的、遵从了自己心意、诚恳挥洒了生命的人而已。因为他们的遗体为敌人所毁，我只能为他们立了衣冠冢，然后，在墓前，我拿出最好的酒跟他们干杯，就像他们从未离开过。”

“他们……”她的喉咙突然有点哽塞，加上耳畔温柔的哨笛声，她拼命咽了几口口水才正常起来。

“其实，世上本没有太多为什么。”玻璃上映出他的浅浅笑脸，纤长的手指在窗户上画出一条似路非路的曲线，“不管你父亲还是我的朋友，还是别的人别的妖怪，只要遵从自己的心意，诚恳地去做一些事，这条生命就是正确的。”

她沉默良久，问：“你怎么会来到这里？”

“终于对我产生兴趣了？”他转过头，故作受宠若惊状。

“今天之后，各奔东西，听一听也无妨。”她看着自己那杯红酒，端起来一饮而尽，“当然，你不说也无所谓。”

“酒不是水，你这种喝法不对。”他笑道，“为了寻一眼十年前已干涸的泉水酿酒，我找观时女仙借来能逆回时间的朱雀灯，谁知遭遇机械故障，这盏破灯直接把我扔来了这里，自己还罢工不亮了。”

她咳嗽了几声，不禁揶揄道：“酿酒而已，哪里的水不是一样的？哪有你这样兴师动众，就为找一口十年前的泉水的傻子。”

“比起已经虚弱不堪，却依然到哪里都不忘本职工作的傻子，我还不算太傻吧。”他瞟了她一眼。

她佯作没听到，正往嘴里放的点心却差点掉出来。

“你这外行人自然是不知道的，如同人类各有各的面貌性格，天下各处水源也各有各的滋味，只有悉心挑选原料，酿出的酒才有灵魂。”他从鼻子里哼了一声，“你以为酿酒仙官这个名号只是叫着好听么?!”

“那口泉水，有什么特别？”她好奇了。

“沙漠之泉，弥足珍贵。”他不无遗憾地说，“这口泉水，被称为太阳之泪，本在沙漠之中，清甜甘冽，可惜十年前，泉水附近一口新油田被发掘出来，不久后，这口泉水便无故枯竭了。”

“就不能换别的水源？”她问。

他摇头：“别的水源，酿出来就不是我想要的味道了。酿酒就像交朋友，总要匹配投契，取长补短，才能皆大欢喜。找老婆也是如此。”

她一挑眉：“你道理还真多。”

他狡黠一笑：“等你参透其中奥妙，恐怕就不会总想着要跟我划清界限了。你这种拧巴的性子，也只得我这样宽宏大量的人，才能匹配相当。”

“不知所谓。”她脸一红，正要出言相斥，一直飘荡耳边的哨笛声突然停了下来，四周顿时陷入一片死寂。

谈话就此暂停，两人不约而同看向角落里的胖老板。如此美妙的一支曲子，如果不能听完，实在是个遗憾。

胖老板慢慢放下哨笛，发了好几秒的呆才回过神来，走到两人面前，尴尬地笑了笑：“真不好意思啊，这支曲子，我只能演奏到这里。”

“是老板你太胖了，所以气不够用了么？”九厥打趣道。

“真是没气了，反倒好了。”胖老板自嘲般笑笑，“这支曲子，是我太太谱的。这支哨笛是她生前最爱的乐器。”

“生前？”影微微一惊。

胖老板点头：“她一直梦想当个音乐家，可惜未能如愿。跟着我奔波半辈子，最后来了这里做生意。这支曲子，本来是她为我们结婚三十周年准备的礼物，可惜，还没有完成她就病故了。所以抱歉，我只能献丑到这里了。”

九厥看着他手里那支闪亮的哨笛，微笑：“你太太很有天分。这支曲子叫什么？”

“没有名字呢。”胖老板看着那幅油画，“那一年，我们回到她的家乡游玩，清晨的高地上，太阳刚刚从地平线上升起时，她说，这是她见过的最美好的景色。回来之后，她便开始写这支曲子。我这个对乐理半懂不懂的人，经常听她吹奏这支曲子，时间一长，我居然也会了。”

他的小眼睛有点泛红，赶忙揉了揉，又换回寻常那副笑脸：“所以你们别笑话，我只会这一首曲子。”

“谢谢。很好听。”影的称赞非常真诚。

这时，一个厨师打扮的家伙突然钻出来，大声问胖老板：“老板，面包烤好了。今天还用烤两炉么？”

“要的。”胖老板赶紧说。

“哦。”厨师有点失望地缩回去，嘀咕着“都停电了还要工作”。

九厥奇怪地看了看四周，说：“看起来这电一时半会儿也来不了，今晚必然不会有客人，老板你又何必再烤那么多面包呢？放到明天不就不新鲜了么？”

胖老板摸着后脑勺，嘿嘿笑着：“万一有人来呢，还是准备着好。”

“那也不用两炉那么多吧。”影也奇怪。

“哈哈，就是以防万一。二位慢坐，我去厨房看看。”胖老板打着哈哈离开。

影看着胖老板匆匆的背影，又看看时间，起身道：“我走了。你留下来享用新鲜出炉的面包吧。”

“好的。”他朝她一笑，“明天再见。”

“别再见了。”她转身朝大门走去，“这顿你付钱。”

可是，还没走出大门，她的胳膊却被一只大手拉住朝后一拽，还没看清状况，整个人已被圈到一个温暖的胸膛里，一个轻轻的吻紧跟而来，落在她微凉的额头上。

九厥在黑暗里凝视她错愕的脸，然后坏笑着接住她甩过来的拳头，说：“我只是很绅士地给一个晚安之吻罢了。”

咚！

她一脚踩在他的脚背上，骂了声“臭流氓”，摔门而去。

雪花密密地落下来，沾到睫毛上，把本就模糊的夜色染得更迷离。她裹紧外衣，匆匆行走在人烟渐稀的小路上。

不能再靠近了！绝对不能。

她下意识地捂住心口，在一间亮着灯的商铺前停下来，一手撑住冰冷外墙，大口喘息。

从身体深处涌出的黑暗与剧痛，如同无休止的海啸，一次又一次妄图震碎她的肉体与灵魂，她很清楚，这种“攻击”将会越来越频繁，越来越凶猛。

死亡的脚步声，她听得比谁都清楚。

指上的戒指光华依然，他救了自己两次，他不是坏人。她也不是怪物，身为一个女子，不论女人还是女妖，心中暗藏的情愫总是相同的。他那般的人物，只需一个微笑，便无法让人轻易忘记。

可是，不能再往前了。

她攥紧拳头。但愿，上天能让她完成那件事，然后再带走她。其他的，就当一场偶然的梦，忘了吧。那个家伙，应该有个更好的女子陪伴在旁。

她深吸一口气，挺起身子，继续前行。

酒馆里，九厥坐在原位上，一边享用热乎乎的面包，一边看着手里那个金色的手机，自言自语道："晚安之吻，可不是白给的呀。"

抱歉姑娘，虽然偷窥别人的手机是不道德行为，但谁让你遇到一个脸皮厚过城墙的家伙呢。

好像有谁说过，手机是一个人的分身。还有哪部电影说过来着，这不是手机，是手雷……

没记错的话，那回她手机掉出来时，她可是紧张之极的，生怕摔坏似的。在这个手机就是废物的时间里，以她的性格，断不会幻想某天能出现手机信号让她跟未来联系，如果不是这样……

他狡黠一笑：握着她的手机，也许就握住了她的秘密?!

但愿还有电，他祈祷着摁下开机键。

漆黑的手机屏在他眼中点亮，桌面图跃然而出，一男一女，笑得甜如蜜糖。

"怎么是他……"

九厥的眉头，深深地皱起来。

Chapter.13 老仆

"先生，卢卡已经睡了。"艾玛站在书房的门口，礼貌地敲了敲已经打开的门，却并不进去，"没别的吩咐的话，我回房间了。"

鹅黄的台灯光线下，阿尔曼头也不抬地说："谢谢你，艾玛。"

"晚安，先生。"

“艾玛。”阿尔曼合上手里的文件，突然又喊住正要离开的她。

“什么？”

他看着这个永远谨慎守礼的老妇人:“这几天会持续降温，你年岁已高，穿暖和些吧。”

“好的。”艾玛点头，“晚安。”

“等等。”他又叫住她，“你进来。”

艾玛走进来，停在离书桌一步远的地方，皱纹横生的脸永远不卑不亢。

自打她跟着妻子一起出现在家门口时，她就是这个模样了，少言寡语，没有很多的喜怒，每一天的核心就是照顾妻子的起居，卢卡出生后，又同样细心地照顾这个孩子，但是对自己，艾玛除了礼貌，便再没有别的了，除非他开口要求，否则这个老太太是连杯水都不会主动给他倒的。她将自己的职责分得异常清楚，妻子与卢卡才是她“那一边”的，而自己，只是挂着“先生”之名的外人。

“你是知道她下落的，对吧。”他看着她，“我离开的这几年，她到底是怎么了？”

“先生，我并不知夫人去了哪里。把卢卡带来你身边，是她最后的嘱托。”艾玛沉静地回答。

“你可以不说。”阿尔曼起身，看着窗外浓重的夜色，远远地，几声枪响传来，“难道你与她的想法相同？认为这里是一个适合孩子的地方？”

“从您的母亲过世之后，您的家中也没有什么人留下了，几个外戚又不怎么往来。”她一板一眼地回答，“相比之下，在自己父亲身边，是最佳的选择。”

“这里是军队。”他背起手，“这次他能过来，已经是上面特别批准。他不可能长期留在我身边。”

“不能也要能。”艾玛眼都不眨地说，“因为您是他的父亲。”

“艾玛，如果你以这样的姿态与想法跟别的军官对话，你已经被枪毙十次了。”他回头，看着这个不知轻重的老妇，“我感谢这么多年你对卢卡母子的照顾，但现在，我希望你带卢卡回去，并且郑重转告她，这也是她的儿子。不论我与她之间是否还能做夫妻，保护他照顾他，难道不是一个母亲该做的事？”

“对不起，先生。”艾玛毫无妥协的意思，每个字都像石头一样坚硬，“我只负责将卢卡带到您身边。”

他看着她那双无动于衷的灰色眼睛，深深吸了口气，将一股怒火生生压了下去。如果不是因为卢卡，如果他今天的心情再坏一点，他不敢保证艾玛是否能安然走出房间。反正在这个地方，杀人只是一件小事。

“好吧，今天太晚了，我们暂时不讨论这个问题。”他挥挥手，“去休息吧。”

“是。”艾玛像一尊会动的雕像，移出了他的视线。

阿尔曼重新坐下来，有些躁郁地点起一支香烟，缓缓喷出去的烟雾，在面前那份文件上印上一团游移的阴影。

他半眯着眼打量这份“机密文件”，仿佛在打量一个搞砸了表演的小丑。

“成长计划……”他喃喃自语，懒得抖落的烟灰终于掉下来，落在这个清晰的主题上。

他的目光沿着文件中那份名单慢慢往下数。一共二十个名字，名字后面还跟着一系列与体质以及智商有关的“评测结果”，末尾的数字是这些名字的年龄，最小的五岁，最大的不超过十二岁。

他的同僚们弄丢了二十个孩子，二十个精心挑选，应该送到南部第五秘密基地，为伟大的“成长计划”作出贡献的孩子。

一周前，本应开往南部的专车在半路上被人阻截，这群早有预谋的地下武装者兵分两路，一伙带走所有孩子，另一伙负责断后。几番追击，除了活捉一人、击毙多人之外，再没有收获，这群孩子就这样生生消失了。

于是，尸体莫名失踪案被当作小事忽略了，现在最让上面最头痛的事情，不仅仅是要抓出泄露文件内容以及专车时间路线的内贼，更迫切的是要在一个月之内，把这批经过严格筛选的孩子送到南部。根据“最高指令”，如果不能如期完成所有的研究任务，基地内的各位“专家”包括负责这件事的所有高官，全部以渎职罪论处。

阿尔曼在看到这份文件后说的第一句是，“那个人”是疯了吧。

尽管他并不清楚这个被冠以“成长计划”的任务具体有怎样的内容，但他知道，除了这个，在之前所有被冠以各种好名字的“计划”里，都没有“人”的存在。“那个人”突发奇想的一个念头，就能让一堆人为他这个念头陪葬，可他还总美其名曰地表示，这一切都是为了优化整个民族，甚至优化全人类。

他是个军人，服从是天职，所做过的一切是忠于职守，还是助纣为虐，他在清醒的时候总是尽量避免去思考。但，好些个醉眼蒙胧的夜里，他曾举着酒杯，笑着对着镜子里的自己说：你去地狱是应该的。

不过，在他得到专车被截的消息时，下意识地松了口气，连带那一整天，心情都不错。

可是，该做的事情还是要做的。被活捉的人毫不胆怯地承认自己就是令他们头痛不已的“地平线”里的一员，只要“地平线”一日不亡，就永远有人与他们这群恶魔对抗。可惜的是，直到这家伙被拷问到死，也没有说出同伴的下落。

恼怒的高层们在开了两个钟头的会议之后，决定实施大范围围捕行为，同时张榜重赏所有提供该组织成员下落的“好市民”。但，二十个孩子的事却被隐瞒下来，只吩咐下属们秘密查探。毕竟，这件事太难看。

一周时间，他们“剿灭”了上百人，不论其中的人是否真是武装分子，宁枉毋纵。

可是，孩子依然没有下落。

不如就一直没有下落吧，他摁灭烟头，重新合上这份文件，厌恶地扔进了文件柜里。

揉着微微涨痛的头，他走出书房，轻手轻脚进了卢卡的房间。

孩子已经睡得很熟了，抱着他的布偶。

他走到床前，小心翼翼地将被子往上拉了一点，再俯身轻轻吻了吻儿子的侧脸。

睡梦中的卢卡，微微翘起的嘴角上居然还留着一点没擦净的巧克力。

他看了看扔在床头柜上的包装纸，不禁摇头，这小家伙对巧克力蛋糕真是无比迷恋，一定是在睡前都在偷吃。今天下午，当他们迎面碰到那个叫博尔达的中士时，卢卡的眼睛就掉进对方手里的纸盒里了，张口就说好香的巧克力蛋糕。中士当然不会放过这个讨好上级的机会，大方地把一整盒蛋糕都送给了卢卡。也因为这盒蛋糕，卢卡的下午过得很愉快，并跟他说，以后还想吃这种蛋糕，因为这种蛋糕做得比之前他吃过的任何一种都好吃。

作为一个生疏的父亲，他立刻答应了儿子。如果一块蛋糕就可以让卢卡高兴，他没有理由不去做。

他默默记下了印在纸盒外头的店名——海伦酒馆。

这个地方他有些印象，似乎路过了好几次，一间看上去还行的酒馆，想不到做出来的糕点也还不错。既然如此，他冒出了一个想法，卢卡的生日很快就到，不论他是否继续留在自己身边，这个生日应当由他这个父亲为他庆祝。

这时，隔壁房间突然传来“哗啦”一声异响。

那是艾玛的房间。

卢卡翻了个身，幸而没有被吵醒。

阿尔曼赶忙退出儿子的房间，快步走到隔壁房门前，叩门道：“艾玛？你在里面？”

片刻后，房门打开，艾玛好端端地出现在门后，说：“先生，有事？”

“我听到你房间里有奇怪的声音。”他径直走进房间，迎面一阵冷风吹来，正对面的窗户上，居然破了一个大洞，碎玻璃碴溅了一地。

他吃了一惊，指着窗户：“这是怎么了？”

“应该是哪里的野鸟飞来，撞坏了窗户。”艾玛淡淡地说，“我正要去拿扫帚。”

阿尔曼走到窗前，一把推开窗户，伸出脑袋四下一看，除了漫天雪花，四周连个鬼影都没有。再说，这个季节，哪会有野鸟？可是，玻璃碴子里又确实有两根黑色的羽毛。

真是怪事。

“你确定是野鸟？”他关上窗户，回头问她。

“不然是什么呢？”她反问。

他打量了她半晌，居然找不到一丝值得怀疑的表情，只得说：“今晚你换个房间睡吧。明天我吩咐人来修理窗户。”

“不用，放下窗帘冷风就钻不进了。”艾玛将他送到门口，“晚安，先生。”

“你自己留心些。”

他话音未落，房门已“砰”一声关上。

他摇摇头，这确实是个性格古怪的老妇人，数十年如一日。

直到他的脚步消失在走廊里，一直站在门后的艾玛才走回窗前，刷一下合起窗帘，又关了灯，这才放心坐到床上，然后，一手抓住自己绾在脑后的发髻，用力朝上一提。只见一道暗光闪过，坐在床上的哪里还是老妇艾玛，分明是一只个头硕大的猫头鹰，金色的圆眼像两个明亮的灯泡，黝黑的羽毛在黑暗里也泛着光泽，一张用布缝成的“人皮”躺在它旁边，眉眼生动。

猫头鹰低头看自己的爪子，几道鲜血淋漓的伤口赫然入目，它张开嘴，艰难地往伤口上吹着气……

Chapter.14 苦梦

日出是什么样的？我忘记好多年了。

每个地方的日出，我们都去看一次？

可你不能总这样陪着我啊。

你看，下头像个深渊，没有尽头似的……我们还是要去么？

影，抓紧我的手，不要放开！

影，对不起……

对不起……

她猛地睁开眼，从冷硬的地上坐起来。

天还没亮，雪却是停了，气温明明更低了，背脊上的衣裳却被汗湿透。

来到这里这么久，第一次梦见那个人。

有人说，最爱与最恨的人，都很难进到梦里。因为白天，你已经耗尽了想念。

她起身给自己倒了一杯酒，之前的屋主剩下半瓶叫不出名字的洋酒。倒进嘴里很凉，很苦，很涩，吐也不是，吞又难受，像极了她的心情。

这样的日子，还要忍耐多久呢？每一天的下午 3 点，他是否真会出现？

整杯酒落了肚，在脏腑里点起了一片火。她重新躺下来，逼迫自己入睡，她需要维持一个尽量健康的身体，在那一天到来之前。

半梦半醒之间，有人走到身边，温柔地抚摸她的额头。甜甜的花香钻进鼻子里、耳边，还有婉转清丽的水乡小调、慵懒的丹凤眼与玫瑰色的脸颊在三月春雨里隐约而现，旁边那满面微笑的男人轻抚长笛，每个音符都是幸福。

影儿，乖乖的，娘去去就回。

娘，你要去哪里呀？不等爹回来一起去吗？

你看头顶的蓝天，多美呀，娘要去天空里最高的地方。

最高的地方？有多高呀？比十座大山叠起来还高么？

嗯，最接近太阳的地方。

为什么要去那里呀？娘也带我去好不好？

为了让你以后有足够的时间去任何想去的地方，睡觉吧，傻孩子。

娘……你飞那么高，我飞不起来！

爹，娘怎么还不回来呀？

她回来了？在哪里？

不对，爹你骗我，娘怎么会在这个瓶子里？

你骗我！

娘！

她伸手去抓，却只扑到了一片空气。

骤然的惊悸将她从虚迷的梦境中再次推了出来，她怔怔地望着天花板，一动不敢动，生怕一动弹，母亲久违的容颜就会从眼中消失。

母亲不是妖怪，是人类。

关于她与父亲的相识，她从不讲长篇故事，永远都只浅笑着说，不过是错误的时间错误的地方，遇到了你爹。

那你们的相遇岂不也是错的？年幼的她不能理解。

人是对的，那么一切都对了。母亲摸着她的脑袋，朝在门外劈柴的父亲望了一眼。

这个夏天的傍晚，他们一家刚刚搬到洞庭湖附近，山光水色，正是一年中最旖旎的时节。

搬家是家常便饭，父亲的“工作”在哪里都能施展。这样的东奔西跑在他人眼中是磨难，在他们却是享受。一家三口，只要人是齐的，家就是实在的家，与地点无关。

他们在洞庭湖住了一年，也是她与母亲相伴的最后一年。

许久之后，她才知道，母亲出身名门。她的家族有多尊贵，父亲没有多说，只说连皇帝都要礼让三分，因为他需要这个家族为他驱魔除妖，为他的江山预言吉凶。可惜，母亲让他的家族蒙受了最大的“耻辱”，因为——她要嫁给一只妖怪。

关于与母亲所经受的种种，父亲只字不提，但她比谁都清楚，他们要走到一起，需要熬过的不止是“艰辛”。

她从不敢多想母亲要离开她的家族时究竟发生了什么，只知母亲背上有一条极深重的刀痕，而母亲从不讲这伤痕的来历，只玩笑般说，这是获得自由的凭证。

她虽年幼，却也能隐隐觉察到世界对妖怪的不友善。妖怪之于人类，应是理所当然的天敌。

母亲离开前的一个晚上，她蜷在她的怀里数天上的星星，数得无聊时，她问她，为何要嫁给父亲，他是妖怪呢。

母亲笑着点了点她的鼻头，说，待以后你能完全理解你父亲的“工作”时，便有答案了。

可是，为何你又这样不声不响地，永远离开我们了呢——这个问题，她却永远没有机会问出口。

天渐渐亮了，梦也渐渐淡了，那些遥远虚迷的过去重新凝聚成钢铁般的现实，她动了动僵硬的身子，坐起来，一手揉着涨痛的脑袋，一手将旁边的外套拿过来。再看看他吧，她想。

可是，当她的手触到衣兜时，她整个人从地上跳了起来——空的？怎么空了呢？

她疯了似的在屋子里乱翻一通，还冲出门去将走过的楼道楼梯全部扫描一番，没有！

她攥紧拳头靠在大门后，仔细回想昨天发生过的每一幕，当回到那个令她防不胜防的“晚安之吻”时，不禁眼神一惊……

那个混蛋！

Chapter.15 生日

整整一周时间，海伦酒馆里都没有九厥的身影。

连胖老板都看出，这个素来淡然的女子，焦躁之情溢于言表，每天来时的第一句话不再是“来杯红酒”，而是“卡普先生来过吗”。

胖老板每次都只能遗憾地朝她摇头。他也很想念这个豪爽的“卡普先生”呢。

今天，答案依然是否定。

她沮丧地坐在原位，望眼欲穿地看着玻璃外头的行人。如果有那个混蛋的生辰八字，她一定拿来扎小人，狠狠扎，比传说中的嬷嬷还要狠!

这个变态，为什么要偷走她的手机!

越想越窝火，她忍不住一拳砸在桌子上，差点震翻了自己的酒杯。就在众人目光朝她这边投来时，门上的风铃叮当作响，身形高大的金发男人带着一股寒气进了酒馆。

是他?!

她的心突然狂跳，周围的一切都变得涣散，依然清晰的，只有这个不期而至的男人……阿尔曼。

酒馆里的气氛立刻变得微妙起来。有人认识他，不认识他的人也在旁人授意下，火速了解了他的来头。于是，每张桌子前的人都像被定了格，留也不是，走也不是，小心翼翼地观望这个掌握生杀予夺之权的人。

他依然没有穿军装，只是一件随意的黑色大衣，呢帽拿在手里，像个低调的绅士。

她慌忙低下头，在他的目光可能从这边扫过时。

胖老板慌里慌张地跳出来，点头哈腰地朝他伸出手：“长官下午好！”

阿尔曼礼貌地同他握握手，微笑道：“您是这里的老板？”

“是是！请这边坐！”胖老板将他朝光线最好的位置带去。

刚一落座，就有顶好的酒送到阿尔曼面前。他端起酒杯嗅了嗅，笑道：“难得的好酒。”不过，他没有喝，又放回了原地。

无法揣测他的来意，令到胖老板紧张不已，忙说：“酒不合长官口味？我再去换一种。”

“不必了。”阿尔曼叫住他，“我白天不饮酒。”

“啊？那我给您倒杯热茶。”

“也不必了。”阿尔曼笑着指了指柜台旁边存放糕点的玻璃柜，“听说你这里的巧克力蛋糕做得很不错。”

胖老板受宠若惊，马上说：“您稍等片刻，新鲜的蛋糕还没出炉，我马上去厨房催一催。”

“我不是为了吃蛋糕来的。”阿尔曼看着从胖老板额头上滴下来的汗，拍拍他的胳膊，“不用害怕，我今天只是个顾客。”

他越是和蔼，胖老板渗出的汗却越多。

“这次来，是想预先跟老板你商量一下。”他直言道，“下周六，我打算为一个孩子庆祝生日，因为他喜欢你家的巧克力蛋糕，所以，我希望当天他能吃到一份新鲜出炉的，特制的生日蛋糕。当然，并不需要任何多余的仪式，只是一顿安静的生日餐。”

胖老板松了口大气，连声道：“没问题没问题！是下周六对吧？届时我一定准备好香喷喷的特制生日蛋糕！”

“谢谢。”阿尔曼拿出拇指头大小的一块金子放到桌上，“这样的时局，黄金比纸币可靠。够么？”

“够够够，太够了！”胖老板激动得结巴起来。

“有劳了。”他起身告辞。

临出门时，他莫名地回过头，朝影所在的方向瞟了一眼，可是又没找到什么可疑的地方，那里只有个脑袋扭到一旁的、连脸都看不清的黑衣女人。

走到哪里都令人心生恐惧，并不是一个会让人骄傲的优点。阿尔曼在心里苦笑，开门走了出去。

整个世界松懈下来。

大气都不敢出一口的人，终于可以从容下来，喝酒，聊天，继续。

胖老板握着那块小金子，一脸劫后余生的幸福感。

她将胖老板叫过来，问：“刚刚那个人，找你做什么？”

“下周六，他要带一个孩子来这里庆祝生日，要我准备准备。”胖老板如是道。

“下周六?!”她腾一下站起来，一把抓住胖老板的胳膊，“是下周六？你确定？”

胖老板被她吓了一跳：“他是这么说的啊。”

她深吸了口气，松开手，控制住自己的情绪，缓缓坐了回去。

“你……没事吧？”胖老板不太放心地问。

“没事。你忙你的去。”她摇头。

下周六……就是那一天了么?!

她的心跳由快到慢，等了那么久，终于是时候了。

原来，当这一天就在眼前时，自己会平静若此。

她笑了笑，第一次在天黑之前，离开了酒馆。

难以言喻的轻松，飘荡在她回去的每一个步子里。不过，所谓轻松，更像是大仇得报前的兴奋。

现在，她的心里不再有位置思考别的东西，但，那个蓝头发的变态偶尔还是要钻出来，由不得她不想。

也许，他已经不在这个时间了？

如果这样，岂不是更好，再不会有讨厌鬼跳出来干扰自己的计划，虽然手机被他偷走有点遗憾。那里有那个人留给她的，唯一的纪念。

她抬头看着最后一抹夕阳，尽管美好，终究要沉没。有些东西，也到了该彻底放下的时候。

回到住处，她从衣柜最底层的暗格里，取出一个尺把长的暗红色箱子。

在投射到窗帘上的仅剩的光线中，她打开箱子，一把纯银打造成的匕首映着她冷若冰霜的双眼，利光闪烁。

她将匕首取出来，庄重地将它仔细擦拭一番后，才小心放回箱子里。

然后，她又拿出那个琉璃小瓶，一仰脖，将里面最后一粒光团倒进口中……

Chapter.16 家族

荒无人烟的树林里，巨大的猫头鹰在繁乱的树枝间狼狈逃窜，被黑色翅膀扇落的积雪与断掉的枯枝不断落下。身后，一粒又一粒看不清材质的玩意儿，子弹般朝它身上飞速击去，弹无虚发。一定很疼，每击中一次就听到它怪叫一声，但又不致命，因为看不见任何伤痕。

终于，疲于奔命的猫头鹰倒了大霉，乱撞之下被一根坚硬粗壮的 Y 形树丫卡住了脖子。

正对面，九厥轻飘飘地落下来，稳稳踩在横过来的树枝上，笑眯眯地晃了晃手里的弹弓："还要继续么？"

猫头鹰开口说了人话，还是一口正宗的外国腔："你到底是什么人？为什么会突然出现在我们住地外头？"

"我不是人。"九厥很老实地耸耸肩，颇为委屈地瘪瘪嘴，"我不过来问你几个问题，还顺便帮了你的忙，你却那么凶，喊打喊杀的，吓死人家了！"

"先生，一直是你在打我！"猫头鹰更委屈，拼命扑棱着翅膀，"哪有人拿土豆打人的！"

"我要用石头，你早就见你们的上帝去了。"九厥从随身的小布袋里摸出一粒圆圆的小土豆，真诚地看着它，"对不起，我知道浪费粮食是不对的，可是为了教训这只猫头鹰，你们不会怪我的，对吧？"

"你不如直接杀了我！"猫头鹰愤怒地瞪圆了本来就很圆的眼睛，挣扎之下，土豆泥纷纷从它的羽毛间落下来。

“我反对虐畜。”九厥抛玩着手里的土豆，“再问你一次，在那个孩子的窗外，你拼了命去抵抗的家伙们，究竟是什么来头？”

猫头鹰又一次选择了愤怒的沉默。

“嘴可真严。”九厥无奈地摇头，“好吧，你就在这里卡着好了。我回去跟那个孩子谈谈人生与理想。”

“不许去打扰他！”猫头鹰大喊，“他什么都不知道！”

九厥回过头，不再给它任何笑容：“那就告诉我实情！”

“我向我的主人保证过，死也要保持缄默。”猫头鹰依然倔强。

“可你现在不还没死嘛。”九厥嗖一下跳到离它最近的树枝上，一脸无赖相，“来嘛，说来听听，乖。”

“不能说！”

九厥皱起眉头，几秒钟后，叹了口气：“好吧。”

话音未落，他的手掌高高扬起，在猫头鹰惊愕的眼神里，猛地朝它的头部劈了下去。

“喀嚓”一声，树丫断了。

突然失了支撑的大鸟呼啦一下落到了雪地上。

九厥随之跳到地上，冷眼看着不知所措的猫头鹰：“你走吧。”

“你肯让我走？”猫头鹰狐疑地看着这个喜怒无常的蓝头发。

“请便。”九厥背过身去，看都不看它，“不过，照阁下的实力，已经很难再有建树了吧？如果那群浑身散发着坟墓与血液的臭味的家伙们再来骚扰的话……”

猫头鹰勉强地站起来，大口喘着气，诧异地问：“你说什么臭味？”

“坟墓与血液。”九厥挑眉一笑，“我猜想，只有长期住在墓穴或者棺材里，讨厌阳光、喜爱血液的物种，才有这样的味道。”

猫头鹰似乎忘记了要逃走这件事，反而跳到他面前：“你能闻到这样的气味？”

“好了，别装深沉了。不就是一群都被说烂了的吸血鬼嘛！”九厥冷哼一声，旋即幸灾乐祸地将它上下打量一番，“可怜那小娃娃，你这保镖不顶用了，他早晚得被那群家伙吸干鲜血。”

“你到底是什么人？”猫头鹰又重复了第一个问题。

“这里的人都叫我卡普先生。”九厥嘻嘻一笑，然后鬼祟地凑到它耳边，“我的背景不重要，重要的是，我能解决你解决不了的家伙。”

猫头鹰一愣。

“所以，不如就此达成协议。用那个孩子的秘密来交换他的安全，不吃亏。”他直起身子，“我只给你三十秒思考时间。”

破晓前的树林里，因为处处积雪的缘故，白得晃眼。远远近近的异声，或许是野兽经过的动静，在他们之间短暂的沉默中显得尤为刺耳。

“时间到。”他看着仍闭嘴的猫头鹰，遗憾地转过身，“再见。”

“他们是卢卡娘家的人。”猫头鹰的声音很犹豫，却又迫不得已，“卢卡……是赛斯万家族的后代。”

“赛斯万家族？”九厥回过头，“没德古拉家出名呀，都没怎么听说过。”

“只是很小的一支。”猫头鹰说道，“但也是很特别的一支。”

“哪里特别？莫非他们不吸血？”

猫头鹰摇头：“赛斯万家的每个成员，都只会与人类结合，生下的后代也是完全的人类，直到他们的父亲或者母亲亲手将他们变成这个家族里真正的成员。”

“亲手？”九厥皱眉。

“无关者的血，对赛斯万家的人来说只是基本的‘食物’，想保持长生，需要的却是整个家族中最年轻者的鲜血。”猫头鹰看着渐亮的天空，“代代如此。一旦有自家的婴儿降生，赛斯万家的爸爸或者妈妈便要遵照家规，取尽孩子身上的鲜血，放到家传的金盅里，供家族中所有成员享用。与其说这是血，不如说是供给了他们又一轮可延续百年的生命力。”

“然后呢？被榨干了血的孩子会如何？”他想起那个缩在床上抱着一只布偶兔子睡觉的小男孩。如此没有安全感，是因为天生的怯懦，还是来自对自身命运懵懂的感应？

“不如何。”猫头鹰缓缓道，“世上又多一只吸血鬼而已。”

“卢卡已经五岁了？”他突然问。

“就快六岁了。”猫头鹰纠正道。

“可他依然是人类。”他似乎找到了问题的核心，“你的主人，要用怎样的方法瞒天过海？”

“并没有什么好办法。”猫头鹰摇头，“她曾苦苦哀求过他们，希望他们不要把卢卡变成跟他们一样的存在。但是，得到的只是严厉的斥责。他们说，多年来，他们之所以能安稳度日，甚至进化到了能在白天出没的程度，完全归功于这条‘家规’。如今世道混乱，战祸连年，受影响的不止人类，连赛斯万家族也受到波及，近十年来，只得卢卡这一个孩子出生。如果不对他出手，赛斯万家族将遭遇前所未有的危机。”它顿了顿，又道：“既然哀求无用，便只能反抗了。”

“你意思是，你的主人为了逃避这条家规，跟她的家族斗了整整五年？”九厥挠挠鼻子，“这可不是件容易的事。”

"当然不容易。"猫头鹰冷冷道，"这几年来，赛斯万家的人先是好言劝说，见主人态度坚决，他们也不再留情面。从小打小闹的滋扰，到明刀明枪的抢夺，一次次不怀好意的攻击都被主人给打退了。并且，为了在毫不知情的丈夫面前继续当个'正常'的妻子，她还得费尽心思找理由来掩饰一切，比如她身上莫名其妙的伤口，以及她数日不归家的行为。也多亏阿尔曼这几年长期不在家中，否则，很难瞒下去。"

"她输了，对不对？"九厥的思维总是非常跳跃。

猫头鹰愣了愣，眼里闪过一丝悲色："一个人对付一群人，几年尚可勉强支撑，时间一长又怎么得了。大约一年前，他们的矛盾终于白热化，那帮人甚至放话说，要拿阿尔曼开刀。主人怕他们胡来，只得假装屈服，但要他们给她一年时间了断跟阿尔曼之间的一切，一年后，她会带卢卡去见他们。从主人做了最后的决定开始，也就是一年前，她用一切理由逼阿尔曼永远离开她。一个月前，她让我将卢卡带到阿尔曼身边。在我们启程的前晚，她带上了用一年时间寻来的各种能对付吸血鬼的法器，离开了家。她跟我说的最后一句话是，她做不出任何伤害自己孩子的事情，即便她是一只吸血鬼。"

九厥沉默半晌，说："把孩子带到阿尔曼身边，并不是最安全的计划。"

"起码他是他的父亲。"猫头鹰昂起头，"何况，我还活着呢。"

"忠诚的猫头鹰仆人，我就不问你跟你的主人有怎样的渊源了。"九厥一笑，很快又沉下脸，"不过，如果你主人的目的是单刀赴会，同归于尽，她的目的显然没有达到。"

"也没剩下几个了。"猫头鹰说，"来找麻烦的，不过最后的两三人。最可恨的是，他们……"它停下来，眼中的悲伤骤然浓重。

"他们如何？"

"他们带来了主人的……头颅。"猫头鹰闭上眼，"他们叫嚣着，要让卢卡亲眼看到背叛家族之人的下场。"

"还真是让人恶心呢。"九厥冷冷一笑，"今天之后，把这孩子交给我吧。"

"你……"

"我只是讨厌智商被碾压人品又低下的吸血鬼罢了。至于你答应那对父子守护的秘密，我也会守口如瓶，除非你自己愿意说出来。"九厥朝猫头鹰伸出手，"成交？"

猫头鹰迟疑着，伸了一只翅膀出来。

"我第一次跟猫头鹰握手哟！"他笑，抓住对方的翅膀摇了摇，看看天色，"就快天亮了，快回去穿上你的皮，继续当保姆吧。以后，不论你从窗外听到什么动静，都不要来看。我发起飙来是很残忍的！"

"哦……"

“怎么我觉得你的眼神不对，怀疑我？”

“我只是不太能完全信任一个拿土豆当武器的人。”

“土豆是对付僵尸的顶级武器！咦，不对，僵尸跟吸血鬼不是一类的哈?!”

“……”

Chapter.17 新郎

今天的天气实在太糟糕了，冷也就罢了，还下雨。

九厥站在不高不低的土坡上，边跺脚边呵气。无数被扣押的平民正在下面忙碌，被电网隔出来的四四方方的“工作区”里，他们将仅剩的健康以及生命花在各种沉重的工作上，荷枪实弹的士兵们裹着厚实的衣裳，冷眼监视着这群衣不蔽体的苦工们，打骂乃至处决，仅仅看他们的心情。

都是有血有肉的同类呀，有什么区别呢?

别的他不知道，但是，任何一个群体的崩溃乃至灭亡，通常都是从自相残杀开始。

耳边又是一声枪响，一个年轻的孩子软软倒在了雪地里。

历史就是这般模样，极真实，也极难看。

他一直在心里为自己扯好了一条警戒线——纵然难看，也不可更改。

但是，这条警戒线是不是真能坚持到底呢?!

距他十米之外的地方，是专为高级军官们准备的“别墅”，阿尔曼跟卢卡就住在中间那座三层的小楼里。

三楼卧室的窗户后，站着面无表情的“艾玛”，身后的大床上，卢卡正在午睡，小小的耳朵眼儿里，各自塞着一团棉花。从来到这里的那一天开始，艾玛就要求他堵上耳朵再睡觉。

耳朵可以堵上，可眼睛怎么办呢?

她已经尽可能让卢卡留在室内，并且不要到阳台上去看那些被围困的人。但是，卢卡的眼睛依然没有逃过那些他不能理解的场景。艾玛花了许多时间与编故事的才能，才让他相信，那些人是在玩一场逼真的游戏。输了的人，要假装中枪倒地。

然后，她终于意识到阿尔曼的话也是对的，这里确实不该是孩子应该待的地方。可是，下面的营房里，不也有那么多平民的孩子么，难道他们的孩子就不是孩子了？于是，她很快对自己编造的谎言后悔了。也许很残忍，也许不恰当，但是，卢卡应该跟那些孩子一样，明白这一切并不是一个游戏。

他看到的，就是人类自编自演的战争，血肉横飞，无处不在。

所以，当一个钟头前，阿尔曼过来找她，说后天为卢卡过完生日之后就派人将他们送回去时，她再次断然拒绝。

阿尔曼的脸色已经很难看，他强调，这是命令，不是商量。

她照样奉上不怕死的坚决，卢卡必须留在父亲身边，有关这个战场的一切，应该由他这个唯一的亲人来向卢卡解释。并且，她也向他强调，卢卡是个男孩子，如果不想他一辈子抱着布偶睡觉，请教会他面对现实。

阿尔曼愣了好一会儿，拂袖而去。

她在他的背影之后叹气，口口声声要卢卡面对现实，那么，有关他母亲以及赛斯万家族的真相，关于主人要她永远对卢卡父子保守的秘密，又该如何处置？

她矛盾地走到窗前，那个蓝头发就在外面的某个地方吧，他说他会一直守到彻底安全的那一天才离开。他的推测没错，如果赛斯万家的人再来抢夺卢卡，已经受伤的她根本无力抵挡。前天晚上，要不是蓝头发在暗处出手击退了他们，她现在大概只剩一具没有血的尸体了。她完全不知这半道杀出来的家伙跟卢卡或者阿尔曼有什么关系，但，如今能信任的，也只有他了。

奇怪的是，这两天，那帮家伙像是消失了一般。不知他们是被上次的溃败吓跑了，还是在酝酿别的阴谋……

九厥看着艾玛的身影消失在窗户后，隐去身形的他边蹦跶边感慨，大冷天的蹲点真不是人干的事儿。

如果不是女妖怪手机里那张合影，他不会来找阿尔曼。

照片里那个男人，除了眼神中少了几分硬气，除了跟灰烬一个颜色的眼眸，他几乎是阿尔曼的翻版。

正是这双颜色罕见的眸子，攥出了一段早已被他忽略的记忆。

照片里的男人，他见过，还聊过——在这个男人的婚礼上。

那应该是他还活在正确时间里的两年之前，他开在人界的酒庄接到了当年数额最大的一张订单，来自最有钱有势的企业，土豪老爹要为女儿的婚礼准备顶级美味的红酒，并且认定了只有他的酒庄才能达到标准。

钱要赚，但不是谁都有资格来买他的酒，这是规矩，但土豪老爹的生意可以做。身为一个交友遍天下的酿酒仙官，这个老家伙在他的朋友名单之上，人品不坏，出手大方，最难得的是，身为吸血鬼却不伤人命，所以，除了偶尔抨击一下对方作为生意人难免的奸商做派之外，朋友还是做下来了。如今，老友女儿出嫁，有求于他，他自然妥妥当当准备了十箱世上独一无二的红酒，亲自送去。

这算是他参加过的顶级土豪的婚礼了，嘉宾们非富则贵，甚至包括不少各国政要。不过，婚礼就是婚礼，主角不会变。新娘很美，新郎很俊，主持婚礼的神父很祥和。

后退百年，谁敢想象一场在十字架前举行的吸血鬼婚礼？

这的确是他见过的生活得最成功的吸血鬼家族了，当那些仍以人类为食、猥琐生活在暗处的同类还在躲闪着各种猎人的追杀时，土豪一家早已将目光放到全球经济与资本运营的战场上。他们永远不需要为食物担心，自家的血库里随时有充足新鲜的袋装血，当然，是买来的。只要价格诱人，童叟无欺，生意永远是好做的。至于阳光，他们早已无所畏惧，即便是夏日太阳最毒的时候，多涂几层特制防晒霜就够了。土豪甚至每年还要捐一大笔钱给当地教会，说化敌为友并不是太难的事。总之，他们的日子几乎与人类无异，风生水起。

他印象最深的是，土豪曾在半醉时结巴着跟他感慨："不杀人呀，比杀人的好处多！"

这是一只顶聪明的吸血鬼，他觉得。只可惜他的不少同类以及非同类还没太明白这个道理。

作为特邀嘉宾之一，那个晚上，他只是站在最不起眼的角落里，微笑着向新人举了举杯。

如果那天，他早一个钟头离开这座城堡般恢宏的别墅，也就不会撞到那一幕了吧。

接近半夜，婚宴上的狂欢仍在继续，觥筹交错，宾主尽欢。他端着一杯酒，径直走到了别墅东翼的露台上，准备安安静静地欣赏欣赏外头的山水风景，喝完这杯就告辞。他不讨厌热闹，但过度繁华的地方，还是留给别人吧。

没想到的是，露台上居然有人先他一步，抱着半瓶红酒呆呆地靠在栏杆上，发烫的脸孔在夜色里很不明晰，一边灌酒，一边醉语喃喃。

啧啧，是新郎官嘛。

他走上去，友好地拍拍这位老兄的肩："大家都在大厅里热闹，新郎却在这里，不合适吧？"

新郎醉眼蒙眬地转过头，灰色的眸子里看不到半点喜气。

"我娶了个特别有钱的老婆！"新郎指着自己的鼻子，"完全不用担心吃不饱肚子，也不用躲躲藏藏……你说，这好不好？"

他笑笑："当然好啦，你的福气。"

新郎皱眉，呆看着他，声音也高了一个调："可为什么我不高兴呢？"

我怎么知道……九厥在心里说。

“你看，戒指！”新郎举起手，钻戒闪亮，“我答应过，要给她世界上最亮的钻石！可是我……松手了。”他烂泥一样瘫坐到地上，又灌了一大口酒，指着自己的鼻子傻笑：“这就是个胆小鬼！世界上最可耻的胆小鬼！”

“她”跟里头的新娘，不是一个人？他撇撇嘴，不打算去深入理解一个醉鬼的话。

“你喝多了，我找人来扶你进去。”他转身。

“阿克索娜之渊……”新郎垂着头，在眼泪鼻涕里絮絮叨叨，“我松手了……松手了……”

他微微一怔。

阿克索娜之渊这个名字，他似乎听观时女仙提过，是一个由北欧巫女看守的时间黑洞，据说只要肯付出不菲的代价，就能从这个地方逆回时间。观时女仙还说，她不止一次要跟巫女达成协议，要她们封锁这个危险的地方，可巫女说她们自成一派，不受任何神灵辖制，拒绝了女仙，把她气了个半死。

“我是吸血鬼。”新郎突然抬起头，嘿嘿一笑。

“嗯。”他点头，“我知道了。”

“你不相信我……”新郎沮丧地低下头，只剩几滴的酒瓶从手里滚落出去，“我也不相信……可我又怕死，怕打架……更怕要去很高很亮的地方……”

新郎的舌头再也捋不直了，后面的话也听不清了，酒精把这个男人推进了彻底的深睡。

是有多不开心，才会醉成这个鬼样子？他摇头离开。

那天之后，有关这场婚礼的一切，包括那位表面上为众人所羡慕，却在露台上醉得一塌糊涂的新郎，都被抛到了九霄云外。他这么忙，又怎会记住一场小小的，别人的尴尬。

要不是土豪金里那张合影，他永远都不会想起这一段小插曲。

如今看来，不过又是一段新郎结婚了新娘不是我的三俗悲剧?!

他在心里做了各种推论，最合理的一条——女妖怪跟醉鬼新郎本该一起通过阿克索娜之渊去某个地方，但关键时刻，新郎露怯了，导致女妖怪独自掉进了过去的时间，感觉被抛弃的女妖怪愤怒地留下来。只要找到过去的新郎，便有一百种改变未来轨迹的方法，甚至，可以让未来的负心汉不复存在……

这就是她留下来的，真正目的?

抛弃她的男人，难道是……

一阵寒风刮过，九厥倒抽一口凉气，同时，一阵滋滋的类似电流的声音又传了出来。而声音的来源地是……他的左手小指。

“死鬼！你怎么还不回来？”月老的声音，从电流声里挣扎而出。

“你还在磨叽啥？不是已经教了你如何修复朱雀灯了吗?！”观时女仙的高音把月老的声音盖住。

他把左小指放到唇边：“我还有件事要办。不着急回去。”

“我急啊！你个混蛋快把朱雀灯给我还回来！”女仙的声音差点把他的手指震裂了。

月老赶紧插嘴：“不都说了你出大事了吗！你长出了……”

“我知道了。”他打断对方，“我说过的哈，别告诉我对方是谁！不然我就不回来了。”

“行行！但是求你了，快点回来！万一上头查到朱雀灯的事儿，我跟那丫头都麻烦了！”

“嗯嗯，好好……哎呀，信号好差……听不见了听不见了……吱吱吱吱……”

他故意人为制造噪音，直到里面再没有任何声音传出来。

月老他们，是几天前联系上他的，这老家伙的脑子从来都不让人失望呢，居然能想出这种方法找到了他。不过这个已经不是重点，重点是，他还得留下来。

他深吸了口气，再次望向身后那座小楼。

只要跟着这对父子，真相很快就会出现了吧……

Chapter.18 聚会

今天，星期六，天气更坏，雨雪大风一样不缺，整条街上几乎都看不到什么人。

海伦酒馆倒是比任何一个时候都喜庆，从大门到窗户，都挂上了亮闪闪的彩纸。厨师一大早就在忙碌，烤炉里甜蜜的香味一阵浓过一阵。胖老板来得更早，亲自动手把酒馆里所有的桌椅都擦了一遍，连地板都拖得干干净净。最靠里的桌子上，还特别换上了印着小熊小兔的彩色桌布。

这一天，无论如何不能搞砸了。

胖老板站在收拾一新的酒馆里，往心口上画着十字。

然后，便是等待，10 点，11 点，12 点……时间分分秒秒地过去。或许是因为今天糟糕的天气，直到下午 2 点，酒馆里都没几桌客人，除了一两个熟客之外，还有那位影小姐。她今天来得很早，不到 1 点就进了酒馆，依旧点一杯红酒，一句话都不说，几乎是目不转睛地盯着店门。

连胖老板都觉得，影小姐今天有些反常，她好像在……紧张?!

不过，他无暇顾及旁人，只担心那场生日会能否成功举办。可是今天天气这么坏，他们会不会不来了呢？

他的担心很快被店门上的风铃声否决了。

当阿尔曼父子走进酒馆，木头的布谷鸟恰好从座钟里弹出来，叫了 3 声。

她的身子微微颤了一下，赶忙将目光从那对父子身上移开，假装低头看报纸，连呼吸都急促了。

也就在这时，一个胖大的妇人气冲冲地闯进来，直奔一个正喝酒的秃顶中年男而去。这个男人她知道，酒馆里著名的醉鬼，只要光临，不到烂醉是不会离开的，不过，有时候也会发生今天这样的状况。

“家里都要揭不开锅了，你还来喝酒！”胖妇人拧住秃顶的耳朵往外拖。

“阿曼达！我说过的，最迟明年就来娶你！”秃顶醉醺醺地大喊，“不要扯我耳朵！我不要你，我要阿曼达！”

“想娶你的初恋，你能活到明年再说！”胖妇人狠狠掐着他的耳朵，在众人愕然的眼光中冲出了酒馆。

众人松了口气。

阿尔曼把目光从大门处收回来，礼貌地对胖老板道：“抱歉，本该早些来的，耽搁了。”

“哪里哪里，请这边坐。”胖老板赶紧带路，将他们引到“生日专座”前。

卢卡还是抱着他的兔子，好奇地打量着四周。当他一看到那张精心布置过的桌子时，明显变得很高兴。

落座之后，胖老板一刻不耽误地送上两杯果汁，以及一份用花纸包装好的礼物，笑眯眯地说：“这是小店特别准备的生日礼物，请笑纳。”

没有孩子不喜欢礼物，卢卡兴奋地将礼物抱过来，拆开一看，里头躺着一只褐色的玩具熊，喜得他一把抱住。

“谢谢老板的好意。”阿尔曼看着儿子满意的笑脸，自己的心情也很不错，“有劳把蛋糕拿出来吧。”

“好好，您稍等。”胖老板赶紧去了厨房。

“喜欢这里么？”阿尔曼问儿子。

“嗯，比我们住的地方好。”卢卡点头，手指着可爱的桌布，“我们那里没有这些，只有砰砰的枪响。”

阿尔曼笑笑，摸摸他的头：“以后不会听到了。”

“你要把我送走么？”卢卡抚摸着新来的小熊。

“留在这里，你会害怕的。”阿尔曼如是道，“跟艾玛回去，就听不到枪声了。”

卢卡噘起嘴，不说话。

这时，又来了客人。

一对年轻夫妇，领着个洋娃娃般可爱的女儿，边拍着身上的雪，边咒骂这该死的冬天。

生面孔呢，影没有见过这一家人，胖老板也没有见过。

一家三口要了几份糕点，急急忙忙地吃起来，饿极了似的。

那边，特制的两层巧克力生日蛋糕香喷喷地摆到了卢卡面前，上头还插着一支红色的小蜡烛。胖老板殷勤地将火柴递给阿尔曼："您亲自来点吧。"

小小的烛光亮起来，被外头那片阴沉到快要垮下来的天空衬着，反而越发耀眼温暖。

"许愿吧。"阿尔曼笑道。

卢卡闭上眼睛，嘴唇嚅动几下，睁眼吹灭了蜡烛。

"祝贺你，又长大一岁的男子汉。"阿尔曼拧了拧他的鼻子。

在阿尔曼的刀刚刚碰到生日蛋糕时，父子俩面前突然走来一个小小的身影。

"你的蛋糕看起来好好吃。可是老板刚刚说，今天的巧克力蛋糕只做了你这一份。"洋娃娃小姑娘瞪着水灵灵的大眼睛，很馋很馋地看着卢卡，"我能拿我最爱的东西跟你换一块么？"

洋娃娃从衣兜里摸出一个亮闪闪的蝴蝶发卡："我最喜欢它了，平时都不舍得戴。"

实在是无法对这样一个天真可爱的小丫头说不，阿尔曼逗她："可是，男孩子是戴不了发卡的呀。"

洋娃娃瘪起了嘴，沮丧地说："可我只有这个了。今天是我生日呢。"

"今天也是你的生日？"卢卡睁大了眼睛。

"真是不好意思。"洋娃娃的母亲走过来，牵起女儿的手嗔怪，"怎么可以这么没有礼貌？我走开一会儿你就去打扰别人。"她看了一眼仍旧坐在位置上专注看书的丈夫，不满地说："这个书呆子，到现在都学不会照顾一下身边人。"

"过来跟我一起吃蛋糕吧。"卢卡看着这个跟他差不多年岁的丫头，又看着阿尔曼，"可以么？"

"当然。"阿尔曼点头，又对那个女人道，"既然今天是两个孩子的生日，也算难得的巧合了，反正桌子够大，不如两家人一起来切蛋糕吧？"

"这不太好吧。"女人有些为难。

"妈妈！"洋娃娃赶紧扯她的衣袖，眼里露出祈求的目光。

女人拗不过，只得拧拧她的脸："去吧，把你爸爸叫过来。"

于是，两个人的生日会，变成了五个人的，气氛顿时热闹了许多。

在任何人看来，这都是一个令人愉悦的小聚会。烛光，蛋糕，天真无邪的孩子，在这个阴霾的时代，有什么能比这些更好呢？

只有影，变得像一只冰冷的鬼魅，潜藏于暗处，锋利的银刀插在靴筒里，触手可及，曾经秀丽的眼睛透出被刻意压抑的狠光——目标，正是那个嘴边糊满了巧克力的小男孩。

酒馆里，无人意识到，一场阴谋正在发酵。

几分钟后，卢卡站起来，说："我想尿尿。"

"我也要去。"小姑娘也起来，拉母亲的袖子，"陪我去。"

"说了多少次了，你已经是大姑娘了，要自己去洗手间！"女人沉下脸，拉开女儿的手，指了个方向，"洗手间就在那边，自己去。"

小姑娘瘪嘴扭捏着："我怕……"

"自己去！"女人坚持，又瞪了沉默寡言的丈夫一眼，"都是你惯出来的！"

"我们一起去吧。"卢卡走到小姑娘面前，把自己的小熊放到她怀里，"抱着它就不害怕了。"

第一次，卢卡湛蓝的眼睛里，闪着属于小男子汉的光芒。

"嗯！"小姑娘很是开心。

两个小孩拉着手，朝位于吧台旁边的那条狭窄的走廊而去，吧台里的胖老板还朝这两个天使般的小人儿做了个鬼脸。没有人会不喜欢这样乖巧好看的孩子。

影不动声色地离开了座位，也往同一个方向而去。

胖老板边擦着酒杯边在她身后说："只有两间，你等孩子们出来再去呀。"

她回过头，眼中带着莫名的笑意，口罩下的嘴唇轻轻吐出一句话："我已经等很久了。"

胖老板不明就里地眨巴着眼睛，嘀咕："来这儿这么多回，从来没见她上过洗手间……"

通往卫生间的走廊很狭长，灯光也幽暗，棕红色的墙壁上挂着简单明快的装饰画，尽头便是一张颇大的镜子，照着面前的洗手台，男女两间小房分列左右。两个孩子刚刚进去，谁都没有发现，一道淡淡的影子沿着墙根慢慢逼近，最后停在洗手台前。

几秒钟后，女卫生间的木门被缓缓打开，抱着小熊的女娃娃轻轻走出来，苹果般红嫩的小脸上挂着与她年纪完全不符的笑容，笑容里还浮着一种千回百转后好东西终将入手的兴奋与胜利之情。

她走向对面的男洗手间，代表着善意与安慰的小熊被嫌弃地扔在地上。

她不需要小熊，需要的，是一口渴望很久的鲜血。

卢卡刚刚穿好裤子，不离身的布偶还放在水箱上，连马桶都还没来得及冲，便看到面前的墙壁上多了一个不该有的影子。

奇怪呀，连开门的声音都没听到。

他回过头，看着站在身后正朝他微笑着的“小姑娘”。

“你是女孩子呀，不能进这边的！”他指着大门，“那边才是女士用的！”

“卢卡，我们等你很久了。”小姑娘笑着朝他逼近，鲜红的嘴唇下，两颗本来正常的牙齿突然拉长变尖，在灯光下闪着白森森的光。

卢卡呆住了，一点声音都发不出来。狭小的空间里没有退路，他唯一能做的，是一把将布偶抱到怀里，并将自己紧紧贴在墙壁上，恨不得把自己嵌进去。

蓝色的眸子里，“小姑娘”的脸越来越近，笑容越来越怪异，嘴也越张越大。

“不要……”卢卡刷地蹲下，紧闭双眼，把脑袋埋到布偶上。

遥远的时空里，有人在悲伤地讲述——

我已经不太记得那一天，只能忆起零散的片段，那是一座城市，那里的冬天很冷，到处都是积雪与枪声。某个下午，当我走进一间叫海伦的酒馆时，布谷鸟座钟刚刚响了三下，一个凶悍的妇人拽着一个男人走出去。

她的声音好吓人啊。

如果，没有那个下午，我不会是现在这个样子。

影，我很害怕……

一道银光闪过，在那对尖牙即将碰到那个稚嫩的身体时。

“小姑娘”的卷发被人毫不客气地一把扯住，朝后一拽。在她与卢卡间被强行拉开的距离里，纯银的刀锋抵住了她的咽喉。

影淡淡地说：“抱歉，他无法成为你们的一员。”

卢卡颤抖着，从布偶后头露出一只眼睛，看着这个突然冒出来的，遮住半张脸的女人。

“卢卡，出去！”她不希望他见证一场“处决”。

他连滚带爬地跑过去，打开了紧闭的木门。

“永别了。”

全部的愤怒汹涌而上，汇集到她紧握利刃的手上。

就在这时，一种冷硬的金属，抵在了她的后脑勺上。

“如果我是你，就放下武器，好好解释一切。”阿尔曼举着手枪，歪头看了看被她挟制住的“小姑娘”。

短短两秒的间隙中，只见这小恶魔的头顶突然裂开一个口子，一股散发着腥臭的黑气从裂口里飞一般蹿出来，在半空中汇聚成一个从颈部以下全是蛇形黑色虚影的女人，尖如刀削的脸上，青色筋脉如树根密布，衬着一双只见红光、没有眸子的眼睛，实在是活生生的一副地狱恶鬼之像。

被抛下的躯体瘫在地上，迅速褪去了鲜活的颜色，变成了一具腐臭不绝的尸体。

阿尔曼彻底呆住了。

“你错了，他依然是我们的。”

虚影之中，伸出无数只白骨般的枯爪，狠狠扑过来，掐住了她的脖子与肩膀。

银刀脱了手，强大的力量将她推向身后的阿尔曼，两个人贴在一起，双双飞出了门去，重重撞在对面的墙壁上。

“你们害我又少了一具好皮囊。”女怪物愤怒地追出来，不撕碎她不罢休的疯狂。

砰砰砰！

阿尔曼一把推开压在身上的影，举枪反击。可惜，他的子弹只是穿过了对方的身体，噗噗地嵌入了后头的墙壁与门框。

“碍手碍脚的人类！”

女怪物的枯爪一把打掉阿尔曼的武器，另外几只爪子一半困住他，另一半高高扬起，对准他的心脏插了下去。

几乎同一时间，走廊另一端传来一声巨响，四溅的砖渣与腾起的烟雾里，小女孩的“父母”从撞凹的墙壁上滑落下来，满头满脸都是湿的，不知被泼了什么玩意儿。一只硕大的猫头鹰挥舞着翅膀，涂了某种金色颜料的利爪闪电般地朝这对几乎无还手之力的男女进攻，每一爪撕下去，都令对方皮开肉绽，哀号不已。两个人裸露在外的皮肤下冒起一个慌乱游走的包，藏在皮肉之下的东西拼命想钻出来，却丧失了突破口，完全被某种力量封住，彻底丧失了战斗力。

女怪物显然没有预料到会有这一幕，这一切完全脱离了他们设计好的剧本。

就在她发愣的瞬间，影冲上来，一手横过勒住她的脖子，另一手硬掰住她打算撕碎阿尔曼的爪子。可这一招显然没有大用处，她只是稍微用力抖抖身体，影就像个小虱子一样被甩了出去。

跌跌撞撞跑到走廊中间的卢卡，被左右两端的战争吓得连布偶都抱不住了，可是，当他见到父亲被怪物压在身下，生死悬于一线时，他居然抓起布偶朝女怪物砸过去，哭喊着：“放开我爸爸！”

兔子布偶还没落地，就被撕成了碎片，女怪物眼里露出轻蔑的神情，看着挣扎中的阿尔曼："你养了一个胆小鬼。"

就在她的利爪即将落下时，一道漩涡状的透明气流隔开了她与阿尔曼，头顶上的空气里伸出一只大手，很不客气地拽住了她弯曲的褐色头发，紧跟着，另一只手开玩笑似的往她扬起的额头上一弹，这家伙便像只沙包一样，狠狠砸到了洗手台后的大镜子上。

哗啦一声，整面镜子碎成了渣，全落在倒地不起的女怪物身上。除了镜子，碎成渣的还有她枯骨样的爪子。此刻的她，像极了一条被去掉了手脚的爬虫，光秃秃地瘫在那里，死了般一动不动。

"作案武器必须没收。"还未散去的气流中，走出了一脸正义的九厥，他看着目瞪口呆浑身狼狈的影，不禁十分嫌弃地说，"你果然跟你老爹一样，根本不会打架嘛！连个刀都拿不稳。"

"你一直都在?！"影爬起来，诧异地问。

"因为我也不喜欢这样的吸血鬼。"九厥答非所问，又回头看了看还没回过神来的阿尔曼，伸出手去，"还能站起来吧？"

阿尔曼瞪着这个曾经被他"放生"的蓝头发，又看看走廊的另一端，会打架的猫头鹰脚下，那对男女已成两具腐尸，七窍里不断流出恶臭的黑水。

卢卡哭着跑过来，扑进父亲的怀里。

自己也算是经历过各种大场面的人，枪林弹雨亦面不改色，可今天这一场突如其来的"战斗"不过持续了短短几分钟，却像是过了一生那么长！阿尔曼抱住卢卡，笨拙地拍着儿子的背，连声道："没事了，没事了……"

影摸着差点被撞断的脖子，一瘸一拐走到九厥面前："你……"

"三次了！"九厥打断她，伸出三根手指，"我救了你三次！你现在以身相许都不够了！"

"哦，我的天哪！哦，我的天哪！天哪！"

胖老板丧心病狂的喊声从走廊那端传来。只见他抱住头，打量着满目疮痍的走廊，然后神经病一样蹦过来，边蹦边重复同样的内容。一看到九厥跟影，还有倒在地上的阿尔曼父子，他才稍微恢复了一点理智，一把抓住九厥，混乱地问道："卡普先生！这是怎么了？怎么会有那么大的猫头鹰飞进来！那对父母怎么会长出獠牙？我的神哪！你又怎么在这儿！我的店被砸烂了呀！客人全吓跑了！"

九厥赶紧捧住胖老板肥肥的脸，满脸镇定道："那个当官的会赔你钱！请安静！"

"我不要钱，我就想知道猫头鹰跟獠牙！"胖老板语无伦次地指着还留在作案现场的猫头鹰。

这个，真的好难用三言两语解释清楚啊！九厥头痛地看着他：“你当你做了一场梦行不行？”

“不行！”胖老板用力一跺脚。

咣啷一声响，众人的目光齐齐投向洗手台上。大镜子早已成渣，连后面的墙壁都凹陷下去，只见一块一米见方，并且被刻意涂成与墙壁一个颜色的铁板从中间裂开来，终于无法再支撑下去，从残破的墙上倒下来。铁板后头，露出一个黑黑的洞口。

暗门?!

胖老板见状，脸色大变，比刚才更加难看。

正在众人分神之际，已成残废的女怪物“腾”一下从地上蹿起来，一双灰白如蝙蝠翼的翅膀在背后赫然张开，“嗖”一下钻进了墙上的黑洞中。

“我去！跟我玩诈死！”

九厥反应最快，一把推开胖老板，飞速追进了黑洞。

Chapter.19 秘密

胖老板一定是属土拨鼠的，九厥很坚定地认为。不然，谁会花这么大的心思挖这么长一条暗道，并且在暗道尽头构建出一间约一百平方米的四方屋，而且丝毫不潦草，照明通风用水食物无一不充足。最神奇的是，除了床铺柜桌，每个角落里都还摆着绿油油的盆栽植物，每一盆都长势喜人。

这样的避难所，在这个特殊的时期，完胜无数地上豪宅。

最起码，它足够安全。

只是，更加神奇的是，这里居然住了人！还是二十个毛孩子！

不过托残废吸血鬼的福，避难所的安全暂时被打断了——

所有孩子尽可能缩到每个角落里，有的哭有的喊，还有沉默不语直接吓尿的。引发这场恐慌的核心，便是中间那个面目狰狞、只剩翅膀与身躯的家伙，以及被它用残留的力量高高托举到头顶的三个吓得哇哇大哭的孩子。

绑架人质，通常是没有退路的逃犯惯用的伎俩，虽然下作，但也奏效，至少，让九厥停在了几米之外的地方。

“我不是你的对手。但是，把这几个孩子的脑袋扯下来，还是做得到的。”一根根筋脉在吸血鬼近乎扭曲的脸上跳动。它其实是想冷笑，只是太难看。它吸了口气，飘在头顶的几个孩子突然抓住自己的脖子，胡乱地踢着腿，似乎有看不见的东西紧紧缠住了他们的脖子。

“别别！”九厥赔着笑脸，“大家斯文人，犯不着把头扯下来那么严重吧。来来，开条件，我听着。”

“用卢卡来换！”吸血鬼愤怒地吼。

话音未落，影与阿尔曼从暗道里跳了出来，后面还跟着连滚带爬的胖老板，最后出来的是趴在猫头鹰背上的卢卡。

每个人都目瞪口呆，不仅仅为了丧心病狂的逃犯，还为了这一群不见天日的孩子。

胖老板一见这情景，“扑通”一声跪下了，连连道：“完了……彻底完了……”

“这些孩子……”阿尔曼错愕地环顾四周——这些小家伙们身上，至今还穿着统一发放的、有编号的灰色衣裳。

九厥回头看了他们一眼，对阿尔曼道：“喂，人家要你拿儿子去换人质。”

阿尔曼皱眉，竭力镇定下来，看着垂死挣扎的怪物：“在我还活着时，任何人都休想伤害卢卡！”

“那别人家的孩子你就不管啦？”九厥故意道，“他们的头会被扯掉呢！”

“你！”阿尔曼怒瞪他一眼，走到他背后，在他耳边小声咬牙切齿地说了一句什么。

听罢，九厥的脸色一变，冷冷打量着这个男人：“好吧，你赢了。冷血动物！”

“谢谢。”阿尔曼后退一步，走到猫头鹰旁边，把卢卡抱了下来。

情势有些不对头。

“你想做什么？”影挡在阿尔曼面前。

阿尔曼不说话，卢卡紧紧搂着父亲的脖子，疑惑地看着他。

吸血鬼的眼睛开始放光，在看到阿尔曼的举动时。

忽然，清脆的口哨声响起来，九厥居然在这么不恰当的时候做出这么不恰当的举动，轻松地晃着脑袋，哨声悠扬地飘过避难所里的每个角落、每一只耳朵。

“你在干什么？”吸血鬼见阿尔曼父子没有再往前走的意思，加上这突兀的口哨声，顿觉自己被戏弄了。

九厥笑嘻嘻地继续。

吸血鬼的第二句话还没说出口，一阵阵黑烟却从她的脑袋与肩膀还有翅膀上接连不断地滋滋冒出——头上的三个小人质，尿尿了……

然后便是刺耳的惨叫，吸血鬼本来就很丑的脸孔像蜡一样融化，整个身体也发出咔嚓咔嚓的碎裂声，竟一块一块地掉在地上。

孩子们吓得尖叫，一股脑儿拥过来躲在胖老板身后，阿尔曼也被眼前的情景震住，赶忙捂住了卢卡的眼睛。只有猫头鹰跟影保持着刻意的镇定，并且在吸血鬼的脑袋掉在地上时，及时飞身而出，将掉下来的三个孩子稳稳接回地面。

口哨声停了下来，黏腻的黑水里，只剩头颅的吸血鬼张着再也合不拢的歪嘴，暴凸的眼球里充满血丝，耷拉出来的舌头在融化前拼命地扭动，可能是想骂一句最恶毒的话。可惜，老天没给她“出口成脏”的机会，让她带着一身的罪恶与不甘心，妥妥去了地狱。

所有人都以为会有一场大战，包括影。经历了那样的开头，却谁也没猜中这个结尾。

避难所里突然变得很安静，所有人的嘴巴都微微张开，瞪着那一摊渐渐消失的黑水。另外，除了那三个孩子，在场所有人都产生了想上厕所的冲动，剩下的小孩子，包括卢卡，更是很快集体尿了裤子，几个大人则苦苦憋住才没有出糗。

“我认识一个土豪吸血鬼，他曾跟我说，吸血鬼分了许多种类，最低级恶毒的一种称为‘堕’，他们数量不多，但特别嗜血好杀，他们不具备变化人形的能力，本相怪异丑陋，故而喜用人类躯体作为掩护，躲在人皮之下蛊惑猎物，并且有严格到残忍的家族规矩与保持生命力的方法。土豪还说，遇到‘堕’也不必害怕，他们虽然凶猛，但最怕一种东西，不是大蒜银子十字架，”九厥转过身，笑着又吹了声口哨，“是童子尿。只要用我的专用咒语随便一促进……”

所有人俱是一惊，然后异口同声呵斥他不准再吹口哨。

影上前一把扯住九厥的衣襟，还没开口，就被九厥用食指摁住了嘴巴，说：“别问，现在不是处理我们私人恩怨的时候。”

说罢，他走到阿尔曼身边，直视着对方：“说话要算数哟！”

阿尔曼皱着眉，目光从九厥脸上挪到不远处的胖老板，还有他身后那群集体尿了裤子的孩童身上。

胖老板被阿尔曼严肃的神情吓疯了，甚至比看到吸血鬼还恐惧，慌忙扑过来，跪在阿尔曼面前，结巴着说：“长官……他们还那么小……我没办法把他们推出去！求您看在上帝的分上，把我处决了，放过他们吧！”

阿尔曼放下卢卡，冷睨着这个眼泪鼻涕的老头子：“你能死二十次么？”

胖老板抖得更厉害了，头埋得更低，仍反复说着：“求您了！求您了！”

“这些孩子，是绝密文件里的一部分。”阿尔曼缓缓道，“上头对他们的失踪非常重视。”他转身，看着九厥与影：“你们能对付吸血鬼，可如果来的是一整支荷枪实弹的军队，你们依然能用一泡尿打败他们吗？”

突然无法揣测这个男人的心思了。

“你要尽忠职守么？”影看着卢卡，“在你儿子面前？”

“我是一名军人。”阿尔曼的背挺得很直，“在你们眼里，我大概不会比那只吸血鬼好多少。直接间接，死在我手里的人不下千百。我知道我会下地狱，但我必须忠于自己的国家。”

“所以呢？”九厥微笑。

“天亮之后，世上再不会有海伦酒馆。”阿尔曼一字一句道。

说罢，他看了看胖老板的脖子，一条金链牌闪闪发光。

“链牌上刻了字？”他问了个莫名其妙的问题。

“是是……”胖老板抓住链牌，“这是家里传下来的，上头刻着我们的姓氏。”

阿尔曼点点头，竟一把将链牌拽下来，放进了自己兜里，然后抱起卢卡，撇下众人，头也不回地朝出口而去。

众人面面相觑。

他不打算向他们解释自己的行为，也不想去探究这两个突然冒出来的家伙了，离开海伦酒馆之后，一切都将被永久掩埋，他还是那个杀人如麻、冷面冷血的军官，不会有任何改变。但是，他在某个瞬间依然有回头的冲动，如果走回去，问问那两个怪人能否让更多“吸血鬼”停止杀戮，这会不会太好笑了？他自己都在嘲笑自己了，丑陋可怕的“堕”何止小小一群，欲望与狂暴交织成的战争里，处处都是吃人的“堕”。只要战场依然长盛不衰，血流成河，怪物便是如何也杀不尽的。

还能做什么呢？如果改变不了整个世界，那就改变一个角落吧。

阿尔曼笑了笑。

“啊？这是什么意思？”胖老板抬起头，“是要把我们全部杀掉么？”

“要杀就杀你一个。”九厥将他扶起来，擂了他心口一拳，“看不出来啊胖子，胆儿挺大呀！居然敢收藏军队要找的人！”

“我我……也害怕啊！”胖老板捂着心口，继续结巴，“你你……你是传说中的大法师么？那只猫头鹰是是……是你养的？”

“我可养不起那么肥的猫头鹰！”

两个人的对话全没进到影的耳朵里，影一直呆看着那张搁在阿尔曼肩膀上的，完好无损的小脸。

他们离她越来越远，她很想追上去跟这个孩子说声再见，因为从头到尾，他们都没有好好地说上一句话。

但，最终是放弃了。她只是向他挥了挥手，然后，挤出一个笑容，从眼睛里笑出来。

卢卡望着那个远远挥着手臂的女人，奇怪地跟父亲说：“爸爸，那个蒙着脸的怪姐姐好像在跟我告别。”

“那你也跟她告别就是了。”阿尔曼稍微放慢了离开的脚步。

“哦。”卢卡眨了眨大眼睛，举起手，朝影挥了挥，“再见哦！”

稚嫩的声音在回荡。

不会再见了。

影笑看着渐渐隐入黑暗中的父子俩，如释重负。

“谢谢你。”猫头鹰严肃地朝九厥伸出了翅膀，“你给我的特殊武器确实奏效。”

会说话的它把胖老板吓得跳了起来，并且在孩童之间引起一阵惊呼。

“用这个样子去见他们？”九厥笑问。

“对。”猫头鹰点头，“我突然想明白了一件事。”

“什么？”

“他们应该知道真相。”猫头鹰认真地说，“关于主人，关于我，关于赛斯万家族。在卢卡把布偶砸向敌人的那一瞬间，我想我低估了他的胆量。一个敢对那么恐怖的敌人说不的孩子，应该能接受更多的事实。”

“确定要这么做？”九厥故意道。

“嗯。”猫头鹰更用力地点头。

“有一位伟人讲过，不能正视过去的人，无法走到将来。”九厥拍拍它的脑袋，“去继续当你的保姆吧，记得喊阿尔曼给你加薪！”

“我到现在还是很讨厌你，头发颜色特别难看。”猫头鹰转过身，“但是，你做事蛮好看。除了拿土豆打我。”说完，它蹦跳着消失在暗道里。

“哪个伟人说了这样一句话？”影斜睨着九厥。

九厥指着自己：“当然是我！”

“不要脸。”影长长呼出一口气，摘下口罩，疲倦地坐到了地上，然后，就笑了，“从头到尾，都没有让他看到我的脸。真好。”

“你还笑得出来呀。”九厥横抱起手臂，“千说万说不能干的事儿，你还是干了。最坏的是，我居然还当了帮凶！”

她仰起头，看着故作苦恼状的他，从未笑得如此灿烂：“你愿意的话，可以揍我，像我以前揍你那样。我认真的。”

“打女人的话，名声会变坏。”

“你本来就没什么好名声吧。”

切换模式的对话，让胖老板茫然不知所措，不禁跳到他们两个中间：“现在要怎么办呢？阿尔曼很快会带着人回来吧？这么多孩子要怎么办？外面也闹出那么大动静，说不定已经有士兵赶来了！”

影有些费力地站起来：“我出去看看。”

“有什么可看的，军队不会那么快回来。”九厥拽住她，颇有把握地说。他又扭头看了看这群惊弓之鸟般的孩子，想了想，问胖老板，“你觉得哪里最适合安顿这群孩子？”

胖老板一愣，想了想，说：“有一个地方应该可以……但是太远了，我们不可能带着这么多孩子避开士兵的耳目安全到达。”

“说来听听。”九厥朝他眨眨眼，“我不是大法师么！”

Chapter.20 湮没

深夜，几声巨响差点震碎了天空。几乎大半个城市的人都看到了那一堆从火光中冒出的浓烟。幸好，类似的情景，大家都习惯了，反正不是这里就是那里，每天都有房子被毁掉，每天都有人死去。

军装笔挺的阿尔曼坐在他的专车里，不远不近地看着已成废墟的海伦酒馆。

一分钟前，他的手下们手执重型武器，在酒馆前一字排开，面不改色地将这座已存在多年的建筑物夷为平地。

阿尔曼的指令是，直接开炮，无需进入现场。

为首的上士跑到车前，立正，敬礼：“报告长官，目标已摧毁。”

他面无表情地点头。

“长官，这个酒馆是有什么问题么？”上士小心翼翼地问，因为阿尔曼没有对这次“临时行动”给出任何理由。说起来，海伦酒馆一直是个特别正常的存在，就连他们自己偶尔也会光顾。

阿尔曼看了他一眼，淡淡道：“我怀疑这间酒吧跟地下组织有往来。你还想知道什么？”

上士慌忙摇头，不敢再多问一句。

于是，所有人都认为，阿尔曼用最简单粗暴的方式处理了一个可能暗藏敌人的地方。何况，这样的事情也不是第一次。

清理现场时，除了满地瓦砾与各种物品的残余之外，还挖出了三具已经完全烧焦的尸体，两大一小，其中一具男尸的脖子上挂着一条刻着姓氏的金链牌。知情者确认，这条链牌是海伦酒馆老板的贴身之物，看来，这个看似大胆的老头居然跟地下组织扯上了关系，最终送了命。

整件事就这样结束，酒馆与它犯了罪的老板一道，付出了最彻底的代价。他执行了他说的话——天亮之后，世上再不会有海伦酒馆。

并不算一件大事，城市对于海伦酒馆的消失，不过是几声叹息。

当然，这些人也永远不会知道，在他离开海伦酒馆时，将那条金链牌套在了走廊上的那具男尸上。

以那个蓝头发的智慧，他会知道接下来该做什么的。

他能为他们做的，仅此而已了。

阿尔曼朝曾经的海伦酒馆看了一眼，驱车离去。

那对男女都不是正常人，所以以后的路，他们应该能走得不错。

而他作为一个正常人，也是时候想想自己的路了。不过在那之前，要先回去处理一下那只会说人话，并且自称是艾玛的猫头鹰……

这个世界，果然包藏了各种意外、各种可能，只要活着，便会遇到。

敞篷车穿过人烟稀少的街道，在夜幕里急速向前。

Chapter.21 永别

一周后，边境。

偷来的大卡车上，影看了看专注驾驶中的九厥，揶揄道："我以为，你会带着所有人呼啦一下就飞到大洋彼岸，没想到自诩不寻常的你还是要走寻常路呀。"

"我喜欢会说笑的女人。"九厥瞟了一眼面带笑意的她，"比之前的母夜叉可爱多了。"

"母夜叉?！"她笑笑，转头看向窗外，被积雪染白的山野层层叠叠地往后退，"你一定以为，我执着地留下来，是为了某种刻骨铭心的报复。"

"正常人都会这样以为。"他说，"我还真得感谢你的土豪金，如果不是它出卖了你，你这个战斗值接近零的蠢女人已经客死异乡了。你明知自己已虚弱到连生命值都要靠外力维持，怎么就那么不开窍，还要乱来呢？"

"我从不乱来。一切都在计划中。"她沉默良久，"你不是一直吵着要听我跟那个人的八卦么？"

"你不是一直不告诉我嘛！"

"不是什么波澜壮阔缠绵悱恻的故事。"雪花又零星地飘下来，在她沉到过去的眼眸里飞舞，"我跟他相识那时，他正想咬死旅店里的小姑娘，结果反而被姑娘与她的父亲暴揍。我本以为要拯救的是小姑娘，却没想到，需要我出手救下的居然是这只倒霉的吸血鬼。很像喜剧片的开头吧？”

“这再次证明了物以类聚的原理，一对笨蛋，天造地设。”九厥撇撇嘴。

“他应该是我见过的，最不凶残的吸血鬼了。他跟我说，他从来不敢主动攻击人类，大多数时候都以小动物为食，或者去血库偷血浆，他的家族视他为耻辱与笑话，很早前便将他自老家撵了出去。出来讨生活也十分不易，那天是因为饿得不行了，才对那姑娘下手。”说到这些，她自己都笑了，“同为无亲无故无家的流浪者，我们很自然地走到了一起，并坦承了彼此的秘密。我常常化成影子，潜入血库替他偷血浆，他不再为生计发愁。那两年，我们在一个小镇上租了房子，不工作的时候，就去溪边钓鱼，去简陋的小影院看电影，过着最平静快乐的日子。可是，即便如此，几乎每个晚上，他还是会在噩梦中惊叫哭喊，说自己不想做吸血鬼。”她的眼神渐渐暗淡，继续道：“他越来越没有精神，有时候，一辆快速经过的汽车都会将他吓得跳起来。有一天，喝醉了的他抱着我说，他是个毫无用处的胆小鬼。许多年前的那个夜晚，当他在家族的老窝里醒来时，他看到的只是朝他狞笑的亲戚们，一大杯鲜血装在杯子里，在他们手中轮流传递，每个人一小口。后来他才知道，那是他的血。也在这晚之后，他彻底变成了一只异类。深入骨髓的恐惧一直陪伴到他长大。除了他，家族里的每个成员都很丑，他们说，等他活过一百岁，他暂时定格在十八岁的外貌便会离他而去，变得跟他们一样。然后，就要跟他们一样，去寻找人类的躯体寄居。从此，他一直活在恐惧中，怕自己变得丑陋，怕钻进人类的身体，怕饥饿，怕各种赏金猎人的追捕。最重要的是，他依然怕死。”

九厥皱了皱眉：“他对他变成吸血鬼之前的生活，没有记忆了？”

“很模糊。或许是自己的血被‘亲戚’们放空那一幕太可怕，彻底吓坏了他。”她说，“他只记得一些零碎的片段，关于这一年的这座城，海伦酒馆，下午 3 点，冬天。”

九厥从鼻子里哼了一声：“所以，你动了篡改过去的心思？”

“我愿意为他努力一回。人类的书里不是总说，真爱就是所谓的奋不顾身么？”她专心看着外头的风景，“我与守护阿克索娜之渊的巫女有些私交，再加上一些报酬，她们同意放我们俩回到这里。我计划得很好，虽然不知他被抓走的具体日期，可只要我天天守候在那个海伦酒馆，那么，总有一个 3 点钟，会等来我要等的人。在等待的期间，我也在继续我的工作，可在这个时代，我纵有三头六臂，也无法让所有逝者安息。”

卡车绕过一个弯，驶入又一片旷野，雪也越来越大。

“他放手了，是吧。”九厥放慢了车速，路况不好，有些颠簸。

“我们紧紧抓着手，黑洞里钻出了狂风般的气流，将我们往下拽。”她十分平静，“他松开了手，任我独自坠向深处。我听到的，从顶上传来的最后一句话是……对不起。”

车子又是一阵颠簸，差点把心脏颠出来。

“巫女们说，并不能保证一定能回到想去的时间，万一中途出了差错，很可能被卡在时间缝隙里，永久不得脱困。”她笑了笑，“我竟忘记了，他是个胆小的吸血鬼。”

“仅仅因为害怕这一点，他就选择了松手么？”九厥露出意味深长的浅笑，“他虽然胆小，但也不至于为了这一点，就放任你的生死不顾吧。好歹也有几年的患难感情不是。”

醉酒新郎的忏悔，字字句句他都还记得，尤其那句——我更怕去很高很亮的地方。

“我要说的，就是这些了。”她看着车窗上越发模糊的风景，“倒是你，居然会从一张照片找到端倪。”

“我是个善于挖掘与整合的天才。给我一点八卦，就能撬动地球。”九厥得意地晃晃脑袋，“我最初以为，照片里的人是阿尔曼，但很快意识到不对。可即便不对，这个人必然也跟阿尔曼有关系。我知道从你嘴里是挖不出料了，但综合你的各种怪异行为，我只要盯紧阿尔曼，必有收获。意外的是，刚一去他的房子围观，就遇到了在窗外跟‘堕’大打出手的猫头鹰保姆。在知道阿尔曼决定带卢卡去海伦酒馆庆生时，我基本确定了你的每个 3 点钟是在等谁。”他顿了顿，语气里居然冒出一丝惭愧：“但我没猜到的是，你并非报复。”

“我从不介意被人误解。”她笑笑，“我跟我父亲一样，从不是招人喜欢的那一类。我们只是与尸体和死亡打交道的妖怪。我们将一具具无人理会的尸骨埋入地下，并顺便带走他们最后的心愿，习惯了奔波，习惯了被嫌弃。”

“总还是有些高兴的事儿吧，否则，你们如何坚持至今。”他说。

“延续。”她想了想，认真地说，“我们从令无数人恐惧的死亡里，延续出一种东西。虽然我也不知道那究竟是什么，但当我看到死亡并不是绝对的终结时，我会高兴。也许，我爹也是一样。”

九厥从她认真的侧脸上，仿佛又看到了许多年前那个将他的戒指当成宝贝的小丫头。

而他在考虑的另一件事是，要不要将那场婚礼讲给她听。但很快，他又否决了这个念头。不管曾经的卢卡是怎样跟土豪女儿勾搭上的，在那个时间，这场婚礼已经不存在了，因为他的一生都不可能再跟吸血鬼扯上关系。这样一想，他对土豪还有点愧疚，好端端地把人家的女婿弄没了……

“卢卡的未来已经被你改变了。在我们那个时间，已经没有那只胆小的吸血鬼了。接下来呢？你是不是该考虑回去旧情复燃？”他嬉笑道，“虽然未来的他已经不记得你，但这段历史是你更改的，所以你的记忆里还会有他。”

“从他松开手的那刻起，我们就不可能再复燃了。”她很轻松地回应，“最初还是怨恨的。可一想到他总是害怕的样子，也就不想多怪责了。如果没有当吸血鬼的这段经历，他或许会变成一个出色的人。毕竟，他有个还不赖的父亲。”她突然想到了什么，问：“在避难所时，阿尔曼对你说了什么？”

“他说，我知道你有办法收拾这怪物。你做到的话，我就看不见这二十个孩子。”九厥一笑，“这个家伙口口声声服从他的国家，最终却是服从了天良。我猜，他不会再在那个战场上待太久了。”

“再坚持三年，便好了。”她靠在椅背上，闭上眼，下意识地摩挲着指上的戒指。它还是很蓝，但已经没有之前那么亮了，放在里头的力量已差不多耗尽。

忽然，一个小脑袋从座位后冒出来，漂亮的小女孩天真地问：“还有多久才到胖伯伯说的游乐场呀？”

她睁开眼，转过头，摸了摸孩子的脸：“快啦。蓝头发叔叔开车很快的。”

“是的，你回去坐好，再乖乖睡一觉，睡醒了，就到了。”九厥看着后视镜里的小脸笑道。

虽然身体还没恢复到能一鼓作气将所有孩子呼啦一下转移到目的地的程度，但是，打打吸血鬼，使个障眼法，让沿途所有关卡的检查者们都以为后车厢里放的是二十只绵羊，还是可以的。

这一次的路线很长，横穿整片大陆，然后再过一片海，就能到目的地了。

对九厥来说，这完全是一次特殊的旅行。也可能，是他留在这个时间的最后一段经历。

夜幕降临时，雪也停了，他选在一块僻静安全的林地中过夜。

照管这么多孩子并不是件轻松的事，但胖老板做得不亦乐乎。

温暖的篝火前，吃饱喝足的孩子们裹着厚毯子，紧挨着进入了梦乡。

影往火里又加了些树枝，火星噼噼啪啪地跳起来，火势很旺，孩子们的脸都烤得红扑扑，但是，她的脸怎么都是苍白。

在胖老板也睡着之后，她对身边的九厥说：“我不跟你们去了。”

他一愣，问：“准备回去了？”

“是啊。”她笑笑，“这里是个错误的时间，我已经做完了要做的事，自然要回去了。”

“不考虑跟我一起回去？”他看着她的眼睛。

“我们根本是用不同方法来到这里，又怎么可能一道回去？”她站起身，朝他伸出手，“握个手吧，错误时间遇到的错误的人。谢谢你做我的帮凶。”

他没有伸出手，也不再看她，只说：“走吧。”

她怔了怔，将指上的戒指取下来，放到他面前的地上：“还给你。我戴着始终是太大了。

好好收着吧，万一以后又遇到个喜欢蓝天的小姑娘，你还可以拿这个哄哄她。”

“好。”他拿起戒指，揣进兜里，拿过一张毯子将自己裹起来，面对篝火卧倒，“慢走。”

“晚安。”

异常简单的一场道别。

篝火的光芒照亮了他的睡脸，以及她轻轻离开的背影。

Chapter.22 燧光

怎么可能回得去呢。

她深一脚浅一脚地走在积雪里，直到回头已经看不见任何火光，才停下来，靠在一棵树上休息。

一生中葬过无数人，倒是从没想过自己离开这个世界的那一天是怎样一个景况。

原来就是这样，独自一人，在一片积雪的旷野里。

阿爹离开时，变回了他们本来的模样，一道影子，越来越淡，越来越淡，直到什么都看不到，只剩空空的一张床。

自己也会是这样吧。

她靠着树干坐到冰凉的积雪上，虽然有点冻，可是软软的，不难受。

从贴身的衣兜里，她摸出那个空空的琉璃瓶。

曾经，里面装满了萤火虫般明亮的光团。

如果说，各种光源是影妖们的食物，那琉璃瓶里的光团才是能延续它们生命的氧气。

没有食物，还可以勉强支撑，但没有氧气，生命便不得不终止。

她一直如此虚弱，无非是她一直在节约“氧气”，拼命让自己活到那一天罢了。

幸好，他给的力量让自己又多撑了几日，否则，仅仅依靠最后那一粒“氧气”，怕是等不到那个下午。

如今，已经到极限了，也了无牵挂了。

她的呼吸越来越急，越来越重，一只无形的手渐渐掐住了她的喉咙。

她试着站起来，希望能走得更远一些，但是，已经不太可能。

意识渐渐模糊的她，终于倒在雪地上。

嗡嗡作响的耳朵里传来似真似假的脚步声，摇晃的视线里，一片明艳的湖蓝色从夜幕下飘过来，仿佛被缩小了的蓝天。

温热的手将她从雪地上拉起来，靠进一个更温热的怀里，然后，新的力量从那只抚摸她额头的大掌里毫不吝惜地传进自己的身体。

差点回不来的意识被再次强行聚拢，她慢慢张开眼睛，渐渐清晰的，是九厥毫无表情的脸。

“别浪费元气了。”她抓住他的手，用力往下拽，“你就算把全身的元气都给我，也没用的。”

九厥深吸一口气，没有停止的意思，说：“理由。”

“没有理由。”她皱眉，“你快住手！再这么下去，你撑不住的！”

“你不说理由，我就一直过元气给你。”他若无其事道，“反正你是专业收尸的，我死了，正好让你再作点贡献。”

“你疯了?!”她怒斥，却无法挣脱他。

“不及什么都不确定就在一个地方傻等的女人疯。”他反唇相讥，嘴唇已经有些泛白了。

她急了，脱口而出：“我的生命只能靠琉璃瓶里的燧光才能维持！”

“燧光？”他愣了愣，停止了自杀式行为，“那是什么？”

“天空深处，最靠近太阳的地方，游离着萤火虫般大小的光团，它们是阳光与天空交织而成的精华，是世上最明亮的东西，也是影妖们得以生存的氧气。我们，是由光明而生的影子。”她咬了咬嘴唇，“我的燧光已经用完了。”

“神经病啊你！”九厥不禁骂出来，“用完了再去拿就好了呀！”

“你以为那个地方是公车站么，想去就去？”她沉默片刻，“那里靠近太阳，寻常人还没接近就融化了。我爹说，影妖之所以稀少，是因为存活太难。我们自己根本无法飞到很高的地方，除非有人愿意为我们去取回燧光，否则，我们很快便会衰弱下去。”

“那之前的燧光，是谁给你取来的？”他看着她手里空空的琉璃瓶。

“我娘。”她低下头，微微红了眼睛，“她是人类，会些法术。在瓶子里的燧光快要用尽时，她瞒着我爹，去了天上，带回了足够我们父女使用很久的燧光。我不知道她回到地面时是怎样的情景，也许体无完肤，也许血肉模糊，我只知道，从此以后我变成了一个没娘的孩子。我爹在很久之后，才告诉我真相。原来，每一代的影妖都是这样过来的，如果没有遇到那个肯为我们赴汤蹈火的人，我们的生命就很有限了。在我娘带回燧光之前，我们用的，是我爷爷为我奶奶取回的，听说，我爷爷是一只鹰，他回到地面时还活着，只是双目被灼瞎了。我爹说，奶奶一辈子都很节省，只为了把更多的燧光留给自己的孩子。我爹也是如此，他并非年老衰竭而亡，而是在一次重伤之后，偷偷离开我，一粒燧光也没有带走。当我在一间废屋找到他时，什么都晚了。”她停下来，努力把眼泪逼回去，才继续道："他最后跟我说的是，燧光来之不易，愿为我们采集燧光之人更是不易，有幸遇见，务必珍之重之，无缘得见，唯有乐天知命。"

"所以，你现在就是乐天知命了？"九厥环顾四周，"倒是给自己找了个风景优美的等死的地方啊。"

她皱眉不语。

"那个对你放手的人，惧怕的不止是时间的缝隙，更怕的，是你需要燧光才能延续生命的事实吧？"他突然冷冷道，"他不敢去那个又高又亮的地方，眼看着你的燧光越来越少，他更不敢面对你的死亡。矛盾的胆小鬼干脆选择将你推入另一个世界，逃避得干干净净。还有，能够买通巫女进入阿克索娜之渊，要给的绝对不是一般报酬。我听说，那些巫女也很喜欢光亮的东西！"

"是。我拿了十颗燧光去交换。"她缓缓道，"我从没有就这一点记恨过他。他始终是一只吸血鬼，即便能在白天出没，高空中的阳光仍然是致命武器。何况……"她苦笑："不是每个人都有义务为你豁出性命。而我会为他做这一切，只是觉得，既然在一起了，凡事就要尽力而为罢了。我们，只是想法不同而已。"

九厥长长地叹了口气："你说，你这算是谈的哪门子恋爱啊。"

"你走吧。"她重新闭上眼，"就不能让我死得安静些么？我已经很累了。"

"累了就睡呗，这有个现成的枕头呀！"他坐在雪地上，放低自己的手臂，让它变成她更舒服的枕头。

她笑："你这样坐一夜，天亮时恐怕已经冻成僵尸。"

"你怎么还不闭上眼睛等死？"他低头看着怀里的她，怒目相向，"能死在我的怀里，会羡慕死多少妹子你知道吗？"

"从来没有妹子喜欢过你吧？一把年纪了还光棍。"

"闭眼！闭嘴！"

雪地里，两个互相依靠的人，给寒冷的空气注入了一丝暖意。

时间一分一秒地过去，到了天边渐白的时候，怀里的人已经睡熟了。

九厥看着这个女妖怪苍白却安谧的脸孔，轻轻地将她放到了地上。

他活动了一下发麻的身体，站起来，脱下外套盖在她身上，然后，看向远处被染上一层金色的地平线。

不就是去天上溜达一圈么，有多难。

他笑笑，将戒指摸出来，戴回自己手上，伸了个懒腰，念动口诀，一跃而起，飞速地冲向最接近太阳的地方。

越往上越明亮，连云朵都变成了蓝色，难怪有人说，他的发色像是从最美的天空里摘下来的。

其实，他也没有去过那个飘浮着燧光的地方，那里，比天界还要高。

云朵从蓝色渐渐变成了金色，四周的温度也越来越高，从头顶洒下的光线也越发亮得要刺瞎眼睛。

他依然朝更高的地方而去。

一个完全明白什么才是生命与相爱的妖怪，不该死得这么憋屈，你们也同意，对吧？

好烫啊，自己会融化吗？脸颊都像要烧起来了一样。坏了，万一毁容了又该怎么办？

矛盾的家伙，在万丈光芒的笼罩下，渐渐变成了一个小点，一个蓝色的、无论如何也无法被掩盖的光点……

Chapter.23 重生

两个月后，高地北部，海伦牧场，多云。

“你娶了我吧！”

“不要。”

“我毁容了！你一点都不内疚吗？”

“晒黑了算哪门子的毁容?！滚去放羊！”

“我昏迷的时候，你哭着说如果我能醒过来，要照顾我一辈子的！这难道不算婚约吗？”

“你想结婚想疯了吧？我没说过。”

“不要脸！”

浅灰的湖水偶尔漾起雪白的波纹，将高处这片生长在春季的草地衬托得更加葱郁干净。

一堆棉花糖一样的白绵羊悠闲地散步吃草，羊群后，一脸愤慨、皮肤黑了至少五个加号的九厥，指着满面红光、一身标准牧羊女打扮的影，怒斥：“你这个没良心的！”

“我从未要求你替我做什么。”她很无辜地耸耸肩，“你天天这么哭着喊着让我娶你，有意思么？”

“四次！”他伸出四根手指，“我救了你四次！”

“你真的该回去了。”她认真地说，指了指他的小手指，“你那边的同伴已经喊了你好多次，我都听到了。”

“我不回去！”他抱住一只羊，耍赖，“我都把我要结婚的消息放出去了！”

她哭笑不得地看着他，说：“你就不能正经点么？”

“我没有不正经。”他瞪着她，“作为一个万花丛中过片叶不沾身的浪子，我很清楚自己想找个什么样的老婆。”

“一个不会打架、只会埋死人，并且需要光源才能正常生活的妖怪老婆？”她反问。

“好像是有点麻烦……长得也不是特别明媚，身材也一般般……也不是长头发……”他转着眼珠嘀咕，“有点吃亏。”

“你再说一次！”一记鞭子抽到他面前的地上，后头的她柳眉倒竖。

不等他回话，身后却传来胖老板兴奋的喊声：“成了成了！完成了！”

老头子从牧场里“圆润”地跑出来，一手捏着哨笛，一手挥舞着一张曲谱，身后还跟着一串欢天喜地的小屁孩以及一只牧羊犬。

胖老板气喘吁吁地停在她面前，激动地拉住她的手：“你哼给我听的，我终于全部记下来了！”

她笑问：“于是，曲子完整了？”

“是啊，完整了！”他抹了抹泛红的眼睛，“我奏给你们听。”

“等等！”九厥摁住他的手，“等我把我跟这个女人之间的事说清楚了，你再来演奏庆祝！”

“你们还没吵够啊？影小姐，你们就结婚吧！反正牧场够大，你们想住多久都行啊！而且这个地方风景如画，你们连蜜月都可以就地取材！”

“住嘴！关你什么事！”

一旁的小孩子们一边嬉耍，一边习以为常地看着这三个大人无休止的吵闹，这样的景象，几乎天天发生。

这里是胖老板妻子的老家，妻子的名字叫海伦。不论他走到哪里，做什么营生，她的名字永远都在最显眼的地方。

胖老板至今仍不知道九厥跟影的真实身份，他天真地以为，九厥就是一个不得了的大法师，而影就更不得了了，一个天赋异禀的，能够听到亡者声音的神奇少女。她只是用手触碰了一下妻子的骨灰，便听到了妻子最后的声音！

“懒得理你。”每次的争吵，影都以这句话收场。她朝孩子们一招手：“来，姐姐教你们做游戏！”

九厥朝她的背影白了一眼，对胖老板道：“你也觉得这个女人很烦对不对？”

“你有多喜欢一个人，就会多讨厌一个人。”胖老板嘿嘿一笑，“我太太说的。”

远远地，几个黑点从厚密的云层下飞速掠过，留下隐隐的轰鸣。

即便已经是这么偏僻的地方，还是能看到蓄势待发的战机，为捍卫，为复仇，为荣誉，为一切可能的理由奔赴前线。最新的消息是，战火越燃越烈。

胖老板望着远去的战机，叹气："什么时候才能打完仗哪？"

"总会打完的，也许一年，也许三年。"九厥笑笑，回头看着那群依然嬉戏、对战争懵懂无知的孩童，"反正你这个地方风水好，即便有炸弹落下来，也打不中你们。放心就是了。"

当然打不中，他在牧场四周设了保质期三年的结界，如果他的元气恢复得更快些，保质期可以更长。

胖老板坐下来，说："等战争结束，就带他们回去与父母相聚。找不到父母的，就继续跟着我吧。"

闻言，九厥忽然很认真地把胖老板从头到脚打量了一番。这个总是眯缝着眼儿的胖老头子，从来以市侩胆小怕是非的姿态存在，横看竖看也不像个冒死收藏"钦犯"的民间英雄。

"有一件事，我一直忘了问你。"

"怎么会收留这群孩子？"胖老板笑笑，摘下眼镜拿衣角擦了擦，"那晚我正要关店，一个算是熟客的家伙突然找来，那时他已经受了极重的枪伤。他恳求我随他到了一处废楼，然后，我看见了这些又饿又怕的孩子。那个人说，如果我愿意帮帮这些孩子，他会很感激，如果我无能为力，他也不怪我，只求我不要暴露他们的行踪，再给他们提供一些食物就好。他费尽力气才带着这些孩子从死亡线上逃回来，比起逃亡野外，回到市区反而更安全，追兵们应该暂时想不到他们会冒这个险。"他戴回眼镜，说："我答应了。"

"这可是随时会掉脑袋的举动。何况还要带着一群孩子。"九厥笑道，"你不像不怕死的人呢。"

"我怕死，很怕。"圆镜片后的小眼睛异常诚实，"就在那晚，那个人死在了我面前。其实我很惊讶，受了那么重的伤，他是哪里来的能力将孩子们安然无恙地带回来。中了子弹，一定很疼很疼的吧，我看着他的尸体，两腿都在哆嗦。"他突然笑起来，对九厥道："你知道吧，我曾经还被吓尿了裤子！好笑吧？"

"哦?！"九厥一愣，"几岁的时候？"

"刚刚被攻陷的时候。哈哈，没想到吧？"他眼角的每根皱纹都爬满自嘲，"那天，我跟我太太外出，在街边遇到几个士兵正在殴打一个孕妇，围观的、路过的，没有人敢出来阻止。我太太冲出去，对他们说，看在上帝的分上，就不能放过一个怀孕的女人吗？之后发生的事，你用脚趾头都能想到。"他沉默片刻，继续道："他们毫不客气地把她打翻在地，然后用枪指着她的头，却把目光投向我，问：我看见你俩一起来的，你是她丈夫？"

"于是你吓尿了？"九厥想象着当时的场面。

“我也不知道自己怎么了，心脏跟脑子都空白了。那是真正的枪啊！”胖老板垂下头，“我脚软地跪下了，一句话也说不出来。他继续问我是不是她的丈夫。我却只是哆嗦着说，求你们手下留情！然后……”他忽然笑了，“他们都笑了，指着我尿湿的裤子哈哈大笑。拿枪的家伙对他的同伴说，看吧，这个人连自己的妻子都不敢认，住在这个国家里的果然都是胆小鬼，所以我们的胜利是理所当然的。于是，心情很好的他们抛下我们，扬长而去。”

九厥沉默不语。

“我太太的头被严重击伤，加上她身体本来就不太好，几个月后便去世了。”他不得不再次摘下眼镜，因为要赶紧擦掉刚刚落下的眼泪，“直到她离开我那天，都没有对我有半句责备，最大的遗憾是她无法再完成那支曲子，以及回到老家。”

一阵风从湖面上吹来，他仅剩的几根白头发滑稽地飘动。

啪！

他突然狠狠给了自己一耳光，并且拽住九厥：“快，你也给我一巴掌！教训一下这个可耻的老东西！”

九厥一笑，拉开他的手：“对死亡的恐惧是我们的天性，本没有什么好责怪的。最坏的，只是那些明明活着却不好好活着的人。如果你是后者，我们现在便听不到孩子们的笑闹声了。”他拍拍胖老板宽厚的肩膀：“行了。你的人品已经大大超过我的预期值了，过去的事也不要再提了。”

胖老板的眼泪还是掉在了手中的哨笛上，哽咽着说：“对海伦，我一直愧疚。”

“不是已经把曲子补充完整了么？”九厥看着那支银光闪亮的哨笛，笑道，“你完成了你太太最大的心愿，还愧疚个鬼啊！”

胖老板揉揉通红的眼睛，看向竖在牧场东边草地上的白色十字架。

他带回了海伦的骨灰，埋在了她最怀念的地方——有白云湖水，有草甸青苔，更重要的是，这里有她对这个世界最美好的回忆。

而恢复体力的影，用她的方法看到了海伦最后的“电影”，并且牢牢记下了她在生命最后的时刻哼出的完整的曲子。

她是个乐盲，只能将曲子反复哼给半个乐盲。但幸好还能勉强记下曲谱的胖老板，两个人忙活了好几天，终于大功告成。

“我要是你，就先去演奏给你老婆听。”九厥朝十字架那边努努嘴。

“从今天起，我会天天奏给她听的。”从难堪的回忆中挣脱出的老头子突然吐了吐舌头，“要是哪一天她听烦了，从地下跳出来打我一顿该多好。”

“你想得太多了。哦对了，为什么你的酒馆下头有那么大个避难所？”

“酒馆本来就是建在一个老防空洞上面的，眼看时局混乱，总得未雨绸缪，所以老早就悄悄把那里修葺加固，各种设施准备妥当。本来是给我自己准备的，却没有想到便宜了这帮小鬼。”

“你一个人住那么大个地方？”

“我胖啊！”

“……”

Chapter.24 影歌

昨夜下了小雨，落在草叶之间，没有声音，只将它们变得更绿、更亮。

此刻的天空还未亮起，只在天边隐隐露出一条白线。牧场里，孩子们尚在酣梦之中。

雪白的十字架前，胖老板穿着他最好的一套衣裳，哪怕几根头发也梳理得整整齐齐，腰板挺得笔直，手里的哨笛即便只有那一丝晨曦照耀，也闪亮得很。

悠扬的笛声从他充满怀念、爱意以及歉意的嘴唇与手指下飞扬出来，拂过草甸，越过湖面，每个音符都是灵动的鸟儿与蝴蝶，飞向远不可及又近在眼前的地平线。

胖老板确实在实施他的承诺，从那天起，他每天都在天亮之前来到妻子的墓地前，用她留下的哨笛吹奏同一首曲子。

他说，曲子里有他们俩所有的记忆，有永久存在的地平线，也是他唯一与她交谈的方式。

在他看不见的另一端，九厥跟影站在这里最高的地方，脚下的湖水只在晨曦里才会呈现出缤纷的颜色。

“我真的要走了。”九厥横抱着手臂，望着太阳升起的方向。

“一路顺风。”她站在他身后，手里把玩着一朵橘色的小花，淡淡道。

“你确定要留下来？”他又问。

“嗯。”她点头，“我看牧场还有许多事要做，老头子一个人是忙不过来的。教堂地下那帮人，我也打算再去看看。反正时间一天一天过去，也会回到将来。我不着急。”

九厥猛地转过身，恶狠狠地瞪着她：“到现在你都不对我为你取燧光的事发表任何评论到底是什么意思！我差点被烤熟了你知道不？”

“我知道。”她依旧淡淡地，“我已经对你说过好几次谢谢。你带回来的燧光，可以支持我很久很久了。要我再说一次谢谢？”

“我不需要这两个字！”他抬起下巴，冷睨着她。

“那我就没什么可以给你的。”她坦然地看着他的眼睛。

“嫁给我让你觉得很吃亏吗？”他的声音提高了三个调。

她不禁笑出声来，伸手摸了摸他的额头：“你已经复原了不是么？怎么还说这些不着调的疯话？”

“我很认真。”他拉下她的手，却不放开。

她微微一怔，很快抽回手，反问：“我们恋爱过吗？”

九厥摇头。

“我说过我喜欢你吗？”

“你小时候喜欢过！”九厥一本正经。

她哭笑不得：“我们之间什么都没有，又怎么可能结婚？你到底在想什么？你就好好地回去，然后从万千仰慕你的姑娘里选个靠谱的结婚，这不好吗？”

“仰慕我的姑娘确实太多。”九厥得意地点点头，“但你，只有一个。”

“你……”

“我活了很多年，去过许多地方，认识许多人，也曾想象过将来自己会娶个什么样的女子。”他认真道，“貌美？有钱？聪明？太多姑娘有这些优点，所以，她们不愁没有人来爱。”

“嗯。”她耐心地听着。

“而那些又不好看，又蠢，整天干着吓死人的工作的姑娘该怎么办呢？”他伸出手，勾起她的下巴，“正所谓，我不入地狱，谁入地狱？”

咚！

他的下巴差点歪了。

“我不用你来救济。”她放下拳头，“我再说一次，我们是错误的时间遇到的错误的人。”

他揉着下巴，瘪嘴道：“我也再说一次，我真的要走了。”

她退后一步，朝他摆摆手：“走好。”

他见她毫不动容，只得作罢，从指上褪下那枚戒指，递到她面前：“你们影妖天生不喜黑暗之处，即便你现在已经不怕黑，我这片蓝天，你还是带在身上吧。它跟着你的时间，比跟着我的时间长多了。”

她果断地推开他的手：“你留着。如果有一天我改变主意，也许会去找你讨回来。”

“真的？”他突然看到了希望。

“太忙就不去了。”

他转转眼珠，狡黠笑道："如果将来有一天，你来找我讨回戒指，我就当你默认做我的老婆了。"

"神经病！"

"说定了！我给你几十年的时间去考虑。"他笑。

四周的光线越来越亮，地平线上跃出的光线温暖而壮丽，他的发色与戒指在这样的光彩里尤为动人，世上再没有一种蓝色能美过它们。

宝石之所以能明亮透澈，是因为它没有杂质，足够干净。人，或者妖，大概也是一样的。

九厥从兜里掏出一张叠成心形的信笺，放到她的衣兜里，说："我说过，不是每个人都有资格跟我喝酒。这枚戒指我留着，这杯酒，我也给你留着。"说罢，他颇不正经地朝她眨眨眼："交杯酒哟！"

这一回，她的拳头扑了空。

在地平线完整呈现在眼前时，九厥很干脆地消失了。留下来的，只是一缕淡淡的、湖蓝的光晕，在晨光的笼罩下、湖水的斑斓里，渐渐散去。

走得还真快……

她望着天空，有些小小的失落。

抽出信笺打开，露出雅致秀逸的笔迹——

我将全部光明，放入黑暗。
这不伟大，不神奇，不悲悯，
也不需被记住。
如果生命终将远走，我希望的是，
它的脚步尽可能安详、尊严，甚至喜悦，
留下的，比带走的多。
连最后的玫瑰，也不枯萎，飞鸟掠过时，依然歌唱。
许多人并不相信，
世上太多东西，纵然死亡，也无法带离，
如影随形。

影歌 /by：很有才的九厥

ps. 老头子的曲子，加上我亲笔填写的词，堪称完美！

也许我们是错误的时间遇到的错误的人，但你娘亲说过，只要人是对的，那么一切都对了。

当你看到这个的时候，我大概已经回到了正确的时间，要不要来找我，你自己决定。

注意，最后一行是这封信的核心所在，如果你弄丢了，我赌二十个包子，你保证会哭死！

她的目光落到最后一排，一个用特大号字体写上的手机号。

看到这里，她已经不知是该哭还是该笑了。

哨笛的声音还在回旋，胖老板的脸孔与手中的哨笛在又一个崭新的早晨里泛起柔亮的光，仍带寒意的春风飞舞而至，宽容地打量着十字架前永恒的思念。

她好好地将信笺叠好，放进最贴身的口袋里，大步朝牧场走去——那些孩子非常喜欢她亲手做的早餐。

从胖老板的笛声，从孩子们的笑脸，从雪白的十字架，从许多年前都城郊外那片烧之不尽的野草，从每一个闪过她脑海的片段里，她已有了寻找已久的答案。

娘啊，你为什么要嫁给爹呢，他是妖怪呀！

等你明白你爹的“工作”时，自然就明白了。

的确，她明白了，那个人，也明白。

世上太多东西，纵然死亡，也无法带离。

从死亡中延续出的力量，不是为了眼泪与愤怒，只是为了让活着的人更好地活下去。

所以，他们这群妖怪，世世代代都用相同的方式，传达着同样的心意。

真正了解这份心意的人，会爱上这群妖怪又有什么奇怪的呢？

她的背后，天空已经完全亮起，十分难得的是，总是灰蒙蒙的它，今天竟透着罕见的蓝，尽管浅淡，也足以令人欢喜。

父亲的话，她没有忘记——

愿为我们采集燧光之人更是不易，有幸遇见，务必珍之重之。

如果回到正确的时间，要去找那个神经病吗？

她挠了挠头，笑了笑，双颊飞出云霞似的红晕……

亲爱的未知小朋友：

这就是你九厥干爹，要送给你的珍贵礼物。

你一定非常好奇，干爹回到现在之后的事情。

其实也没有什么好多讲的啦，无非就是被月老爷爷烦了三天，鹦鹉一样说打了上千年光棍的干爹居然长出了仙缘线。仙缘线这个东西就是从神仙们的尾指里长出来的线，另一头绑着他们的伴侣，简单说，干爹的仙缘线那一端，绑着的就是你的干妈。能长出仙缘线是非常不容易的事呢！这个等你长大了再详细告诉你。总之，月老爷爷他们在干爹失踪的时候，就是用这条仙缘线才联系到了干爹，让干爹能够修好朱雀灯，安全返航。还有就是，观时女仙阿姨拿她的拖鞋追着我打了半个小时，这一段就略过不提了。

不过呢，干爹至今也没有问过月老爷爷，我仙缘线那一端绑着的是谁。

你知道的，什么都预先知道答案，生活会变得无趣。

还有，干爹这段特别的经历，连你妈妈都不知道哟！以你妈妈的性格，就算我说了，她也不会相信的，只会骂我想结婚想疯了。

至于你的影阿姨有没有来找我，很遗憾地告诉你，到我给你准备这份礼物为止，她都没有来找我。

但是，有件事非常有趣。

一个月前，我无意中经过西边的沙漠，也就是那一口曾经消失并且差点害死我的泉水——“太阳之泪”所在的地方。

你知道干爹看见了什么？泉水！被保护得非常非常好的太阳之泪！

专门负责守护这口泉水的人看见我时，居然问我是不是来找水酿酒，还说，他的上司吩咐他，如果有一天，有个蓝头发的中国人为了酿酒的水而来到这里，请他尽情取用，不收取任何费用。他已经在这里守了十来年了。

我问他的雇主是什么来头。他说，是著名的海森堡集团。原本在这泉水附近，要开发一座新油田，但是海森堡集团半路杀进来，不知用了什么方法，令这个计划被彻底放弃，这口泉水也才得以保全。

你知道吧，干爹其实被弄糊涂了。回来一查，才知道这个海森堡集团是全球最有钱的财团之一，由一个叫阿尔曼·海森堡的人创立，现在，则由他的儿子，卢卡·海森堡接掌。这对土豪父子的名声还蛮不错，钱是赚了不少，善事也没少做。海森堡集团还专门设立了一个基金会，为所有在战争中受到伤害的孩子提供援助。毕竟，现在的世界，依然有战火。

看着网站上那些放着熟悉脸孔的照片，干爹发了很久很久的呆。（还有啊，好几张照片里，这位少东家的身旁都跟着一个不苟言笑、身材肥硕的老妇人。其实那个猫头鹰完全可以换一副更美貌的外形嘛，唉！）

我不知道阿尔曼跟卢卡父子有过怎样的磨难与努力，才创建出这样的现在，唯一能确定的是，当年我这个帮凶没白做。

不管怎么说，干爹的酒庄今年生意一定非常非常好！因为那口沙漠泉水的水质实在太好太好！酿出来的酒蕴含了各种滋味，美妙之极，简直不能用世间任何一种语言来形容！

这种酒，我命名为"影歌"。

从月老那儿赢回来的戒指还戴在我手上，不知道哪一天才会戴到另一个人的无名指上呢？未知，你要祝福干爹才是啊！

虽然你影阿姨不是绝色美人，但干爹这种四处晃荡的闲云野鹤，也只有她这样"如影随形"的妖怪才能跟得上吧。如果你问我，干爹喜欢她什么，干爹也讲不太清，就是觉得，一个连死者都可善待的人，必然有一颗金子般的心。

喂喂，不许撇嘴说我老土！干爹虽然是叱咤天界风华绝代小郎君，但爱情观还是很传统的。你也要记住，到你谈婚论嫁的时候，不论你遇到怎样的人，没有任何一个优点能胜过一颗温暖善意，并愿意为你尽力而为的心！

你再看看你爹妈，虽然两个都不是正常东西，但他们能不离不弃走到现在，无非也是有这样的一颗心罢了。

当然，干爹跟你讨论的重点，并不是爱情观。你会慢慢长大，会遇到各种各样稀奇古怪的事与人，会有欢乐，有悲伤，甚至有危险。许多人把死亡当成终结，所以他们总是恐惧，甚至为了反抗这种恐惧做出各种伤害他人的举动。也许将来你也会为此而困扰，但干爹希望你不要太担心，如果你爹妈将来把你送进人类的学校，有一天，你会在你的语文课本里看到这样一句话——

有的人活着，他已经死了。有的人死了，他还活着。

还有一句话你也要记住：再微弱的生命，只要他们不曾伤害，不曾卑劣，都值得被尊重。

这是你妈说的。

有时候，她也能说点人话。嘘，这句话可不能告诉她啊！

好了，干爹要说的，就这么多。

最后，狠狠祝福干爹吧，希望你看到这份礼物时，你的干爹已经变成别人的亲爹了。

啊啊，还有，千万别担心被阳光烤黑的干爹，现在我已经白回来了，燕窝美白面膜不是吃素的！

——你最最亲爱的干爹·九厥

写于你出生前的某天，浮珑山

影歌·完

末篇

MOPIAN

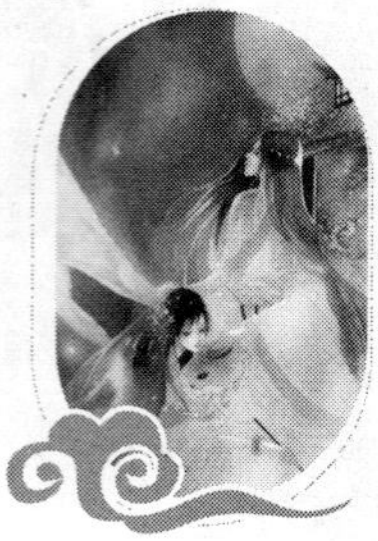

毫无悬念，需要帮我还卡债的人，依然是著名的敖炽先生。容我狂笑三声吧，知夫莫若妻这句话从来不是白讲的！

此刻，已近破晓，雪早已停了，夜间的浮珑山，即便是冬季，也能在树影石间看到星星点点的光，可能是奇特的虫子，也可能是花上的露水，还可能是不知名的晶石，总之，存在于这里的一切总是出人意料的。

敖炽举着鸡爪一样弯曲无能的手，指着我的头，一腔愤怒化成一句如雷暴吼："可以回去吃饭了吧！"

我捏着三个可爱无比的奶瓶 U 盘，笑眯眯地摸了摸他的脸："乖，下个月别忘了还卡债！"

九厥活动着脖子，洋洋得意地看着我俩："我敢说，我送给未知的礼物是最丰厚的！"

"嘻嘻，这也是送给我的礼物呀！"我吧唧一声亲了亲 U 盘，"有你们加入，我省了好多事儿呀！明天就可以把三份回忆录交给出版社咯！”

两人俱是一惊，再次异口同声：“什么出版社？”

“哦，是这样的，有出版社找到我，出高价要我给他们写个回忆录。我想，故事放着也是放着，不如拿出来给大家分享，我也好再赚一些奶粉钱嘛。”我宝贝似的把U盘收好，“与其让别人卖我的故事，不如我自己卖自己的，肥水不流外人田哪，对吧？”

九厥转过头，看着敖炽：“我怎么觉得你老婆的节操完全被碾压了？”

“你不是头一天认识她了……”敖炽耷拉着眼皮，无奈地耸耸肩，“算了，看在她是个孕妇的分上，原谅她吧。反正，奶粉钱我也是有份的。”

九厥默默地给了他一个鄙视的眼神，转过头对我道：“你费尽心机把我们弄这儿来，就是为了帮你搞奶粉钱？”

“不止。”我拍拍口袋，“我还可以知道，在你们的记忆里，对我有什么看法。如果你们真以为这只是给未知一个人的礼物，那你们就真是太纯真无邪了呀！万一你们要在里头讲我的坏话，嘿嘿，你们就等着被折磨吧。”

“你……”

“亲爱的大家，下山回家吧！回去应该正好赶上赵公子的早餐，我最爱的番茄煎蛋面！”

“喂喂，给我站住，你个孕妇跑那么快干什么？！”

“那是我的隐私啊！只能让未知知道的啊！你散播出去的话整个世界都会骚动的！”

“……”

嘻嘻，现在心情真好，虽然寒风刀子似的刮过我的耳朵，可真的一点都不冷，腹中，身后，还有远远的家里，都有我最要紧的人在那里，所以，热量怎么都是够的。

另外，那两个傻瓜居然还真相信我会把这些故事卖出去……

这的确是我给我未出世的孩子准备的第一份真正的礼物，可以说它一文不值，也可说它价值连城，这要看将来看它的人，能否发现我镶嵌在里头的，用时间与生命、伤痕和喜悦铸造的心意。

U盘里装的不仅仅是我们的回忆，亦是我们对你——亲爱的未知小朋友——最大的祝福，与希望。

接下来，就只差你的降临了。

如果你再加把劲，也许还能赶上跟妈妈同一个星座，以后我们家如果有两只射手，你爸爸玩扫地机的时候，我们就可以母子同心万箭齐发，把这个羞耻的家伙打到木星上去吧！

最后，我们很爱你。

最最后，妈妈如果真的把故事拿来卖钱你也不会怪我的对吧？！不过在那之前，妈妈要不要仔细看看他们两个——妈妈一生中最爱的男人，以及最好的朋友，到底写了些什么呢？

啊，这种在看与不看的边缘痛苦徘徊的时刻真是让人纠结啊！

这样吧，如果今天天亮了，妈妈就看，天不亮就不看。让老天来决定要不要窥探他人的“隐私”吧！！

咦，快看快看，天亮啦！

虽然你还在妈妈肚子里，但是也看到那条闪亮的光线了吧，就在最高最高的浮珑山的对面，再过一会儿，整座山都会笼罩在一片金灿灿的朝霞里。那是浮珑山一天中最美的时刻，不论哪个季节。

将来，等你出世之后，妈妈一定会带你来看这里的日出日落，再看看深深的山涧，那里的枯骨已经不复存在，因为，妈妈也在不断地长大呀。当然，你爸爸跟干爹也会一起来的，要是没有他们，世界该多寂寞呀，对吧？！

就这样，说定啦！

全文完

无色 番外篇

WUSE

他们的故事写完了，我看到他们冒着风雪上来，又目送他们踏着暮色离开。从头到尾我都没有去打扰他们，我在漫长岁月里学到的最大本领就是安静。

我是谁？

嘻嘻，我是浮珑山巅一枝花，生在春风里，长在山洞前——大家都叫我无色。

好久没看到这只树妖了，从她强大到不需要再回到真身的那天到现在，我数不清我们有多少年不曾相见了。曾经蹦蹦跳跳跟在子淼身后的小妖怪，已是声名在外的老板娘，为人妻为人母，原来时间竟跑得这么快。

别以为我孤陋寡闻，也别以为我是一朵“宅花”，虽然我修成人形的时日比他们都晚，但那不代表我走过的路比他们少。在我的旅途中，一直都听到过与他们有关的传闻，精彩得像一部小说。事实上我也是今天一早才从外头回到浮珑山探亲访友，毕竟在这里还有许多很“宅”的妖怪朋友。不承想这三个家伙也回来了，真巧。

九厥还是当年那个鬼样子，妖孽的湖蓝头发除了他能驾驭，不作第二人想，我永远不会跟他说，从前他来找子淼下棋时，除了那只小树妖会看他们看到发呆，其实我也会，谁让他们好看呢。敖炽我见得少一些，第一次在浮珑山看见的他，跟此刻的他完全没有区别，这男人走到哪里都像一团浇不灭的火，只要他想靠近，你就不许躲闪，他要离开，你便无迹可寻，当然，也还是那么聒噪。

看见他们，我是很高兴的。

人类常说,去年今日此门中,人面桃花相映红。人面不知何处去,桃花依旧笑春风——我的山洞前没有桃花，只有三十道刻在石壁上的痕迹，那是树妖留下的另一种形式的年轮。我跟他们一道生活了三十年，对妖怪来说，三十年太短，但它注定是终结也是起点，而我是证人。

雪还在下，山巅在三位故人的离开后，又恢复到宏大的寂静中。

离夏天还早，所以离我真身的花期也还早，我有六片花瓣，无色剔透，一枝七叶，一年一开，花期一日，活得非常简单，非常不起眼。

人上了岁数，就爱回忆，我不是人，但也一样。

Chapter.1

小六在她的一生里，从没见过跑得这么快的人类，还是个斯文俊俏的书生，在她比较有限的对人类的了解里，这类人难道不该是跟“手无缚鸡之力”“咳一口血写一句诗”之类的描述捆绑在一起的么。

相反的，平日里走路比谁都快的梅姐姐，却像屋檐下的懒蜗牛一样，慢慢地，慢慢地从屋子里挪出来。她永远都穿着式样简单的红色纱裙，上头没有一条多余的裙带，裙摆总是刚刚在脚背上摇晃，绝不拖地，她说她最不爱拖泥带水，任何东西多了都是累赘，她也不想恋爱，生命里多一个人也是累赘。

小六是很崇拜她的，因为在她认识的那些娇娇弱弱的女子里，唯有梅姐姐是不怕霜雪风雨的，小六喜欢她那股硬气的美丽。

“梅姐姐……”小六从地上站起来，放下正胡乱编织的野草，关切地看着不似常态的梅，“刚刚那个……”

梅的目光依然投往书生消失的方向，嘴角挂着笑，却一点都不喜悦。

小六从没见过她这般模样，她走近一步：“梅姐姐，你怎么啦？”

梅吸了口气，目光跌落下来，什么都没说，依旧用缓慢的速度朝薄命岩的出口走去，背影渐渐虚化成一朵飘远的花。

脚下这片嵌满大小彩石的土地，叫薄命岩，其实像仙境一样漂亮，就是名字不大好。不过说“像仙境”也不对，因为这里本来就是仙境，正好在人界与天界的交界线上，往前一步是红尘万丈，退后一步是仙气缭绕。这里，是天界诸花仙的居住地，真正的花香绕云，芳菲满襟。

“今年的梅花要晚开了呢。”他照例披着从不系衣带的土色袍子，银白长发散在背后，睡眼惺忪地走出来，没骨头似的靠在草庐的门框上。

他不是没睡醒，而是一年四季都是没睡醒的样子。

“神君，梅姐姐好像很不妥呢。”小六迎上去，“要不要我去看看呀？”

他居然还能“噗”一声笑出来：“不妥的是那位苏公子吧，亲眼看见自己山盟海誓的对象变成一枝梅花，哎哟你是没看到，那小脸都吓白了，差点尿裤子哪！”

小六耷拉下眼皮，皱眉嘀咕：“你又来这招……”

“我是好意。”他听力倒是好得很，瞟了小六一眼，“饿了，饭呢？”

“神君你总是如此，怕是不妥当吧。”小六壮起胆子道，“要是被别人知道你放任花仙入人界，还让凡人踏足薄命岩，早晚会被绑去刑王那里吃苦头的！”

他笑：“若真想罚我，任何理由都可以。端看别人的心情罢了。”

她一脸不解：“啥意思？”

“意思是，大神们个个都忙着关照人间疾苦，哪有闲暇管这小小的薄命岩。”他伸出手，一片桃花瓣绕过指尖，“少开一朵花，多开一朵花，于这世间又有何要紧。”

“若没有花，这世间该多难看。”小六又嘀咕。

他当然又听到了，笑着扯了扯小六的辫子：“你可知此处为何叫薄命岩？”

小六摇头。

“因为一块炭都比这里的所有人贵重。”他似笑非笑。

“不懂。”小六很认真地想了他的话，还是不懂，“炭有啥好的，黑黢黢的一坨，横竖都不好看。”

“所以你还年轻啊。”他又扯了扯她的小辫子，“锦上添的花，远不及雪中送的炭。”

“啊？！”她张大了嘴，想了想，好像是这么个理儿，但好像又有哪里不对，她说不上来。反正薄命岩就薄命岩呗，都叫了这么多年了。

“开饭吧。”他转身往草庐旁的槐树下走。那里有块被时光磨得发亮的石台，也是他平日里的饭桌兼茶几，他勤快的时候还会坐那旁边梳梳头。

他是薄命岩的主人，天界的百花仙子。

本人形象与职务名称完全不配对不对？许多不明真相的人类都以为“百花仙子”是一位云鬓高耸衣袂飘飘有旷世之颜的女神仙。在他们的心目中，身为掌司天下花卉的神，连打呼噜的姿态都应该是国色天香的。

真相总是轻易击溃人心。

薄命岩的百花仙子是个男人，还是个不修边幅的男人。

小六第一次见到他时，他正在花灵圃里赶蜜蜂，上蹿下跳像个猴子，与年纪不相符的银白头发在他背后淘气地弹蹦。

在天界诸多仙童小吏中流传的说法是，被分派到薄命岩当差是最最没前途的，因为那里的神君掌管了世间最无关紧要的东西，若是能派到天帝天后或者战神等十二大神身边，那才是能学到本事、修炼成才的好去处。

所以，初到薄命岩的小六松了一口气，原来传闻是真的，那她就放心了。有这样一位上司，她应该不会过得太劳累，至于修炼晋级这样的事，留给别人吧，她从不为这件事费心。

小六不知道他的本名，大家都喊他神君，来薄命岩找他的人不少，为了求几盆有趣好看的花儿回去摆放，但被他留下来吃顿饭喝杯茶的人很少，她到薄命岩当差也近百年了，只有水君子淼与一个专管酿酒的蓝头发在石台前与他共进过一餐茶饭。

她问他，这两人可是你的朋友？他说，也不太算，只不过这两人眼中干净，没有那么多杂念，所以，吃个饭也无妨。

他对谁好像都没太多看法，不疏远也不亲近，今天他可以跟你笑谈风生恰似故人，明天就能把这段亲切丢得一干二净。他一直过得很从容，从容到你觉得他随时都会离开，甚至消失，并且他根本不把这些当作一回事。

“真的不管梅姐姐啦？”她追到他身后，拖住了他的袖子，“你忘记牡丹姐姐的事了？”

他站定，回头，笑：“自己选的路，死也要走完。”

小六愣了愣，一片花瓣刮过她的鼻尖。

Chapter.2

牡丹死了，自毁元灵，形神俱灭——每个字听起来都好惊心。

二十年前的薄命岩，所有人都被这个消息吓到了。

跟牡丹关系最好的桃花跟杏花哭肿了眼睛，素来理智冷静的梅与兰在一旁冷眼相看，哀其不幸怒其不争，不过一个凡间男子，何至于为他舍了所有。

她们都是薄命岩上的花灵，听从百花仙子的调遣，按节气前往花灵圃中值守，世间百花之盛放凋敝，由此而生。

那一年，不论天界还是人间，无一朵牡丹开放。

也怪他，天界之中不论哪里的神殿，皆是难进难出，自有规矩，唯有薄命岩，既无大门又无守卫，连个限制进出的结界都没有，只有他不痛不痒的口头警告，说：私入人界，后果自负。

老成持重的花灵也就罢了，总有些性子跳脱的家伙，扛不住那颗好奇的心，偷偷摸摸往那住满人类的地方去，吃吃喝喝也就罢了，想那花灵们，个个皆成人形，又个个生得娇俏动人，红尘俗世走一遭，少不得惹来一堆朝思暮想。最怕的也就是这个。

那天，牡丹跪在他面前，求他成全，她爱那个男人，她想离开薄命岩，任何代价都可以。

他没拒绝，也没同意，只说，明日午时你来草庐，我们再议。

牡丹很高兴，觉得有希望。她就知道她这个头儿从来就不是个严厉的神仙，薄命岩是天界之中最有人情味的地方。

翌日午时后不久，草庐里跑出一个年轻公子，身量高大，模样英武，腰间还挂了宝剑，就是脸色白得吓人，他在草庐门口呆站了片刻，最终狂奔而去，差点撞翻小六手里的饭菜。

唉，太不像话了，他居然把凡人弄到薄命岩上来！这可是重罪！小六有点害怕，听说刑王铁面无私，凡被他下令惩戒的神仙，没有一个不脱一层皮的！他这么一个只懂伺候花草的家伙，哪里挨得住。

还没进屋，牡丹便踉踉跄跄地冲出来，口里喊着周郎还是李郎，眼泪都飞进了粥碗里。

他倚在门口，不笑不怒地叫住了牡丹。

牡丹站住，不敢转身，难过得浑身抽搐。

“你将他吓跑了。”他朝前方努努嘴，“你愿一生一世，他却不敢奉陪到底。”

牡丹的嘴唇嚅动了许久，最终什么也没说，循着爱郎消失的方向追去。

数日之后，牡丹回到薄命岩，在花灵圃中了断了自己。消失的地方，只余一纸书信，上有男子苍劲决绝的笔迹——有缘无分，莫再见。

七个字，干净利落。

牡丹对自己也是干净利落，一点铺垫都没有的。好几个人目睹了这悲惨一幕，梅只说了一句话：世间男子皆薄幸。

说还是比做容易得多，大概梅从未想过二十年后，自己会变成第二个牡丹吧。

在他眼里，当着凡人的面把花灵的本相露出来这种事，只是一个老早被他洞悉了结果的恶作剧吧，他玩得很开心，二十年前玩一次，二十年后又玩一次。

“就不能用别的法子让梅姐姐放手么？”她仍拽住他的袖子，“若她跟牡丹一样自行了断，你仍能保证此事不会引起外间任何注意么？”她还是担心，牡丹自毁元灵一事，并未给薄命岩带来任何麻烦，对大神们而言，小小一个花灵的生死着实微不足道，何况花灵可以由百花仙子再从花灵圃中百花之本体中再培植提取，而以前也常有体弱的花灵殒命的事例，故而死了一个牡丹，再养一个就是。但是，近几年上头好像对天界的管理变得严苛起来，听说月老殿里的一只青鸟就因为偷吃仙果，被罚入畜生道，三生三世不得返回天界，月老说情也没用。如果梅有个三长两短，他此番一定脱不了身。

“待他们发现了再说吧。”他笑着拿开她的手，“你年纪还小，何故如此啰唆，像个几千岁的老太婆。”

小六叹气：“我给你端饭去。”

Chapter.3

小六其实也不叫小六，她本来有个很正常的名字，但是到了薄命岩，他还是嫌她名字笔画多，那天他正在抛骰子玩儿，六点，小六就成了她在薄命岩的代号。

她主要负责他的饮食，其实她做饭并不够美味，但他说比起她别的本事，做饭已经是强项了，所以还是负责做饭吧。

别的本事……她好像根本没有别的本事，不会隔空取物，不会驾云飞行，连一棵树都爬不上去，所以，能把他照顾好就算她最大的本事了吧。

梅离开薄命岩好几天了，也没个消息，其他花灵也没有就此问题多谈论，除了新的牡丹，其余的花灵都还记得二十年前的惨剧，自打那件事后，她们中的大部分都循规蹈矩地生活在薄命岩，这里更加不需要大门了，牡丹最后的模样就是她们永远不想逾越的结界。

梅会重蹈覆辙，所有人都很意外。花灵中最冰凉高傲，对所谓“爱情”最嗤之以鼻的一个，泥足深陷的速度竟也是最快的。

小六也想不通，也许只有掌司姻缘情爱的月老能弄明白，但她跟月老又不熟。罢了，弄明白又怎样，梅始终是受伤了，离家出走了。

坐在离入口不远的草地上，小六一边研究她永远也编不好的野草，一边张望有没有梅的踪影。

确实有人朝薄命岩这边来了，不过不是梅，而是负责在天界传递神旨的仙吏。

她赶忙起身，拍拍衣裳上的草屑，小跑着迎上去。

“多日不见神使了。”她乖巧地向来者施礼。

仙吏瞟她一眼，不冷不热道："百花仙子可在？"

"啊，神君一早便出门去了，说是去飞凰仙岛为花灵圃寻些好土，怕要再过几个时辰才回呢。"她毫不介意仙吏的态度，反正这些家伙每次来都是相同的嘴脸，只有在去十二神殿时他们才会卑躬屈膝，满脸赔笑。在这群人心里有一条特别清晰的分界线，一边是惹不起的，一边是惹得起的。

仙吏皱皱眉，说："我今日繁忙，也等不了他回来了，你替我转告吧，七日之后，天后将于挽虹台设百花宴，命百花仙子照清单所示，选奇花异草送至挽虹台布置妥当，不可有疏漏。"说罢，他从袖口里抽出一张单子来："你可仔细收好了，百花宴乃是盛会，届时哪怕少了一朵花，天后也会大大不悦。"

她赶紧双手接过来："是是，神君回来后我立刻呈给他，必不敢大意。"

看着仙吏飘然而去的背影，她真心地发起愁来，下命令的人是天后……小六一直有一种模糊又确定的感觉，这个天界之中地位最高的女人，似乎一直都不太喜欢薄命岩。她很喜欢设宴，以各种名目。也许她是个爱热闹的人，也许，她仅仅是很享受众星捧月的荣耀。记得上回她设了一场夜宴，薄命岩送去的白茶花少了一盆，即便他们在夜宴前补送完毕，天后依然红颜震怒，直斥百花仙子有渎职之嫌，罚他去月桂台擦了一个月的栏杆，并且派仙吏将薄命岩上所有人挨个打了三十大板，还说是小惩大诫。月桂台可大了，以她的脚力，绕上一圈最快也要一个时辰，那一个月，她眼见着自己的头儿天天腰酸背痛地回来，身体的疲累倒还罢了，所有路过的神仙没有一个不嘲笑他的，可有可无的薄命岩的主人，也只能受这种低级的惩罚。薄命岩其他人也没好到哪里去，三十大板说轻不轻说重不重，好几天不敢落座倒是真的，睡觉都只能趴着。小六这些平日里常跑动的小仙童还好，身板儿结实些，只可怜了那些娇弱的花灵，被打得鬼哭狼嚎。

此事之后，天后就成了薄命岩最忌惮的存在，某种意义上，小六对她的惧怕多过于刑王。刑王掌司刑罚之事，虽铁面无私，但终究实事求是，以罪论罚。但天后不同，她对旁人的好恶，似乎只是看心情……

她坐回地上，仔细看手里的清单，嘟囔道："牡丹一百零八盆……兰花五十六盆……芍药……杜鹃……无色一株……无色？！"

别的都好说，可是无色，好像整个薄命岩就只剩下一株了。这种花天生六瓣，花瓣无色剔透，茎干碧绿如洗，一枝七叶，一年一开，花期一日，不论从哪个角度来说，都不会讨人喜欢，既无牡丹芍药之绚丽，又无梅兰之清香，花期又短，还一年一开，谁会对这样一种花卉有期待？她记得仅有的那株无色就种在一个粗鄙的瓦盆里，摆在花灵圃西边的角落。大家都不怎么关注它，只有她的头儿会在无色开花的当日去看看。

这般盛大的宴会，不该是牡丹芍药之流唱主角么，此刻也并非无色花开之期，即便它开了花，也毫无姿色可言，天后为何非要加上它？

Chapter.4

他将清单扫了一遍，搁到一旁："照这个准备去吧。"

"哦。"小六忍不住问，"神君，为何天后非要无色呢？"

他笑笑："只因它独一无二。"

"既然那么珍贵，为何从未见你对它爱护有加。"小六撇撇嘴，"连个好看的花盆都不给人家。"

"它并不需要旁人多加照顾，风霜雨雪，干旱洪涝，都不足以让它死亡。"他笑道，"一朵能一直坚持每年一开，花期一日，不吵闹也不争宠的花，是能照顾自己的。"

小六想了半晌，说："你将它说得像个姑娘似的。"

"薄命岩上的每一朵花，都是我的小姑娘啊。"他嘴角扬起，笑得如沐春风。

"那你又逼得她们死去活来……"她小声嘟囔，也不知他听没听见。

傍晚时分，梅回来了。

大家都松了口气，没人敢提之前发生的一切，也没人敢问她跟那位公子的后续，只有小六拉着梅的手问她要不要喝水要不要吃东西，她只淡淡倦倦地说有点累，想休息。

怎么都好，只要人平安回来。

夜里，月光把简陋的草庐照得有了光晕，他坐在石台前，静静地看着眼前的瓦盆，未到花期的无色，只得七片叶子，在枝干上随风轻动。

"长得真好。"他突然自言自语。

小六将脑袋从墙边缩回去，头儿是不是吃错药啦，大半夜不睡觉对着一盆不受宠的花眉来眼去。她打了个冷战，赶紧往茅厕跑去，早知晚饭就不要喝那么多汤了。

翌日清晨，她被外头嘈杂的声音吵醒。

"这可如何是好？"

"坏了坏了，薄命岩要遭大难了！"

这样的声音高高低低地传过来。

她赶紧跳下床跑出去。

许多人都围在花灵圃里，每个头顶上都愁出了一片乌云——

无色死了。

瓦盆里再不见碧绿招展的枝叶，已然腐烂的枝干上勉强挂着一片快枯成灰烬的残叶，其余六片叶子则连尸首都找不到了，本呈深褐色的泥土变成了焦黑一片，再无生机。

小六倒抽了一口冷气。

这可是天后点名要的无色啊，薄命岩乃至整个天界唯一的一株无色……

花灵们也纷纷花容失色，她们虽属天界，但也只是花灵而未成仙，地位低微，若赖以栖身的薄命岩遭逢变故，自己也必然遭受牵连，天界未入长生录者若遭大惩，便意味着上不能修炼成仙，下不能转世为人，于天地间消失得一干二净，何况花灵还可以再培植，没有了她们这一批，也会有别的继任者，她们的生死于旁人眼中，着实微不足道。没办法，她们怕死。

于是，这一天成了小六自来到薄命岩后，见到的最凄苦的一天，花灵们个个惊惶流泪，有的甚至商量着要收拾行李离开薄命岩去人界避祸。无色已死，大家又深知天后的脾性，上回补送了茶花尚且被重罚，这次是连补送的机会都没有了，天晓得这位大神会如何对付薄命岩。

说来也可笑，能威胁到天界其他大神的都是天下安危生死大事，而他们薄命岩可能遇到的灭顶之灾，却仅仅只因为一盆花。原来猛兽与蚂蚁的区别，哪里都存在。

最平静的人只有两个，他跟梅。

他只是看了看无色的残骸，摇摇头说不中用了，便拂袖离开。

梅站在哭哭啼啼的花灵中，像她平时一贯的姿态，冰凉而沉默。面对着他的背影，梅只问了一句：“你不管？”

他站定，头也不回道：“我无起死回生之本事。”

“你从来就没想过要保护我们。”梅又说。

他笑笑，离开。

小六觉得梅过分了，她想出言驳斥，但一看到梅的眼神，她就把话都咽回去了。身为薄命岩的主人，他确实没有战神的强悍，没有刑王的威仪，也没有水君的法力，他只能在擦了一整天的栏杆之后，拖着倦怠的身躯，趁大家夜里睡着之后，将自己的真元化进药里，让大家身上的伤能好得快一些。很不巧的是，又被半夜起来上茅厕的小六撞见了，然后这件事就成了他们之间的秘密，他要她守口如瓶，她问为何不能说，他说只有三姑六婆才将此等小事宣诸于口。

“神君！”她追着他到了草庐里，“要不直接跟天后说明此事吧，万一她网开一面不计较呢？”

“放心，此事我自有打算。”他笑着扯了扯她的辫子，“做饭去吧。”

“神君！”她拽住他的袖子，突然想起了什么，眼睛一亮，“我在人界认识一位很了不得的花匠，什么奇花异草都能种出来，我去找他试试看。”

“你想让他种一株新的无色么？”他笑看着她。

她用力点头。

他笑：“去吧。试试别的法子总是好的。”

“好！”她得到了支持，立刻高兴起来，“对了，我能把无色的残骸带走么？我想拿给那花匠看看。”

“可以。”

小六欢天喜地地跑了，虽然离百花宴只有六日了，可是天界一日人界一年，六年时间，人间那么大，难道还找不到一粒无色的种子？她觉得希望很大。

他嘴上的笑容，一直持续到小六的背影消失。

到底是不能留下了——他环顾四周，若有所思。

Chapter.5

一连五天，小六都没有回到薄命岩。

直到第六天的傍晚，一个戴着斗笠、衣衫简陋的中年男子，捧着一个青瓷花盆，略为迟疑地站在薄命岩的入口。

他对前来问询的仙童说，他是自人界来的花匠，姓聂，受小六姑娘之托来给百花神君送花的。

一枝七叶，碧绿如洗的无色，鲜活地在花盆里摇曳，仿佛七天之前的灭绝只是一个片刻的梦。

他坐在石台前，手指轻轻抚过无色的叶子，微笑着同聂花匠说：“您果然如传说中那般有本事，枯木逢春，死而复生。”

聂花匠灌了一大口茶水，尴尬地摆摆手：“并没有那么厉害，神君谬赞了。”说罢又赶紧从怀里掏出一个透着绿光的小锦囊，小心摆到他面前，说：“这是小六姑娘给我的引路土，想我一介凡人，有生之年能登临仙家之地，真真是受宠若惊，此物不敢擅自留存，万一被居心叵测之人拿了去，只怕会叨扰到薄命岩，还是交还神君为好。此生能入仙地一次，已是死而无憾。”

他看了看那袋引路土，那是凡人能寻到薄命岩入口的唯一工具。

“我以为小六会亲自带你来。”他笑着拿起锦囊，“可见她还是贪玩，不舍得回来。”

聂花匠愣了愣，旋即夸张地大笑几声，说：“这丫头从我认识她开始，就没有不贪玩的时候。六年前她来寻我，将无色之残骸扔给我就跑了，说要趁这六年时间游历名山大川。我还怕她玩心太大，把这盆花给忘了哪，不承想她人倒是准时回来了，不过很快又跑了，说是在江南之地遇到了有趣的玩伴，想多留些时日，然后给了我引路土要我赶紧把无色给您送来。”

他笑：“倒是她的性子。也罢，她难得出一回薄命岩，由她玩闹去吧，反正凡间一年，仙界一日，时间很长哪。”

又寒暄几句，聂花匠起身告辞，笑言：“来此不到一个时辰，凡间也过近一月了，得快些回去才是。”

“如此我也不多挽留了。”他起身相送，“祝你的花圃春风常驻，生意兴隆。”

聂花匠转身走了几步，又停下，转身看着石台上那盆无色，说：“神君，此花得来不易，当好生照顾。”

“一定。”他微笑，“多谢了。”

Chapter.6

天后百花宴完结后不久，一道神旨让薄命岩的百花仙子换了人。新任百花仙子是天后直接从天后殿的女仙中挑选过去的，模样倾国倾城，性格柔圆恭顺。

至于那位不修边幅、银发垂腰的前任，则被除去仙籍贬入凡间，罪名是大意渎职，一错再错。

这件事没有引起任何波澜，小小一个薄命岩上的花仙，被罚去哪里都不值得讨论，何况天界每天都有犯了错的家伙被罚入人界，大家习惯了。

花灵们担心的事都没有发生，她们每一个都安然无恙，天后并没有因为百花宴上少了一株无色而迁怒她们，新来的百花仙子也并不难相处，至于那些不见了的人……不见就不见了吧。

只不过，听说最近天后的心情变得很奇怪，一会儿像是扫除了什么碍眼东西似的舒心，一会儿又像丢了什么想丢又舍不得的玩意儿，郁郁寡欢。女人的心思真像大海一样复杂呢……

薄命岩又回归到平和宁静的日子，唯一的区别是花灵们再不敢随意离开薄命岩，新头头定了死规矩，擅离薄命岩者，即刻贬去花灵身份，散其元灵，永不超生。

比起从前，这没有自由的安稳，好像也说不上是好还是不好。

梅越发沉默寡言，那个人的灾难，一直是她的期待，不然，她何苦冒着风险趁夜把毒棘花的汁液浇到那盆唯一的无色上。她恨他，更恨自己那个跑得无影无踪的男人。那口沉郁难解的气一直找不到出口，总得有人出来担待。可是，当那花匠捧着一株好端端的无色找过来时，她心头一声长叹，想不到，连天意都不允许她这场报复。罢了罢了，那样一个胆小如鼠的男人，今天不跑，明天也会，横竖都是留不住的吧。

可是，梅万万没想通的是，百花宴的当天，他却言之凿凿对天后那方说："无色已死，是我照顾不周，愿自除仙籍，流离人间。"

也是在那天,整个薄命岩上都找不到那株无色的踪影。这朵不起眼的花,就跟他一样，悄无声息地消失在天界，连一声多余的议论都没有。

啊对，还有那个一直跟在他身边伺候三餐的小六，也再没回到薄命岩。

Chapter.7

无色的故事差不多说完了。

一点也不曲折离奇吧。

不过天界众人都不知道的是，百花宴的前一夜，他带着我去了水君子淼的住处，将我交给子淼，笑言："你曾管我讨些有趣不从俗的花儿，今儿我给你送来了。"

子淼打量着我："此花并无过人之处。"

"一年一开，花期一日。不论霜雪风雨，准时盛放，从不失约。"他笑，"年年月月坚守同一件事，这并不是太容易。你说这算不算过人之处。"

子淼想了想，欣然收下："确是个有趣的小玩意儿。"

"可以的话，将它带离仙界吧。"他看着子淼，"人间景色，未必差过天界，最起码自由得很。我怕它闷着，其实我自己也一直挺闷的。"

"有时间的话，去人间走走吧，别总窝在你那薄命岩。"子淼捧起花盆，小心擦去盆边的一点泥土。

"我正有此打算。"他笑笑，拍拍子淼的肩，"知道我为何只愿跟你多说几句话么？"

子淼摇摇头。

"因为你什么都知道，却什么都不点破，这比许多什么都不知道却什么都爱评论的人好多了。"他朝子淼行了一个恭敬的大礼，"告辞。"

看着他的背影，我差点从花盆里跳出来，我想拽住他，我想质问他，为何要在此刻将我交给别人，明日就是百花宴，没有无色，你该如何应对！

可我也只能是想想，我是一株种在盆子里的花，不能说话，不能动弹。

之后的事你们都知道了，我被子淼带来了浮珑山，当了那树妖的计时器，也从此永远脱离了高高在上的天界。

离开天界前的那晚，子淼将我捧在手里，突然问："你是谁？"

我吓了一跳。

"这株无色里，分明有一个并不属于它的魂魄。"他既像自言自语，又像在对我询问。

我说不出话，就算能说，也无言以对。

我的好朋友聂花匠说，无色不是人间花卉，他找不到种子，种不出第二株无色，即便人间真的存在无色的种子，要寻找也是大海捞针，恐怕终其一生都寻不到。

可我不能就这么算了啊，我不想做锦上添的花，只想当一块雪中送的炭，就像他曾经做过的那些事一样。

那天，我坐在聂花匠的花圃里，心事重重地跟他说："我看见牡丹了。"

"哪个牡丹？"他一边松土一边问。

"就是我曾经跟你说过的，心爱的公子被吓跑了的那个。"

"啊？你不是说她已经自毁元神了吗？"

"是他骗了我们。"

我看见牡丹这件事，没有跟任何人提起，包括他。

许多年前，我去人界找些有意思的食材，在那条人潮熙攘的街上，我清清楚楚地看到了牡丹，还有她身边那个高大俊朗的男人。他们都很老很老了，鸡皮鹤发，行走缓慢，但仍旧像世间最寻常美满的情侣那样，亲昵地互相搀扶。

我不会认错人，好奇心让我一直尾随他们。直到他们快进家门的瞬间，我终于喊了一声："牡丹姐姐！"

老太太本能地转过头，一脸诧异地看着我，已见浑浊的双眼打量了我许久，才颤悠悠地问了一声："是小六？"

我跑过去，握住她的手，惊喜道："你还活着？"

"活着哪。"她笑着点头。

于是，我在这个午后得知了关于那场骗局的一切……

那个跑掉的男人其实并没有跑掉，几天后他回来对牡丹说，就算她是一块石头，他也认了，他要娶她为妻。牡丹自然喜极而泣，但随之而来的问题却很麻烦，花灵在真正成仙之前是没有资格成婚的，即便成仙之后，也不可能随意与凡人婚配。她回薄命岩求他。

"他真的回来了？"他问她。

"回来了。"她用力点头。

"你当真要嫁他？"

"当真！"她目光从未如此坚决。

"你可知花灵长期居于人间，会渐渐失去灵气，最终会跟凡人一样生老病死，且因为非仙非人非妖，故而死后也没有转生的机会。"他又问。

"我知道！"她看着他，"我不怕，也无遗憾。"

"那你非死不可了。"他笑。

一场自杀的戏码，整个薄命岩都成了观众。

这个胡闹的家伙，竟损耗自己的元气为牡丹做了一个替身，当着所有人的面"自毁元神"，从此，天界的日常记事簿上，花灵牡丹宣告死亡，光明正大的死亡。天界的规矩就是这样，你自尽了，无人追究，但私许凡人就不行，必被追究到底。

"我此生是回不到薄命岩了。"年迈的牡丹拉着我的手，"你替我好生照顾着神君，他是个不按常理出牌的怪人，当初他连一句谢谢都不许我说，只让我忘记薄命岩。"

"好……"我的喉咙突然有点堵。

我又想到他偷偷为大家疗伤的那一幕了，还有那些形同虚设的规矩，他从不限制我们的自由，同时也在担心我们会被错误的人拐走……这个怪人，连对我们好都是静悄悄的。所有人都觉得他没用，所有人也都不知道，他在他能力所及的范围里，做了能做的一切。他身为百花仙子，却活得像一块不起眼的炭。

之后的日子，我装作什么都不知道，只希望自己的厨艺能越来越好，起码能让他吃得开心点。

聂花匠听罢，只是叹息。

他跟我都想为这个怪人做些什么，可我们都无能为力。

他小心翼翼地将无色的残骸从发黑的土里取出来，眼睛突然亮了亮："根须尚有一处完好。"

我顺着他的手指看去，根须末端，残留着一截淡淡的绿。

"有救？"我心头狂喜。

聂花匠眼中的光芒黯下去，吞吞吐吐道："算了……此法不可。"

"说！"我像头小狮子一样狠狠拽住他的衣襟。

他犹豫再三，说："此物生于天界，非凡俗之力可干预，如今它尚存一息，若有足够的仙家元气注入，或有起死回生的机会。"

"我可以么？"我立刻指着自己，"可我还没有在长生录上注名，算不得真正的仙家，顶多是个半吊子小仙童罢了。”

“你疯了么？”他捏住我的肩膀，“你可知这法子的后果？以你的修为，怕是要将所有真元都给了它才有起色，一旦如此，你便再不是小六，你的肉身会消失，而你的魂魄会随着你的真元一道，被永远束缚在无色之中，作为支撑它活下去的养料。你不能说话不能动，从此成不了仙，纵然运气好遇到有灵气的山川，顶多也只能修炼成妖，你想过……”

我干脆地捂住他的嘴，用眼神告诉他什么都不必再说了。

是的，没有任何犹豫与曲折，我成了天地之间唯一的一株无色，因为我，它生机重现。

聂花匠将我养得很好很好，他是个可靠的人类，没有辜负我的一切嘱托，包括对那个家伙保密。

他骗了我那么多次，我也要扳回一局。

可是，他最后竟然还是跟天后说，无色已死。

子淼的问题，我说不出话，回答不了，只能由着他将我带出了天界，种到了浮珑山巅的山洞之前。

所有关于天界的一切都被切断了，我变成了一株摇曳在山风里的野花，唯一不变的，是我每一年开花的日期。

各种山精妖怪的来去，加上那只树妖的陪伴，我的日子并不难熬。

记得在我来到浮珑山后不久，子淼拿了一个小瓷瓶替我浇水，瓶子里的清水跟寻常的不一样，倒出来闪闪发光的，像谁把宝石砸碎了撒在里头似的。

他只替我浇过这一次水，之后便把这任务交给树妖了，她对我也很好，采来日月相交时的灵露细细浇灌，其实我并不需要这么细致的照顾，就算不浇水，我也不会死的。

仔细想想，也是从子淼替我浇水之后，我每年开花的时候，都会做梦，梦到我还在薄命岩，而他还是坐在石台前，笑眯眯地吃我做的饭，然后跟我聊天说话，梦境如真。

我很想念他，不知他在人间是否安好。

另外，也许浮珑山真是风水宝地，灵气十足，短短数十载，我居然有了说话的能力。我猜想，再过些年月，我可能真的能修炼成妖，重聚人形。

不过我多数时候还是保持缄默，包括在树妖面前，我怕她知道我会说话之后，天天跑来烦我，我只想当她的计时器。

但有一天我还是忍不住了，在我看到子淼独自在深夜的山洞外远眺时，我开口道：“神君！”

他略路吃了一惊，蹲到我面前：“你能说话了？”

“早就会说了，怕吵，一直沉默。”我说。

“那为何此刻开了金口？”他好奇道。

“夜色甚好，是聊天的好时候。”

他浅浅一笑：“聊什么？”

我沉默片刻：“聊聊他吧。再不说说，我怕我把他给忘了。”

“你每年都会梦到他，又岂会忘了他。”子淼盘腿坐下。

“你如何得知我年年花开时都会梦见他？”我疑惑万分。

他自知失言，略一思忖，说：“罢了，时至今日，也无瞒你的必要了。”他看着我，缓缓道：“我曾给你浇过一次水，那水里，有他留下的一滴血。百花宴当日，他又来找我，跟我道别，说红尘辗转，人世沧桑，今后只怕难有相见之日，末了，他拿出瓷瓶给我，说怕小六寂寞，连个说话的人都没有，用此物浇灌，好歹能梦中相见。”

我愣住：“他……他一直知道无色是我？”

子淼摇头轻笑：“若非担心你再遭黑手，他何必将你送至我处。他法力虽不高深，但也不至于觉察不出无色的异样。”他顿了顿，又道：“何况天界人间，根本不可能再有人种出第二株无色。”

“无色……无色究竟是怎么得来的？”我从来没有想过它的来历，在我的记忆里，它只是薄命岩上不受宠的一盆花。

“在天后还不是天后时，她与她的亲妹无色均在枕书阁看守藏书，两位女仙皆是风华正茂，才华横溢。他跟她姐妹二人相识多年，对无色心生恋慕，对姐姐的爱意却拒之千里。岂料造化弄人，无色偶染顽疾，纵是位列仙班也难逃香消玉殒之祸，没撑多久便去世了。在她去世后的第七日，薄命岩上的花灵圃里，长出了一株花开六瓣、无色透明、一枝七叶的家伙来。而这一天，恰好是无色的生辰。这是巧合还是无色在生命最后留下的纪念，不得而知。从此，这株花就被叫作无色，每年一开，花期一日。”他轻叹一口气，“可惜了，本是郎才女貌，天作之合。”

听罢，我更不明白了，又问：“既然此花如此意义非凡，为何多年来却屈居于花灵圃的角落，根本不受宠爱呢？”

“爱之深，恨之切。”子淼苦笑，“被人拒绝这件事对天后这种性子的女人来讲，是此生永远拔不掉的一根刺。哪怕她成了天界中最尊贵的女神，有了天帝的宠爱，这根刺依然扎在心头。所以，薄命岩注定是她最看不惯的地方。而她身为天后，又不能明目张胆寻他麻烦，所以多年来才对薄命岩严苛相待，一旦抓了他的错处，只要她想，便是十倍重罚。至于她心中真正的想法究竟是什么，我无法探究。直到这场百花宴，我才知道，当年那股无从宣泄的不甘与失落，并不以她的荣耀与他的落拓而减弱半分，她还是恨着，恨到要用最冠冕堂皇的理由要他吃尽苦头。”

我听得心中一阵疼痛，说：“所以他不对无色有任何偏爱，就是怕他的喜爱给无色乃至薄命岩带来更大的伤害？！”

“他的对面，是天界的天后啊，除了天帝之外地位最高的神。没有人能猜到她的心思。也许她并不想他万劫不复，但也看不得他顺风顺水。”子淼又叹了口气，“无论神还是人，一旦在感情里落了下风，难免会干出些不在常理中的事。”

“他从来都不曾跟我说过这些。”我看着他的眼睛，“他很早很早前就想这么做了吧？比起那个华丽高贵的天界，他宁可辗转人间，颠沛流离。”

子淼摇头：“我并不知晓他的心思。若你今后与他有缘再聚，你自己问他。”

“神君！”我叫住打算起身离开的他，“你可也喜欢过谁？你喜欢那只小树妖么？”

他微微一怔，笑了笑，没有给我答案。

这是我跟子淼唯一的一次谈话，直到他消失于天地之间，直到树妖难过得死去活来，直到她与敖炽双双离开浮珑山，我都保持着沉默。

我只是一株无色，干涉不了命运布下的任何轨迹，我只是在不断思考，最后得出的结论是，我要修成人形，我要变成自由的妖怪，我要离开浮珑山，我要去找那个不爱锦上添花的怪人，纵然世上有那么多人，我一个一个地找，总能找到。

如果找到了，你们觉得我会打他一耳光然后质问他为何抛下我们不管？还是抱着他号啕大哭一场？还是可怜巴巴地望着他的眼睛什么都不说？

都不是。

我只会找个厨房，给他烧一顿饭，像从前那样。

尾

谢谢你们听我啰唆完这个并不波澜壮阔的故事。

这场雪停了之后，我又会离开浮珑山，去另一个从未去过的城市，在那里开始又一场搜索。

我至今没有得到他的任何消息，但我愿意相信树妖说过的那句话——时间会带来惊喜。

希望如此。

我有太多问题想问他，请毫不客气地祝我好运，看在我曾经给你们的老板娘当了三十年的计数器的分儿上。

无色 . 完

后记

POSTSCRIPT

终于，终于把老板娘在成长为老板娘之前的“黑历史”公之于世了！！

顺便，风华绝代的九厥同学的终身大事也有眉目了，我这真是满满的善意啊！！

哈哈，玩笑了，之前一直有同学问为什么不把“浮珑”啊“忘川”啊这些故事收录到《浮生》的一二三部的任何一部里去，其实是我一直认为在老板娘开店之前的故事，严格说来并不从属于“浮生”系列，反而是“浮生”这个系列是从“浮珑”这里衍生出来的，毕竟浮珑是比浮生故事早 N 多年诞生的“妈妈”呀，哈哈哈。

不过呢，现在谁从属谁也不重要了，重要的是，我总算把这部分一直欠缺的内容集结成册，摆到你们面前了。这样，老板娘的故事就更加完整了，以后也不会再有同学问我子淼到底是什么人，跟老板娘是什么关系了。

这一部“黑历史”，其实正是老板娘的成长史，她从一个顽劣的、视人命如草芥的小妖怪，到后来那个开着“不停”，有一张犀利的嘴，却有一颗温暖的心的老板娘，整个过程其实非常漫长，非常血淋淋，非常曲折坎坷。

罗马一天建不成，我们的心智也需要极长极长时间的磨炼，方能成熟健康。

老板娘从小妖怪，到老板娘，再到一个准母亲，她的一生其实就是我们每个人生命中不同的阶段。很难得一个曾经那么“坏”的她，没有变成黑山老妖……（敖炽钻到镜头里：“有我在，她怎么可能腐化变质。”话没说完被九厥一脚踢开，说：“那是因为她遇到了我这样的良友！”老板娘一巴掌把九厥拍开：“是我本来就有一颗金子般的心！关你们屁事！”）

作者我擦掉满头黑线，好吧，不管怎样，我一直都相信，真心喜欢老板娘和她的妖怪朋友们的家伙，不论你们在现实中如何——也许不爱说话，也许不讨别人喜欢，也许刚刚考试考砸了被师长们责怪了，不论在旁人眼里你是优秀还是不优秀，我都觉得，你们会有一颗细腻温暖的心。其实一个人能否过得快乐，真正的决定因素在于他们能将这样一颗心保存多久。

我希望，你们都能够保存一辈子。

而我也在朝这个方向努力着。

同时，希望即将出世的未知或者糨糊小朋友也能继承 TA 父母的优良基因，把坚强勇敢、卖萌耍宝发扬光大吧！哇哈哈哈——

最后，再次提醒，不要在该上课的时候看课外书哦，不然被老师没收了不要来找我哭哦！不是每个班主任都是我发小啊！

总之，在正确的时间要做正确的事，将来才不会遗憾。

所有看到这里的家伙们，衷心祝福你们！并感谢你们一直以来对老板娘和不停的支持！

爱你们，么么哒！

裟椤双树

2013 年 11 月 14 日夜，成都

附录 1："浮生物语"全系列阅读顺序指引——

《浮珑·浮生物语外传》——《浮生物语》——《浮生物语外传·七夜》——《浮生物语》第二部—《浮生物语》第三部——《浮生物语》第四部——《浮生物语》第五部

附录 2：裟椤双树作品集

"浮生物语"单行本系列——

《浮生物语·壹》

《浮生物语·贰》

《浮生物语·叁》（上册）

《浮生物语·叁》（下册）

《浮生物语·肆（上）鱼门国主》

《浮生物语·肆（下）天衣侯人》

《浮生物语·伍（上）西溟幽海》

《浮生物语·伍（下）裟椤赦炽》

"百妖谱"系列——

《百妖谱·壹》

《百妖谱·贰》

《百妖谱·叁》

钟家系列——

《降灵家族》

《雌雄怪盗》

《与魅共舞》

前传：《浮珑·浮生物语前传》

番外集：《浮生物语外传·七夜》

“浮生”系列衍生作品——

《浮生物语》绘本

《浮生物语大画集》

《浮生物语》漫画

《三界宅急送》

其他中短篇集——

《陌上桑》

《山·十二记》

除以上作品之外，任何冠名“裟椤双树”为作者或以“浮生”等为标题之图书，皆与本人无关，并对所有盗版行为保留诉诸法律的权利。请读者认清正版，谨慎购买。

补记 POSTSCRIPT

“浮生”系列走到今天，整整五个年头，感谢大家一如既往的支持。

《浮珑》是所有故事的原点，两年前初版出版之时，总觉得意犹未尽，于是借这次再版机会，新写了《无色》的小短篇，也是为了补完我心中那个完美的“浮珑世界”。

裟椤双树

2015 年 7 月

图书在版编目（CIP）数据

浮珑·浮生物语前传 / 裟椤双树 著 .— 修订本 .

—武汉：长江出版社，2015.8

ISBN 978-7-5492-3637-4

Ⅰ. ①浮… Ⅱ. ①裟… Ⅲ. ①长篇小说－中国－当代 Ⅳ. ① I247.5

中国版本图书馆 CIP 数据核字（2015）第 189973 号

浮珑·浮生物语前传 / 裟椤双树 著

出　　版	长江出版社 （武汉市解放大道1863号　邮政编码：430010）		
市场发行	长江出版社发行部		
网　　址	http://www.cjpress.com.cn		
责任编辑	陈　辉		
特约编辑	颜　燕		
总 策 划	罗晓琴		
装帧设计	殷　悦　周真名	**开　本**	710mm × 1120mm　1 / 16
封面绘制	鹿　蔳	**印　张**	18.5
印　　刷	武汉新鸿业印务有限公司	**字　数**	250千字
版　　次	2015年8月第1版	**书　号**	ISBN 978-7-5492-3637-4
印　　次	2021年12月第17次印刷	**定　价**	49.80元

电话：027-82926557(总编室)　027-82926806(市场营销部)